U0908171

为什么唐朝会出李白

祝勇 —— 著

上海文艺出版社
Shanghai Literature & Art Publishing House

祝勇近照 / 2018年7月 / （香港）美玲摄

安静地躲在文字背后

——自序

一

吴昌硕艺术大展在故宫文华殿开展，我的读者见面会也在此间举行，因此文华殿前，竖起我的大幅照片，比吴昌硕的照片还大，这让我无比惭愧。我不再是轻狂年纪，不愿如此嚣张，尤其不愿在六百年的宫殿，在我景仰的前辈大师面前瞎得瑟。吴昌硕是真正的大师，是在社会变革的交汇点上把中国画带入20世纪的关键人物，齐白石说自己是“三家门下走狗”，一家是八大，一家是徐渭，还有一家就是吴昌硕。我恐怕连当走狗的资格都没有，要当也只能当“乏走狗”。但我一直痴迷于吴昌硕，就像我痴迷于苏东坡一样。吴昌硕最能打动我，因他历经劫难，笔下依旧草木繁盛、鸟语花香，亦因他晚年寓居沪上，声望达到顶峰，他仍混迹于寻常巷陌，与百姓耳鬓厮磨。或许在有些人看来，他的生活缺乏品质，主张他搬到富人区去，其实他是讲品质的，他的品质都在他的画里、字里。他认真地画画，也认真地生活，只不过他的生活不是以锦衣玉食、别墅豪宅组成的——至少在他看来，那并不是真正的生活，是与生活隔离了的“伪生活”，只有粗茶淡饭、人间烟火，才是真正的生活，也才是我们熟悉的生活，如他在诗里说：“佳丽层台非所营，秋风茅屋最关情。”所以我在书里写，他不需要“深入群众”

“深入生活”，只有把自己与“群众”区分开的人，才需要去“深入群众”，只有沉溺于“伪生活”的人，才需要去“深入生活”，因为他们已经把自己当作与“群众”不同的某种动物。吴昌硕大半生在底层摸爬滚打，他自己就是“群众”，所以他了解普通人的欲与求、爱与仇，他的笔才会牵动大千世界、芸芸众生。他是一个内心坦荡的人，他笔下的一花一草，都通向一个广大的世界，只是一般人不大容易透过他朴素平易的外表，体会到他内心的波澜壮阔。

二

创作给我的最大体会，是写作者内心世界的斑斓，足以让他忽略表面的风光。写作者是躲在这个世界背后的人，像一只蹲伏在丛林中的老兽，冷静地观察着这世事的变迁，不一定要自己跳到前台表演，尤其不应该在聚光灯的照耀下生活。因此写作者的世界里没有红毯、欢呼、掌声，甚至没有任何与虚荣有关的东西。写作者所依赖的只有寂寞而诚实的劳动，工具只是一支笔，或者一台电脑，但他的世界无限广大，就像我在《跟着吴昌硕去赏花》里写到的六朝画家宗炳，在自己居舍弹琴作画，把山水画贴在墙上，或干脆画在墙上，足不出户，就可遍览天下美景，自谓：“抚琴动操，欲令众山皆响。”意思是，一个人坐在屋里弹琴，可听到众山间的回声。连众山，都成了他的乐器。

写作者甚至不需要粉丝，只需要真正的读者。写作者自己就是读者——别人作品的读者，写作者知道什么才是令他倾慕的，那就是别人在文字间所表现出的才华、把握世界的能力，还有超越现实的胆识。其实写作者也有欲望，只不过那欲望无法通过金钱来实现，就是达到自己理想中的标杆，就像一个运动员，百米短跑一定要跑到十秒以内，跑不到就黯然神伤。其实根本不是获不获金牌的事，是自己跟自己较劲，用一句时髦的话，叫超越自我极限。麦家说到海明威的小说《乞力马拉罗的雪》中那只冻死在雪山顶上的豹子，认为那只豹子就是作家自己，“白雪皑皑的山顶，没有食物和温暖”，但豹子还是去了，“从已有开始，向未有挑战”。我觉得这话说得好。一个人在得到金钱之前，金钱早已存在；在金钱之后，还有数不尽的金钱。一部作品则不同，因为在它诞生之前，这部作品并不存在，在它之后，也不会有相同的作品出现。每一部作品都是唯一的，是创造性的，是对一个全新世界的开启。所以麦家在写到曹雪芹时说：“他的伟大在于无形地改变了我们无形的内部，看不见的精神深处。”写作者在这个以金钱为核心的世界之上建立了另一个世界，“一个用最基本的词语创造”的“神奇、伟大的世界”，写作和阅读，是我们进入这个世界的唯一护照。

三

前几日，和汪家明、冷冰川一起去看黄永玉先生（差不多十年没见他了）。很久没有与朋友一起谈书论人，所以那一天谈得酣畅，但谈到苏联文学，我开始沉默不语，因为苏联文学是我的阅读盲点，见识有限。黄永玉讲到列斯科夫的小说《图拉的斜眼左撇子和钢跳蚤的故事》（也有的简译为《左撇子》），小说写到几位俄国工匠打造一个会跳动的钢跳蚤，只有一粒灰尘那么大，工匠却为跳蚤的每个脚上都钉上了真正的铁掌，但这还不算完，手艺最厉害的左撇子，竟然在每个铁掌上制作了小钉子。讲罢，老爷子开心大笑，好像那钉子是他钉上去的。后来我上网查，俄罗斯作家列斯科夫是讲故事的天才，本雅明专门为他写了《讲故事的人》。第二天，汪家明先生在微信里告诉我，他的作品，有库克雷尼克塞的插图，黄先生讲得很生动，比读原著还要让人难忘。我听后，急切地想读列斯科夫。文学，真是一个没有边境的王国，走进去越深，越会发现它的奇幻无边。

夜深时，大家都回到客厅，黄永玉先生坐靠在沙发上，叫家人拿来他昨天画的画，我才惊讶地发现，他用毛笔写在画上的题诗只有印刷体小四号字（几乎是书籍里正文的字号）那么大，九十五岁的人了，这么微小的字，还写得那么稳。他说纸不好，纸若好，他还可以写得更小，写到只有这个字的四分之一。我问看得见吗？他的回答和列斯科夫小说里的那个左撇子一模一样：不需要看，全凭感觉。

写作（包括所有艺术创作）是上帝赋予写作者（艺术家）的一项技能，我们应当像左撇子一样，把它发挥到极致，让在常人看来不可能的事情变为可能。有人会问：这有什么用呢？我想说，用显微镜看到灰尘般大小的跳蚤掌上的小钉子有什么用呢？对一些人，可能永远没有用，对另一些人却有用，因为这让他们发现了另外一个世界，同样，那也是真实的世界。一个人的创作，能够深入另一个人的内心、生命（尽管他们不在一个时空），甚至改变一个人的世界观，终归是一件了不起的事。就像我们，在黄永玉的紫藤花架下，重温列斯科夫，或者在故宫，与吴昌硕迎面相遇。物质主义的世界正让人心变硬，没有教养，变得六亲不认，变得笑贫不笑娼（“君子爱财，取之有道”的传统信条被彻底动摇，财最重要，谁管它道不道），但那文字的，或者艺术的世界不同，在里面，我们感知到爱、理解与信仰。

四

我的写作不知始于何时，像夏商周一样难以断代，因为几乎从我认字开始，就对文字有一种非同寻常的痴迷。我发表和出版作品比较早，在20世纪90年代就出版几本书，但在我看来，我的第一部能够称为“作品”的书是《旧宫殿》，因得田瑛先生赏识，2003年发表于《花城》杂志，那一年，我已35岁，此前的作品，都是对“写作”的准备，是一种预习。但至少从15岁，或者20岁起，我的“写作”（或曰“准备写作”）就没有中断过。杨澜感叹我一直在坚持，她是我的同龄人，目睹我的“成长”，我感谢她的认可，顺便补充一句，就是在“坚持”背后，一定是热爱。只有热爱，才能穿透无边的寂寞，始终如一。无须讳言，我也是大俗人一个，有着这样或者那样的念想，但所有的欲求，都不如创作的欲望更加强大。那个世界深邃无边，一直深深地吸引着我。我A型血、狮子座，据深谙血型与星相的人士透露，有这样的星相血型的人，喜欢抛头露面、成为焦点，但我想说我是一个例外，在我最不希望的事情中，成为别人的焦点位列第一，因为那样会让我焦虑不安。我不爱在会议中发言，不爱坐在或者站在众人的中间，我作纪录片总撰稿、总导演，自己一直不喜欢出镜。我希望自己成为一个不起眼的人，混迹于人民群众当中，如苏东坡所说的，“万人如海一身藏”，没有人注意，逃过所有人追捕的视线，那才是最隐秘、最稳妥、也最自由的生活方式——其实也没啥人用视线“追捕”我，我觉得这样刚好。我会像吴昌硕，在纷杂、拥挤，甚至有些脏乱的街巷中如鱼得水，在最普通的生活里“超低空飞行”。写作让我对写作以外的事都持一种无关紧要的态度，“也无风雨也无晴”，只有对写作内部的事情，我抱有无限的激情，这是我的写作“坚持”到今天的根本原因。我愿安静地躲在文字背后，秘密地、不动声色地，向乞力马扎罗的神秘顶峰挺进。

我今年50岁，我决定用一本自选集纪念自己的50岁，纪念自己过往的选择。五十而知天命，其实天命既不是听天由命，也不是不顾一切地拼命，去强求什么名和利。这是一个既老又年轻的年纪——老到不能再到足球上驰骋了，但也年轻得还有许多未来可以规划。在这个年纪，应当去做自己该做、想做、能做的事。

上海文艺出版社的编辑乔亮要我在这本书的前面写一篇自序，我想这序言应该这么写：谈点中国的历史（毕竟这本书里收选的都是关于历史的散文），或者，回顾一下自己写作的“历程”（毕竟这是我五十岁的自选集），不知道为什么，最终写了上述这些文字。或许，这才是此刻的我最想说的话。我想以此向这个时代里所有安于创作的人致敬，也顺便向我自己致敬。

2018年6月18日至21日写于北京

目录

辑一

汉匈之战

第一节　一场重要的辩论

匈奴，一个让人感到不寒而栗的名字，它唤起人们对于速度、力量和硬度的联想，说到这个名字，人们就会想到天边滚雷般的马蹄声，圆月弯刀的寒光，还有浓浓的血，飞溅到天空中，像烟花一般绽放。所以，当汉武帝说出他要出兵匈奴的决定时，很多人的身体都抖了一下，他们认为皇帝一定是疯了。他太年轻了，只有21岁，那张年轻的脸，还没有经过失败的打磨。

公元前202年二月，定陶，刘邦沿着宫殿的台阶，缓步走到宫殿的高处，他转过身，看到匍匐在他脚下的黑压压的群臣，和看不到头的帝国疆域。从沛县起兵，到登上帝位，刘邦只用了七年时间。此时，他只剩下唯一的敌人——匈奴，这个几乎和大汉帝国同时崛起、像恶梦一样纠缠着大汉帝国的草原帝国。即使在宫殿里，他也听得到匈奴人越来越近的马蹄声。登基第二年的秋天，匈奴单于冒顿率他的草原军团跨过了长城，把胜利的旗帜插在了大汉帝国边疆重镇晋阳[1]的城头。刘邦坐不住了，他决定给匈奴人一点厉害尝尝。

十几年前，秦始皇统一天下以后，同样只剩下匈奴这唯一的敌人，他一面修筑地球上最浩大的防御工程——长城，一面派遣蒙恬出征匈奴。那时匈奴人的领袖，是头曼单于，头曼打不过蒙恬，向更北的草原逃窜，躲藏了十几年，刘邦心想，匈奴人打不过大秦帝国，而大秦又打不过大汉，那么匈奴一定打不过大汉帝国，刘邦被这个简单的三段论蛊惑着，率领32万大军扑向晋阳。但他忘了，那只是推理，与现实无关。所以，在平城[2]以东的白登山掉进了草原军团的口袋阵，被40万匈奴军队围得水泄不通时，他的内心充满了不解与绝望。一连七天，得不到任何救援，虽然最终趁着大雾侥幸逃脱[3]，却使他陷入更深的恐惧中不能自拔。刘邦的一生曾经经历过无数次的仓皇逃窜，仿佛他是被绑在马背上的木偶，东奔西跑不停地奔波，又像一个执著的赌徒，在每一次赔光老本后希望能卷土重来，柏杨形容他像苍蝇一样，失败后兜一个圈子，收拾残军，又转回来战斗[4]，唯独这次逃亡，比起当年鸿门宴的死里逃生，以及被项羽围困荥阳时的那次狼狈的逃亡更加令他感到后怕，因为在他眼中，匈奴人是比以往任何敌人都更加凶悍的敌人，望着草原的地平线上浮起来的黑压压的骑兵，他就陡然没了底气。匈奴人尖利的长矛曾经不止一次地穿越漆黑的宫阙深深地刺进了他的心窝，那是他的梦。醒来后，他捂着胸口，大口地喘气，为他从恶梦里"逃脱"而倍感庆幸。

那场著名的平城之战，从祖父文帝和父亲景帝一遍一遍的讲述中，汉武帝准确地知道了那场战斗的每个细节。他从来没有经历过战争，但他听得到平城之战的战士们绝望的嚎叫。那叫声，会在每一个北风呼啸的夜晚，抵达宫殿的深处。那是从匈奴高原吹过来的风，夹杂着冰雪的寒气和胡笳一般的幽咽。很多年中，汉武帝没有踏实地睡过。

所以，那天，御史大夫韩安国再度以当年高祖（刘邦）北征匈奴的失败史来说服汉武帝，不要随便去碰匈奴人的时候，汉武帝的脸上露出不屑的神情。他看透了这些大臣们的怯懦，对于他们来说，懦弱已经成为一种习惯。当然，他们的担心不是没有道理的。自平城之战后，刘邦就再也没动过征服匈奴的心思，面对匈奴人的不断入侵、挑衅，他的回应措施只有一个——把帝国的公主进献给匈奴单于。

这就是世界上“以女人换和平”的最初蓝本，对于大汉来说，有一些屈辱，但别无选择。帝国边疆的那条布满尸体的道路上，开始有女人妖娆的身影穿过，几百年中络绎不绝。唐朝诗人杜甫在缅怀汉元帝时期的王昭君的那首诗，让后人永远记住了那个怀抱琵琶，在斜阳荒草中寂然行走的汉家女子的眼泪与忧伤：

画图省识春风面，
环佩空归月夜魂。
千载琵琶作胡语，
分明怨恨曲中论！

而历史学家翦伯赞则在诗中对这种“以女人换和平”的政策成效给予正面评价：

汉武雄图载史篇，
长城万里遍烽烟。

何如一曲琵琶好，
鸣镝无声五十年。

刘邦死后，面对匈奴人不断入边，杀掠百姓、畜产的行为，文帝和景帝都按先皇帝的既定方针办，乖乖地把帝国的财物和女人进献给匈奴，以息事宁人，连吕后这样强势的女人，面对冒顿单于的侮辱，都只能卑词求和，他们没有别的办法。这一方面是因为国力所限，另一方面则因为中国皇帝的治国理念，往往表现出强烈的静态取向，把帝国的运转方式固定化，如同乡野里的农民，视野中的景象一成不变，对于外部世界的刺激，他们的基本反应是排斥、恐惧和不信任，封闭的生活状态让他们感到安全、轻松，长城给他们筑了一条安全的篱笆，也像紧箍咒，套在他们的头上，但对于这一切汉武帝并不甘心，因为汉武帝不是一个一般的皇帝，而是一个干大事的皇帝。这可能是因为他的父亲汉景帝为了让他平稳登基而杀了很多人，包括功高而倔强的大臣周亚夫，汉武帝是在穿越宫廷的血腥之后登上皇位的，他一开始就比着唐尧虞舜，自称夙夜不敢闲暇安乐，深思万事之端绪[5]，或许正是为了洗去权力的血腥味，使自己手中的权力拥有足够的合法性，他发誓要干一番大事业给天下看看，或许，汉武帝的性格里，早就埋藏着冒险和进取的基因，一旦登上皇位，这种基因就可以毫无节制地释放出来。他听取董仲舒的建议，“罢黜百家，表彰六经”，把春秋战国时代被边缘化的儒家学说提升为帝国的核心价值；他创建太学、乡学，设立举贤制度，形成了中国独特的文官制度；盐铁贸易收归国家控制，这一制度延续至今……先帝积累的家底使汉武帝有了本钱，有了一份与超级大国相匹配的狂傲与自信。

而匈奴，还是他心头的一块病，只有战争能够治好它，其实那场战争早就在他的想象里爆发了，只是没人知道而已。

不打败匈奴，他的帝王事业就不完整。

在朝廷上，汉武帝感觉到了自己的势单力孤，他知道，时机还没有成熟。他还要忍。汉武帝第一次流露出攻打匈奴的意图一年以后，公元前 133 年，大臣王恢最先向韩安国所代表的保守势力发起了挑战，那一天，王恢的眼睛紧紧盯着韩安国，没有丝毫的躲闪。他说，今以陛下之威，海内为一，然而匈奴仍然不断进犯，原因只有一个，就是对大汉没有丝毫的惧怕，从这个意义上说，我们越是退缩，就越会助长匈奴人的威风，只有主动迎战，才能使他们有所顾忌。面对满朝的疑虑，王恢说，从战术上讲，诱敌深入，然后击破它，并非不可能。王恢还说，当年高帝披坚执锐，之所以不报平城之怨，不是他没有这份力量，而是天下初定，他想让天下休养生息而已，而今匈奴人屡次入侵，烧杀抢掠，朝廷无动于衷，这不是仁德，是怯懦，是苟且偷安。

韩安国反驳道：用兵，讲究的是以饱待饥，以逸待劳，如今我们轻举卷甲，长途奔袭，就算是到了匈奴人的地盘，也成强弩之末了，如何能够战斗？ 倘若补给中断，岂不重演平城的悲剧吗？

王恢说，臣所说的击破匈奴，并非孤军远征，而是诱敌深入，我们精选枭骑、壮士，事先设伏，占据险要地形，布好战阵，一定可以打败匈奴，活捉单于。[6]

那也是一场战斗，用语言进行的战斗，那一战，准备充分的王恢赢了。

终于，一纸诏书，终结了朝廷上关于战与和的争论，终结了所有的怯懦与犹疑。诏书上写道：

> 匈奴逆天理，乱人伦，暴长虐老，以盗窃为务，行诈诸蛮夷，造谋籍兵，数为边害。故兴师遣将，以征厥罪。[7]

汉武帝当时并不知道，这纸诏书所发动的战争，将使欧亚大陆的地缘政治形势发生根本的改变。

第二节　“超级大国”

对于大汉帝国来说，匈奴从来都不是一个容易对付的对手。他们自称是狼的后代，身体里充满狼的基因。他们没有固定的家，马背就是他们的家，每到秋高马肥的时候，一种到外面的世界闯荡的冲动就会油然而生。他们征服世界，并非出于扩大版图的渴望，而是源于他们血管里的冲动。所以匈奴人没有固定的版图，也很少修建城堡，他们的马走到哪里，他们的版图就扩大到哪里，如乌单所说：“凡是太阳能够照到的地方，只要我需要都能被征服。”[8]他们称首领为“单于”，“单于”的意思，就是“像天子一样广大的首领”。的确，没有人能阻挡他们，因为他们勇猛善战，打仗对他们来说跟打猎是一回事，所以他们从来不惧怕战争与杀戮，不会像中原的农民那样舍不得瓶瓶罐罐，相反，他们享受着冲杀的快感，当敌人的头颅被寒刀齐刷刷地砍下，他们会把头皮小心翼翼地揭下来，拴在马缰绳上，成为对他们胜利的最佳纪念，然后一路歌唱着返回营地。“他们将敌人的头颅从眉沿处锯开，在里面嵌上金片，外面蒙上皮套，作为饮酒的器具使用。他们还将敌人的头皮揭下，拴在马缰绳上以示荣耀。”[9]每当长城上的汉军士兵看见塞外草原上被狂风吹得起伏不定的草尖后面，匈奴骑兵黑压压的影子露出来时，心就会不停地打战，他们会下意识地摸摸自己的脖子，没有人知道，不久之后，自己的脑袋是否会成为匈奴骏马上炫丽的饰物。

匈奴人的巢穴，据说在诺颜山上。诺颜山在今蒙古人民共和国首都乌兰巴托附近，在长安城的正北方的草原深处，到长安城几乎是一条北南纵贯的直线，因此，匈奴人的目光，可以居高临下，从他们的老巢直抵长安。几个世纪以来，在他们目光的引导下，他们的骑兵也一次又一次地从高原上俯冲下来，穿越秦国修建的长城防线，像来自高原的沙尘暴，横扫黄河边的城池和乡村。被黄仁宇称为第一帝国的秦汉帝国[10]被他们的长鞭抽打得血肉淋漓，却没有人知道那只挥鞭的手掩藏在哪里。浩瀚的草原，湮没了他们神秘的来路。

我从来不曾去过乌兰巴托，不知道诺颜山究竟是一座怎样的山，但对于诺颜山老巢的各种想象却始终纠缠着我，仿佛那个四海为家、来去无踪的草原部落，也因此有了一个凝聚点，而匈汉之间的战略对峙，仿佛也有了一种形象的表达——它首先是一种目光的对峙，那些来自高纬度、高海拔地区的凛冽目光，一刻也没有停止过对繁华的长安城的扫视，像扫视一只不安分的猎物，相比之下，来自长安城的目光却少了许多攻击性，它们对遥远而空无的北方没有兴趣，他们把凶狠留给了被黄河串连起来的东西横贯的战争带上，直到高唱《大风歌》的汉高祖刘邦重新收拾起狼藉了数百年的旧山河，他也没有勇气真正打量一下压在他头上的那个草原帝国。

关于匈奴人的来历，司马迁给出了自己的解答——夏时的荤粥、殷商时的鬼方、西周时的猃狁、春秋战国时期的戎、狄等反复入侵黄河农耕地区的北方民族，统统都是匈奴的前身。[11]这样一来，史书中那些令我们发昏的北方游牧民族的来龙去脉，就化繁为简、一目了然了，那个正式被中原的史书称为“匈奴”的强大部落在中国的北方大漠崛起的时间，也是在公元前3世纪，和大汉帝国、罗马帝国几乎不分先后。

考古学家从诺颜山匈奴墓葬中发现了一幅匈奴人的刺绣画像，让我们看清了匈奴人的相貌：头发浓密、梳向后方，前额宽广，眼睛巨大，眼珠虽然绣成黑色，但瞳孔却用蓝线绣成，面孔严肃，显得很威严[12]，与《汉书》卷六十八《金日磾传》中，对本为“匈奴休屠王太子”的金日磾“长八尺二寸，容貌甚严”[13]的描述十分相似。

柏杨说：“西汉王朝时代最强的敌人——匈奴汗国，在公元前3世纪露面，而在公元前2世纪崛起，从此像毒蛇一样，缠到中国人身上，引起国困民贫的数百年血战。”[14]

根据《史记·匈奴列传》的记载，公元前209年，也就是刘邦受楚怀王之命西征灭秦的前一年，冒顿单于杀死了自己的父亲头曼。头曼本想废掉冒顿，把他送到月氏国做人质。刚到了月氏国，头曼就向月氏国发动了攻击，明摆着是要置冒顿于死地。冒顿偷了匹快马，侥幸逃回匈奴。回来后，头曼不动声色，让他做了万骑之首。冒顿于是制造了许多鸣镝，用来训练骑射——鸣的意思是响声，镝的意思是箭头，鸣镝就是响箭，它射出时，箭头能发出响声。鸣镝由镞锋和镞铤组成，具有攻击和报警的用途。冒顿后来就趁着和父亲头曼一起打猎的时机，用鸣镝射杀了头曼，左右也按照平时训练好的要求，用飞舞的鸣镝，将头曼万箭穿心，冒顿就这样，自立为单于。[15]他设立了首脑郡（单于庭），统御匈奴。这个首脑郡的位置，应在大汉帝国的代郡[16]和云中郡[17]的正北方，但具体地点一直是个谜，既没有史料证明，也没有出土文物确证。

著名匈奴史学家林幹认为，它的位置可能在今蒙古人民共和国首都乌兰巴托附近[18]，因为苏联和蒙古的考古学家已经在乌兰巴托 70 英里处的诺颜山，发现了数十个匈奴贵族（或单于）的墓葬，出土的属于公元前 3 世纪以前及以后的大批铁器，包括兵器（铁刀、铁剑、铁镞），生产工具（铁镞、铁铧）和生活用具（铁马嚼、铁环、铁片、铁钉），以及铁块、铸铁的模具与炼铁炉等，除了铁器，还有大量铜器，包括铜镞、铜刀、铜剑、铜炉、铜壶、铜鼎、铜钟、铜镜等。[19]从诺颜山第 6 号匈奴墓葬中，考古学家甚至发现了古希腊人制造的丝织品，以及三幅足以反映匈奴与西方各族的交换关系的刺绣画[20]，这些考古发现，透露了来自那个神秘帝国的消息——匈奴帝国公元前 3 世纪在大漠南北兴起的时候，物质文化已开始进入铁器和铜器时代，并且与西域相沟通，直到汉武帝派遣张骞“凿空“西域，中原王朝才夺回对西域和丝绸之路的控制权。

此时，在欧亚大陆的另一端，另一个强大帝国——罗马帝国也在异族的不断入侵中饱受煎熬。当代历史学家艾兹赫德在《世界历史中的中国》一书中写道：“汉朝和罗马都始于公元前 3 世纪，都是由位于西部边缘地区、保守、思想相对落后的贵族国家，向各自文明地域的军事扩张而建立起来的。”[21] 自罗马在公元前 3 世纪统一亚平宁半岛后，就没有放松过对北非迦太基的战争，战争一直打到公元前 146 年——刚好是汉武帝的时代，罗马以饥饿围困迦太基，才突破城外的防线，接下来，双方进行了残酷的巷战，巷战持续了六天六夜，战死者多达 8.5 万人，城破那天，罗马元老院下令火烧迦太基城，大火一直燃烧了 16 天才熄灭，残存的 5 万迦太基人被卖为奴隶，迦太基城彻底毁灭。

屋大维掌握政权后，罗马通过一系列的扩张，使罗马超出了一个城邦的概念，成为一个帝国。罗马疆域的全盛期是图拉真统治时期，罗马帝国此时的疆域“西至大西洋边；北至莱茵河和多瑙河；东至幼发拉底河；南边则直到阿拉伯和非洲的沙漠地带”[22]，控制着大约 590 万平方公里的土地。这是一个东西宽度近乎 5000 公里，南北长度超过 3000 公里的广阔地带，《罗马帝国衰亡史》的作者爱德华·吉本形容它“位于温带中北纬 24 到 56 之间最美好的地区”，“其中大部分都是肥沃的熟地”[23]。

艾兹赫德在《世界历史中的中国》一书中写道：大汉帝国和罗马帝国“都和相对野蛮的社会共存，并受到它们的威胁”，“然而，不同的是，在西方，野蛮力量带来了罗马帝国的覆亡（或者至少是强迫罗马帝国向南部巴尔干半岛和安纳托利亚退缩），在中国则没有，两个帝国在社会病理特征上不一样”[24]。

第三节　战争的开始

当冒顿单于远远地看到马邑城下挂着的那颗人头时，脸上露出了无法掩饰的笑容。那是他和大汉的叛臣聂壹达成的默契——他会把犯人的头颅剁下来，挂在城下，那将是他发出的信号，意思是："马邑长吏已死，可以马上出兵！"聂壹心甘情愿地杀死马邑的县令，把这座城池和人民献给单于，冒顿已经习惯了胜利，丝毫没有想到，那是汉人的计策。

果然，冒顿单于带着十万骑兵，杀来了，尘土蒙在他们的脸上，被热血点燃的目光射出焦灼的光，他们需要城市里的一切——金钱、器物、女人，需要他们在草原上缺乏的一切，更重要的，他们需要杀人，去满足刀的渴望。但是，当他们距离马邑还有百里的时候，发现田野间散布着许多羊，却不见牧羊人，这令他们十分奇怪，他们抓来了一名尉史，从他口中得到一份重要情报——汉军已在前面严阵以待了，冒顿单于大惊，说："抓到了尉史，真是天意！"于是，带着他的骑兵，迅速回撤。汉军看见单于撤兵了，立刻在后面追击，没有追上，只能无功而返。

如果冒顿单于知道，在马邑附近的山谷中，埋藏了三十余万大汉军队，他一定会惊出一身冷汗。这三十余万大军，以御史大夫韩安国为护军将军，大行王恢为将屯将军，太中大夫李息为材官将军。这次，他们做了精心的准备，汉武帝在宫殿里等待着他们战胜的消息。

这一次无功而返，让汉武帝十分愤怒。他决心杀掉王恢，王恢没有想到，他的极力主战，换来的竟是自己的死路，他向丞相行贿千金，希望保住自己的脑袋，但汉武帝决心已下，他说："今不诛恢，无以谢天下。"[25]王恢听到这样话，绝望了，以一袭白绫，终结了自己的生命。

他用王恢的血，重塑自己北伐的信心。

反对出击匈奴的韩安国，不仅没有因言获罪，相反被任命为护军将军，汉武帝的文学侍从司马相如在《上林赋》中批评汉武帝的奢侈，汉武帝不仅没有生气，反而称赞他的赋写得好，这些都表明了汉武帝的宽容与开明，相比之下，力主开战的王恢，在汉武帝的眼里却死有余辜，后来司马迁为战败投降的李陵辩解，也被施以宫刑，这至少表露了他在对待匈奴的问题上的焦虑，他可以宽容不同的见解，却不能容忍战场上的闪失，他有着不可救药的完美主义倾向，在与匈奴作战这个问题上，他没有给自己留余地，也不会给自己的臣子们留任何的余地。

汉武帝的精神世界，可以分为截然相反的两极——一方面，他侠骨柔肠，另一方面，又无比的冷酷、独断、铁血；一面是海水，一面是火焰；只有两极，没有中间地带；对待同志如春天般温暖，对待敌人则像严冬一样残酷无情。温暖的血肉与坚硬冰冷的石头，在汉武帝的内心居然能够混合成一体。这种反差极大的性格，或许是最适合于皇帝的性格，因为皇帝需要恩威并施，需要翻云覆雨，需要为所欲为。相反，那些中庸的皇帝，只有中间地带，没有两极，因而性格平庸、稳定，在日常生活中，他们可以成为一个好人，但在极权体制内，他们绝对无法成为一个称职的皇帝，比如南唐李煜、宋代赵佶、明代朱允炆，皆是如此。他们该暖的地方不暖，该狠的地方不狠，如温吞水，犯不下大恶，也做不成大的事业。

汉武帝这种人的性格特点是，压力越大，就越强硬。重压对于他们来说从来都不是坏事，相反是他们证明自身力量的机会。这种性格的形成，或许与汉武帝的成长环境有关。与那些深宫里娇生惯养的皇子们不同，汉武帝的成长充满了艰辛。汉武帝的母亲王娡出生于一个贫苦的农民家庭，嫁入皇室前，已经生有一子两女，后来她改嫁太子，生下汉武帝刘彻，又带着刘彻再度“改嫁”景帝。所以汉武帝的童年，即使处于宫廷，仍然倍受轻视。称帝后，汉武帝从韩嫣口中得知自己还有姐姐流落在闾巷，便立刻驾车去寻找，在市井间引起不小的骚动后，皇帝的车马终于停在他姐姐贫寒的家门口。汉武帝命人将自己从未谋面的姐姐扶出来，自己下车，站在姐姐面前，说：“姐，你为何要藏起来啊？”没有说完，就哽咽了。他把姐姐恭恭敬敬扶上马车，一起到长乐宫拜见母亲，他们的母亲王娡，此时已是太后，她老早就站在宫门口，对女儿翘首以盼，当她终于看到女儿的身影时，突然嚎啕大哭，哭声颤动，在宫殿上缭绕了很久。

汉武帝凶狠的一面，在某种程度上是被血腥的匈奴人逼出来的。汉武帝知道，攻击是最好的防守，只有凶恶可以使自己变得更加安全，于是，面对匈奴——狼的后裔，汉武帝毫不客气地露出自己的獠牙。

沉寂的荒漠一般不会起风，然而一旦起风，就意味着有惊天动地的事件将要发生。

我们已经无法知道，是哪一个士兵第一眼看到草原远方露出来的黑压压的骑兵，这一次，轮到匈奴人尖叫。总之，在风暴的间隙，越来越多的匈奴人发现，大汉王朝的骑兵，像一团团的乌云压了过来，草原上的狂风，是他们带来的，风旋转着，草叶在疯狂地舞蹈，发出令人胆寒的沙沙声，那是死亡的讯息。

汉武帝元光六年，公元前129年。根据汉武帝的指令，车骑将军卫青，率一万骑兵出上谷；轻骑将军公孙贺，率一万骑兵出云中；太中大夫、轻骑将军公孙敖，率一万骑兵出代郡；卫尉、骁骑将军李广，率一万骑兵出雁门，四路大军，跨出长城，深入浩渺的匈奴腹地，向匈奴发起进攻。

应当说，在战术方面，大汉军队的战斗能力具有一定优势的。大汉时代，马镫尚未出现，所以无法在马上发力进行砍刺搏斗；而汉时弓弩却相当先进，强弩装备了各作战部队，射程可达300米。那时骑兵专门有一种可在马上用脚张开上弦的弩，威力具大，在它们的强大攻击下，箭镞如暴雨般倾泻，使敌军队形混乱、指挥失效，在骑兵的第一波冲击之后，步兵可以冲上去，进行近距离的白刃战。由于匈奴装备落后，它们的弓射程近，射击精度又比不过汉军的强弩，这种战法对于匈奴的骑兵十分有效。但据说匈奴人后来开始使用马镫，使他们的射骑效率大大提高，为横扫欧洲奠定了基础。

在战略上，汉匈双方的地位正好相反。通常来说，机动能力强的一方往往占有战略上的主动权，匈奴对汉正是这样。汉有连绵数千里的固定防线即边郡，而匈奴则处在一种无固定战略支撑点的机动进攻状态，尽管从军事实力（包括总兵力和战斗能力）上讲，汉不逊于匈奴，但匈奴人可以集中优势兵力打击敌人，形成以多打少。在这种情况下，汉军只能增援，命令附近的军队，或直接派遣中央军前往救援，然而，在通讯落后的汉代，这样做很容易变成各部分头冒进，结果又成了让匈奴局部以多打少，救援部队反让匈奴吃掉了；如匈奴军队不够，探知军情后会立即撤退——史料记载，匈奴可以在一昼夜行进300里，只需3天时间，匈奴军队就可以出现在1000里外，对那里的汉军再次形成以多打少的局面。匈奴可以迅速转移而汉军不能，原因在于匈奴军队的补给方式更加有效。匈奴出征时，一般每名战士带两匹马，随身只带上够吃20天的肉干，20天后他们基本上是就食于敌，十分利于机动，而且他们攻破城池后只是掠夺而不守城。这种类似于“游击战”的战法，使匈奴军队时常居于主动，而汉军处处被动，有劲儿使不出来。[26]

但这一次不同了，这一次汉军改变了战略，卫青等率领的四路大军，同样采取的是“游击战”、“运动战”的战法，以“游击”对“游击”，以“运动”对“运动”，试图变被动为主动，在“运动”中寻求战机，歼灭敌人。

对于没有经历过大战役的卫青、霍去病他们来说，这无疑是一次挑战，对于汉武帝这位年轻的皇帝来说，它的冒险性就更大，因为是他在朝廷上力排众议，决定出塞作战，一旦失败，他的政治威信将受巨大影响。我相信那些日子，在未央宫，他一定度日如年，焦急地等待着来自边关的消息。

战争并没有取得圆满的结果，只有卫青没有辜负汉武帝的期望，直捣龙城，一举斩杀数百名匈奴人，此外，公孙敖折损了7000骑兵，李广受伤就擒，被卧放在两马之间的绳网上，被押送回匈奴人的营帐，幸好李广敏捷地飞跃到匈奴士兵的马背上，一连射杀几名追兵，才穿越草原，奔回长安，从此，他留下了一个绰号：“飞将军”，八百年后，被那个名叫王昌龄的唐代诗人写进那首著名的边塞诗《出塞》，至今仍被吟诵：

秦时明月汉时关，

万里长征人未还。

但使龙城飞将在，

不教胡马度阴山。

历史学家认为，龙城之役在汉匈交战史上具有划时代的意义。它打破了自汉初以来“匈奴不可战胜”的神话，大大鼓舞了汉军士气，成为汉匈战争的转折点，为以后汉朝在经历两百年苦战之后最终打垮匈奴打下了基础。

如同对王恢一样，对于李广和公孙敖，汉武帝一点也没有客气，他下令把他们抓起来，听候处置。后来李广出钱，才赎了罪，变成了一介平民。

第四节 沙漠风暴

战争开始的第二年，汉武帝元朔元年，公元前 128 年，产房传喜讯，怀胎十月的卫子夫为汉武帝生了一个儿子——汉武帝的皇长子刘据，年近而立始得长子的武帝兴奋异常，一出生便命人为刘据作《皇太子赋》，等于提前昭告天下这个刚出生的婴儿就是太子，并将他的母亲卫子夫由夫人立为皇后。

就在那一年，匈奴又像往常一样，在辽西、渔阳、雁门多个进攻点上，向大汉帝国发起攻击，卫青再次被任命为车骑将军，从雁门出塞，带领 3 万骑兵攻打匈奴。这一场面，让人想起印度诗哲泰戈尔的一句话：人类的历史耐心地等待着被虐待者的胜利。

将近两千年以后，我来到昔日的战场，那天，我在山西作家协会副主席、散文家张锐锋安排下，与作家方方、蒋韵一同前往与宁武关、偏关合称为“外三关”的雁门关。我们乘车，穿越反反复复的山岭与沟壑之后，才到山阴县城，再向东南方向行驶，到达勾注山脉的山脚。数百座汉墓封土堆，散落在旷野荒郊，在黄土地上凸地，需仔细辨别，才能与丘陵区别开来。在这些汉墓中，就埋葬着跟随卫青、霍去病远征的汉朝将士的骨骸。从他们身边经过，我们不知何时进入一条漫长的狭谷，就是雁门古险道，两侧峰峦叠嶂，怪石凌空，无穷无尽的陡峭山梁，是漫长而枯燥的序曲，在那些山梁的后面，雁门关远远地露出它凌厉的檐角时，我相信每个人的心头都会骤然一惊。

那时是初冬，风呼呼地刮着，割得脸疼。但这种荒芜景象，正好符合我们的心意，因为除了我们，这里没有游人，没有旅行团、导游和小卖铺，破损的城楼，正是汉代的形象，粗砺的风，抹去了时间的痕迹——它仿佛依然停留在汉代，天空很蓝，我相信马背上的卫青抬头时，看到的是一片相同的天空。雁门关蹲伏在峡谷的中间，像一把铁钳，把汉朝通向草原的道路死死地卡住，它夸张的飞檐使它看上去又像一只敏捷的飞鹰，蹲伏中积攒着能量，转眼之间就会破空飞去。

那一天，脚下踩着粗糙的石路，我想象着卫青的铁骑从上面踏过的情景，空气中晃动着战马的嘶鸣声。部队冲出峡谷，前面就是一望无际的草原了，凶狠的匈奴骑兵随时可能围拢过来，不再有城墙给自己提供保护了，但是我相信，冲向草原的那一刻，卫青没有丝毫的犹豫，有的只是“报君黄金台上意，提携玉龙为君死”[27]的决绝。

从这一天开始，卫青一次一次地率领他的骑兵，面色沉静地从边塞出发，像一股股的潮水，向匈奴帝国发起不间断的冲击。而胜利，也开始离这个从不气馁的王朝越来越近了。卫青在这次战役中，杀死了几千名匈奴军人；第二年，匈奴集结大量兵力，进攻上谷、渔阳。汉武帝派卫青率大军进攻久为匈奴盘踞的河南地（黄河河套地区）。这是西汉对匈奴的第一次大战役。卫青率领 4 万大军从云中出发，采用“迂回侧击”的战术，西绕到匈奴军的后方，迅速攻占高阙[28]，切断了驻守河南地的匈奴白羊王、楼烦王同单于王庭的联系。尔后，卫青又率精骑，飞兵南下，进到陇县西，形成了对白羊王、楼烦王的包围。匈奴白羊王、楼烦王见势不好，仓惶率兵逃走。汉军活捉敌兵数千人，夺取牲畜 100 多万头，完全控制了河套地区。因为这一带水草肥美，形势险要，汉武帝在此修筑朔方城[29]，设置朔方郡、五原郡，从内地迁徙 10 万人到那里定居，还修复了秦时蒙恬所筑的边塞和沿河的防御工事。这样，不但解除了匈奴骑兵对长安的直接威胁，也建立起了进一步反击匈奴的前方基地。《史记》《汉书》盛赞此仗汉军“全甲兵而还”，卫青立有大功，被封为长平侯，食邑 3800 户。

卫青是卫子夫同母异父的弟弟，作为一个私生子，卫青的青少年时代所受的屈辱是可想而知的。走投无路之际，卫青只好回到平阳侯曹寿的府上，回到了作为奴婢的母亲生活和战斗过的地方，曹寿是汉朝功臣，他的夫人，是汉武帝的姐姐平阳公主（阳信长公主），卫青于是成了平阳公主的家奴。卫青不会想到，正是在这里，身为歌奴的姐姐卫子夫会应选入宫，而自己，也见到了汉武帝，并使自己一生的命运发生了扭转。

那一年，是公元前136年，恺撒还没有出生[30]，汉武帝只有20岁，大汉帝国，已经走过了六十多年的光辉岁月，泥土般温柔敦厚的王朝已经开始显露它石头的质地。但是，没有卫青、霍去病的汉朝称不上真正的汉朝，汉武帝也称不上真正的汉武帝，他们是汉武帝的一部分，汉武帝刘彻等待着他们的出场。

出身微寒的皇帝至少有一个好处——不计较别人的出身，刘邦正是如此，所以他的身边聚拢了一批能臣，连受过胯下之辱、被项羽看不上眼的韩信，他都不嫌弃，正是这些良臣名将，帮助他打败项羽，成就霸业。此时的汉武帝，与他的先祖如出一辙，他对人才有一种天生的敏感。汉武帝之所以在汉朝十二帝中最“成功”，与秦始皇并称为“秦皇汉武”，不仅因为他活了70岁，在中国古代皇帝中已堪称高寿，而他的继任者，没有一个能够与他媲美——昭帝刘弗陵活了21岁，宣帝刘病已和元帝刘奭都活了43岁，成帝刘骜活了46岁，哀帝刘欣活了26岁，平帝刘衎活了14岁，而孺子刘婴只活了21岁，就被王莽杀死篡权了——荒淫的生活与阴谋者的暗箭，使九五之尊的皇帝成了人世间最高危的职业，汉武帝之成功，更缘于他的心胸宽广，用人之际，英雄不问出处，如果没有这样的心胸，像卫青这样出身低微的人，只要被一连串的因缘巧合送到他的面前，就会被他抓住不放，否则，卫青这样的将军，即使有天大的本领，也只能像一滴水消失在大海，永远不会被人注意。

使用卫青，对于汉武帝来说，具有一定的冒险性，因为卫青是“外戚”，至少在汉武帝的心里，吕后家族专权的时代并不遥远，卫青的军权过大，对于大汉的江山构成的威胁可想而知。但任何事情都是好坏两面，汉武帝用人不疑，拜卫青为大将军、大司马，位在丞相之上，再次显示了他喜欢冒险的性格。除了卫青的才能，汉武帝还看准了卫青一点，那就是他谦虚谨慎、戒骄戒躁的风格，卫青不是贪得无厌的人，胜利之际，他心里想的，首先是奋力拼杀的将士，自己从不邀功，可谓吃苦在前，享受在后，皇帝只有缎带公孙敖、韩说、公孙贺、李蔡封侯，又封李诅、李息、豆如意等为关内侯，卫青才肯接受封赏；他更知道，自己充其量不过是一块不错的铁胚，是汉武帝把他铸造成一把钢刀，对于汉武帝，他除了报效，绝无他想。当然，汉武帝并不盲目，他还有另一手，那就是后来提拔霍去病，对卫青起到制衡的作用。对于霍去病受重用，卫青也毫无妒意，而是乐观其成，这不仅因为霍去病是卫青的外甥、卫青另一个同母异父的姐姐卫少儿的孩子，更因为卫青有不同寻常的胸襟。正是他们彼此的相得益彰，使大汉帝国能够在匈奴人的压力下，顽强崛起。

元朔六年，公元前 123 年，霍去病已经 18 岁了，那一年，他以校尉的身份，跟随卫青出征。这一年，卫青领军，开始了漠南之战。所谓“漠南”，地域大概为今中国内蒙古自治区。相对于蒙古高原而言，这一地区属于边缘，但它与长城遥相呼应，二者之间布满戈壁和戈壁草原。自古以来，漠南是北方游牧民族和中原地区都十分重视的要塞。霍去病带领 800 骑兵，脱离大军在茫茫大漠里奔驰数百里奇袭匈奴，打击匈奴的软肋，斩敌 2028 人，杀匈奴单于祖父，俘虏单于的国相及叔叔。这是霍去病经历的第一场战役，他以不凡的战绩向世人宣告，大汉王朝最耀眼的一代名将，已经横空出世。

卫青一生中七次出击匈奴，共斩杀、俘虏敌军 5 万多人，在卫青的征战生涯中，最令他自豪的，或许是元狩四年、公元前119年春天的那次漠北之战。所谓“漠北”，位于今天的蒙古国高原，海拔较高，多在1500米左右，是匈奴人的主要活动区域，后来成为政治和军事中心，单于龙庭就设在这里。那一次，匈奴单于伊稚斜采纳赵信的建议，远走漠北，认为汉军不能穿过沙漠，即使穿过，也不敢多作停留。赵信对伊稚斜单于说：“汉军横穿大沙漠，必然人困马乏，我军可以以逸待劳，擒获敌军。”于是将己方的辎重运到遥远的北方，把精锐部队调到沙漠以北，等候汉军。

在这种情况下，汉武帝把征伐匈奴的使命交给了卫青和霍去病。他挑选了10万匹精壮战马，由大将军卫青、骠骑将军霍去病各率精锐骑兵5万人，分作东西两路，远征漠北。为解决粮草供应问题，汉武帝又动员了私人马匹4万多，步兵10余万人负责运输粮草辎重，紧跟在大军之后。

如果说出击匈奴的决策是一项冒险，那么这次出击，则是冒险中的冒险。如一位作家所说，战场是最容易犯错误的地方。在战争中，军人承受着常人在常态生活中体会不到的巨大的压力。危机重重，千钧一发，生死攸关，在鲜血、烽烟和呐喊中，一个人很容易乱了方寸。然而，战场又是一个不能犯错误的地方，每犯一个错误都要付出惨重的代价。[31]

卫青和霍去病当然知道，他们不能犯错，匈奴人不允许他们犯错，在千里万里之外的沙漠地带，他们一旦犯错，将死无葬身之地，汉武帝更不允许他们犯错，犯错的结果，已经被王恢所证明。然而，战场上的变数太多了，“天气、地理、后勤、敌情、我情……一招不慎，满盘皆输。战争需要军人把自己的大脑变成一台超高性能的计算机，在战场的厮杀呐喊中能进行调整精确的计算”[32]。

所幸，上天在不经意间，给卫青这个在社会最底层长大的孩子一个出色的大脑，他不仅勇猛，更有高度的判断力。一出边塞，卫青就从俘虏口中得知了单于的住地，他没有犹豫，决定亲自率精兵挺进，袭击伊稚斜，命前依靠软磨硬泡才被汉武帝同意参战的老将李广与右将军赵食其合兵一处，由东路进军。然而想到东路绕远，水草也少，李广的心就凉了，他请求说：“我的部队是前将军的部队，而今大将军却改命我部为东路军。我自少年时就开始与匈奴作战，今天才有机会正面对付单于，所以愿意作前锋，先去与单于死战。”卫青没有因他的哀求而动容，汉武帝曾不止一次地暗中告诫他，李广年纪已老，也不够多谋，不要让他与单于正面作战，恐怕他不能完成擒获单于的任务。而公孙敖不久前失去侯爵，在卫青看来，让他与自己一同正面与单于作战立功，最为合适。卫青的这一决定，让李广非常失望，力请卫青改变初衷，但卫青铁青着脸，没有同意他的请求。李广把愤怒郁积在心里，未向卫青告辞，就动身出发了。

卫青率大军，顶着塞外粗砺的寒风，向北跋涉了1000余里，在横穿大沙漠，匈奴单于列阵整齐的军队，终于出现在他的面前了。卫青坐在马背上，表情没有丝毫的变化，但我想他的内心一定会激动起来，缓缓地，他举起战刀，在一声撕破喉咙的呐喊中，奔向那只他渴望已久的头颅。在他身后，5000骑兵向匈奴阵营冲去，一万匈奴骑兵也冲过来迎战，转眼之间，双方就纠缠在一起，亲密无间，不分彼此了。夕阳是暗红色的，像一颗即将坠落的头颅，卷起的尘沙如一阵阵的浪涛，扑打在他们脸上，让双方士兵几乎睁不开眼睛，只能依稀看到许多模糊的影子。刀在铠甲划过，发出的声音让人头皮发麻，血在飞，与飞起的黄沙绞合在一起，变得粘稠无比，像黑色的乌鸦，成群结队地掉落在战士们的身上、脸上。渐渐地，粘稠的人影变得稀薄起来，空气的透明度高了，那是因为活着的人在减少。伊稚斜开始示弱了，乘坐6匹健骡拉为战车，在约数百名精壮骑兵的保护下直冲汉军防线，向西北方向飞奔而去。这时，天已完全黑了下来，匈奴兵也四散逃走，卫青派出轻骑兵，乘着夜色追击伊稚斜，自己率大军跟随其后。天将明时，汉军已追出200余里，呈现在他们眼前的，是一片空旷的大漠，没有一点单于的影子，他们于是到颜山赵信城，夺得匈奴的存粮供应军队。停留一日之后，将该城和所余的粮食全部烧光，然后带着斩杀和俘获19000余人的战绩，班师而还。

而霍去病，或许是活捉伊稚斜单于的愿望过于强大，他没有率兵返回，而是抱定了“独孤求败”的决心，向着草原的深处一路杀去，消失在卫青的视野里。直到他们返回长安，卫青才知道，他们一路高歌，杀到今蒙古肯特山一带。根据《蒙古秘史》记载，后来的一代天骄成吉思汗就埋葬在肯特山起辇谷，这座山在中国汉代称狼居胥山。在这里，霍去病暂作停顿，率大军进行了隆重的祭天地仪式，史称“封狼居胥”。“封狼居胥”之后，霍去病继续率军深入追击匈奴，一路打到翰海[33]，他们才勒住战马的缰绳。

霍去病“封狼居胥”，从此成为中国历代军人一生中的最高追求，这一年，霍去病只有22岁。此仗后，汉武帝亦封霍去病五千八百户。汉武帝下令给他建造府第，但霍去病却拒绝了，留下了一句千古名言：“匈奴未灭，何以家为？”

而李广与右将军赵食其率领的东路军，则因没有向导，在沙漠中迷失了道路，所以落到卫青的后面，没能赶上对单于的关键一战。这让卫青十分气愤，因为如果李广的部队及时到位，匈奴单于伊稚斜就不可能逃脱。在归途中与东路军汇合后，卫青命李广马上到大将军处听候传讯。李广说道："校尉们没有罪，是我自己迷了路，我现在自己到大将军幕府去受审。"又对他的部下说："我从少年时开始作战，而大将军却将我部调到东路，路途本就绕远，又迷失了道路，难道这不是天意吗！ 况且我六十多岁了，不能再在那些小吏面前受辱！"于是拔出战刀，在脖子上划出一道血红的伤口。那伤口张开着，仿佛一张不甘心的嘴，欲言又止。右将军赵食其一人被交付审判，其罪当死，赎身后，成了一介平民。

大汉帝国的军队，像潮水一样，从草原上退去了。草原又恢复了昔日的平静，广阔的草原上，飘荡起酥油茶的芳香和悠扬的歌声。此后，匈奴女人们用婉转悠扬的嗓音传唱起一支哀怨的歌：

亡我祁连山，
使我六畜不繁息；
失我焉支山，
使我嫁妇无颜色
……

歌里所唱的焉支山，位于今甘肃省山丹县城东南40公里处，曾是匈奴人的地盘。这里出产一种名叫"红蓝花"的植物，能作染料，成为匈奴妇女的主流化妆品，后来由出使西域的张骞引进内地。《五代诗话·稗史汇编》："北方有焉支山，上多红蓝草，北人取其花朵染绯，取其英鲜者作胭脂。"正是这种"红蓝草"，使得因风吹日晒而显得粗糙的脸蛋变得粉红生动起来，中原人后来才用"焉支"的谐音"胭脂"，来指代这种化妆品，焉支山，有时也写作"胭脂山"。至今为止，甘肃省张掖市修缮卧佛寺，还是使用这种染料涂抹雕梁画栋。这支曲调哀婉的《匈奴歌》，表达了匈奴女人对于丢失焉支山的痛切之情，后来被大汉帝国收入乐府诗集。不重视文字的匈奴人不会想到，有朝一日，自身会在人类的血液里被稀释得无影无踪，而他们随口所唱过的一首歌，却能在另外一种语言中，获得永恒的生命力。

第五节　石头般坚硬的朝代

卫青七征匈奴之后，匈奴被彻底击败，大汉帝国北方不安分的狼烟终于熄灭了。史书以"匈奴远遁，漠南无王庭"来概括这一段和平岁月。

然而，不出几十年，匈奴人就卷土重来了。这并非仅仅因为匈奴人好战，更是因为草原上的资源有限，而南方的温暖富庶，使草原部落南下掠夺的欲望很难泯灭。公元 48 年，匈奴分南北两部，南匈奴统治地区包括今甘肃庆阳、宁夏、山西、陕西、河北省北部，内蒙古呼和浩特至包头一带，依附东汉称臣，北匈奴则反汉。正好南匈奴请求汉朝出兵讨伐北匈奴。朝廷便任命窦宪为车骑将军，沿着卫青、霍去病走过的道路，征讨北匈奴。永元三年，公元 91 年，右校尉耿夔、司马任尚、赵博等，率兵出居延塞，在金微山[34]大破北单于，斩首5000余，旷日持久的对匈奴人的战争，终于打出了最后的一拳，不可一世的匈奴人颤微微地倒下，然后，向着远方远遁，从此彻底在大汉帝国的视野中消失。

从卫青“龙城之战”，到霍去病“封狼居胥”，大汉帝国敢于跟匈奴掰手腕了，至少在刘邦、文帝、景帝的时代，他们是不敢想的，越来越多的匈奴王公大臣开始向大汉投降，在汉武帝的功臣表中，有二十多位是匈奴人因降汉而受封的，后来在大汉王朝中占重要地位的金日磾，就是匈奴贵胄的后裔。再后来，连匈奴单于呼韩邪，都向大汉称臣，并在公元前51年亲自到长安朝见皇帝。

在我的朝代排行榜中，周代是最富思想性的朝代，晋代是最狂放的朝代，唐代是最诗意的朝代，宋代是具画面感的朝代，而汉朝，则是一个最为勇猛和壮烈的朝代，以至于从才华横溢的唐代诗人的身上，还能看到汉代军人精神的光芒。其中包括：王昌龄的《从军行》写道：

大将军出塞，
白日暗榆关。
三面黄金甲，
单于破胆还。

很多人认为，诗中的“大将军”是指李广，实际上，任大将军一职的不是李广是卫青，李广也从来没正面对过单于，没有这样的战法，更没有过如此辉煌的胜利。

卢纶的《塞下曲》写道：

月黑雁飞高，
单于夜遁逃。
欲将轻骑逐，
大雪满弓刀。

杜甫的《广州段功曹到得杨五长史谭书功曹却归聊寄此诗》写道：

卫青开幕府，
杨仆将楼船。
汉节梅花外，
春城海水边。
铜梁书远及，
珠浦使将旋。
贫病他乡老，
烦君万里传。

汉代英雄，跨越了近千年的时光，就这样在唐代诗人的心里扎了根，成了他们永恒的题材，并通过一行行的诗句，融入后世中国人的血液。

霍去病的辉煌是短暂的，他像一颗流星，把耀眼的光芒凝聚在短暂的时刻里。“封狼居胥”、打入翰海仅仅两年后，元狩六年，公元前 117 年，24 岁的骠骑将军霍去病就去世了。

关于他的死因，《史记》和《汉书》都没有记载，这类正史只对犯罪或非正常死亡的人才记载死因，对老死、病死等正常死亡的人往往只有简简单单一个字——“薨（或卒）”。

褚少孙在《史记》卷二十《建元以来侯者年表第八》中补记：“光未死时上书曰：‘臣兄骠骑将军去病从军有功，病死，赐谥景桓侯，绝无后，臣光愿以所封东武阳邑三千五百户分与山。’”这是历代史书中对霍去病死因的唯一记载。

然而，对于霍去病神秘死因的猜测，从来都不曾停止。于是，有了如下难以确证的说法：

一、在漠北之战中，匈奴人将病死的牛羊等牲口埋在水源中祭祀，诅咒汉军，因此水源区产生了瘟疫。而霍去病在此处饮食了带有病菌的水，而后病倒；

二、因为他杀死李敢，汉武帝为庇护他，让他去朔方城避避风头，在他前往朔方的途中感染了瘟疫而死；

三、数次领兵出征的劳累，长时间处于艰苦的环境，对霍去病的身体造成不可治愈的伤病，并最终摧毁了他。

霍去病的死，令汉武帝非常悲伤。他调来铁甲军，列成长长的军阵，从长安城内一直排到茂陵霍去病墓地。他还下令将霍去病的坟墓修成祁连山的模样，彰显他力克匈奴的奇功。

霍去病去逝十一年后，汉武帝元封五年，公元前 106 年，卫青去世。他的夫人平阳公主，也都葬在汉武帝坟墓——茂陵的旁边，没有与他们的皇帝分开。

需要说明的是，卫青，这个平阳公主家里从前的奴仆，后来的妻子，正是他从前的主人——平阳公主。在嫁给卫青之前，平阳公主分别嫁给了平阳侯曹寿和汝阴侯夏侯颇，却两度守寡。褚少孙的史记补述里载：汉匈大战之后，正逢平阳公主寡居，要在列侯中选择丈夫，许多人都说大将军卫青合适，平阳公主笑着说：他是我从前的下人，又做过我的随从，怎么能做我的丈夫呢？左右说：今非昔比了，他现在是大将军，他的姐姐是皇后，三个儿子也都封了侯，哪还有比他更配得上您的呢？汉武帝听说后，不禁笑着说：当初我娶了他的姐姐，现在他又娶我的姐姐，这倒是很有意思。于是，当即允婚。

嫁给卫青之后，《史记》对平阳公主的称呼从“公主”升格为“长公主”，也许这正是汉武帝刘彻对姐姐婚姻坎坷的一种补偿。但是这次婚姻只维持了不到十年，卫青就病逝了。

平阳公主第三次成了寡妇，她再也没有改嫁，死后，她与卫青合葬在茂陵边的卫青墓中，他们在死后以这样的方式，实现着对彼此的不离不弃。

第一次到西安茂陵，我就被它的气势震撼了。那是一座巨大的墓冢，现在残存的高度，就有46.5米，至少相当于一座15层楼房的高度。墓冢用夯土筑成，仿佛一座巨大的建筑，挺立在大地上。汉武帝死后，他的霸气仍然透过他的陵墓显露无遗。据说当时陵园有许多殿堂、房屋等建筑，仅陵园管理人员就多达五千人，经过两千年后，四周已经一片空旷，这反而更加凸显了它的庄严稳重、古朴苍凉。那些豪华的宫殿消失了，在时间中不堪一击，而帝王的墓葬却留了下来，在大地上裸露出来，像石头一样抵抗着毁灭——皇帝们用死的方式延续了他们的时间。从这个意义上说，坟墓比宫殿更有纪念碑的意义，这或许正是古代帝王不惜血本营造坟墓的原因之一。在帝王们看来，即便是死，也要与自己、与帝国的地位相匹配，所以他们死得很负责，从来都不潦草。西安市北面渭河北岸的咸阳原上，排列着十一座汉陵中的九座，依次是：汉武帝茂陵、汉昭帝平陵、汉成帝延陵、汉平帝康陵、汉元帝渭陵、汉哀帝义陵、汉惠帝安陵、汉高帝长陵、汉景帝阳陵，仿佛尼罗河边的胡夫金字塔，十一位大汉帝国皇帝在这里列队，那些在王朝世袭表上响当当的名字，在这里密密麻麻地挨在一起，像结实的心跳，勾勒出大地上最壮阔的曲线。历史就是在跨过这些墓冢之后完成它的宏伟叙事的，并最终形成我们今天的共同记忆。那些曾经温热的血肉，被石头和泥土收留，它们并没有真正地消失，通过高高堆起来的粘土，通过在风中沙沙作响的青草，我们依然可以与他们交谈。很多前往西安的游客都喜欢蜂拥至秦兵马俑和唐代的华清池，但我觉得这些硕大的墓冢才是最值得一访的，它们让我们看到属于大汉王朝的狂放与嚣张。

在旷野上寻找，走不出多远，就可以看见卫青、霍去病、霍光、金日磾等昔日英雄的墓冢。在霍去病的墓前，列置的巨大的石刻雕像，这些石人、石马、石象、石虎等石刻，形体巨大，让我们感到惊悚不已，其中最有名的一件，当然是“马踏匈奴”。抛开它们的艺术造诣不谈，它们巨大的体量，就透露出这个王朝不可一世的雄心，直到今天，似乎仍有无穷无尽的能量贮存在它们身体里，会在某一时刻突然迸发出来。

来自草原帝国的圆月般的弯刀，可以削铜断铁，唯独不能攻克石头的密度。汉朝就是一个刻在石头里的朝代。山东武梁祠，五十多幅汉代画像石，全部阳刻，细线铲底，浮现出汉王朝战争、狩猎、车马出行、乐舞的浩荡场面，让今天的人看了依旧热血沸腾；

著名的汉碑，是中国墓碑发展的成熟、鼎盛阶段，无论是形制，还是书体、文体、墓碑的发展都极尽完美，其中以《麃孝禹碑》《华山庙碑》《礼器碑》《史晨碑》《曹全碑》《张迁碑》等为代表，王澍在《虚舟题跋》中以“雄古、浑劲、方整”三种品格来形容和区分汉碑，而康有为在《广艺舟双楫·本汉》中则为它们的“骏爽，疏宕，高深、丰茂、华艳，虚和，凝整、秀额”惊叹不已；霍去病墓石刻，更准确地表达了那个时代的气魄与胸怀，比起罗马帝国时代的英雄雕像，比如罗马第一个正式皇帝屋大维（奥古斯都）的全身纪念像[35]，丝毫也不逊色。没有一个朝代能够复制出这样大气雄浑的作品，没有一个朝代比汉代更富于雄性气质，也没有一个朝代像汉代那样表现出对石头的迷恋。与石头的汉代相比，宋代则属于木构时代，它优美、轻灵、典雅，却显得忧伤和脆弱，经不起风雨的侵袭、雷火的锻烧和刀刃的切割，宋代木构建筑保存至今的寥寥无几，它把在时间中的发言权留给了石头，留给了比它早了一千年的汉代。

无独有偶，屋大维亲手缔造的罗马帝国表现出与大汉帝国相同的爱好，那就是对石头的热衷，因为没有一种材质，比石头更能体现权力的强制性，体现皇帝们对于帝国永恒的渴求，如汤因比在《历史研究》中所说的，“大一统国家的历史告诉我们，它们都几乎着魔似的追求不朽”，“提布卢斯曾歌咏‘永恒的城墙’，而维吉尔则让他笔下的朱庇特在说到埃涅阿斯未来的罗马后裔时宣布：‘我不给他们设置任何空间和时间的界限。我给他们一个无限的帝国’”[36]。关于帝国的石头属性，屋大维曾经自豪地宣称：“我接受了一座用砖建造的罗马城，却留下一座大理石的城。”[37]

辉煌的古希腊时代过去了，凭海临风的帕特农神庙被血腥的古罗马斗兽场取代，成为那个时代最深刻的形象。公元前后的一二百年间，东方西方的专制者在大陆的两端遥遥对称，仿佛孪生兄弟，具有如此相似的秉性，在他们之间，巨大的地理和文化差距似乎不存在了，如果把屋大维、尼禄与秦始皇、汉武帝互换位置，我想他们对新的岗位一定不会陌生，他们的所做所为都将与那个铁血的帝国严丝合缝。

从武帝时代开始，大汉帝国经历两百年的战争，不断地向匈奴出拳，终于把匈奴彻底打服了，汉武帝不仅仅是在跟匈奴扳手腕，也是在跟历史扳手腕——他不接受逆来顺受的命运，历史的流向，硬是在他的手里改了道，可见他是一个多么强势的皇帝。当然，汉武帝的这份执拗，也使整个帝国付出了惨痛的代价，就在匈奴部落在蒙古高原站不住脚的时候，汉王朝的命运，也即将宣告终止了。

而匈奴人在大汉的轮番冲击之下最终远走他乡，在世界历史上产生的一系列链锁反应，才刚刚开始。

第六节　上帝之鞭

北匈奴灭亡近四百年后，匈奴人突然出现在罗马城下，这一年，是公元 451 年。

匈奴的消逝与他们的突然出现，让欧洲人惊讶不已。没有人知道，他们从哪里来，又要到哪里去，更没有人知道，他们曾经书写了怎样的历史，又即将书写怎样的历史。他们是那么的神秘，又那么的率性，没有规律，像汤因比所说，“匈奴是一股从西域倾泻下来的雪水”，没有人能够真正地掌控他们。我的朋友王族在他的著作《上帝之鞭》中写道：“他们变得无声无息，像一场飓风一样在一瞬间骤停，四周出现了让人难耐的宁静。昨天，他们还在荒原上纵马奔驰，引吭高歌，但一夜之后，他们却消失殆尽，不留一丝痕迹。四百多年过去了，世上几乎没有任何有关匈奴的消息，人们都以为他们已经从这个世界上彻底消失了。但他们说出现就出现了，让人觉得他们似乎是变着戏法从地底下钻出来似的，顷刻间便威风凛凛地立于你面前，让你惊讶不已。”“他们在突然间神秘地消失，又在突然间神秘地出现，这期间的生存，大概要比通常能看得见的坚持、忍耐、等待还要复杂得多。”

在被大汉帝国打败的匈奴人眼中，东面是大海停止之处，也是他们的脚步停止之处，他们的道路，只能向西延伸，尽管出发的时候，他们并不知道西面的路有多远，也不知道这条路，他们将走四百年。

他们一路吹奏着胡笳，向西挺进。越往西走，他们眼中的世界就越是辽阔。太阳坠落之处，并不是世界的尽头。一个空前广阔的大陆，就在他们的苦难漂泊中，一段一段地展开，他们目睹了这片大陆上美丽的森林、湖泊、草原，以及它的万物生灵。对于这片世界上最广袤的草原，格鲁塞在他著名的《草原帝国》中有这样描述：“从中国东北边境到布达佩斯之间、沿欧亚大陆中部的北方伸展的一个辽阔地带。这是草原地带，西伯利亚森林从它的北缘穿过。草原上的地理条件只容许有很少几块耕地存在，因此，居民只得采取畜牧的游牧生活方式……”[38]这片草原，使匈奴这个濒于绝境的游牧民族发现了新的天堂，这是他们的世界，他们仿佛不是外来者，而天生就该是它的主人。

我们不得不佩服这个民族的凝聚力，历经颠沛而没有散架，这表明它有着一种非同寻常的自我控制力量，在西进路途中与一个又一个文明的碰撞中，没有受到同化或者改变。在他们的前进的道路上，横亘着一个又一个的险境、一场又一场的战争，但没有什么能够阻挡他们的步伐，像王族所写："走了很长的路，历经了四百多年的时间，他们没有被改变，一如早先漠北高原上因饥饿和渴望而冒险的狼。引人注目的，还是他们身上的匈奴血性，以及经由攻打罗马而体现出的冒险精神。他们似乎仍走在一条如同故乡一般熟稔的路上。信念没有变，感觉便不会变，他们偶尔从饮酒的间隙，或在纵马奔驰的一个偶然的念头中，便又想起了西域，但这偶然间的念头，仍不及飘过额际的一朵雪花带来的清爽更让他们心动；一朵晶莹的雪花，可以让他们神思飞扬；一次在第一场雪落下时的畅饮，可以让他们举杯尽兴，在大醉之后或独自高歌，或群舞至天亮。"[39]

鸣镝的声音，掠过浩瀚的草原，与马蹄的节奏形成美妙的和声。作家高建群在长篇小说《最后一个匈奴》的前言中写道："他们的马是小而难看的。但它不知道疲乏，走时像闪电一般。是在马上度过他们的一生。有时骑着，有时侧身坐在马背上像妇女一样。他们在马背上开会、做买卖、吃、喝，甚至于把前身倒在马颈上睡觉。在战场上，他们袭击敌人时会发出可怕的叫声。如果发现有抵抗，他们很快地逃走，但以同样的速度再回来时，则一直向前冲击，推倒他们面前的一切障碍。他们不知道如何攻下一个要塞和击破一个防御的阵地。但他们的射击术是无可比拟的，他们能从惊人的距离射出他们似铁一样坚硬和能致命的尖骨头制的箭。”[40]

从公元91年到290年长达两百年的岁月中，中外的史书中都找不到对这个民族的记载。当《波斯史》中提到3世纪末匈奴人出现在阿兰人眼中时，这个民族，依然是两百年前的苍狼形象，只是它饥饿得太久，所以它的面目显得更加凶狠和狰狞……从出生于公元325—330年的罗马历史学家阿密阿那斯·马西林那斯(Ammianus Marrcellinus)的著作《罗马帝国史》中，我们可以打探到匈奴人在欧洲的最早的消息。这部书记载了被大汉帝国击败的匈奴人一路向着顿河和多瑙河的肥美草原挺进的历史，他们在歼灭阿兰人以后，又于公元374年隆冬，向东哥特人发起进攻。哥特人，是日耳曼民族的一支，于公元3世纪进入黑海草原地区，以德涅斯特河为界，河东称东哥特，河西称西哥特。匈奴人很快荡平了东哥特，西哥特人则惊恐万分地登上独木舟，渡过多瑙河，蜂拥入罗马境内，请求帝国皇帝的庇护，最终因无法忍受他的残酷统治而发动起义，法伦斯和四万禁卫军全数战死。在公元470年，西哥特人攻陷罗马。这一战，动摇了罗马的根基，罗马再也无法控制辖下的诸族和领土。而此时，匈奴人回到喀尔巴阡山以东，进行休整。

公元400年，匈奴人乌尔丁带领大军攻入匈牙利追击哥特人，并越过阿尔卑斯山进入了意大利，这支可怜的哥特队伍在法洛伦斯被西罗马军队消灭了。匈奴人只是来意大利转了一下，顺便赶走了匈牙利原住民凡达尔人、瑞维人和最先被匈奴人灭国的阿兰人。这三族人进入高卢，与当地人战斗后于409年越过比利牛斯山，进入伊比利亚半岛，并建立了三个国家。与此同时，阿勒立克带领的哥特人也南下加入逃避匈奴的大军，在408年、409年、410年三次围攻罗马，而在410年攻入城中，这是历史上罗马城的第二次沦陷。

公元441年，匈奴人在他们的最后一位单于阿提拉的率领下，攻入了东罗马帝国（也被称为拜占庭帝国）的首都君士坦丁堡。弱国无外交，东罗马帝国割地赔款，以每年进贡2100磅黄金，同时割让巴尔干半岛大部分领土的屈辱条件，得以苟延残喘。六年后，阿提拉又率大军进入东罗马，攻破七十余座城市，前锋直逼达达尼尔海峡和希腊的温泉关。

公元451年，阿提拉统领着由东哥特人、日耳曼人、勃艮第人、阿兰人和法兰克人共同组成的匈奴联军，向西罗马帝国发出挑战。在打通高卢的门户——美茨以后，阿提拉率领大军以迅雷不及掩耳之势直捣高卢的心脏——奥尔良。50万大军进入高卢罗马大将阿契斯北上抵挡，并联合了所有受匈奴压迫的蛮族王国。双方在加泰隆尼亚平原上会战，这也许是欧洲历史上最壮观的一次战役吧，我们完全可以想象战役的惨烈，史料记载，一日之间，死亡人数竟达16万之众，另有史料说，死亡人数高达30万人，以至于一位历史学家叹息道："帝王们一小时的疯狂完全可以把整整一代人全给消灭了。"[41]"不论是现代还是过去，再没有任何一次战争能和它相比"[42]。这场战役，连阿提拉都感到胆寒了，他决定放弃这场战役，退回到匈牙利草原上自己的王廷[43]去。这是他一生中绝无仅有的失败。

但是，阿提拉没有决定就此停止他的脚步。第二年，他又开始了征战。他决心把西罗马帝国撕成碎片。他首先剑指意大利的门户——阿奎莱亚，把它变成了一座废墟，然后，匈奴人如浪潮一般，很快就将米兰和帕维亚两座城市湮没。阿提拉发起的攻击太猛烈了，让意大利人觉得他们是神，他们的行为，似乎并非人所为，而是神的一种表演。终于，阿提拉率队由南向北强渡多瑙河，向罗马发起了进攻。

惊恐和绝望的罗马人给阿提拉起了一个绰号：上帝之鞭，意思是他们自己犯了太多的错误，所以上帝用鞭子来教训自己。

在欧洲，还流行着一句描写阿提拉的凶恶、狂傲的话，说凡是他的马蹄踏过的地方连草都不长了。[44]

一位叫约丹勒斯（哥特人）的历史学家，用一段准确的文字给我们留下了阿提拉的画像：

> 他是典型的匈人：矮个子，宽胸部，大头颅，小而深的眼睛，扁鼻梁。皮肤黝黑，几乎近于全黑，留着稀疏的胡须。他发怒时令人害怕，他用他给别人产生的这种恐惧作为政治武器。确实在他的身上有着与中国史学家们所描述的六朝时期的匈奴征服者一样的自私和狡猾。他说话时，故意带着重音和含混不清的威胁性语调，是他战略的第一步；他所进行的系统征服（阿奎莱被夷为平地，在阿提拉通过之后再没有恢复过来）和大屠杀的最初目的是想教训一下他的对手们。[45]

从这段文字，可以体会阿提拉给西方人心理上造成了恐惧，阿提拉被描述为一个丑陋的暴君形象。而匈牙利人则在自己的历史中把阿提拉当作自己的祖先，并上溯三十五代至亚伯拉罕——诺亚的儿子。[46]公元1000年，匈牙利正式建国，“匈”是“匈奴”的意思，“牙利”是“人”的意思，“匈牙利”的意思，就是“匈奴人”。

匈奴大军围困罗马城的时候，西罗马帝国的皇帝瓦棱帝拈三世早就屁滚尿流地开溜了，把帝国交给了西罗马教皇利奥一世。然而，就在阿提拉率领的大军令整个罗马城都瑟瑟发抖的时刻，他突然间放弃了攻打的计划，一个以女人换和平的计划在他的心里油然而生——他看上了罗马帝国的公主霍诺里阿。这无疑令西罗马教皇大喜过望。美丽的霍诺里阿公主，于是成为罗马人的王昭君，被送给匈奴人的单于，以她柔弱无骨的身体，阻挡了匈奴的铁骑，女人温柔多汁的身体，再一次神奇地介入了历史。西罗马帝国就这样，因阿提拉的好色，而躲过一劫。

高建群在小说《最后一个匈奴》前言中，描述了西罗马教皇把霍诺里阿公主送到阿提拉的营帐时两个人销魂的一幕：罗马城外的帐篷中，霍诺里阿公主身上的披风，戛然落地。她说："过来吧，亚洲高原上的牧羊人。用你的舌头和牙齿，解开这些麦穗吧！我其实一直在等着你的到来！我明白自己此生注定将有不平凡的命运！"[47]终于，阿提拉在燃烧的情欲面前一往无前，他把美丽的霍诺里阿公主像一只羔羊一样揽在怀里，然后，像享受一顿美食那样，一点一点的消受她。

至于阿提拉为什么在罗马城下突然停止他狂傲的脚步，一直是一个历史之谜。如果他一举攻下罗马，罗马城里如云的美女，岂不可随他消受？学者们给出了各种猜测，在这些猜测中，我也不妨给出我自己的猜测：这缘于阿提拉的轻狂与自负——在他眼中，罗马已是他唾手可及的果实，只要他想要，他随时可以纳入囊中。这个由恺撒缔造的帝国，在阿提拉的眼中竟然像豆腐渣一样不值一提。所以，他完全可以把他心仪的美女带回营帐消遣，至于罗马，他可以慢慢逗着它玩，如征服女人一样，他要享受这个征服的过程，把它拖得越久越好，一下子整死它，未免太缺乏快感。

他不会想到，当他抱着霍诺里阿公主转身离去，他再也没有征服罗马的机会了。

第二年，阿提拉又娶了一个日耳曼美女，名字叫伊尔狄科。新婚之夜，阿提拉死在这个美女的床上。这个场面被法国19世纪画家维莱克勒画在他的油画《阿提拉之死》中，吉本在他著名的《罗马帝国衰亡史》里，也讲述了这惊心动魄的一幕：

> 他们的婚礼是在多瑙河彼岸的木结构的皇宫里，按野蛮人的仪式和风俗进行的；那位又醉又睏的国王到半夜以后才离开筵席，回到新床上去。他的侍从到第二天下午仍一直听任他去享乐或休息，对他不加干扰，一直到出奇的安静引起了他们的恐惧和疑心；于是，在大声叫喊企图吵醒阿提拉无效之后，他们破门冲进了皇帝的寝宫。他们只看到发抖的新娘，用她的面纱捂住脸坐在床边，为她自己的匕首和半夜里便已咽气的死去的国王悲伤。一根血管忽然爆开：而由于阿提拉仰身卧着，喷出的一股血流堵住了他的呼吸，这血没有从他鼻孔里流出，却回流到肺和胃里去。他的遗体被庄严地陈列在大平原中央一个用丝绸扎成的灵堂里；几个经过挑选的匈奴人的步兵队伍，踏着拍子绕着灵堂转圈，向这位活得光荣、至死不败的英雄，人民的父亲，敌人的克星和全世界的恐惧对象唱着葬礼歌。这些野蛮人，根据他们的民族习俗，全都剪下一绺头发，在自己脸上无端刺上几刀，他们要用武士的鲜血，而不是用妇人的眼泪

来哀悼他们的礼应受此殊荣的英勇的领袖。阿提拉的遗体被分别装在一金、一银、一铁三口棺材里，在夜间偷偷埋掉；从各国掳掠来的战利品都扔进他的坟墓里去；破土挖坟的俘虏都被残暴地杀死；仍是那些刚刚还悲不自胜的匈奴人，现在却在他们的国王的新坟前，毫无节制地大吃大喝，寻欢作乐。[48]

根据在君士坦丁堡流行的传说，就在阿提拉死去的那个夜晚，马基安在睡梦中看到阿提拉的弓被折断了[49]，对于匈奴人来说，弓被折断，意味着不再有飞镝，密如暴雨地穿越丛林，飞入他们的城堡，打断他们的奢侈生活，这无疑是一个最好的消息。

在罗马，还流传着另一种说法：阿提拉是被霍诺里阿公主毒死的。《最后一个匈奴》写道：传说在匈牙利草原上，有一种鸩鸟，它的羽毛是极毒的。而霍诺里阿公主高绾的发髻上，就插着这样一根羽毛。“当阿提拉喝酒时，公主便将羽毛轻轻地在他的酒面上掠一下。而我们知道，阿提拉以及他的那些草原兄弟，都是些嗜酒如命的人。这样，阿提拉便在抱着骷髅头酒具，在一次一次的饮酒中，最后慢性中毒而亡。”[50]势不可挡的阿提拉就这样，在新婚之夜的颤抖与晕眩中，迎接了死亡的来临。霍诺里阿公主也成为拯救西罗马帝国的民族英雄。

阿提拉死后，霍诺里阿公主默默地离开了匈牙利草原。匈奴人的身影，在历史中再度消失了。根据高建群的叙述，在东哥特人与格比德人的叛变中，阿提拉的长子被杀。他的另一个儿子腾吉齐克，重新回到了俄罗斯草原，后来，他集聚力量，准备仿效阿提拉重新开始一场西征的时候，在多瑙河下游与东罗马帝国作战时战败被杀。公元468年，腾吉齐克的人头，曾被悬挂在君士坦丁堡马戏场里，任人指点，任人嘲笑。[51]

八年后，饱受匈奴蹂躏、并受到匈奴引发的蛮族西迁影响的西罗马帝国，也彻底走上了绝路，公元476年，罗马雇佣兵领袖、日耳曼人奥多亚克废黜了只有六岁的西罗马皇帝罗慕洛，西罗马帝国正式灭亡。

匈奴人的马蹄踩踏过、车轮辗压过的草原上，牧草黄了又青，青了又黄，如波涛一样在风中起伏的草原，遮蔽了历史的所有痕迹。

第七节　历史中的《史记》

无论多么庞大的事物都是有尽头的，只有无尽的岁月是一个例外。匈奴——这个巨大的膨胀体，在公元5世纪，还是抵达了它的尽头，最终像一个气球一样，说破就破了。所谓的“战无不胜”、所谓的“永恒”，都是不存在的，无论是了不起的人，还是伟大的事业，概莫能外。

无论是卫青、霍去病；无论是冒顿、伊稚斜、阿提拉；也无论是霍诺里阿、伊尔狄科，他们在那个血性的的年代里狭路相逢，以自身的意志，书写了波澜壮阔的历史，另一方面，既然选择了鲜血与牺牲，他们就必然种下他们自身的悲剧。英雄们驰骋千里，却冲不破自身命运的限度——无论他们多么成功，尽头都在等待着他们。他们的成功，必然是悲剧性的，他们是悲剧英雄，创造了一个个悲壮、凄美的经典场面，正是这些悲剧性的场面，使历史在一幕幕荒诞的闹剧之外，平添了几许壮烈与崇高。

汉武帝的形象定格在他的伟业中。他大幅度地扩大了大汉帝国的疆域，其面积远远超出了秦朝的范围。他通过行政手段，把它的疆域牢牢地焊在大地上，同时，又通过卫青、霍去病，有效地阻止了北方野蛮力量的南侵，让这股雪山上倾泻下来的“洪水”更改了河道，冲向欧洲，从而保全了中原的文化没有在匈奴的铁蹄中溃散和消解，使华夏文明自秦汉一路延伸下来，生生不息。而灿烂的古罗马文明，连同更早的古希腊文明，则在匈奴铁骑的冲击下烟销云散了。汉武帝的功绩是历史性的，巨大、完整的中国版图，就是他的纪念碑。

然而，李陵降胡和司马迁受刑，却不能不说是汉武帝政治生涯中的重大败笔，汉武帝事业的尽头，就在这些败笔中显现了。卫青去世十七年后、汉武帝天汉二年、公元前 99 年，北方战云再起，汉武帝派李广利率领三万骑兵、“飞将军”李广的孙子李陵率领五千步兵，深入塞外，抗击匈奴。但李广利天生不是军人的料，一看见凶悍的匈奴军队就浑身发抖，一交手就溃不成军，置李陵的孤军奋战而不顾，忽匆匆地跑了。李陵以步兵与匈奴骑兵抗衡，飞翔的箭镞，在空中嗷嗷叫着，奔向匈奴人的命门，在他们的额头扎出一个个的血窟窿。弓箭本是匈奴人的长项，李陵却用得得心应手，让匈奴骑兵吃尽了苦头，然而，匈奴人有 6 万骑兵，站在那里让李陵射，李陵也射不完，终于，箭镞尽了，匈奴大军围了上来，李陵束手就擒。

李陵的被擒令一向自负的汉武帝感到奇耻大辱。朝廷上，善于察言观色的群臣纷纷指责李陵有罪。当武帝问到太史令司马迁时，司马迁说：“李陵带去的步兵不满五千，他深入到敌人的腹地，打击了几万敌人。他虽然打了败仗，可是杀了这么多的敌人，也可以向天下人交代了。李陵不肯马上去死，准有他的主意。他一定还想将功赎罪来报答皇上。”

司马迁或许没有想到，对李陵的辩解，就是对李广利的变相指责，而李广利不是别人，是汉武帝宠妃的哥哥，与皇帝有着非同寻常的裙带关系。听完司马迁的一番表白，汉武帝立刻变了脸，将司马迁下狱，在狱中，司马迁又饱受当时名声很臭的酷吏杜周的残酷折磨。后来，又将司马迁处于腐刑。腐刑就是阉割，对于男人来说，无疑是天大的耻辱，污及先人，见笑亲友。

司马迁几乎失去了活下去的勇气，在给他的朋友任安的书信（《报任少卿书》）中，他说自己没有颜面到父母坟前祭扫，预想以后时间越长，污垢越重，他的日子，“肠一日而九回”。他想死，但他还有一个余念未了，就是写作《史记》。为了这部书，他决定忍受屈辱，苟活下来。

十四年后，大汉帝国的军队马踏匈奴的一系列连锁反应之一——《史记》，诞生了，就在车骑将军卫青率一万骑兵出上谷，第一次征剿匈奴的三十八年后，汉武帝征和二年，即公元前 91 年，司马迁完成了那部壮丽的史书——《史记》，为中国的史学文化提供了一个辉煌的起点，此后，以《史记》为范本进行的历史书写，在穿越了二十三个朝代之后，一直延续到了今天。

这又是一种“凿空”——文化上的“凿空”。这一点，卫青、霍去病是无论如何也想不到的。

而汉武帝的限度，已经潜伏在李陵降胡和司马迁受刑这两次重大事件中——与汉武帝晚年的一系列政治事件一样，汉武帝看起来是胜者，实际上却一败涂地。这是因为他看不到自己的限度，相反，他的自信与野心都随着一连串的胜利而日益膨胀。他的胜利越是辉煌，他的失败就越是可悲。

他雄心万丈，又好大喜功；他只接受胜利，而不接受失败；他希望现实完全符合他个人的意愿，而容不下丝毫的失败与缺憾。他像一个守财奴，守护着他的功名与业绩，不希望它们受到一星半点的折损。这是权力者的洁癖，它所带来的，唯有残暴与乖戾——他企图通过残暴与乖戾，对失败与缺憾进行防范和惩戒，使现实趋于他想象中的完美——因为害怕出现吕后专政那样的事情，他下令将所有为自己生过孩子的后宫女子全部处死；他因梦见有人谋害自己而掀起了宫廷内部的残杀，他的皇后卫子夫和太子刘据，都在这场祸患中含冤自杀。他的理想世界，是容不得任何“污垢”的，而这种政治洁癖带来的后果，却是难以置信的污秽与残暴。或许，对于百姓来说，生活在有政治洁癖的帝王的时代一定是痛苦的，而生活在那些看上去并不伟大、没有英雄梦和诗人气质的帝王时代则是幸运的。所幸汉武帝晚年终于醒悟过来，但失妻丧子的残酷现实几乎把“战无不胜”的汉武帝送到崩溃的边缘。那是他的劫数，他在劫难逃。

两年后，他颁布了著名的“罪己诏”——《轮台诏》，对自己的所作所为做了深刻的忏悔：“朕即位以来，所为狂悖，使天下愁苦，不可追悔。自今事有伤害百姓，糜费天下者，悉罢之”，意思是说：“朕自即位以来，干了很多狂妄悖谬之事，使天下人愁苦，朕后悔莫及。从今以后，凡是伤害百姓、浪费天下财力的事情，一律废止！”又建起了“思子宫”和“归来望思之台”，以寄托对儿子的哀思，天下闻而悲之。

又过了两年，汉武帝死在了五柞宫，终年 70 岁，他的世界，蜷缩成一个陵丘，以后的两千年里，被雨水冲出一道道深深浅浅的沟壑，上面长满了青草，在瑟瑟的风中，讲述一个帝王曾经的光荣与梦想。

在无尽的岁月中，一个生命的尽头，又必将是另一个生命的开始。

2012 年 2 月写于成都

注释

[1] 今山西太原。

[2] 今山西大同。

[3] 参见［东汉］班固：《汉书》，第 2778 页，北京：中华书局，2000 年版。

[4] 柏杨：《中国人史纲》，第 249 页，长春：时代文艺出版社，1987 年版。

[5] 参见［东汉］班固：《汉书》，第 1899 页，北京：中华书局，2000 年版。

[6] 参见［北宋］司马光：《资治通鉴》，第 202、203 页，北京：中华书局，2009 年版。

[7] ［西汉］司马迁：《史记》，第 2236、2237 页，北京：中华书局，2000 年版。

[8] 转引自高洪雷：《另一半中国史》，第 37 页，北京：文化艺术出版社，2010 年版。

[9] 王族：《上帝之鞭——成吉思汗、耶律大石、阿提拉的征战帝国》，第 17 页，桂林：广西师范大学出版社，2007 年版。

[10] 黄仁宇把中国历史划分为以秦汉为主的第一帝国，以唐宋为主的第二帝国和以明清为主的第三帝国。

[11] 关于匈奴的起源，《史记·匈奴列传》有明确的记载：“匈奴，其先祖夏后氏之苗裔也，曰淳维。唐虞以上有山戎、猃狁、荤粥，居于北蛮，随畜牧而转移。”见［西汉］司马迁：《史记》，第2205页，北京：中华书局，2000年版。王国维否定了匈奴起源自夏后氏的观点，但对于匈奴源自山戎、猃狁等古代蛮族的看法还是很赞同的。不仅如此，王国维还进一步通过对甲骨文和金文的研究，运用音韵考证认为商代的鬼方和西周初期的昆夷也都是匈奴的祖先。他在《鬼方昆夷猃狁考》中提出：“见于商、周间者曰鬼方，曰混夷，曰獯鬻。在宗周之季则曰猃狁。入春秋后则始谓之戎，继号曰狄。战国以降又称之曰胡，曰匈奴。”王国维的观点成为近现代匈奴研究的金科玉律，至今国内的大多数学派都沿袭了王国维的学说。也有学者不同意王国维的看法，例如蒙文通在《周秦少数民族研究》等文中，认为鬼方、畎夷、荤粥、猃狁并非匈奴，真正和匈奴同族的，应该是义渠。

[12] 参见林幹：《匈奴通史》，第149页，北京：人民出版社，1986年版。

[13] ［东汉］班固：《汉书》，第2004页，北京：中华书局，2000年版。

[14] 《楚汉相争·匈奴崛起》，《柏杨白话版资治通鉴》，第2卷，第155页，沈阳：万卷出版公司，2011年版。

[15] 参见［东汉］班固：《汉书》，第2228页，北京：中华书局，2000年版。

[16] 今河北省蔚县一带。

[17] 今自山西之怀仁、左云、右玉以北、绥远绥远首各县、蒙古鄂尔多斯左乙、喀尔喀右翼、四子部落各旗，皆其地。

[18][19] 参见林幹：《匈奴通史》，第33页、140页、141页，北京：人民出版社，1986年版。

[20] 转引自李尚奎：《西汉时期匈奴在丝绸之路上的地位和作用》，原载《昌吉学院学报》，2009年第5期。

[21] ［英］S·A·M·艾兹赫德：《世界历史中的中国》，第6页，上海：上海

人民出版社，2009年版。

[22] ［英］爱德华·吉本：《罗马帝国衰亡史》，上册，第20页，北京：商务印书馆，1997年版。

[23] ［英］爱德华·吉本：《罗马帝国衰亡史》，上册，第26页，北京：商务印书馆，1997年版。

[24] ［英］S·A·M·艾兹赫德：《世界历史中的中国》，第19、20页，上海：上海人民出版社，2009年版。

[25] 参见［北宋］司马光：《资治通鉴》，第203页，北京：中华书局，2009年版。

[26] 参见《汉战匈奴的军力分析》，原载铁血 tiexue.net，http：//bbs.tiexue.net/post_2935006_1.html.

[27] ［唐］李贺：《雁门太守行》。

[28] 今内蒙古杭锦后旗。

[29] 今内蒙古杭锦旗西北。

[30] 恺撒约出生于公元前100年。

[31][32] 张宏杰：《大明王朝的七张面孔》，第28页、29页，桂林：广西师范大学出版社，2006年版。

[33] 今俄罗斯贝加尔湖。

[34] 即今阿尔泰山。

[35] 约作于公元前19—13年，1836年出土于罗马近郊普里马港，现藏罗马梵蒂冈博物馆。

[36] ［英］阿诺德·汤因比：《历史研究》，第236页，上海：上海人民出版社，2000年版。

[37] 秦颂编著：《世界上下五千年》，第116页，北京：北京出版社，2006年版。

[38] ［法］勒内·格鲁塞：《草原帝国》，第4页，北京：商务印书馆，2004

年版。

[39] 王族：《上帝之鞭——成吉思汗、耶律大石、阿提拉的征战帝国》，第28、29页，桂林：广西师范大学出版社，2007年版。

[40] 高建群：《最后一个匈奴》，第6页，北京：北京十月文艺出版社，2010年版。

[41][42] ［英］爱德华·吉本：《罗马帝国衰亡史》，下册，第84页，北京：商务印书馆，1997年版。

[43] 公元445年，阿提拉在多瑙河东的大平原上（今匈牙利境内）设立了王廷，其统治范围，西起莱茵河以东，东至中亚细亚。参见林幹：《匈奴通史》，第261页，北京：人民出版社，1986年版。

[44] ［英］爱德华·吉本：《罗马帝国衰亡史》，下册，第90页，北京：商务印书馆，1997年版。

[45] 转引自王族：《上帝之鞭——成吉思汗、耶律大石、阿提拉的征战帝国》，第37页，桂林：广西师范大学出版社，2007年版。

[46] 陈序经：《匈奴史稿》，第535页，北京：中国人民大学出版社，2009年版。

[47] 高建群：《最后一个匈奴》，第9页，北京：北京十月文艺出版社，2010年版。

[48][49] ［英］爱德华·吉本：《罗马帝国衰亡史》，下册，第94页，北京：商务印书馆，1997年版。

[50][51] 高建群：《最后一个匈奴》。

永和九年的那场醉

一

我到北京故宫博物院故宫学研究所上班的第一天，郑欣淼先生的博士徐婉玲说，午门上正办“兰亭特展”，相约一起去看，尽管我知道，王羲之的那份真迹，并没有出席这场盛大的展览，但这样的展览，得益于两岸故宫的合作，依旧不失为一场文化盛宴。那份真迹消失了，被一千六百多年的岁月隐匿起来，从此成了中国文人心头的一块病。我在展厅里看见的是后人的摹本，它们苦心孤诣地复原着它原初的形状。这些后人包括：虞世南、褚遂良、冯承素、米芾、陆继善、陈献章、赵孟頫、董其昌、八大山人、陈邦彦，甚至宋高宗赵构、清高宗乾隆……几乎书法史上所有重要的书法家都临摹过《兰亭序》[1]。南宋赵孟坚，曾携带一本兰亭刻帖过河，不想舟翻落水，救起后自题：“性命可轻，《兰亭》至宝。”这份摹本，也从此有了一个生动的名字——“落水《兰亭》”。王羲之不会想到，他的书法，居然发起了一场浩浩荡荡的临摹和刻拓运动，贯穿了其后一千六百多年的漫长岁月。这些复制品，是治文人心病的药。

东晋永和九年（公元353年）的暮春三月初三，时任右将军、会稽内史的王羲之，伙同谢安、孙绰、支遁等朋友及子弟 42 人，在山阴兰亭举行了一次声势浩大的文人雅集，行“修禊”之礼，曲水流觞，饮酒赋诗。

魏晋名士尚酒，史上有名。刘伶曾说：“天生刘伶，以酒为名；一饮一斛，五斗解酲。”[2] 阮籍饮酒，“蒸一肥豚，饮酒二斗。”[3] 他们的酒量，都是以“斗”为单位的，那是豪饮，有点像后来水泊梁山上的人物。王羲之的酒量，我们不得而知，但天籁阁旧藏宋人画册中有一幅《羲之写照图》，图中的王羲之，横坐在一张台座式榻上，身旁有一酒桌，有酒童为他提壶斟酒，酒杯是小的，气氛也是雍容文雅的，不像刘伶的那种水浒英雄似的喝法。总之，兰亭雅集那天，酒酣耳热之际，王羲之提起一支鼠须笔，在蚕茧纸上一气呵成，写下一篇《兰亭序》，作为他们宴乐诗文的序言。那时的王羲之不会想到，这份一蹴而就的手稿，以后成为被代代中国人记诵的名篇，而且为以后的中国书法提供了一个至高无上的坐标，后世的所有书家，只有翻过临摹《兰亭序》这座高山，才可能成就己身的事业。王羲之酒醒，看见这幅《兰亭序》，有几分惊艳、几分得意，也有几分寂寞，因为在以后的日子里，他将这幅《兰亭序》反复重写了数十百遍，都达不到最初版本的水准，于是将这份原稿秘藏起来，成为家族的第一传家宝。

然而，在漫长的岁月中，一张纸究竟能走出多远？

一种说法是，《兰亭序》的真本传到王氏家族第七代孙智永的手上，由于智永无子，于是传给弟子辩才，后被唐太宗李世民派遣监察御史萧翼，以计策骗到手；还有一种说法：《兰亭序》的真本，以一种更加离奇的方式流传。唐太宗死后，它再度消失在历史的长夜里。后世的评论者说："《兰亭序》真迹如同天边绚丽的晚霞，在人间短暂现身，随即消没于长久的黑夜。虽然士大夫家刻一石让它化身千万，但是山阴真面却也永久成谜。"

二

现在回想起来，中国文化史上不知有多少名篇巨制，都是这样率性为之的，比如苏东坡、辛弃疾开创所谓的豪放词风，并非有意为之，不过逞心而歌而已，说白了，是玩儿出来的。我记得黄裳先生曾经回忆，1947年时，他曾给沈从文寄去空白纸笺，请他写字，没想到这考究的纸笺竟令沈从文步履维艰，写出来的字如"墨冻蝇"，沈从文后来干脆又另写一幅寄给黄裳，写字笔是"起码价钱小绿颖笔"，意思是最便宜的毛笔，纸也只是普通公文纸，在上面"胡画"，却"转有妩媚处"[4]。他还回忆，1975年前后，沈从文又寄来一张字，是用明拓帖扉页的衬纸写的，笔也只是七分钱的"学生笔"，黄先生说他这幅字"旧时面目仍在，但平添了如许宛转的姿媚"[5]。所以黄裳先生也说："好文章、好诗……都是不经意作出来的。"[6]

文人最会玩儿的，首推魏晋，其次是五代。《文渊阁四库全书》中收有明代杨慎的《墨池璅录》，书中说："书法惟风韵难及。虞书多粗糙，晋人书虽非名法之家，亦自奕奕有一种风流蕴藉之气，缘当时人物以清简相尚，虚旷为怀，修容发语，以韵相胜，落华散藻，自然可观。"[7]两宋以后，文人渐渐变得认真起来，诗词文章，都做得规规矩矩，有"使命感"了。以今人比之，犹如莫言之

《红高粱》，设若他先想到诺贝尔奖，鼓足干劲，力争上游，决心为国争光，那份汪洋恣肆、狂妄无忌，就断然做不出来了。

王羲之时代的文人原生态，尽载于《世说新语》。魏晋文人的好玩儿，从《世说新语》的字里行间透出来，所以我的博士导师刘梦溪先生说，他时常将《世说新语》放在枕畔，没事时翻开一读，常哑然失笑。比如写钟会，他刚写完一本书，名叫《四本论》——别弄错了，不是《资本论》——想让嵇康指点，就把书稿揣在怀里，由于心里紧张，不敢拿给嵇康看，就在门外远远地把书稿扔进去，然后撒腿就跑。再比如吕安去嵇康家里看望这位好友，正巧嵇康不在家，吕安在门上写了一个“凤”字就走了，嵇康回来，看到“凤”字，心里很得意，以为是吕安夸自己，没想到吕安是在挖苦他，“凤”的意思，是说他不过一只“凡鸟”而已。曹雪芹在给王熙凤的判词中把“凤”字拆开，说“凡鸟偏从末世来”，不知是否受了《世说新语》的启发。

中国文化史上，正襟危坐的书多，像《世说新语》这样好玩儿的书，屈指可数。刘义庆廖廖数语，就把魏晋文人的形态活脱脱展现出来了。刘义庆是南朝宋武帝刘裕的侄子、长沙景王刘道怜的公子，是皇亲国戚、高干子弟，同时是骨灰级的文学爱好者，《宋书》说他“招聚文学之士，近远必至”。他爱玩儿，所以他的书，就专捡好玩儿的事写。

《世说新语》写王羲之，最著名的还是那个“东床快婿”的典故：东晋太尉郗鉴有个女儿，名叫郗璇，年方二八，正值豆蔻年华，郗鉴爱如掌上明珠，要为她寻觅一位如意郎君。郗鉴觉得丞相王导家子弟甚多，都是品学兼优的三好学生，于是希望能从中找到理想人选。

一天早朝后，郗鉴把自己的想法告诉了丞相王导。王导慨然说：“那好啊，我家里子弟很多，就由您到家里挑选吧，凡你相中的，不管是谁，我都同意。”郗鉴就命管家，带上厚礼，来到王丞相的府邸。

王府的子弟听说郗太尉派人为自己的宝贝女儿挑选意中人，就个个精心打扮一番，“正襟危坐”起来，唯盼雀屏中选。只有一个年轻人，斜倚在东边床上，敞开衣襟，若无其事。这个人，正是王羲之。

王羲之是王导的侄子，他的两位伯父王导、王敦，分别为东晋宰相和镇东大将军，一文一武，共为东晋的开国功臣，而王羲之的父亲王旷，更是司马睿过江称晋王首创其议的人物，其家族势力的强大，由此可见。“旧时王谢堂前燕，飞入寻常百姓家”，循着唐代刘禹锡这首《乌衣巷》，我们轻而易举地找到了王导的地址——诗中的“王谢”，分别指东晋开国元勋王导和指挥淝水之战的谢安，它们的家，都在秦淮河南岸的乌衣巷。乌衣巷鼎盛繁华，是东晋豪门大族的高档住宅区。朱雀桥上曾有一座装饰着两只铜雀的重楼，就是谢安所建。

相亲那一天，王羲之看见了一座古碑，被它深深吸引住了。那是蔡邕的古碑。蔡邕是东汉著名学者、书法家、蔡文姬的父亲，汉献帝时曾拜左中郎将，故后人也称他“蔡中郎”。他的字，“骨气洞达，爽爽有神力”，被认为是“受于神人”，让王羲之痴迷不已。

王羲之对书法如此迷恋，自然与父亲的影响关系甚大。王羲之的父亲王旷，历官丹杨太守、淮南内史、淮南太守，善隶、行书。

明陶宗仪《书史会要》卷三载：“旷与卫氏，世为中表，故得蔡邕书法于卫夫人。”王羲之 12 岁的时候，在父亲枕中发现《笔论》一书，便拿出来偷偷看。父亲问：“你为什么要偷走我藏的东西？”羲之笑而不答。母曰：“他是想了解你的笔法。”父亲看他年少，就说：“等你长大成人，我会教你。”王羲之说：“等到我成人了，就来不及了。”父亲听了大喜，就把《笔论》送给了他，不到一个月，他的书法水平就大有长进。

那天他看见蔡中郎碑，自然不会放过，几乎把相亲的事抛在脑后，突然想起来，才匆匆赶往乌衣巷里的相府，到时，已经浑身汗透，就索性脱去外衣，袒胸露腹，偎在东床上，一边饮茶，一边想那古碑。郗府管家见他出神的样子，不知所措。他们的目光对视了一下，却没有形成交流，因为谁也不知道对方在想什么。

管家回到郗府，对郗太尉做了如实的汇报：“王府的年轻公子二十余人，听说郗府觅婿，都争先恐后，唯有东床上有位公子，袒腹躺着，一副漫不经心的样子。”管家以为第一轮遭到淘汰的就是这个不拘小节的年轻人，没想到郗鉴选中的人偏偏是王羲之，“东床快婿”，由此成为美谈，而这样的美谈，也只能出在东晋。

王羲之的袒胸露腹，是一种别样的风雅，只有那个时代的人体会得到，如今的岳父岳母们，恐怕万难认同。王羲之与郗璇的婚姻，得感谢老丈人郗鉴的眼力。王羲之的艺术成就，也得益于这段美好的婚姻。王羲之后来在《杂帖》中不无得意地写道：

吾有七儿一女，皆同生。婚娶已毕，唯一小者尚未婚耳。过此一婚，便得至彼。今内外孙有十六人，足慰目前。

他的七子依次是：玄之、凝之、涣之、肃之、徽之、操之、献之。这七个儿子，个个是书法家，宛如北斗七星，让东晋的夜空有了声色。其中凝之、涣之、肃之都参加过兰亭聚会，而徽之、献之的成就尤大。故宫“三希堂”，王羲之、王献之父子占了“两希”，其中我最爱的，是王献之的《中秋帖》，笔力浑厚通透，酣畅淋漓。王献之的地位始终无法超越他的父亲王羲之，或许与唐太宗、宋高宗直到清高宗这些当权者对《兰亭序》的抬举有关。但无论怎样，如果当时郗鉴没有选中王羲之，中国的书法史就要改写。王羲之大抵不会想到，自己这一番放浪形骸，竟然有了书法史的意义，犹如他没有想到，酒醉后的一通涂鸦，成就了书法史的绝唱。

三

一千六百多年后，我们依然能够呼吸到永和九年春天的明媚。三国时代，纵然有雄姿英发、羽扇纶巾的英雄，有乱石穿空、惊涛拍岸的浩荡，但总的来说，气氛仍是压抑的，充满了刀光血影。“樯橹灰飞烟灭”，对于英雄豪杰，仿佛信手拈来的功业，对百姓，却是无以复加的灾难。继之而起的魏晋，则是一个“铁腕人物操纵、杀戮、废黜傀儡皇帝的禅代的时代”[8]。先是曹操“挟天子以令诸侯”，他的儿子曹丕篡夺汉室江山，建立魏朝；继而魏的大权逐步旁落到司马氏手中，司马懿的儿子司马师和司马昭相继担任大将军，把持朝廷大权。曹髦见曹氏的权威日渐失去，司马昭又越来越专横，内心非常气愤，于是写了一首题为《潜龙》的诗。司马昭见到这首诗，勃然大怒，居然在殿上大声斥责曹髦，吓得曹髦浑身发抖，后来司马昭不耐烦了，干脆杀死了曹髦，立曹奂为帝，即魏元帝。曹奂完全听命于司马昭，不过是个傀儡皇帝。但即使傀儡皇帝，司马氏也觉得碍事，司马昭死后，长子司马炎干脆逼曹奂退位，自己称帝。经过司马懿、司马昭和司马炎三代人的“努力”，终于夺权成功，建立了西晋。

西晋是一个偷来的王朝。这样一个不名誉的王朝，要借助铁腕来维系，那是一定的。所以司马氏的西晋，压抑得喘不过气来。当年曹操杀孔融，孔的两个儿子尚幼，一个九岁，一个八岁，曹操斩草除根，没有丝毫的犹豫，留下了“覆巢之下，焉有完卵”的成语。此时的司马氏，青出于蓝胜于蓝，杀人杀得手酸。“竹林七贤”过得潇洒，嵇康“弹琴咏诗，自足于怀”[9]，刘伶整日捧着酒罐子，放言“死便埋我”，也好玩，但那潇洒里却透着无尽的悲凉，不是幽默，是装疯卖傻，企图借此躲避司马家族的专政铁拳，最终，嵇康那颗美轮美奂的头颅，还是被一刀剁了去。

公元290年，晋武帝死，皇宫和诸王争夺权力，互相残杀，酿成“八王之乱”。对于当时的惨景，虞预曾上书道：“千里无烟爨之气，华夏无冠带之人。自天地开辟，书籍所载，大乱之极，未有若兹者。”[10]这份乱，可谓登峰造极了。公元317年，皇帝司马邺被俘，西晋灭亡。王家的功业，恰是此时建立的，公元318年，王旷、王导、王敦等人推司马睿为皇帝，定都建康，建立东晋。动荡的王朝在建康（南京）得到暂时的安顿，社会思想平静得多，各处都夹入了佛教的思想。再至晋末，乱也看惯了，篡也看惯了，文章便更和平。与西晋相比，东晋士人不再崇尚形貌上的冲决礼度，而是礼度之内的娴雅从容。昏暗的油灯下，鲁迅恍惚看到了一个好的故事："这故事很美丽，幽雅，有趣。许多美的人和美的事，错综起来像一天云锦，而且万颗奔星似的飞动着，同时又展开去，以至于无穷。"这些美事包括：山阴道上的乌桕，新秋，野花，塔，伽蓝……

所以东晋时代的郊游，畅饮，酣歌，书写，都变得轻快起来，少了"建安七子"、"竹林七贤"的曲折和吞咽，连呼吸吐纳都通畅许多。永和九年，暮春之初，不再有奔走流离，人们像风中的碴滓，即使飞到了天边，也终要一点一点地落定，随着这份沉落，人生和自然本来的色泽变会显露出来，花开花落、雁去雁来、雨丝风片、微雪轻寒，都牵起一缕情欲。那份欲念，被生死、被冻饿遮掩得太久了，只有在这清澈的山林水泽，才又被重新照亮。文化是什么？ 文化是超越吃喝拉撒之上的那丝欲念，那点渴望，那缕求索，是为灵魂准备的酒药和饭食。王羲之到了兰亭，才算是找到了真正的自己，或者说，就在王羲之仕途困顿之际，那份从容、淡定、逍遥，正在会稽山阴之兰亭，等待着他。

会稽山阴之兰亭，种兰的传统可以追溯到春秋时代，据说越王就曾在这里种兰，后人建亭以志，名曰兰亭。而修禊的风俗，则始于战国时代，传说秦昭王在三月初三置酒河曲，忽见一金人，自东而出，奉上水心之剑，口中念道："此剑令君制有西夏。"秦昭王以为是神明显灵，恭恭敬敬地接受了赐赠，此后，强秦果然横扫六合，一统天下。从此，每年三月三，人们都到水边祓祭，或以香薰草蘸水，洒在身上，洗去尘埃，或曲水流觞，吟咏歌唱。所谓曲水流觞，就是在水边建一亭子，在基座上刻下弯弯曲曲的沟槽，把水流引进来，把酒杯斟酒，放到水上，让酒杯在水上浮动，到谁的面前，谁就要举起酒杯，趁着酒液熨过肺腑，吟诵出胸中的诗句。

东晋的酒具，今天在北京故宫博物院是见得到的。比如那件青釉鸡头壶，有一个鸡头状短流，圆腹平底，腹上壁有两桥形系，一弧形柄相接口沿和器身，便于提拿，通体青釉，点缀褐彩，有画龙点睛之妙。这种鸡头壶，始见于三国末期，历经魏晋南北朝，到唐代就消失了，被执壶取代。北京故宫博物院还有一件南朝时期的青釉羽觞，正是曲水流觞中的那只“觞”，它的外形小巧可爱，像一只小船，敏捷灵动，我们可以想象它在水中随波逐流的轻巧宛转，以及饮酒人将它高高擎起，袍袖被风吹动的那副神韵。

一件小小的文物，让魏晋的优雅、江左的风流具体化了，变得亲切可感，也让后世文人思慕不已，甚至大清的乾隆皇帝，也在紫禁城宁寿宫花园的一角，建了一座禊赏亭，企图通过复制曲水流觞的物理空间，体验东晋士人的风雅神韵。在他看来，假若少了这份神韵，这座宫殿纵然雕栏玉砌、钟鸣鼎食，也毫无品位。

或许得不到的永远是最好的，王羲之式的风雅，让后世许多帝王将相艳羡不已，纷纷效仿，与此相比，王羲之最向往的，却是拯救社稷苍生的功业。

与郗璇结婚三年后，王羲之就凭借庾亮等人的举荐，以及自己根红苗正的家世，官至会稽内史、右军将军——“王右军”之名由此而来，但官场的浑浊，依旧容不下一个清风白袖的文人书生。官场上的王羲之，像相亲时一样我行我素。他与谢安一同登上冶城，在谢安悠然远想的时候，他居然批评谢安崇尚虚谈，不务实际：“今四郊多垒，宜人人自效，而虚谈费务，浮文妨要，恐非当今所宜。”[11]还反对妄图通过北伐实现个人野心的桓温、殷浩：“以区区吴越经纬天下十分之九，不亡何待？”《晋书》说他“以骨鲠称”[12]，还说他“雅性放诞，好声色”[13]。他入世，却不按官场的既定方针办，他不倒楣，谁倒楣呢？ 果然，王羲之被官场风暴，径直吹到会稽。

离开政治漩涡建康，让他既失落，又欣慰。他离自己的理想越来越远，却离自然越来越近。即使在病中，他还写下这样的诗句：

取观仁嘉乐，
寄畅山水阴。
清泠涧下濑，
历落松竹林。

和朋友们相约雅集的那一天，天朗气清，惠风和畅，桑葚的芬芳飘荡在泥土之上，阳光透过密密匝匝的竹林漏到溪水边，使弯曲的流水变成一条斑驳的花蛇。光线晶莹通透，饱含水汁。落花在风中出没，在光影中流畅地迂回，那份缠绵，看着让人心软。所有的刀光剑影都被隐去了，岁月被这缕阳光抹上一层淡金的光泽。唯有此时，人才能沉下来，呼应着自然的启发，想些更玄远的事情，“仰观宇宙之大，俯察品类之盛，所以游目骋怀，足以极视听之娱，信可乐也”。从这文字里，我们看到王羲之焦灼的表情终于松驰下来。我们看见了他的侧脸，被蝉翼般细腻和透明的阳光包围着，那样的柔和。他忽然间沉默了，他的沉默里有一种长久的力量。

在那一刻，谢安、孙绰、谢万、庾蕴、孙统、郗昙、许询、支遁、李充、袁峤之、徐丰之一干人等，正忙着饮酒和赋诗，他们吟出的诗句，也大抵与眼前的景象相关。其中，谢安诗云：

相与欣嘉节，率尔同褰裳。
薄云罗物景，微风扇轻航。
醇醪陶元府，兀若游羲唐。
万殊混一象，安复觉彭殇。

孙绰诗云：

流风拂枉渚，停云荫九皋。
婴羽吟修竹，游鳞戏澜涛。
携笔落云藻，微言剖纤毫。
时珍岂不甘，忘味在闻韶。

他们或许并不知道，望着眼前的灿烂美景，王羲之在想些关于短暂与永久的话题，也快乐，也忧伤。

儒家学说有一个最薄弱、最柔软的地方，就是它过于关注处理现实社会问题，协调人的关系，而缺少宇宙哲学的形而上思考。它所建构的家国伦理把一代代的中国士人推进官场，却缺少提供对于存在问题的深刻解答，这一缺失，直到宋明理学时代才得到弥补。而在宋明理学产生之前数百年，被权力者边缘化了的知识分子，就已经开始了这种本原性的思考，中国的哲学史，就在这权力的缝隙间获得了生长的空间，为后来理学的诞生奠定了基础。

在宦海中沉浮的王羲之，内心始终缺了一角，此时，面对天地自然，面对更加深邃的时空，他对生命有了超越功利的思考，他心灵中缺失的一角，仿佛得到了弥补，那份快乐自不必说，对于度尽劫波的王羲之来说，这份快乐，他自会在内心里妥帖收藏；而他的忧伤，则是缘于这份“乐”，来得快，去得也快。因为人的生命，犹如这暮春里的落花，无论怎样灿烂，转眼之间，就会消逝得无影无踪。

花朵还有重新开放的时候，仿佛一场永无止境的轮回，在春风又起的时候，接续它们的前世。所以那花，是值得羡慕的。但是，每当春蚕贪婪地吸吮桑叶上黏稠甜美的汁液，开始一段即将启程的路途，眼前这些活生生的人们，可能都已不在人世了。只有那崇山峻岭，茂林修竹，清流激湍，映带左右，千古不会变化。

王羲之特立独行，对什么都可以不在乎，包括官场的进退、得失、荣辱，但有一个问题他却不能不在乎，那就是死亡。死亡是对生命最大的限制，它使生命变成一种暂时的现象，像一滴露、一朵花。它用黑暗的手斩断了每个人的去路。在这个限制面前，王羲之潇洒不起来，魏晋名士的潇洒，也未必是真的潇洒，是麻醉、逃避，甚至失态。在这个问题上，他们并不见得比王羲之想得深入。

所以，当参加聚会的人们准备为那一天吟诵的三十七首诗汇集成一册《兰亭集》，推荐主人王羲之为之作序时，王羲之趁着酒兴，用鼠须笔和蚕茧纸一气呵成《兰亭序》。全文如下：

永和九年，岁在癸丑，暮春之初，会于会稽山阴之兰亭，修禊事也。群贤毕至，少长咸集。此地有崇山峻岭，茂林修竹；又有清流激湍，映带左右，引以为流觞曲水，列坐其次。虽无丝竹管弦之盛，一觞一咏，亦足以畅叙幽情。是日也，天朗气清，惠风和畅，仰观宇宙之大，俯察品类之盛，所以游目骋怀，足以极视听之娱，信可乐也。夫人之相与，俯仰一世，或取诸怀抱，晤言一室之内；或因寄所托，放浪形骸之外。虽取舍万殊，静躁不同，当其欣于所遇，暂得于己，快然自足，不知老之将至。及其所之既倦，情随事迁，感慨系之矣。向之所欣，俯仰之间，已为陈迹，犹不能不以之兴怀。况修短随化，终期于尽。古人云："死生亦大矣。"岂不痛哉！每览昔人兴感之由，若合一契，未尝不临文嗟悼，不能喻之于怀。固知一死生为虚诞，齐彭殇为妄作。后之视今，亦犹今之视昔。悲夫！故列叙时人，录其所述，虽世殊事异，所以兴怀，其致一也。后之览者，亦将有感于斯文。

文字开始时还是明媚的，是被阳光和山风洗濯的通透，是呼朋唤友、无事一身轻的轻松，但写着写着，调子却陡然一变，文字变得沉痛起来，真是一个醉酒忘情之人，笑着笑着，就失声痛哭起来。那是因为对生命的追问到了深处，便是悲观。这种悲观，不再是对社稷江山的忧患，而是一种与生俱来、又无法摆脱的孤独。《兰亭序》寥寥三百二十四字，却把一个东晋文人的复杂心境一层一层地剥给我们看。于是，乐成了悲，美丽作成了凄凉。实际上，庄严繁华的背后，是永远的凄凉。打动人心的，是美，更是这份凄凉。

四

由此可以想见，唐太宗之喜爱《兰亭序》，一方面因其在书法史的演变中，创造了一种俊逸、雄健、流美的新行书体，代表了那个时代中国书法的最高水平。赵孟頫称《兰亭》是“新体之祖”，认为“右军手势，古法一变，其雄秀之气出于天然，故古今以为师法”，欧阳询《用笔论》说：“至于尽妙穷神，作范垂代，腾芳飞誉，冠绝古今，唯右军王逸少一个而已。”《文渊阁四库全书》中收录的明代项穆的《书法雅言》说：“古今论书，独推两晋。然晋人风气，疎宕不羁，右军多优，体裁独妙，书不入晋，固非上流，法不宗王，拒称逸品。”[14]。另一方面因为其文字精湛，天、地、人水乳交融，《古文观止》只收录了六篇魏晋六朝文章，《兰亭序》就是其中之一。但主要还是因为它写出了这份绝美背后的凄凉。我想起扬之水评价生于会稽的元代词人王沂孙的话，在此也颇为适用：“他有本领写出一种凄艳的美丽，他更有本领写出这美丽的消亡。这才是生命的本质，这才是令人长久感动的命运的无常。它小到每一个生命的个体，它大到由无数生命个体组成的人丁世界。他又能用委曲、吞咽、沉郁的思笔，把感伤与凄凉雕琢得玲珑剔透。他影响于读者的有时竟不是同样的感伤，而是对感伤的欣赏。因为他把悲哀美化了，变成了艺术。”[15]

唐太宗李世民是一个迷恋权力的人，玄武门之变，他是踩着哥哥李建城的尸首当上皇帝的，但他知道，所有的权力，所有的荣华，所有的功业，都不过是过眼云烟，他真正的对手，不是现实中的哪一个人，而是死亡，是时间，如海德格尔所说：“死亡是此在本身向来不得不承担下来的存在可能性。”“作为这种可能性，死亡是一种与众不同的悬临。”[16] 艾玛纽埃尔·勒维纳斯则说：“死亡是行为的停止，是具有表达性的运动的停止，是被具有表达性的运动所包裹、被它们所掩盖的生理学运动或进程的停止。”[17] 他把死亡归结为停止，但在我看来，死亡不仅仅是停止，它的本质是终结，是否定，是虚无。

虚无令唐太宗不寒而栗，死亡将使他失去他业已得到的一切，《兰亭序》写道：“况修短随化，终期于尽。古人云：‘死生亦大矣。’岂不痛哉！”这句一定令他怵然心惊。他看到了美丽之后的凄凉，会有一种绝望攫取他的心，于是他想抓住点什么。

他给取经归来的玄奘以隆重的礼遇，又资助玄奘的译经事业，从而为中国的佛学提供了一个新的起点，我们无法判断唐太宗的行为中有多少信仰的成分，但可以见证他为抗衡人生的虚无所做的一份努力，以大悲咒对抗人生的悲哀和死亡的咒语。他痴迷于《兰亭序》，王羲之书法的淋漓挥洒自然是一个不可不觑的因素，但更重要的原因却在于它道出了人生的大悲慨，触及了他最敏感的那根神经，就是存在与虚无的问题。在这一诘问面前，帝王像所有人一样不能逃脱，甚至于，地位愈高、功绩愈大，这一诘问，就愈发紧追不舍。

从这个意义上说，《兰亭序》之于唐太宗，就不仅仅是一幅书法作品，而成为一个对话者。这样的对话者，他在朝廷上是找不到的。所以，他只能将自己的情感，寄托在这张字纸上。在它的上面，墨迹尚浓，酒气未散，甚至于永和九年暮春之初的阳光味道还弥留在上面，所有这一切的信息，似乎让唐太宗隔着两百多年的时空，听得到王羲之的窃窃丝语。王羲之的悲伤与他悲伤中疾徐有致的笔调，引发了唐太宗，以及所有后来者无比复杂的情感。

一方面，唐太宗宁愿把它当作一种“正在进行时”，也就是说，每当唐太宗面对《兰亭序》的时候，都仿佛面对一个心灵的“现场”，让他置身于永和九年的时光中，东晋文人的洒脱与放浪，就在他的身边发生，他伸手就能够触摸到他们的臂膀。

另一方面，它又是“过去时”的，它不再是“现场”，它只是“指示”（denote）了过去，而不是“再现”（represent）了过去，这张纸从王羲之手里传递到唐太宗的手里，时间已经过去了两百多年，它所承载的时光已经消逝，而他手里的这张纸，只不过是时光的残渣、一个关于“往昔”的抽象剪影、一种纸质的“遗址”，甚至不难发现，王羲之笔划的流动，与时间之河的流动有着相同的韵律，不知是时间带走了他，还是他带走了时间。此时，唐太宗已不是参与者，而只是观看者，在守望中，与转瞬即逝的时间之流对峙着。

《兰亭序》是一个“矛盾体”（paradox），而人本身，不正是这样的“矛盾体”吗？——对人来说，死亡与新生、绝望与希望、出世与入世、迷失与顿悟，在生命中不是同时发生，就是交替出现，总之它们相互为伴，像连体婴儿一样难解难分，不离不弃。

当然，这份思古幽情，并非唐太宗独有，任何一个面对《兰亭序》的人，都难免有感而发。但唐太宗不同的是，他能动用手里的权力，巧取豪夺，派遣监察御史萧翼，从辩才和尚手里骗得了《兰亭序》的真迹，唐代何延之《兰亭记》详细记载了这一过程[18]，从此，“置之座侧，朝夕观览”[19]。

他还命令当朝著名书法家临摹，分赐给皇太子和大公大臣。唐太宗时代的书法家们有幸，目睹过《兰亭序》的真迹，这份真迹也不再仅仅是王氏后人的私家收藏，而第一次进入了公共阅读的视野。

这样的复制，使王羲之的《兰亭序》第一次在世间“发表”，只不过那时的印制设备，是书法家们用以描摹的笔。唐太宗对它的巧取豪夺，是王羲之的不幸，也是王羲之的大幸。而那些临摹之作，也终于跨过了一千多年的时光，出现在故宫午门的展览中。其中，我们目前能够看到的最早的摹本是虞世南的摹本，以白麻纸张书写，笔划多有明显勾笔、填凑、描补痕迹；最精美的摹本，是冯承素摹本，卷首因有唐中宗“神龙”年号半玺印，而被称为“神龙本”，此本准确地再现了王羲之遒媚多姿、神清骨秀的书法风神，将许多“破锋”[20]、“断笔”[21]、“贼毫”[22]等，都摹写得生动细致，一丝不苟。

千年之后，被称为“元四家”的大画家倪瓒在题王羲之《七月帖》时写下这样的话：

> 右军书在唐以前未有定论，观太宗力辨萧子云之书，可以知当时好□之所在矣。自后，士大夫心始厌服，历千百年无有异者。而右军之书，谓非太宗鉴定之力乎？……[23]

而王羲之《兰亭序》的真迹，据说则被唐太宗带到了坟墓里，或许，这是他在人世间最后的不舍。临死前，他对儿子李治说：“吾欲从汝求一物，汝诚孝也，岂能违吾心也？汝意如何？”他对儿子最后的要求，就是让儿子在他死后，将真本《兰亭序》殉葬在他的陵墓里。李治答应了他的要求，从此“茧纸藏昭陵，千载不复见”。

或许，这张茧纸，为他平添了几许面对死亡的勇气，为死后那个黑暗世界，博得几许光彩，或许在那一刻，他知道了自己在虚无中想抓住的东西是什么——唯有永恒的美，能够使他从生命的有限性中突围，从死亡带来的巨大幻灭感出解脱出来。赫伯特·曼纽什说："一切艺术基本上也是对'死亡'这一现实的否定。事实证明，最伟大的艺术恰恰是那些对'死'之现实说出一个否定性的'不'字的艺术。"[24]

唐太宗以他惊世骇俗的自私，把王羲之《兰亭序》的真迹带走了，令后世文人陷入永久的叹息而不能自拔。它仿佛在人们视野里出现又消失的流星，一场风花雪月又转眼成空的爱情，令人缅怀又无法证明。

它是一个传说、一缕伤痛、一种想象，朝朝暮暮朝朝，模糊而清晰地存在着。慢慢地，它终又变成一个无法被接受的现实、一场走遍天涯道路也不愿醒来的大梦，于是各种新的传说应运而生。有人说，唐太宗的昭陵后来被一个"盗墓狂"盗了，这个人，就是五代后梁时期统辖关中的节度使温韬。《新五代史》记载，温韬曾亲自沿着墓道潜进昭陵墓室，从石床上的石函中，取走了王羲之《兰亭序》，那时的《兰亭序》，笔迹还像新的一样。宋人所著《江南余载》证实了这一点，说：昭陵墓室"两厢皆置石榻，有金匣五，藏钟王墨迹，《兰亭》亦在其中。嗣是散落人间，不知归于何所。"

如果这些史料所记是真，那么，《兰亭序》在唐太宗死后，又死而复生，继续着它在人间的旅程。在宋人《画墁集》中，我们又能查到它新的行踪——在宋神宗元丰末年，有人从浙江带着《兰亭序》的真本进京，准备用它在宋神宗那里换个官职，没想到半路传来宋神宗驾崩的消息，就干脆在途中把它卖掉了。这是我们今天能够打探到的关于真本《兰亭序》的最后的消息，它的时间，定格在公元 1085 年。

五

但人们依然想把它“追”回来，他们发明了一种新的方式去“追”，那就是临摹。

临，是临写；摹，则是双勾填墨的复制方法。与临本相比，摹本更加接近原帖，但对技术的要求极高。唐太宗时期，冯承素、赵模、诸葛贞、韩道政、汤普彻等人都曾用双勾填墨的方法对《兰亭序》进行摹写，而欧阳询、虞世南、褚遂良、刘秦妹等则都是临写。宋高宗赵构将《兰亭序》钦定为行书之宗，并通过反复临摹、分赐子臣的方式加以倡导，使对《兰亭序》摹本的收藏成为风气，元明清几乎所有重要的书法家，包括赵孟頫、俞和临，明代祝允明、文征明、董其昌，清代陈邦彦等，都前赴后继，加入到浩浩荡荡的临摹阵营中，使这场临摹运动旷日持久地延续下去。他们密密麻麻在站在一起，仿佛依次传递着一则古老的寓言。

他们不像唐朝书法家那样幸运，已经看不到《兰亭序》的真迹，他们的临摹，是对摹本的临摹，是对复制品的复制，他们以这样的方式，完成对《兰亭序》的重述。

但这并非机械的重复，而是在复制中，渗透进自己的风格和时代的审美趣味，这些仿作，见证了“一切历史都是当代史”这一真理。于是有了陈献章行书《兰亭序》卷、八大山人行书《临河叙》

轴这些杰出的作品。清末翁同龢书在团扇上书写赵孟頫《兰亭十三跋》中一段跋语，虽小字行书，亦得沉着苍健之势；无独有偶，他的政治对手李鸿章，也酷爱《兰亭序》，年过七旬，依旧“不论冬夏，五点钟即起，有家藏一宋拓兰亭，每晨必临摹一百字，其临本从不示人”[25]。

于是，《兰亭序》借用了一代又一代人的手，反反复复地进行着表达。王羲之的《兰亭序》，像一个人一样，经历着成长、蜕变、新陈代谢的过程。在不同的时代，呈现出不同的形状。这些作品，许多为北京故宫博物院收藏，许多亦在午门的“兰亭特展”上一一呈现。它们与我近在咫尺，艺术史上那些大家的名字，突然间密密匝匝地排在一起，让我屏住呼吸，不敢大声出气，而面前的玻璃幕墙，又以冰冷的语言告诉我，它们身份尊贵，不得靠近。

这时我突然想到一个问题——历代文人，为什么对一片字纸如此情有独钟，以至于前赴后继地参与到一项重复的工作中？写字，本是一种实用手段，在中国，却成为一种独特的视觉艺术——西方人也讲究文字之美，尤其在古老的羊皮书上，西方字母总是极尽修饰之能势，但他们的书法，与中国人相比，实在是简陋得很，至于日本书法，则完全是从中国学的。世界上没有一种文化，像中国这样陷入深深的文字崇拜。这种崇拜，通过对《兰亭序》的反复摹写、复制，表现得无以复加。

公元6世纪的一天，一个名叫周兴嗣的员外散骑侍郎突然接到梁武帝的一道圣旨，要他从王羲之书法中选取1000个字，编纂成文，供皇子们学书之用，要求是这1000个字不得有所重复。这一要求看上去并不苛刻，实际上难度极高。

周兴嗣煞费苦心，终于完成了领导交给的光荣任务，美中不足，是全篇有一个字重复，就是“洁”字（洁、絜为同义异体字）。因此，此篇《千字文》实际只收选了王羲之书写的999个字。但不论怎样，中国历史上有了第一篇《千字文》。从此开始，每代人开蒙之际，都会读到这样的文字：“天地玄黄　宇宙洪荒　日月盈昃　辰宿列张　寒来暑往　秋收冬藏……”

朗朗的诵读之声，一直延续到20世纪中叶，在十四个世纪里从未中断。于是，每个人在学习知识的起始阶段，都会与那个遥远的王羲之相遇，王羲之的字，也成为每一代中国人的必修课，贯注到中国人的生命记忆和知识体系中。古老的墨汁，在时光中像酒一样发酵，最终变成血液，供养着每个生命个体的成长。后来，千字文又不断变形，仿佛延续着一项古老的文字游戏，出现了《续千字文》《叙古千字文》《新千字文》等不同版本。

中国人把自己对文字的这种崇拜，毫无保留地寄托到王羲之的身上。原因是文字在中国文化中占有绝对的中心地位，它的地位，比图像更加重要，也可以说，文字本身就是图像，因为汉字本身就是在象形的基础上创造出来的。李泽厚说：“汉字书法的美也确乎建立在从象形基础上演化出来的线条章法和形体结构之上，即在它们的曲直适宜，纵横合度，结体自如，布局完满。”[26]

中国人把对世界、对生命的全部认识都容纳到自己的文字中，黑白二色，犹如阴阳二极，穷尽了线条的所有变化，而线条飞动交会时的婉转错让，也容纳了宇宙的云雨变幻、人生的聚散离合。即使在宗教的世界，文字的权威也显露无遗，比如佛教史上重要的北京房山石经山雷音洞，并不像一般佛教洞窟那样，在洞壁上进行彩绘，而是以文字代替图像，在洞壁上镶嵌了大量的刊刻佛经，秘密恰在于文字是中国文化的核心。密密麻麻的文字，以中文讲述着来自印度的佛教经典，这种“以文字代替图像的做法，也被“视为佛教中国化的另一种方式”。[27]

除了摹本，《兰亭序》还以刻本、拓本的形式复制、流传。刻本通常是刻在木板或石材上，而将它们捶拓在纸上，就叫拓本。仅北京故宫博物院收藏的《兰亭序》刻本，数量超过三百，刻印时间从宋代一直延续到清代，源远流长，仅“定武兰亭”系统，就分成“吴炳本”、“孤独本”（均为日本东京国立博物馆藏）、“落水兰亭”、“春草堂本”、“玉枕兰亭”（均为北京故宫博物院藏）、“定武兰亭真拓本”（台北故宫博物院藏）等诸多支脉，令人眼花缭乱。

画家也是不甘寂寞的，他们不愿意在这场追怀古风的运动中落伍。于是，一纸画幅，成了他们寄托岁月忧思的场阈。仅《萧翼赚兰亭图》，就有多件流传至今，其中有台北故宫博物院藏唐代阎立本《萧翼赚兰亭图》卷、北京故宫博物院藏宋人《萧翼赚兰亭图》卷、辽宁省博物馆藏宋人《萧翼赚兰亭图》卷、北京故宫博物院藏明人《萧翼赚兰亭图》轴。四幅不同朝代的同题作品，在午门的“兰亭大展”上完美合璧。此外，还可看到北京故宫所藏宋代梁楷的《右军书扇图》卷、台北故宫藏南唐巨然《兰亭修禊图》卷、宋代郭忠恕《摹顾恺之兰亭燕集图》卷、宋代刘松年《曲水流觞图》卷、元代王蒙《兰亭雪霁》图卷、明代李宗谟《兰亭修禊图》卷、文征明《兰亭修禊图》卷、仇英《修禊图》卷、《兰亭图》扇面、赵原初《兰亭图》卷、尤求《修禊图》卷、许光祚《兰亭图》卷等画作，不断对这一经典瞬间进行回溯和重放，在各自在视觉空间中挽留属于东晋的诗意空间。还有更多的兰亭画作没有流传到今天，比如，宋徽宗命令编撰的、记录宫廷藏画的《宣和画谱》中，就记录了颜德谦的《萧翼取兰亭》图卷，“风格特异，可证前说，但流落未见”[28]。

画家的参与，使中国的书法史与艺术史交相辉映。这至少表明照搬西方的学科分类对中国艺术进行分科，是不科学的，因为中国书法和绘画，是那么紧密地缠绕在一起，像骨肉筋血，再精密的手术刀也难以将它们真正切割。

《兰亭序》的辐射力并没有到此为止。在北京故宫博物院的藏品中，除了兰亭墨迹、法帖、绘画外，还有一些以宫殿器物延续着对兰亭雅集的重述。它们有一部分是御用实物器物，御用笔、墨、砚等；也有一部分是陈设性和纯装饰性器物，如明代漆器、瓷器等。有关兰亭的神话，就这样一步步升级，并渗透到宫廷的日常生活中。

北京故宫博物院所藏御用实物器物中，清乾隆款剔红曲水流觞图盒堪称精美绝伦。此盒为蔗段式，子母口，平底，通体髹红漆，盒内及外底髹黑漆，盖面雕《曲水流觞图》，盖面边沿雕连续回纹，盖壁和盒壁均刻六角形锦纹，盖内中央刀刻填金楷书“流觞宝盒”器名款，外底中央刀刻填金楷书“大清乾隆年制”款。

清代宫廷版的兰亭器物也很多，文房用品中，有一件乾隆时期的竹管兰亭真赏紫毫笔，笔管上刻有蓝色“兰亭真赏”四字阴文楷书，笔管逐渐微敛。以兰亭为主题的墨、砚也很多。兰亭的精气神，就这样通过笔墨。

这些文房用具中，我最喜欢的，是那件清小松款竹雕《羲之题扇图》笔筒，此筒为圆体，筒壁很薄，镶木口，口稍稍外倾，筒身上以细腻的镂雕和浅浮雕方式，刻划出王羲之坐在榻上、凝神写字时的形象，他的身旁，有一位侍女捧茶侍立，还有一位鹑衣妇人提插扇竹器，在一旁静候。背面雕着池水，有两只鹅在水中游弋，一小童在池边洗砚，还有一小童正在扇火烹茶，一缕一缕的烟气在升腾，白鹤在云烟里飞舞出没。湖石上有两个阴刻篆书："小松"，盘旋在笔筒的外壁上。雕刻中的人物为分三组，或相携而行，或亭榭聚谈，或临水饮酒，样貌生动无比。笔筒全身的雕刻繁复精密，镂空处琢磨细腻光润，极富立体效果。尤其随着视角的变化，各场景相互勾连，巧妙错落，使画面有如梦境一般变化无穷。

除了上述实物器物，还有一些装饰性器物，如兰亭玉册、兰亭如意、玉山子、插屏、漆宝盒等。这些器物，大多是螺蛳壳里作道场，于细微中见精深。比如那件青玉《兰亭修禊图》山子（即玉石雕刻），雕刻的人物众多，形态各异，最宽处却只有 31.5 厘米；而那件雕刻了《兰亭序》从文的乾隆款碧玉兰亭记双面插屏，也只有 18 厘米。它们不是以宏大来征服人，而是以小来震撼人。

《兰亭序》，一页古老的纸张，就这样形成了一条漫长的链条，在岁月的长河中环环相叩，从未脱节。在后世文人、艺术家的参与下，《兰亭序》早已不再是一件孤立的作品，而成为一个艺术体系，支撑起古典中国的艺术版图，也支撑着中国人的艺术精神。它让我们意识到，中国传统文化是一个强大的有机体，有着超强的生长能力，而中国的朝代江山，又给艺术的生长提供了天然土壤。

在这样一个漫长的链条上，摹本、刻本、拓本（除了书法之外，上述画作也大多有刻本和拓本传世），都被编入一个紧密相连的互动结构中。白纸黑字的纸本，与黑纸白字的拓本的关系，犹如昼与夜、阴与阳，互相推动，互相派生和滋长，轮转不已，永无止境。中国的文字和图像，就这样在不同的材质之间辗转翻飞，摇曳生姿，如老子所说："一生二，二生三，三生万物"[29]，周而复始，衍生不息。

中文的动词没有时态的变化，那是因为在中国人的精神结构里，时间的概念是模糊不清的；过去、现代、未来的关系，有如流水，很难被斩断；所有的过去，都可能在现实中翻版，而所有的现实，也将无一例外地成为未来的模版。

西方人则不同，他们对于时态的变化非常敏感。对他们来说，过去是过去，现在是现在，将来是将来，它们是性质不同的事物，各自为政，不能混淆、替代。在他们那里，时间是一个科学的概念，它是线性的，一去不回头，而对于中国人来说，时间则更像一个哲学的概念。

于是，中国人在循环中找到了对抗死亡的力量，因为所有流逝的生命和记忆都在循环中得以再生。《兰亭序》的流传过程，与中国人的时间观和生命观完全同构——每一次死亡，都只不过是新一轮生命的开始。

对中国人来说，时间一方面是单向流动的，如孔子所说："逝者如斯夫，不舍昼夜"；另一方面，又是循环往复的，它像水一样流走，但在流杯渠中，那些流走的水还会流回来。因此，面对生命的流逝，中国人既有文学意义上的深切感受，又能从过去与未来的二元对立中解脱出来，获得哲学意义上的升华超越。

"思笔双绝"的王沂孙曾写："把酒花前，剩拚醉了，醒来还醉。”一场醉，实际上就是一次临时死亡，或者说，是一次死亡的预演，而醉酒后的真正快乐，则来源于酒后的苏醒，宛若再生，让人体会到来世的滋味。也就是说，在死亡之后，生命能够重新降临在我们身上。

面对着这些接力似的摹本，我们已无法辨识究竟哪一张更接近它原初的形迹，但这已经不重要了，永和九年暮春之初的那个晴日，就这样在历史的长河中被放大了，它容纳了一千多年的风雨岁月，变得浩荡无边，一代又一代的艺术家把个人的生命投入进去，转眼就没了踪影，但那条河仍在，带着酒香，流淌到我的面前。

艺术是一种醉，不是麻醉，而是能让死者重新醒来的那种醉，这一点，已经通过《兰亭序》的死亡与重生，得到清晰的印证。在这个世界上，还找不出一个人能够真正地断送《兰亭序》在人间的旅程。王羲之或许不会想到，正是他对良辰美景的流连与哀悼，对生命流逝、死亡降临的愁绪，使一纸《兰亭序》从时间的囚禁中逃亡，获得了自由和永生。而所有浩荡无边的岁月，又被压缩、压缩，变得只有一张纸那么大，那么的轻盈可感。

它们的轻，像蝉的透明翅膀，可以被一缕风吹得很远，但中国人的文化与生命，就是在这份轻灵中获得了自由，不像西方，以巨大的石质建筑，宣示与自然的分庭抗礼。

中国文化一开始也是重的，依托于巨大的青铜器和纪念碑式的建筑（比如长城），通过外在的宏观控制人们的视线，文字也附着在青铜礼器之上，通过物质的不朽实现自身的不朽，文字因此具有了神一般的地位，最早的语言——铭文，也借助于器物，与权力紧紧地结合在一起。

纸的发明改变了这一切，它使文字摆脱了权力的控制，与每个人的生命相吻合，书写也变成均等的权力。自从纸张发明的那一天起，它就取代了青铜与石头，成为文字最主要的载体，汉字的优美形体，在纸页上自由地伸展腾挪。在纸页上，中国文字不再带有刀凿斧刻的硬度，而是与水相结合，具有了无限舒展的柔韧性，成了真正的活物，像水一样，自由、潇洒和率性。它放开了手脚，可舞蹈，可奔走，也可以生儿育女。它们血脉相承的族谱，像一株枝桠纵横的大树，清晰如画。

当一场展览将这十几个世纪里的字画卷轴排列在一起，我们才能感觉到文字水滴石穿一般的强大力量。纸张可以腐烂、焚毁，但那些消失的字，却可以出现在另一张纸上，依此类推，一步步完成跨越千年的长旅。文字比纸活得久，它以临摹、刻拓的方式，从死亡的控制下胜利大逃亡。仅从物质性上讲，纸的坚固度远远比不上青铜，但它使复制和流传变得容易，文字也因为纸的这种属性而获得了真正意义上的永恒。当那些纪念碑式的建筑化作了废墟，它们仍在。它们以自己的轻，战胜了不可一世的重。

“繁华短促，自然永存；宫殿废墟，江山长在。”[30]那一缕愁思、一握柔情，都凝聚在上面，在瞬间化作了永恒。一幅字，以中国人的语法，破解了有于时间和死亡的哲学之谜。

六

王羲之死了，但他的字还活着，层层推动，像一只船桨，让其后的中国艺术有了生生不息的动力，又似一朵浪花，最终奔涌成一条波澜壮阔的大河。那场短暂的酒醉，成就了一纸长达千年、淋漓酣畅的奇迹。《兰亭序》不是一幅静态的作品、一件旧时代的遗物，而是一幅动态的作品，世世代代的艺术家都在上面留下了自己的生命印迹。如果说时间是流水，那么这一连串的《兰亭》就像曲水流觞，酒杯流到谁的面前，谁就要端起这只杯盏，用古老的韵脚抒情。而那新的抒情者，不过是又一个王羲之而已。死去的王羲之，就这样在以后的朝代里，不断地复活。

由此我产生了一个奇特的想象——有无数个王羲之坐在流杯亭里，王羲之的身前、身后、身左、身右，都是王羲之。酒杯也从一个王羲之的手中，辗转到另一个王羲之的手中。上一个王羲之把酒杯递给了下一个王羲之，也把毛笔，传递给下一个王羲之。这不是醉话，也不是幻觉，既然《兰亭序》可以被复制，王羲之为何不能被复制？王羲之身后那些接踵而来的临摹者，难道不是死而复生的王羲之？大大小小的王羲之、长相不同的王羲之、来路各异的王羲之，就这样在时间深处济济一堂，摩肩接踵。很多年后，我来到会稽山阴之兰亭，迎风坐在那里，一扭身，就看见了王羲之，他笑着，把一支笔递过来。这篇文章，就是用这支笔写成的。

2012年10月于北京
11月6日一改
11月15日二改
2013年1月13日三改
5月3日四改

注释

[1] 《兰亭序》，又称《兰亭集序》、《兰亭宴集序》、《临河序》、《褉序》、《褉

帖》。

[2][3] ［南朝宋］刘义庆：《世说新语》，第334页、336页，郑州：中州古籍出版社，2008年版。

[4][5][6] 黄裳：《故人书简》，第35页、37页，北京：海豚出版社，2012年版。

[7] ［明］杨慎：《墨池璅录》，见《景印文渊阁四库全书》，总第八一六卷，子部，第一二二卷，第3页，台北：台湾商务印书馆，1983年版。

[8] 张节末：《狂与逸》，第36页，北京：东方出版社，1995年版。

[9][10] ［唐］房玄龄等撰：《晋书》，第906页、1430页，北京：中华书局，2000年版。

[11] ［南朝宋］刘义庆：《世说新语》，第59页，郑州：中州古籍出版社，2008年版。

[12][13] ［唐］房玄龄等撰：《晋书》，第1393页，北京：中华书局，2000年版。

[14] ［明］项穆：《书法雅言》，见《景印文渊阁四库全书》，总第八一六卷，子部，第一二二卷，第251页，台北：台湾商务印书馆，1983年版。

[15] 扬之水：《无计花间住》，第16页，上海：上海人民出版社，2011年版。

[16] ［德］马丁·海德格尔：《存在与时间》，第288页，北京：生活·读书·新知三联书店，2006年版。

[17] ［法］艾玛纽埃尔·勒维纳斯：《上帝·死亡和时间》，第7页，北京：生活·读书·新知三联书店，1997年版。

[18] 明代李日华、近代余绍宋皆认为此文不可信。

[19] ［唐］何延之：《兰亭记》，见故宫博物院编：《兰亭图典》，第401页，北京：紫禁城出版社，2011年版。

[20] 如“岁”、“群”等字。

[21] 如“岁”、“群”等字。

[22] 如“蹔（暂）”字。

[23] ［元］倪瓒：《清閟阁集》，第 362 页，杭州：西泠印社出版社，2012 年版。

[24] ［德］赫伯特·曼纽什：《怀疑论美学》，第 222 页，沈阳：辽宁人民出版社，1990 年版。

[25] 梁启超：《李鸿章传》，第 109 页，天津：百花文艺出版社，2000 年版。

[26][30] 李泽厚：《美的历程》，第 43 页，北京：生活·读书·新知三联书店，2009 年版。

[27] ［德］雷德侯：《雷音洞》，见《汉唐之间的视觉文化与物质文化》，第 264 页。

[28] 《宣和画谱》，第 93 页，长沙：湖南美术出版社，1999 年版。

[29] ［先秦］老子：《老子》，第 101 页，郑州：中州古籍出版社，2008 年版。

纸上的李白

——为什么唐朝会出李白

写诗的理由完全消失
这时我写诗
——顾城

一

很多年中，我都想写李白，写他唯一存世的书法真迹《上阳台帖》。

我去了西安，没有遇见李白，也没有看见长安。

长安与我，隔着岁月的荒凉。

岁月篡改了大地上的事物。

我无法确认，他曾经存在。

二

在中国，没有一个诗人像李白的诗句那样，成为每个人生命记忆的一部分。“举头望明月，低头思故乡”；“长安一片月，万户捣衣声”；“黄河之水天上来，奔腾到海不复回”；“两岸猿声啼不住，轻舟已过万重山”。中国人只要会说话，就会念他的诗，尽管念诗者，未必懂得他埋藏在诗句里的深意。

李白是“全民诗人”，是真正意义上的“人民艺术家”，忧国忧民的杜甫反而得不到这个待遇，善走群众路线的白居易也不是，他们是属于文学界、属于知识分子的，唯有李白，他的粉丝旷古绝今。

李白是唯一，其他都是之一。

他和他以后的时代里，没有报纸杂志，没有电视网络，他的诗，却在每个中国人的耳头心头长驱直入，全凭声音和血肉之躯传递，像传递我们民族的精神密码。中国人与其他东亚人种外观很像，精神世界却有天壤之别，一个重要的边界，是他们的心里没有住着李白。当我们念出李白的诗句时，他们没有反应；他们搞不明白，为什么中国人抬头看见月亮，低头就会想到自己的家乡。所以我同意历史学家许倬云先生的话：“（古代的）‘中国’并不是没有边界，只是边界不在地理，而在文化。”[1] 李白的诗，是中国人的精神护照，是中国人天生自带的身份证明。

李白，是我们的遗传基因、血液细胞。

李白的诗，是明月，也是故乡。

没有李白的中国，还能叫中国吗？

三

然而李白，毕竟已经走远，他是作为诗句，而不是作为肉体存在的。他的诗句越是真切，他的肉体就越是模糊。他的存在，表面具象，实际上抽象。即使我站在他的脚印之上，对他，我仍然看不见，摸不着。

谁能证实这个人真的存在过？

不错，新旧唐书，都有李白的传记；南宋梁楷，画过《李白行吟图》——或许因为画家自己天性狂放，常饮酒自乐，人送外号“梁风子”，所以他勾画出的是一个洒脱放达的诗仙形象，把李白疏放不羁的个性、边吟边行的姿态描绘得入木三分。但《旧唐书》，是五代后晋刘昫等撰，《新唐书》，是北宋欧阳修等撰，梁楷，更比李白晚了近五个世纪，相比于今人，他们距李白更近；但与我一样，他们都没见过李白，仅凭这一点，就把他们的时间优势化为无形。

只有那幅字是例外。那幅纸本草书的书法作品《上阳台帖》，上面的每一个字，都是李白写上去的。它的笔画回转，通过一管毛笔，与李白的身体相连，透过笔势的流转、墨迹的浓淡，我们几乎看得见他的手腕的抖动，听得见他呼吸的节奏。

四

这张纸，只因李白在上面写过字，就不再是一张普通的纸。尽管没有这张纸，就没有李白的字，但没有李白的字，它就是一片垃圾，像大地上的一片枯叶，结局只能是腐烂和消失。那些字，让它的每一寸、每一厘，都变得异常珍贵，先后被宋徽宗、贾似道、乾隆、张伯驹、毛泽东收留、抚摸、注视，最后被毛泽东转给北京故宫博物院永久收藏。

从这个意义上说，李白的书法，是法术，可以点纸成金。

李白的字，到宋代还能找出几张。北宋《墨庄漫录》载，润州苏氏家，就藏有李白《天马歌》真迹，宋徽宗也收藏有李白的两幅行书作品《太华峰》和《乘兴帖》，还有三幅草书作品《岁时文》《咏酒诗》《醉中帖》，对此，《宣和书谱》里有载。到南宋，《乘兴帖》也漂流到贾似道手里。

只是到了如今，李白存世的墨稿，除了《上阳台帖》，全世界找不出第二张。问它值多少钱，那是对它的羞辱，再多的人民币，在它面前也是一堆废纸，丑陋不堪。李白墨迹之少，与他诗歌的传播之广，反差到了极致。但幸亏有这幅字，让我们穿过那些灿烂的诗句，找到了作家本人。好像有了这张纸，李白的存在就有了依据，我们不仅可以与他对视，甚至可以与他交谈。

一张纸，承担起我们对于李白的所有向往。

我不知该谴责时光吝啬，还是该感谢它的慷慨。

终有一张纸，带我们跨过时间的深渊，看见李白。

所以，站在它面前的那一瞬间，我外表镇定，内心狂舞，顷刻间与它坠入爱河。我想，九百年前，当宋徽宗赵佶成为它的拥有者，他心里的感受应该就是我此刻的感受，他附在帖后的跋文可以证明。《上阳台帖》卷后，宋徽宗用他著名的瘦金体写下这样的文字：

> 太白尝作行书，乘兴踏月，西入酒家，不觉人物两望，身在世外，一帖，字画飘逸，豪气雄健，乃知白不特以诗鸣也。

根据宋徽宗的说法，李白的字，“字画飘逸，豪气雄健”，与他的诗歌一样，“身在世外”，随意中出天趣，气象不输任何一位书法大家，黄庭坚也说：“今其行草殊不减古人”[2]，只不过他诗名太盛，掩盖了他的书法知名度，所以宋徽宗见了这张帖，才发现了自己的无知，原来李白的名声，并不仅仅从诗歌中取得。

五

那字迹，一看就属于大唐李白。

它有法度，那法度是属于大唐的，庄严、敦厚，饱满、圆健，让我想起唐代佛教造像的浑厚与雍容，唐代碑刻的力度与从容。这当然来源于秦碑、汉简积淀下来的中原美学。唐代的律诗、楷书，都有它的法度在，不能乱来，它是大唐艺术的基座，是不能背弃的原则。

然而，在这样的法度中，大唐的艺术，却不失自由与浩荡，不像隋代艺术，那么的拘谨收压，而是在规矩中见活泼，收束中见辽阔。

这与北魏这些朝代做的铺垫关系极大。年少时学历史，最不愿关注的就是那些小朝代，比如隋唐之前的魏晋南北朝，两宋之前的五代十国，像一团麻，迷乱纷呈，永远也理不清。自西晋至隋唐的近三百年空隙里，中国就没有被统一过，一直存在着两个以上的政权，多的时候，甚至有十来个政权。但是在中华文明的链条上，这些小朝代却完成了关键性的过渡，就像两种不同的色块之间，有着过渡色衔接，色调的变化，就有了逻辑性。在粗朴凝重的汉朝之后，之所以形成缛丽灿烂、开朗放达的大唐美学，正是因为它在三百年的离乱中，融入了草原文明的活泼和力量。

我们喜欢的花木兰，其实是北魏人，也就是鲜卑人，是少数民族。她的故事，出自北魏的民谣《木兰诗》。这首民谣，是以公元391年北魏征调大军出征柔然的史实为背景而作的。其中提到的“可汗”，指的是北魏道武帝拓跋珪。“万里赴戎机，关山度若飞。朔气传金柝，寒光照铁衣。”这首诗里硬朗的线条感、明亮的视觉感、悦耳的音律感，都是属于北方的，但在我们的记忆里，从来不曾把木兰当作“外族”，这就表明我们并没有把鲜卑人当成外人。

这支有花木兰参加的鲜卑军队，通过连绵的战争，先后消灭了北方的割据政权，统一了黄河流域，占据了中原，与南朝的宋、齐、梁政权南北对峙，成为代表北方政权的“北朝”。从西晋灭亡，到鲜卑建立北魏之前的这段乱世，被历史学家们称为“五胡乱华”。

“五胡”的概念是《晋书》中最早提出的，指匈奴、鲜卑、羯、羌、氐等在东汉末到晋朝时期迁徙到中国的五个少数民族。历史学家普遍认为，“五胡乱华”是大汉民族的一场灾难，几近亡种灭族。但从艺术史的角度上看，“五胡乱华”则促成了文明史上一次罕见的大合唱，在黄河、长江文明中的精致绮丽、细润绵密中，吹进了“天苍苍，野茫茫，风吹草低见牛羊”的旷野之风，李白的诗里，也有无数的乐府、民歌。蒋勋说：“这一长达三百多年的‘五胡乱华’，意外地，却为中国美术带来了新的震撼与兴奋。”[3]

到了唐代，曾经的悲惨和痛苦，都由负面价值神奇地转化成了正面价值，成为锻造大唐文化性格的大熔炉。就像每个人一样，在他的成长历程中，都会经历痛苦，而所有的痛苦，不仅不会将他摧毁，最终都将使他走向生命的成熟与开阔。

北魏不仅在音韵歌谣上，为唐诗的浩大明亮预留了空间，书法上也做足了的准备，北魏书法刚硬明朗、灿烂昂扬的气质，至今留在当年的碑刻上，形成了自秦代以后中国书法史上的第二次刻石书法的高峰。我们今天所说的“魏碑”，就是指北魏碑刻。

在故宫，收藏着许多魏碑拓片，其中大部分是明拓，著名的，有《张猛龙碑》。此碑是魏碑中的上乘，整体方劲，章法天成。康有为也喜欢它，说它“结构精绝，变化无端”，“为正体变态之宗”。也就是说，正体字（楷书）的端庄，已拘不住它奔跑的脚步。从这些连筋带肉、筋骨强健、血肉饱满的字迹中，唐代书法已经呼之欲出了。难怪康有为说：“南北朝之碑，无体不备，唐人名家，皆从此出……”[4]

假若没有北方草原文明的介入，中华文明就不会完成如此重要的聚变，大唐文明就不会迸射出如此亮丽的光焰，中华文明也不会按照后来的样子，一点点地发酵成李白的《上阳台帖》。

或许因为大唐皇室本身就具有鲜卑血统，唐朝没有像秦汉那样，用一条长城与“北方蛮族”划清界限，而是包容四海、共存共荣，于是，唐朝人的心理空间，一下子放开了，也淡定了，曾经的黑色记忆，变成簪花仕女香浓美艳，变成佛陀的慈悲笑容。于是，唐诗里，有了“前不见古人，后不见来者”的苍茫视野，有了《春江花月夜》那的浩大宁静。

唐诗给我们带来的最大震撼，就是它的时空超越感。

这样的时空超越感，在此前的艺术中也不是没有出现过，比如曹操面对大海时的心理独白，比如王羲之在兰亭畅饮、融天地于一体的那份通透感，但在魏晋之际，他们只是个别的存在，不像大唐，潮流汹涌，一下子把一个朝代的诗人全部裹携进去。魏晋固然出了很多英雄豪杰、很多名士怪才，但总的来讲，他们的内心是幽咽曲折的，唯有唐朝，呈现出空前浩大的时代气象，似乎每一个人，都有勇气独自面对无穷的时空。

有的时候，是人大于时代，魏晋就是这样，到了大唐，人和时代，彼此成就。

六

李白的出生地，我没有去过，却很想去。吉尔吉斯斯坦北部城市托克马克，我想，这座雪水滋养、风物宜人的优美小城里，大唐帝国的绝代风华想必早已风流云散，如今一定变成一座中亚与俄罗斯风格混搭的城市。但是，早在汉武帝时期，这里就已纳入汉朝的版图，公元 7 世纪，它的名字变成了碎叶，与龟兹、疏勒、干阗并称大唐王朝的安西四镇，在西部流沙中彼此勾连呼应。那块神异之地，不仅有吴钩霜雪、银鞍照马，还有星辰入梦。那星，是长庚星，也叫太白金星，今天叫启明星，是天空中最亮的星星，亮度是足以抵得上 15 颗天狼星，这颗星，古希腊人和古罗马人分别用爱与美的女神阿佛洛狄提和维纳斯的名字来命名；梦，是李白母亲的梦。《新唐书》说："白之生，母梦长庚星，因以命之"[5]，就是说，李白的名字，得之于他的母亲在生他时梦见太白星。因此，当李白一入长安，贺知章在长安紫极宫一见到这位文学青年，立刻惊为天人，叫道："子，谪仙人也！"[6]原来李白正是太白星下凡。

李白在武则天统治的大唐帝国里长到五岁。五岁那一年，武则天去世，唐中宗复位，李白随父从碎叶到蜀中，二十年后离家，独自仗剑远行，一步步走成我们熟悉的那个李白，那时的唐朝，已经进入了唐玄宗时代。在那个交通不发达的年代，仅李白的行程，就是值得惊叹的。由此我们可以理解李白诗歌里的纵深感。他会写“明月出天山，苍茫云海间”，也会写“兰陵美酒郁金香，玉碗盛来琥珀光”。假如他是导演，很难有一个摄影师，能跟上他焦距的变化。那种渗透在视觉与知觉里的辽阔，我曾经从俄罗斯文学中——从托尔斯泰、屠格涅夫、陀斯妥耶夫斯基的作品里领略过，所以别尔嘉耶夫声称，“俄罗斯是神选的”[7]。但他们都扎堆于19世纪，而至少在一千多年前，这种浩大的心理空间就在中国的文学中存在了。

我记得那一次去楼兰，从巴音布鲁克向南，一路穿越塔克拉马干沙漠时，我发现自己变得那么微小，在天地间，微不足道，我的视线，也从来不曾像这样辽远。想起一位朋友说过：“你就感到世界多么广大深微，风中有无数秘密的、神奇的消息在暗自流传，在人与物与天之间，什么事是曾经发生的？什么事是我们知道的或不知道的？”[8]

虽然杜甫也是一生漂泊，但李白就是从千里霜雪、万里长风中脱胎出来的，所以他的生命里，有龟兹舞、西凉乐的奔放，也有关山月、阳关雪的苍茫。他不会因“茅屋为秋风所破”而感到忧伤，不是他的生命中没有困顿，而是对他来说，这事太小了。

他不像杜甫那样，执著于一时一事，李白有浪漫，有顽皮，时代捉弄他，他却可以对时代使个鬼脸。毕竟，那些时、那些事，在他来说都太小，不足以挂在心上、写进诗里。

所以，明代江盈科《雪涛诗评》里说：“李青莲是快活人，当其得意，无一语一字不是高华气象。……杜少陵是固穷之士，平生无大得意事，中间兵戈乱离，饥寒老病，皆其实历，而所阅苦楚，都于诗中写出，故读少陵诗，即当得少陵年谱看。”[9]

李白也有倒霉的时候，饭都吃不上了，于是写下“余亦不火食，游梁同在陈”。骆驼死了架子不倒，都沦落到这步田地了，他还依然嘴硬，把自己当成在陈蔡绝粮、七天吃不上饭的孔子，与圣人平起平坐。

他人生的最低谷，应该是流放夜郎了，但他的诗里找不见类似“茅屋为秋风所破”这样的郁闷，他的《早发白帝城》，我们从小就会背，却很少有人知道，这首诗就是在他流放夜郎的途中写的，那一年，李白已经 58 岁。

白帝彩云、江陵千里，给他带来的仿佛不是流放边疆的困厄，而是顺风扬帆、瞬息千里的畅快。当然，这与他遇赦有关，但总的来说，三峡七百里，路程惊心动魄，让人放松不下来。不信，我们可以看看郦道元在《水经注》里的描述：

> 自三峡七百里中，两岸连山，略无阙处。……有时朝发白帝，暮到江陵，其间千二百里，虽乘奔御风，不以疾也。……每至晴初霜旦，林寒涧肃，常有高猿长啸，属引凄异，空谷传响，哀转久绝。故渔者歌曰：“巴东三峡巫峡长，猿鸣三声泪沾裳！”[10]

郦道元的三峡，阴森险怪，一但遭遇李白，就立刻像舞台上的布景，被所有的灯光照亮，连恐怖的猿鸣声，都是如音乐般，悦耳清澈。

这首诗，也被学界视为唐诗七绝的压卷之作。

七

李白并不是没心没肺，那个繁花似锦的朝代背后的困顿、饥饿、愤怒、寒冷，在李白的诗里都找得到，比如《蜀道难》和《行路难》，他写怨妇，首首都写他自己：

箫声咽，
秦娥梦断秦楼月，
秦楼月，
年年柳色，
灞陵伤别。

乐游原上清秋节，
咸阳古道音尘绝。
音尘绝，
西风残照，
汉家陵阙。

李白的诗，我最偏爱这一首《忆秦娥》。那么的凄清悲怆，那么的深沉幽远。全诗的魂，在一个“咽”字。当代词人毛泽东是爱李白的，而毛泽东的词中，我最喜欢的，是《忆秦娥·娄山关》：

西风烈，

长空雁叫霜晨月。

霜晨月，

马蹄声碎，

喇叭声咽。

雄关漫道真如铁，

而今迈步从头越。

从头越，

苍山如海，

残阳如血。

毛泽东的《忆秦娥》，看得见李白《忆秦娥》的影子。词中同样出现一个“咽”字，也是该词最传神的一个字，不知是巧合，还是毛在向他心仪的诗人李白致敬。

只是李白不会被这样的伤感吞没，他目光沉静，道路远长，像《上阳台帖》里所写：“山高水长，物象千万”，一时一事，困不住他。

他内心的尺度，是以千里、万年为单位的。

他写风，不是“八月秋高风怒号，卷我屋上三重茅”。小小的“三重茅”，不入他的法眼，他写风，也是“长风万里送秋雁，对此可以酣高楼”，是“黄河捧土尚可塞，北风雨雪恨难裁”。

杜甫的精神，只有一个层次，那就是忧国忧民，是意志坚定的儒家信徒。李白的精神是混杂的、不纯的，里面有儒家、道家、墨家、纵横家，等等。什么都有，像《上阳台帖》所写，“物象千万”。

我曾在《永和九年的那场醉》里写过，儒家学说有一个最薄弱、最柔软的地方，就是它过于关注处理现实社会问题，发展成为一整套严谨的社会政治学，却缺少提供对于存在问题的深刻解答。然而，道家学说早已填补了儒学的这一缺失，把精神引向自然宇宙，形成一套当时儒家还没有充分发展的人格—心灵哲学，让人“从种种具体的、繁杂的、现实的从而是有限的、局部的‘末’事中超脱出来，以达到和把握那整体的、无限的、抽象的本体”[11]。

儒与道，一现实一高远，彼此映衬、补充，让我们的文明生生不息，左右逢源。但儒道互补，出现在一个人身上，就不多见了。李白就是这样的浓缩精品。

所以，当官场试图封堵他的生存空间，他一转身，就进入了一个更大的空间。

八

河南人杜甫，思维注定属于中原，终究脱不开农耕伦理。《三吏》《三别》，他关注家、田园、社稷、苍生，也深沉，也伟大；但李白是从欧亚大陆的腹地走过来的，他的视野里永远是“明月出天山，苍茫云海间”，是“山随平野尽，江入大荒流”，明净、高远。他有家——诗、酒、马背，就是他的家。所以他的诗句，充满了意外——他就像一个浪迹天涯的牧民，生命中总有无数的意外，等待着与他相逢。

他的个性里，掺杂着游牧民族歌舞的华丽、酣畅、任性。

找得见五胡、北魏。

而卓越的艺术，无不产生于这种任性。

李白精神世界里的纷杂，更接近唐朝的本质，把许多元素、许多成色搅拌在一起，绽放成明媚而灿烂的唐三彩。

这个朝代，有玄奘万里独行，写成《大唐西域记》；有段成式，生当残阳如血的晚唐，行万里路，将所有的仙佛人鬼、怪闻异事汇集成一册奇书——《酉阳杂俎》。

在李白身边，活跃着大画家吴道子、大书法家颜真卿、大雕塑家杨惠之。

而李白，又是大唐世界里最不安分的一个。

也只有唐代，能够成全李白。

假若身处明代，杜甫会死，而且死得很难看，而李白会疯。

张炜说："'李白'和'唐朝'可以互为标签——唐朝的李白，李白的唐朝；而杜甫似乎可以属于任何时代。"[12]

我说，把杜甫放进理学兴盛的宋明，更加合适。

他会成为官场的"清流"，或者干脆成为东林党。

杜甫的忧伤是具体的、也是可以被解决的——假如遇上一个重视文化的领导，前往草堂送温暖，带上慰问金，或者让杜甫享受"国务院特殊津贴"，杜甫的生活困境就会迎刃而解。

李白的忧伤却是形而上的，是哲学性的，是关乎人的本体存在的，是"人如何才能不被外在环境、条件、制度、观念等等所决定、所控制、所支配、所影响即人的'自由'问题"[13]，是无法被具体的政策、措施解决的。

他努力舍弃人的社会性，来保持人的自然性，"与宇宙同构才能是真正的人”[14]。

这个过程，也必有煎熬和痛苦，还有孤独如影随形。在一个比曹操《观沧海》、比王羲之《兰亭序》更加深远宏大的时空体系内，一个人空对日月、醉月迷花，内心怎能不升起一种无着无落的孤独？

李白的忧伤，来自于“花间一壶酒，独酌无相亲。举杯邀明月，对影成三人”。

李白的孤独，是大孤独；他的悲伤，也是大悲伤，是“大道如青天，我独不得出”，是“白发三千丈，缘愁似个长”，是“高堂明镜悲白发，朝成青丝暮成雪”。

那悲，是没有眼泪的。

九

李白的名声，许多来自他第二次去长安时，皇帝降辇步迎，以七宝床赐食，御手调羹，此后“置于金銮殿，出入翰林中”[15]这段非凡的履历。这记载来自唐代李阳冰的《草堂集序》。李阳冰是李白的族叔，也是唐朝著名的文学家和书法家，有同时代见证者在，我想李阳冰也不敢太忽悠吧。

李白的天性是喜欢吹牛的，或者说，那不叫吹牛，而叫狂。吹牛是夸大，而至少在李白看来，不是他自己虚张声势，而是他确实身手了得。比如在那篇写给韩朝宗的“求职信”《与韩荆州书》里，他就声言自己：“十五好剑术，遍干诸侯。三十成文章，历抵卿相。虽长不满七尺，而心雄万夫。”假如韩朝宗不信，他欢迎考查，口气依旧是大的:“请日试万言，倚马可待。”[16]

李白的朋友，也曾帮助李白吹嘘，人们常说的“天子呼来不上船，自称臣是酒中仙”，就是杜甫《饮中八仙歌》中的句子，至于“天子呼来不上船”这事是否真的发生过，已经没有人追问了。

其实，当皇帝的旨意到来时，李白有点找不着北，他写:“仰天大笑出门去，我辈岂是蓬蒿人。”等于告诫人们，不要狗眼看人低，拿窝头不当干粮。

李白的到来，确是给唐玄宗带来过兴奋的。这两位艺术造诣深厚的唐代美男子，的确容易一拍即合，彼此激赏。唐玄宗看见李白“神气高朗，轩轩若霞举”[17]，一时间看傻了眼。李白写《出师诏》，醉得不成样子，却一挥而就，思逸神飞，浑然天成，无须修改，唐玄宗都想必在内心里叫好。所以，当兴庆宫里、沉香亭畔，牡丹花盛开，唐玄宗与杨贵妃在深夜里赏花，这良辰美景，独少了几曲新歌，唐玄宗幽幽叹道:“赏名花，对妃子，焉用旧乐辞焉!”[18]于是让李龟年拿着金花笺，急召李白进园，即兴填写新辞。那时的李白，照例是宿醉未解，却挥洒笔墨，文不加点，一蹴而就，文学史上于是有了著名的《清平调》:

云想衣裳花想容，
春风拂槛露华浓。
若非群玉山头见，
会向瑶台月下逢。
一枝红艳露凝香，
云雨巫山枉断肠。

借问汉宫谁得似，
可怜飞燕倚新妆。
名花倾国两相欢，
长得君王带笑看。
解释春风无限恨，
沉香亭北倚槛杆。[19]

园林的最深处，贵妃微醉，翩然起舞，玄宗吹笛伴奏，那新歌，又是出自李白的手笔。这样的豪华阵容，中国历史上再也排不出来了吧。

这三人或许都不会想到，后来安史乱起、生灵涂炭，此情此景，终将成为“绝唱”。

曲终人散，李白被赶走了，唐玄宗逃跑了，杨贵妃死了。

说到底，唐玄宗无论多么欣赏李白，也只是将他当作文艺人才看待的。假如唐朝有文联，有作协，唐玄宗一定会让李白作主席，但他丝毫没有让李白做宰相的打算。李白那副醉生梦死的架势，在唐玄宗李隆基眼里，也是烂泥扶不上墙，给他一个供奉翰林的虚衔，已经算是照顾他了。对于这样的照顾，李白却一点也不买账。李白不想当作协主席，不想获诺贝尔文学奖，连出版文集的打算也没有。他的诗，都是任性而为，写了就扔，连保留都不想保留，所以，在安徽当涂，李白咽气前，李阳冰从李白的手里接过他交付的手稿时，大发感慨道：“当时著述，十丧其九，今所存者，皆得之他人焉。”[20]也就是说，我们今天读到的李白诗篇，只是他一生创作的十分之一。

李白的理想，是学范蠡、张良，去匡扶天下，完成他“安社稷、济苍生”的平生功业，然后功成身退，如他诗中所写：“事了拂衣去，深藏身与名”，但这充其量只是唐传奇里虬髯客式的江湖侠客，而不是真正的儒家士人。

更重要的，是他自视太高，不肯放下身段，在官场逶迤周旋，不甘心“摧眉折腰事权贵，使我不得开心颜”，对官场的险恶也没有丝毫的认识和准备。他从来不按规则出牌，所谓“贵妃研墨，力士脱靴”，固然体现出李白放纵不羁的个性，但在官场眼里，却正是他的缺点。所以，唐玄宗对他的评价是：“此人固穷相。”

以这样的心性投奔政治，纵然怀有“天生我材必有用”的自信，有“乘风破浪会有时”的豪情，下场也只能是惨不忍睹。

“慷慨自负、不拘常调”[21]的李白，怎会想到有人在背后捅刀了？ 而且下黑手的，都不是一般人。一个是张垍，是当朝驸马，此人嫉贤妒能，李白风流俊雅，才不可挡，让他看着别扭，于是不断给李白下绊；还有一位，就是著名的高力士了，李白让高力士为他脱靴，高力士可没有那么幽默，他一点也不觉得这事好玩，于是记在心里，等机会报复。李白《清平调》一写，他就觉得机会来了，对杨贵妃说，李白这小子，把你当成赵飞燕，这不是骂你吗？ 杨贵妃本来很喜欢李白，一听高力士这么说，恍然大悟，觉得还是高士力向着自己。唐玄宗三次想为李白加官晋爵，都被杨贵妃阻止了。

李林甫、杨国忠、高力士这班当朝人马的“政治智商”，李白一个也对付不了。这样的官场，他一天也待不下去。他没有现实运作能力，这一点，他是不自知的。他生命中的困局，早已打成死结。这一点，后人看得清楚，可惜无法告诉他。

李白的政治智商是零，甚至是负数。一有机会，他还要从政，但他做得越多，就败得越惨。安史乱中，他投奔唐玄宗的第十六个儿子、永王李璘，目的是抗击安禄山，没想到唐玄宗的第三子、已经在灵武登基的唐肃宗李亨担心弟弟李璘坐大，一举歼灭了李璘的部队，杀掉了李璘，李白因卷入皇族之间的权力斗争，再度成了倒霉蛋儿，落得流放夜郎的下场。

政治是残酷的，政治思维与艺术思维，别如天壤。

好在除了政治化的天下，他还有一个更加自然俊秀、广大深微的天下在等待着他。所幸，在唐代，艺术和政治，还基本上是两条战线，宋以后，这两条战线才合二为一，士人们既要在精密规矩的官僚体系内找到铁饭碗，又有本事在艺术的疆域上纵横驰骋，涌现出范仲淹、晏殊、晏几道、欧阳修、苏洵、苏轼、苏辙、司马光、张载、王安石、沈括、程颢、程颐、黄庭坚等一大批公务员身份的文学艺术大家。

所以，当李白不想面对皇帝李隆基，他可以不面对，他只要面对自己就可以了。

终究，李白是一个活在自我里的人。

他的自我，不是自私。他的自我里，有大宇宙。

李白是从天上来的，所以，他的对话者，是太阳、月亮、大漠、江河。级别低了，对不上话。他有时也写生活中的困顿，特别是在凄凉的暮年，他以宝剑换酒，写下“欲邀击筑悲歌饮，正值倾家无酒钱”，依然不失潇洒，而毫无世俗烟火气。

他的世界，永远是广大无边的。

只不过，在这世界里，他飞得太高、太远，必然是形单影只。

十

这样写下去，有点像《回忆我的朋友李白》了，所以还是要收敛目光，让它回到这张纸上。然而，《上阳台帖》所说阳台在哪里，我始终不得而知。如今的商品房，阳台到处都是，我却找不到李白上过的阳台。至于李白是在什么时候、什么状态下上的阳台，更是一无所知。所有与这幅字相关的环境都消失了，像一部电影，失去了所有的镜头，只留下一排字幕，孤独却尖锐地闪亮。

查《李白全集编年注释》，却发现《上阳台帖》（书中叫《题上阳台》）没有编年，只能打入另册，放入《未编年集》。《李白年谱简编》里也查不到，似乎它不属于任何一个年份，没有户口，来路不明，像一只永远无法降落的鸟，孤悬在历史的天际，飘忽不定。

没有空间坐标，我就无法确定时间坐标，推断李白书写这份手稿的处境与心境。我体会到艺术史研究之难，获得任何一个线索都不是件简单的事，在历经了长久的迁徙流转之后，有那么的作品，隐匿了它的创作地点、年代、背景，甚至对它的作者都守口如瓶。它们的纸页或许扛得过岁月的磨损，它们的来路，却早已漫漶不清。

很久以后一个雨天，我坐在书房里，读唐代张彦远《历代名画记》，书中突然惊现一个词语：阳台观，让我眼前一亮，豁然开朗。

就在那一瞬间，我内心的迷雾似乎被大唐的阳光骤然驱散。

根据张彦远的记载，开元十五年（公元727年），奉唐玄宗的谕旨，一个名叫司马承祯的著名道士上王屋山，建造阳台观。司马承祯是李白的朋友，李白在司马承祯上山的三年前（公元724年）与他相遇，并成为忘年之交，为此，李白写了《大鹏遇希有鸟赋》（中年时改名《大鹏赋》），开篇即写："余昔于江陵见天台司马子微，谓余有仙风道骨，可与神游八极之表"[22]，司马子微，就是李白的哥们儿司马承祯。

《海录碎事》里记载，司马承祯与李白、陈子昂、宋之问、孟浩然、王维、贺知章、卢藏用、王適、毕构，并称"仙宗十友"[23]。

《上阳台帖》里的阳台，肯定是司马承祯在王屋山上建造的阳台观。

唐代，是王屋山道教的兴盛时期，有一大批道士居此修道。笃爱道教的李白，一定与王屋山有着千丝万缕的联系。李白曾在《寄王屋山人孟大融》里写："愿随夫子天坛上，闲与仙人扫落花。"

可能是应司马承祯的邀请，天宝三年（公元744年）冬天，李白同杜甫一起渡过黄河，去王屋山。他们本想寻访道士华盖君，但没有遇到。这时他们见到了一个叫孟大融的人，志趣相投，所以李白挥笔给他写下了这首诗。

那时，他刚刚鼻青脸肿地逃出长安。但《上阳台帖》的文字里，却不见一丝一毫的狼狈。仿佛一出长安，镜头就迅速拉开，空间形态迅猛变化，天高地广，所有的痛苦和忧伤，都在炫目的阳光下，烟消云散。

因此，在历史中的某一天，在白云缭绕的王屋山上，李白抖笔，写下这样的文字：

山高水长，物象千万，非有老笔，清壮可穷。

十八日，上阳台书，太白。

那份旷达，那份无忧，与后来的《早发白帝城》如出一辙。

长安不远，但此刻，它已在九霄云外。

十一

只是，在当时，很少有人真懂李白。

尽管李白一生，并不缺少朋友。

最典型的，是那个名叫魏万（后改名魏颢）的铁粉。为了能见到李白，他从汴州到鲁南、再到江浙，一路狂奔三千多里，找到永嘉的深山古村，没想到李白又回天台山了，后来追到广陵[24]，才终于找到了李白。

那时没有飞机，没有高铁，三千里地，想必是一段艰难的奔波。

两人从此成为莫逆，李白的第一部诗集，就是魏万编的，可惜这部诗集没有留存到今天。

魏万尝居王屋山，号王屋山人，李白到王屋山，上阳台观，不知是否与魏万有关系。

还有汪伦，他与李白的友谊，因那首《赠汪伦》而为天下闻。其实，李白写《赠汪伦》之前，二人并不认识，只因汪伦从安徽泾县县令职位上卸任后，听说李白寄居在当涂李阳冰家里，相距不远，因慕李白诗名，贸然给李白写了封信，邀请他来一聚。信上写："此处有十里桃花"，"此处有万家酒店"，他知道，李白见信，必来无疑。

李白果然中招，去了泾县，发现那里既没有十里桃花，也没有那么多的酒店，他是被汪伦忽悠了。汪伦却很淡定，告诉李白，所谓十里桃花，是指这里有十里桃花潭，所谓万家酒店，是指有一家酒店，店主姓万，李白听后，开怀大笑，被汪伦的盛情所感动。几天后，李白要乘舟前往万村，从那里登旱路去庐山，在东园古渡登舟时，汪伦在岸边设宴为李白饯行，并拍手踏脚，唱歌相送，此时恰逢春风桃李花开日，满目飞红，远山青黛，潭水深碧，美酒香醇，一首《赠汪伦》，在李白心里应运而生：

李白乘舟将欲行，
忽闻岸上踏歌声。
桃花潭水深千尺，
不及汪伦送我情。

这段故事，记录在清人袁枚《随园诗话》里。文字里，让我们看见了他们性情的丰盈与润泽，也看见了彼此间的欺许与珍惜。

那份情谊，千古动心。

最值一提的，还是李白与杜甫的友谊。杜甫对李白，一日不见，如隔三秋，一段日子不见，他就写诗："不见李生久，佯狂真可哀。世人皆欲杀，吾意独怜才。"

他还不止一次梦见李白："故人入我梦，明我常相忆。恐非平生魂，路远不可测。"

最感人的，还是那首《天末怀李白》："凉风起天末，君子意如何？ 鸿雁几时到，江湖秋水多。文章憎命达，魑魅喜人过。应共冤魂语，投诗吊汨罗。"

杜甫一生中为李白写过许多诗，而李白为杜甫写的诗，却是少之又少，只有《鲁郡东石门送杜二甫》《沙丘城下寄杜甫》，在他为数众多的赠友诗里，实在不算起眼。

不是李白薄情，相反，他十分重视友情。

年轻时，李白与友人吴指南一起仗剑游走，吴指南死在洞庭，李白扶尸痛哭，让过路的人都深为感动。他守着尸体，不肯离去，甚至老虎来了，他都不躲一下。很久以后，他还借了钱，回到埋葬吴指南的地方，把他重新安葬。

李长之先生在《李白传》中说："我们不能因此就断言李白比杜甫薄情，这因为他们的精神形式实在不同故，在杜甫，深而广，所以能包容一切；在李白，浓而烈，所以能超越所有。"[25]

李白的精神世界，是在另外一个维度里的。

李白是生在宇宙里的，浓浓的友情，抹不去李白巨大的孤独感。

这种孤独感与生俱来，在他诗中时隐时现，比如那首《独坐敬亭山》："众鸟高飞尽，孤云独去闲。相看两不厌，只有敬亭山。"

一片青山中，坐着一个渺小的人影。

那人，就是李白。

李白的内心世界越是广大，孤独就都是深入骨髓。

他的路上，没有同行者。

十二

反过来说，一个真正的诗人，并不惧怕痛苦和孤独，而是会依存于、甚至陶醉于这份孤独。就像一个流浪歌手，越是孤独，他走得越远，他的世界，也越发浩大。

年少时迷恋齐秦，自己也在他的歌里一路走向目光都无法企及的天边。齐秦的歌词，我至今不忘：

想问天问大地，或者是迷信问问宿命，放弃所有，抛下所有，让我飘流在安静的夜夜空里……

那时我不懂李白，只会背诵他几句琅琅上口的诗句。那时我心里只装着齐秦那忧郁孤独的歌声。这不同时代的歌者，固然没有可比性，但是他们在各自的音符里，藏着某种相通的路径。

只有在绝对的孤独里，才找得见绝对的自我。

就像佛教徒的闭关面壁，孤独也是一种修行。

最伟大的艺术，无不在最大的孤独里，实现了自我完成。

李白喜醉，不过是在喧嚣中逃向孤独的一种方式而已。

他要在那一缕香醇里，寻找到内心的慰藉。

所以，李白的诗、李白的字，与王羲之自有不同。王羲之《兰亭序》，是喜极而泣、悲从中来，在风花雪月的背后，看到了生命的虚无与荒凉，那是因为，美到了极致，就是绝望；李白则恰好相反，他是悲着悲着，就大笑起来，放纵起来，像《行路难》，在“欲渡黄河冰塞川，将登太行雪满山”的茫然和惆怅后面，竟然是“长风破浪会有时，直挂云帆济沧海”的万丈豪情。王羲之是从宇宙的无限，看到了人生的有限，李白却从人生的有限，看到宇宙的无限。李白不是无知者无畏，他是知道了，所以不在乎。

从某种意义上说，李白的孤独里，透着某种自负。

这样的自负，从他的字里，看得出来。

元代张晏形容《上阳台帖》:“观其飘飘然有凌云之态，高出尘寰得物外之妙。”

他把这段话写进他的跋文，庄重地裱在《上阳台帖》的后面。

十三

有人说，李白是醉游采石江，入水捉月而死的。

这死法，有美感。

不像杜甫，可怜到没有饭吃，被一顿饱饭撑死。

死都死得很现实主义。

五代王定保《唐摭言》、宋代洪迈《容斋五笔》、元代辛文房《唐才子传》里，都写成李白为捉月而死。

明代谢时臣，画有《谪仙玩月图》(大系绘画 11，P287)，画出李白乘舟、举杯邀月的形象，此画现存北京故宫。

金陵采石矶，至今有捉月亭，纪念李白因捉月而死。

但洪迈在讲述这段传奇时，加上“世俗言”三个字，意思是，坊间传说的，不当真。

《演繁露》说:“谓(李)白以捉月自投于江，则传者误也。”[26]

其实，李白的晚境，比杜甫好不了多少。

李白走投无路之际，在当涂当县令的族叔李阳冰收留了他。

或许，李白是最普通的死法——死在病床上。

时间为宝应五年(公元 762 年)，那一年，他 62 岁。

虽才华锦绣，却终是血肉之躯。

但李白的传奇，到此并没有结束。

它的尾声，比正文还长。

一代代的后人，都声称他们曾经与李白相遇。

公元9世纪（唐宪宗元和年间），有人自北海来，见到李白与一位道士，在高山上谈笑。良久，那道士在碧雾中跨上赤虬而去，李白耸身，健步追上去，与道士骑在同一只赤虬上，向东而去。这段记载，出自唐代传奇《龙城录》。[27]

还有一种说法，说白居易的后人白龟年，有一天来到嵩山，遥望东岩古木，郁郁葱葱，正要前行，突然有一个人挡在面前，说：李翰林想见你。白龟年跟在他身后缓缓行走，不久就看见一个人，褒衣博带，秀发风姿，那人说："我就是李白，死在水里，如今已羽化成仙了，上帝让我掌管笺奏，在这里已经一百年了……"这段记载，出自《广列仙传》。[28]

苏东坡也讲过一个故事，说他曾在汴京遇见一人，手里拿着一张纸，上面是颜真卿的字，居然墨迹未干，像是刚刚写上去的，上面写着一首诗，有"朝披梦泽云，笠钓青茫茫"之句，说是李白亲自写的，苏东坡把诗读了一遍，说："此诗非太白不能道也。"[29]

在后世的文字里，李白从未停止玩"穿越"。从唐宋传奇，到明清话本，李白的身影到处可见。

仿佛每个人都会在自己的路上遭遇李白。这是他们的"白日梦"，也是一种心理补偿——没有李白的时代，会是多么乏味。

李白，则在这样的"穿越"里，得到了他一生渴望的放纵和自由。

"人生在世不称意，明朝散发弄扁舟"，李白的意思是说："你们等着，我来了。"

他会散开自己的长发，放出一叶扁舟，无拘无束地，奔向物象千万，山高水长。

此际，那一卷《上阳台帖》，正夹带着所有往事风声，在我面前徐徐展开。

静默中，我在等候写下它的那个人。

2015年6月29日—7月12日写
7月21日一改
7月24—25日二改
8月13日三改

注释

[1] 许倬云：《说中国——一个不断变化的复杂共同体》，第54页，桂林：广西师范大学出版社，2015年版。

[2] ［北宋］黄庭坚：《山谷题跋》，见《山谷题跋校注》，第页，上海：上海远东出版社，2011年版。

[3] 蒋勋：《美的沉思》，第118页，长沙：湖南美术出版社，2014年版。

[4] 康有为：《广艺舟双楫（外一种）》，第13页，北京：中国人民大学出版社，2010年版。

[5][6] ［北宋］欧阳修、宋祁：《新唐书》，第4411页，北京：中华书局，2000年版。

[7] ［俄］别尔嘉耶夫：《俄罗斯的命运》，第1页，昆明：云南人民出版社，1999年版。

[8] 李敬泽：《小春秋》，第132页，北京：新星出版社，2010年版。

[9] ［明］江盈科：《雪涛诗评》，转引自《丛说二百二十则》，见［清］王琦注：《李太白全集》，下册，第1316页，北京：中华书局，2011年版。

[10] ［南北朝］郦道元：《水经注》，见朱东润主编：《中国历代文学作品

选》，上编，第二册，第463页，上海：上海古籍出版社，1979年版。

[11] 李泽厚：《中国古代思想史论》，第203页，北京：生活·读书·新知三联书店，2008年版。

[12] 张炜：《也说李白与杜甫》，第193页，北京：中华书局，2014年版。

[13] 李泽厚：《中国古代思想史论》，第191页，北京：生活·读书·新知三联书店，2008年版。

[14] 李泽厚：《华夏美学·美学四讲》，第85页，北京：生活·读书·新知三联书店，2008年版。

[15] ［唐］李阳冰：《草堂集序》，见［清］王琦注：《李太白全集》，下册，第1231页，北京：中华书局，2011年版。

[16] ［唐］李白：《与韩荆州书》，见［清］王琦注：《李太白全集》，下册，第1055—1056页，北京：中华书局，2011年版。

[17] ［唐］段成式：《酉阳杂俎》，转引自《李太白年谱》，见［清］王琦注：《李太白全集》，下册，第1360页，北京：中华书局，2011年版。

[18] 《李翰林别集序》，见［清］王琦注：《李太白全集》，下册，第1240页，北京：中华书局，2011年版。

[19] 《清平调词三首》，见［清］王琦注：《李太白全集》，上册，第266—268页，北京：中华书局，2011年版。

[20] ［唐］李阳冰：《草堂集序》，见［清］王琦注：《李太白全集》，下册，第1232页，北京：中华书局，2011年版。

[21] ［唐］范传正：《唐左拾遗翰林学士李公新墓碑》，见［清］王琦注：《李太白全集》，下册，第1247页，北京：中华书局，2011年版。

[22] ［清］王琦注：《李太白全集》，上册，第1页，北京：中华书局，2011年版。

[23] 《海录碎事》，转引自《外记一百九十四则》，见［清］王琦注：《李太白全集》，上册，第1387页，北京：中华书局，2011年版。

[24] 今江苏省扬州市广陵区。

[25] 李长之：《李白传》，第 22 页，北京：东方出版社，2010 年版。

[26] ［南宋］程大昌：《演繁露》，转引自《附录六　外记一百九十四则》，见［清］王琦注：《李太白全集》，上册，第 1408 页，北京：中华书局，2011 年版。

[27] 《龙城录》，转引自《附录六　外记一百九十四则》，见［清］王琦注：《李太白全集》，上册，第 1410 页，北京：中华书局，2011 年版。

[28] 《广列仙传》，转引自《附录六　外记一百九十四则》，见［清］王琦注：《李太白全集》，上册，第 1410 页，北京：中华书局，2011 年版。

[29] 《御选唐宋诗醇》，卷八，见［清］王琦注：《李太白全集》，上册，第 1226 页，北京：中华书局，2011 年版。

宋徽宗的光荣与耻辱

一

宋徽宗赵佶端详着《清明上河图》，半天没有说话。那些楼与船、词与物、光与影，一定让他的心里震了一下。一瞬间，他看见了属于自己的辉煌时代。它凝聚在那条河上，即使在夜里，依旧光芒耀眼。他感到一阵恍惚，对于河流所代表的岁月无常，他没有，或者说不愿太多去想。那时的他一定不会相信，他目力所及的繁华，转眼之间就会蒸发掉，甚至连这座浩大的城——包括那些苍老的城墙、笨重的石像，居然也会消逝无踪。很多年后，它们只能带着日暮的苍凉和大雪的清芬，定格在他的记忆里，供他在饥寒交迫的五国城，一遍遍地反刍。

明代陈霆《渚山堂词话》中记载，徽钦二帝被金人押解着一路北上，一天夜里，他们露宿林中，在凄冷如刀的月光下，听见有胡人吹笛，赵佶悲从中来，口占一首《眼儿媚》，那份悲凉凄切，丝毫不输给南唐后主李煜的《虞美人》：

玉京曾记旧繁华，
万里帝王家。

琼楼玉殿，
朝喧箫管，
暮列琵琶。
花城人去今萧索，
春梦绕龙沙。
忍听羌笛，
吹彻梅花。

陈霆说当时宋钦宗应和了一首，只是因为“意更凄凉”，所以他不忍心录下。[1]

此时的宋徽宗，面对着《清明上河图》，对于那场逃不过的劫难却没有丝毫的预感。他仿佛亲身穿过了一个又一个古老的街区，踌躇满志地在辉煌的都城里漫步。对于眼前这个翰林画院里的年轻画师，他没有放在眼里，除了用瘦金体为这幅画题了“清明上河图”五个字，再轻轻钤上自己的双龙小印，以体现皇恩浩荡，就再也没有对他多瞟过一眼。

如果他仔细看那幅画，定会看见在繁华的背后，凶险早已暗潮汹涌，各种不同型号的陷阱，正等着人们投奔。对此，张择端已经通过那艘即将撞向桥侧的大船作出了委婉的暗示。一种不安的情绪在城市里晃动，并且正向城市的每一个角落扩散——有商人在经历了千辛万苦的跋涉后，在城门口与税官大声争吵；有乘轿者和骑马者在虹桥上躲闪不及即将迎面相撞；有人用车推着尸体，尸体上遮盖的，竟然是被撕成碎片的名人书法；有人在“赵太丞家”的药铺里，面孔焦虑地求药……没有人知道所有事情的来龙去脉，但即使是片断，也让人怵然心惊。只是这些纷乱的场景，被繁华浩大的城市景象裹藏起来了，只有细心的人才能把它们遴选出来。

这个华丽的时代犹如一个巨大的黑洞，把所有的呼喊都吸住了，或者说，他们的呼喊，在一片歌舞升平中显得无足轻重。他们就像默片里的演员，想奋力挣扎呼喊，却发不出丝毫的声音。张择端想为他们代言，但身为帝国画师，他不能把这一切都挑明，只能把这些暗示当作密码，编进《清明上河图》，等待着皇帝自己觉悟。

张择端不能明言，是因为对于任何政治上的反对派，赵佶都不留情面，尤其在蔡京掌权以后，他们一君一臣配合默契、珠联璧合，堪称黄金搭档。蔡京的艺术造诣不俗，被赵佶视为艺术上知音，赵佶在作端王的时候，就曾花费两万贯买过蔡京的书法作品，可见他的热衷程度，蔡京的青云直上，无疑是“知识改变命运”的杰出范例，然而，宋朝政治家中，艺术大师比比皆是，蔡京之所以脱颖而出，主要还是因为他有非同寻常的“政治头脑”，在北宋复杂的“路线斗争”中能见风使舵，左右逢源，从而在风云变幻的官场上站稳脚根，尤其当赵佶急于摆脱司马光一党的影响时，曾经唯司马光“马”首是瞻的蔡京更是挺身而出，成为赵佶坚定的政治盟友。实际上，无论昔日司马光清算王安石，还是今日宋徽宗对司马光展开“大批判”，蔡京都站对了“立场”。他立场转得飞快，表明他根本就没有“立场”。皇帝需要什么，他的立场就是什么；或者说，头上的乌纱帽，是他唯一的立场。

王朝的政治，在这种陀螺似的转向中，不仅没有了稳定感，更没有了庄严感，即使宋徽宗决心为王安石变法张目，仍然成了一场滑稽戏，原因是他把这种“拨乱反正”当作了党同伐异的政治手段，或者说，他的心里没有原则，只有权术。

他先是将司马光、吕公著等一百二十人打为奸党，继而又下诏追查各级官员在元符末年的政治言论，据此将所有官员分为“正”、“邪”两种，“正等”重用提拔，“邪等”打翻在地。如同一切政治运动一样，在这场轰轰烈烈的划线运动同样会“扩大化”，也可以说，这种“扩大化”是有意为之的，因为只有这样，才能给政治上的对立面按上罪名，名正言顺地消灭掉。比如章惇、曾布等人，本不是司马光的同党，只因反对过赵佶即位（赵佶是神宗第十一子，嫡庶礼法，本无继位的资格）、揭露过蔡京等人的丑行，就被打入“奸党”行列；户部尚书刘拯因对这种“斗争扩大化”的做法抱有微词，也被朝廷放逐。朝廷的言路，就这样被他们封堵得严严实实。宋徽宗还下诏，禁止党人讲学，禁止他们的子弟进入都城；更凶狠的是，他把司马光所有支持者的著作、文稿一律毁版焚烧，其中包括苏洵、苏轼、苏辙、黄庭坚、秦观等人的文集。那些精湛绝伦的宋刻本，就这样在历史中永远地消失了，变成了崇宁年间一缕缕浓黑的烟雾，造成了汴京城严重的空气污染；他们的书法真迹，则变成一堆堆的碎片和垃圾，其中一片被张择端拾起来，悄悄放在《清明上河图》里那辆收尸车上，变成用来遮盖尸体的苫布。

那具被遮盖起来的尸体，或许就是元祐党人的政治遗骸。

对于张择端的叙事阴谋，宋徽宗无动于衷。

二

或许是《水浒传》里“杨志押送金银担，吴用智取生辰纲”给我的印象太深了，说到宋徽宗赵佶，我最强烈的印象，还是他对石头的偏爱。他苦心营造的皇家园林——艮岳，位于汴京的东北部，方圆十余里，高达八九十步，有泗滨、淋滤、灵璧、芙蓉诸峰耸立，有洞庭、湖口、慈溪、仇池之渊错落。为了看到云雾缭绕的景色，宋徽宗还下令有司制作油绢囊，用水浸湿，清晨悬挂在峰峦之间，吸入雾气，等皇帝驾临时，再将卷囊打开，被吸收的云雾就会徐徐释放出来，于是有了一个专有名词："贡云"。

差不多与此同时，一座辉煌的建筑群体新延福宫也在建设之中。胜利是需要纪念的，而纪念的最好方式，就是营建巨大的宫殿。原因很简单，宫殿是权力的最大载体，而这个载体，不仅是不可抹杀的，而且是最直观的——它比文字更直观，也更有传播力，更能广而告之，更带有某种公告的性质。它不可置疑的权威，是通过它的空间感，而不是文字的修辞来实现的。无需通过阅读，每个人都能在第一时间感受到宫殿的威严。因此，没有任何事物比宫殿更具有"纪念碑性"（monumentality）。

蔡京毕竟在复杂的政治斗争中经过风雨、见过世面，他知道皇帝此刻最需要什么。于是，当这场轰轰烈烈的政治运动取得了"阶段性成果"，蔡京就不失时机地提出了"丰亨豫大"的口号，意思是要大力宣扬繁荣昌盛的帝国景象。赵佶也一改宋太祖艰苦朴素的低调作风，把太祖有关"糖衣炮弹"的谆谆教诲全部当作耳旁风，启动了一系列国家重点工程，决心让帝王的意志在中原大地上爬升到顶点，其中最著名的工程，就是在汴京大内北拱宸门外修建的新延福宫。

根据历史的记载，新延福宫由五个风格各异的区域组成，故称"延福五位"。为更好地完成这一光荣的政治任务，朝廷成立了以蔡京为首的工程领导班子，内侍童贯、杨戬、贾详、何䜣、蓝从熙等五位大太监，分别监造五大区域。宫内殿阁亭台，连绵不绝，凿池为海，引泉为湖。文禽奇兽等青铜雕塑，千姿百态；嘉葩名木及怪石幽岩，穷奇极胜。

宋徽宗有着强烈的恋物癖，他的宫苑，也很快成为存放精器美物的大仓库。宋徽宗收藏有一万多件商周秦汉时代的钟鼎神器，还有数千工匠精心制作的象牙、犀角、金银、玉器、藤竹、织绣珍品。俞剑华先生在1937年由商务印书馆出版的两卷精装本《中国绘画史》中评价他说："万岁之暇，惟好图画。内府所藏，百倍先朝。"[2]郑欣淼先生在论述两岸故宫文物藏品的专著《天府永藏》中也特别提到："中国历代宫廷都收藏有许多珍贵文物，到宋徽宗时，收藏尤为丰富。《宣和书谱》《宣和画谱》《宣和博古图录》，就是记载宋朝宣和内府收藏的书、画、鼎、彝等珍品的目录。"[3]这些收藏，倒是为今天两岸故宫的文物收藏奠定了基础。仅他收藏的端砚，就有3000余方，著名墨工张滋制作的墨块，竟超过十万斤。

如果说宫殿凸现了帝王的权力，那么苑囿则创造了一个游戏性的空间，可以从容地安顿琴瑟、舞蹈、欢宴、嬉戏、书画、弈棋、做爱。

宫殿与园林形成了一种神奇的对偶，因为宫殿政治本身就是一场游戏，而苑囿里的游戏，本身也是权力的延伸。假如说前者是一个凸起在大地上的阳性的空间，那么后者就是一个以水池湖泊为代表的阴性的空间。一阴一阳，相互交替，构成了帝王生活的最重要的节律。

但宋徽宗似乎更加偏好山水林苑的阴性生活。这似乎与他的经历有关。赵佶出生在深宫，自小与妇人为伍，在他的成长历程中，后宫的世界就是他的世界，后宫的哲学就是他的哲学，这必然使他性格里缺乏剽悍气质，而变得阴柔婉转，甚至小肚鸡肠。他没有大开大合的政治气象，就像园林里的亭台楼阁、假山叠石，“制造出空间的变形、弯曲、交叠和自我缠绕”[4]。皇帝的后花园，是他精心打造的微观宇宙；皇帝通过它来实现着对世界的意淫。

于是，为了打造他的理想园林，他不惜代价，甚至到了丧心病狂的程度。一船一船的“花石纲”，从汴河运往京师。蔡京的亲信朱勔掠到一块太湖石，高达四丈，为了运到汴京，专门制造了一艘大船，光纤夫就达数千人，途经之处，拆水门、毁桥梁、破城墙，为了宋徽宗一人的趣味，不知浪费了多少国有资产。宋徽宗不仅不动怒，相反给朱勔加官晋爵，并将这块巨大的奇石命名为“神运昭功石”。

明人林有麟《素园石谱》是一本有意思的书、一部图文并茂的“石头记”。里面记录的石头中，就有“宣和六十五石”。这些被纳入皇家的石头，如同后宫嫔妃，不仅形态妖娆，而且每块都有香艳的名字，诸如：瑞霭、巢凤、蕴玉、堆青、积雪、凝翠、吐月、宿雾……

到了明末，张岱还在吴门徐清之家见过一块巨石，高丈五，当年朱勔也是试图把它运至京师，可惜一搬至船上，巨石就沉入太湖底，令朱勔大失所望。类似无法搬运的花石纲，在江南遗落了很多。[5]

梁思成说：“艮岳为亡国之孽，固非无因也。”[6]艮岳初名“万岁山”，而明朝末代皇帝崇祯吊死的景山也叫“万岁山”，万岁之山，成为万岁的死穴，或许，这并非历史的巧合。

赵佶性格里的游戏的天性，就这样因为他的艮岳而得到了最大程度上的激发。从某种意义上说，赵佶本性还是一个顽童，还停留在被妇人们看护和调教的未成年人阶段，不同的是，他此时已贵为皇帝，掌握着生杀大权，已没有人能够真正控制他的行为了。于是，他在艮岳这个大幼儿园里嗷嗷待哺，又为所欲为。他被身边的宠臣们围绕着，饮宴的时候，这些帝国要员们居然一个个穿上“短衫窄裤，涂抹青红”，和艺人一起，满口市井浪语淫词，连起码的自尊都顾不上了。有一次，宋徽宗扮做一个参军上场，蔡攸在一旁喝彩：“好一个伟大的神宗皇帝！”宋徽宗用杖鞭抽打他，说：“你也是一个操蛋的司马光！”假若当年的韩熙载能够看到这样一幕，一定会愕然无语。

李煜身上携带的历史病菌早已传染给宋徽宗，他病入膏肓。李煜是死于宋徽宗赵佶的老祖宗、宋太宗赵光义（赵炅）之手。如果李煜打算复仇，最好的办法就是让赵光义的后代重蹈自己的覆辙。后来的事实没有让李煜失望，宋徽宗的宫苑很快成为整个帝国的腐化中心。只有如此巨大的空间，才能安放赵佶不断膨胀的欲望，这些宫殿园林刚好可以使他的欲望长驱直入。赵佶就像一枚快乐的精子，在宫殿的廊道内纵情游走。只有在它子宫般的温暖里，他才能感受生命的意义，哪管在与世隔绝的九重宫门之外，早已是狼烟四起，满目疮痍。

三

赵佶的瘦金体，简直就是从这样的人间仙境中生长出来的植物。

每次面对赵佶的墨迹，我都会想到植物，固然纤弱，固然任性，却如修竹兰草，有山林草泽的味道，也有植物的纤维感。

瘦金体以瘦命名，让我脑海里映出唐代颜真卿字体之肥。颜真卿的楷书，笔触圆润肥实，有敦实厚重之感，宋代米芾说他：“如项羽挂甲，樊哙排突，硬弩欲张，铁柱将立，昂然有不可犯之色。”[7]实在有气势。据说颜真卿写字，一点一画、起止转折都不轻率，他多用圆笔，力求浑厚；在结体上力求饱满，多取向包围之势。颜真卿书法上的“对立面”，应该是柳公权，因为与颜真卿相反，柳公权变肥为瘦，结体奇险，出锋锐利，赵佶的字更极端，他走了一步险棋，让笔画更加瘦硬，在结体上却下方疏阔，长画外扬，在平常中穿插布局，在不经意间恣意伸展，使体态丰盈摇曳，妖娆多姿，绝无僵直、刻板之感。

对于书法来说，偏肥和偏瘦，都是极端，风险极大，弄不好就砸锅，但赵佶与颜真卿，都“弄”出了佳境。他们都是书法史上的极端主义分子，他们的书法，是艺术领域里面的“环肥燕瘦”。在故宫闲来无事，我常翻阅《文渊阁四库全书》里面收集的书论，翻到明代项穆的《书法雅言》，刚好看到一段关于“肥瘦”的文字，堪称佳论：

> 若专尚清劲，偏乎瘦矣，瘦则骨气易劲，而体态多瘠；独工丰艳，偏乎肥矣，肥则体态常艳，而骨气每弱。犹人之论相者，瘦而露骨，肥而露肉，不以为佳。瘦不露骨，肥不露肉，乃为尚也。使骨气瘦峭，加之以沉密雅润，端庄婉畅，虽瘦而

实腴也；体态肥纖，加之以便捷遒劲，流丽峻洁，虽肥也实秀也。瘦而腴者，谓之清妙，不清则不妙也；肥而秀者，谓之丰艳，不丰则不艳也。所以飞燕与王嫱齐美，太真与采蘋均丽。譬夫桂之四分，梅之五瓣，兰之孕馥，菊之含丛，芍药之富艳，芙蕖之灿烁，形同翠殊，实共芳也。临池之士，进退于肥瘦之间，深造乎中和之妙，是犹自狂狷而进中行也，慎毋自暴自弃哉。[8]

瘦金体之瘦，瘦中有腴，犹如今日的巴黎名模，瘦成了风尚，用项穆话说，是瘦得“清妙”。所以《中国书法风格史》评价赵佶：“他是继唐代颜真卿以后的又一人。而其瘦金书的风韵情趣，又足以使他作为宋代尚意书风中的一个大家。”[9]如果说颜真卿楷书在后世不乏继承者，那么瘦金体则是中国艺术史上的孤本，这种字体，在前人的书法作品中从未出现过[10]；后代学习这种字体的人虽然前赴后继，然而得其骨髓者依然寥寥无几。难怪清代陈邦彦在《秾芳诗》卷后的观款中写道：“宣和书画超轶千古，此卷以画法作书，脱去笔墨畦迳，行间如幽兰丛竹，冷冷作风雨声，真神品也。”

赵佶的字，两岸故宫都有。北京故宫博物院藏有《闰中秋月》和《夏日诗帖》册页等，这两幅都是纸本，大小也几乎一致，纵约35厘米，横44.5厘米。台北故宫博物院藏有《秾芳诗》，此为绢本，朱丝阑瘦金体书，它的特出之处在于，宋徽宗的瘦金书多为寸方小字，唯独《秾芳诗》为大字，凡二十行，每行仅写两字，用笔畅快淋漓，锋芒毕露，傲气十足，有断金割玉的气势。诗的末行以小字书“宣和殿制”款，钤“御书”葫芦印一枚。

这首诗是这样写的：

秾芳依翠萼，
焕烂一庭中。
零露沾如醉，
残霞照似融。
丹青难下笔，
造化独留功。
舞蝶迷香径，
翩翩逐晚风。

舞蝶、迷香、残霞、晚风，自然的美轮美奂，似乎尽在赵佶的掌握之中，不费吹灰之力，就从他的笔端流淌出来。

园林是书写的最佳场合。宫殿并不适合书写，宫殿适合朗诵，将皇帝的意志大声地朗诵出来，昭告天下，因而宫殿高大雄伟，尽可能地敞开，而四周的配殿和宫墙，则恰到好处地增加了它的音响效果。舒适的后宫适合书写，许多皇帝都有在后宫办公的习惯，比如紫禁城养心殿，自雍正到溥仪，清朝共有八位皇帝把这里当作寝宫，但即使在后宫，书写的内容也大抵与朝政有关，清朝由于不设宰相，皇帝事必躬亲，所以在这里，皇帝每天要面对堆成山的奏折，完成他的“家庭作业”。唯有苑囿，才适合写些诗意文字。如果说宫殿建筑还有某种公共性，为朝廷政治服务，那么皇家园林则只为皇帝一人服务，连大臣进入，都要经过特别的许可，这个空间内所讲述的，已不是皇帝与大臣之间的官方关系，而是男人与女人之间的私人关系，因而更私密、更个人化，更适合于宋徽宗式的游戏人生，而书法本身，就并不纯然以实用为目的，而更像是一种艺术上的游戏。

像艮岳这样的皇家园林，必会长出瘦金体这样的文字植物，反过来说，瘦金体只能在艮岳这样的土壤上生长，只能由艮岳的甘泉浇灌，因为一种书法风格的形成，是与环境密不可分的，甚至于，一种风格，就是对一个世界的精确表达。儒家讲“格物”，通过“格物”来“致知”，物质世界与人的内心世界具有某种同构性，人们需要从物质世界中去穷究“物理”。那么，作为艺术的书法也是一样。赵佶的书法，不仅仅是书法，也是音乐，是建筑，是花卉，是美食与美器，是上述一切事物的混合物、综合体。它们都是赵佶的一部分，互相酝酿，互相生成，无法拆分。

瘦金体是典型的帝王书法，它是和帝王的极端主义美学品位相联系的。它是皇帝的专利，甚至于，连皇帝也很难写出来——中国历史上八十三个王朝五百五十九个皇帝，也只有宋徽宗一人写出这样的字。没有一个人能像宋徽宗那样，拥有一个如此强大、丰饶、富丽的气场，也没有一个人像赵佶那样善于从这个庞大的气场上冶炼出书法的金丹。瘦金体，几乎成为中国艺术中的孤品，空前绝后，独领风骚。在宫殿、苑囿、印玺之上，它成为无与伦比的皇权徽章，甚至，它远比君权还要不朽。

很多人说，赵佶是入错了行，他应该只做艺术家，不做皇帝，假如不做皇帝，就不会有后来悲惨的下场。但在我看来，没有帝王、尤其是宋代帝王极端绮丽的生活品质，他也很难创造出这种极端主义的字体。这是他的悖论，是上帝早已安排好的悲剧。上帝是大戏剧家，早已为每个人安排好了角色，他无从躲闪。

人生不忍细说，还是看他的字吧。面对《秾芳诗》，我不止一次地在心里复原着他写字时的样子。他写字的时候，他的神态应当是专注的，凝神静气。在他的身边，龙涎的香气缭绕着，在空气中漫漶成繁复的花纹。对于这种似有若无的奇香，后人有这样的描述："焚之则翠烟浮空而不散，坐客可用一剪以分烟缕，所以然者入蜃气楼台之余烈也。"[11] 龙涎香的烟缕，竟然是有形状的，可以用剪刀剪开，丝丝缕缕，如赵佶的笔在笔洗里漫漶出的墨痕。我想象着，在龙涎的芳香中，赵佶的脸上出现了迷醉的神色，有点像太白醉酒后的那种陶醉感，又像做爱时的兴奋，只不过不是与女人做爱，而是与纸做爱。冰肌雪骨的纸，柔韧地铺展着，等待他的耕耘。赵佶的笔，就这样将龙涎香的烟纹一层层地推开，落在纸上。他以行书笔调来运笔，使他的一切动作都富有节奏韵律的美感，所以不仅他的字是美的，他写字的过程也一定是美的。瘦金体的字迹，仿佛身体深处升起的一种电击般的兴奋，一层层地荡漾出去。

他用的是一种细长的狼毫，很难掌握，但它提供了一种塑性的抵抗力，赋予笔画以一种锋利之力，能在细微的差异中传达出书写者的鲜明个性。将近九百年后，末代皇帝溥仪也在自己的宫殿里试图复制这种笔，他偏爱赵佶的书法，紫禁城里更是搜集了许多赵佶的真迹，其中就有《秾芳诗》。他一遍遍地模仿，揣摩赵佶的心境，每当此时，他就感觉"中国书法的巨人在引导着他的手，授权给了他每一笔、每一画、每一个字中存在的书法秘诀"；他写坏了许多支笔，于是为这些笔制造了一个笔冢，为每一支笔都修了一个小小的棺木，立了碑，还写了碑文，包括制笔者的姓名、开笔和封笔的日期等等，不过这些都是据说。唯一可以确认的是，溥仪如同赵佶一样，从这些笔墨出发，走向了囚徒的营地。

皇权帮了他的艺术，他的艺术却挖了皇权的墙脚。

四

血红的宫墙分出了天堂与地狱的界限。根据物质的守恒定律，当帝国的财富源源不断地集中到少数人的身边，在更大面积的国土上，则必然出现物质匮乏、饥馑甚至死亡。当宋徽宗的宫殿每夜都要消费数百只名贵的龙涎香，当蔡京的府上做一碗羹要杀掉数百只鹌鹑，这个帝国早已是“两河岸边，死丁相枕，冤苦之声，号呼于野”。其实，早在公元1100年，赵佶登基之初，就有一个名叫钟世美的大臣上奏：“财用匮乏，京师累月冰雪，河朔连年灾荒，西贼长驱寇边，如入无人之境。”[12] 但庭院深深，门禁森严，宋徽宗沉浸在他的艺术世界里，永远听不到宫墙外面的呻吟与呼喊。在如此浩大的宫苑中，所有不合时宜的声音都会半途夭折。宋徽宗置身人间仙境，觉得生活很美好，生命很快乐，他不明白方腊、宋江为什么要揭竿而起，不明白为什么总是有人和这个朝廷过不去。

他喜欢炫富，不炫富他就浑身难受。倘若向别人炫富也罢，可他偏偏要向金国的使者炫富。但饱汉子不知饿汉子饥，宋徽宗不计后果的炫富，对于物资匮乏的金国来说构成多么大的刺激。根据古气象学家的研究，唐末至北宋初期（公元800—1000年）是气候温暖、冬温少雪的“中世纪温暖期”（Mediaeval Warm Period），而从宋徽宗时代开始，一直到南宋中叶（公元 1110—1200 年）则气温低寒，雪灾频繁，冬季漫长，是典型的“小冰期”（Little Ice Age），也是中国历史近三千年来的第三个寒冷期（Cold Period）。来自中亚细亚内陆沙漠的冬季干燥季风掠过中原，使北宋出现大面积沙漠化。宋徽宗政和元年（公元 1111 年），淮南旱；政和三年，江东旱；政和四年又旱，皇帝下诏，“赈德州流民”[13]。

与中原农耕民族相比，北方草原游牧民族对气候的依赖更大。公元 1110 年，辽国（当时金国还未建立）大饥，“粒食不阙，路不鸣桴”[14]。北宋政和四年、公元 1114 年，女真首领完颜阿骨打率领 2500 人，在来流水起兵反辽，一年后草创大金国，十年后灭掉大辽国，然后挥刀直指北宋。

在物质丰饶时代，享乐或许是个人的权利；但在民不聊生的岁月，奢侈就是罪孽，不仅需要承担道德上的责任，甚至应当承担法律上的责任。宋徽宗享乐的直接后果是：公元 1120 年，方腊率众在歙县七贤村起义。起事时，方腊的老婆浓妆艳抹，前胸缀嵌着一个大铜镜，对着太阳行走，远远望去，光芒耀目，在无数百姓眼里成为无须置疑的祥瑞之兆，于是纷纷入伙。方腊之乱，惨死者超过了两百万人。

金国也面临着普遍的饥荒。公元 1124 年，金国派人向宋乞粮，被拒绝。公元 1125 年，“冬寒倒卧人更不收养，乞丐人倒卧街衢辇毂之下，十目所视，人所嗟恻”。公元 1126 年正月，更是“冻死者枕籍”[15]。这一年十月，完颜阿骨打下令两路攻宋：西路以完颜宗翰为主帅，率兵六万，自云州下太原、攻洛阳；东路以完颜宗望为主帅，也率六万兵马，自平州入燕山、下真定。它们向一对铁钳，向北宋都城汴京逼来。

宫殿里的宋徽宗面对着城池接连沦陷的军报，内心比“小冰期”里的天气还凉。但他并不知道，是自己的“得瑟”，终于“得瑟”出麻烦了。宋室宫苑的豪华奢糜，官场的腐败无能，军队的不堪一击，早就被金国使节看在眼里，记在心上。从某种意义上说，是宋朝自己敞开了城门，等着金国来抢。其实早在九月，大宋帝国就获知了金军即将南下的情报，但当时朝廷正在准备郊祀大典，大臣们认为这样不利的情报会破坏喜庆祥和的气氛，对这一朝廷盛事产生不利影响，所以故意压下不报。官僚主义害死人，在这个当口，金军早就迅速挺进了。靖康元年（公元 1126 年）大年初二，大宋的禁军已经抵达黄河北岸御敌，大敌当前，主帅梁平方却只顾饮酒作乐，既不侦察敌情，也不做任何战略部署，敌军一来，就慌忙向南岸跑，一边跑，一边烧掉浮桥，身后还有几千宋兵没来得及通过浮桥，只能作了金军的活靶子，被一个个活活砍死。已撤回南岸的军队，也纷纷逃亡，黄河就这样成了不设防的防线，金军只凭搜来的几条小船，花了整整五天五夜，从容地渡过黄河，没有受到任何阻击，连金军的将领都对此困惑不解，议论道：“南朝可谓无人矣，若有一二千人守河，吾辈岂能渡哉！”

万般无奈，宋徽宗只好颁布一道“罪己诏”，承认自己应负的责任，试图挽回人心，平息众怒。“罪己诏”写：“民生潦倒，奢糜成风。灾异屡现，而朕仍不觉悟；民怨载道，朕无从得知。追思所有的过失，悔之何及！”[16]

宋徽宗并不是一个敢于承担责任的人。公元 1125 年十二月二十三日，在冰雪围困的宫殿里，宋徽宗拉着蔡攸的手说：“没想到金人会如此背信弃义！”他说得激愤，突然间一口气没上来，头晕目眩，从御榻上重重地跌了下来。大臣们惊惶失措，七手八脚地把他搀扶到保和殿东暖阁，掐仁中灌汤药，折腾了半天，宋徽宗终于缓缓地睁开眼睛，欠起身，示意索要纸笔，然后以他精绝的瘦金体写下四个大字：“传位东宫。”

这个皇帝，他做不下去了，他决定把这个烂摊子交给自己的长子赵桓，只要宫中有了这个皇帝，自己就可以卷铺盖逃跑了。那个倒楣的“替罪羔羊”，就是宋钦宗。

五

其实当时的东路金军，虽已渡过黄河，却是孤军深入，没有后援，加之他们虽号称六万，但基本上是由契丹、奚人组成的杂牌军，实在是强弩之末，战斗力并不强，宋军完全有机会将敌军彻底歼灭。宋徽宗是吓怕了，所以压根儿没打抵抗的主意。明朝大学者黄宗羲、王夫之在谈论这段历史的时候都说，如果当时徽钦二帝能够放弃汴京，转入内地，寻求战略大后方，诱敌深入，与金军打一场持久战，完全可以再造国家，而不至于落得双双被擒的下场，唐玄宗李隆基就是一个著名的先例。

唐玄宗的艺术才华，丝毫不输给后世的李煜和赵佶。他的一生，被政治和艺术分为两截——他用自己的前半生完成了“开元之治”这件杰作，成为一代英主；后半生却寄情深宫，终日沉浸在诗词曲赋、管弦丝竹，弃朝廷于不顾。他的五律，骨气峥嵘；他的赋，潇洒飘逸；他的书法，八分法堪称绝品；他的音乐造诣，更是史上无双，他创作的《霓裳羽衣曲》是名副其实的经典，他创建了皇家的音乐舞蹈团体，名曰“梨园”，也因此被后世艺伶尊为梨园鼻祖；他与杨贵妃的爱情故事，更是一件艺术品，千古流传，被白居易一首《长恨歌》唱得缠绵凄凉。然而，艺术上的纵横驰骋，换来的却是国破家亡，他的帝国，从此万马齐喑，一败涂地。

艺术这东西够绝，别人沾得了，唯皇帝不能沾，仿佛一道悬崖，一个咒语，向前一步，便是粉身碎骨。乾隆也试图以艺术家自诩，工作之余笔耕不辍，作诗 41863 首，几乎比得上一部《全唐诗》，却才华平平，顶多是个“发烧友”，或许正因如此，乾隆才有幸成为“十全老人”，在政治上全身而退。

艺术家是浪漫主义者，在幻想的世界里生存，并把它当作全部的真实。宋徽宗即是如此。虽然王室兴建苑囿至少从周代就开始了，楚国云梦泽，方圆 900 里，珍禽异木，麇集其中，楚王驾着四驳（神马），坐在雕玉的车中，在园中围猎。但宋徽宗这位浪漫主义者把它当作真实的世界，而不是人工的天堂。园林不是山林，而只是对山水自然的凝聚、压缩、变形、重构。它并不是一个真实的世界，而只是一个虚构的世界。宋徽宗忽略了园林的虚构性（fictionality），而整日生活在云遮雾罩之中。虚无缥缈的“贡云”，就是对他生存状态的最佳写照。

而他的朝廷，实际上就是一个放大的艮岳——赵佶画的《瑞鹤图》，就是这种虚构景观在纸页上的表达。这幅画构图非同一般，他故意略去了宫殿的大部分，只留下一个屋顶，如一条浮动的大船，在一片祥云中若隐若现，把更大的面积，留给了天空，天光云影之间，群鹤飞翔起舞。赵佶以腾空飞扬的群鹤，完成着他对盛世太平的想象，成为他为自己准备的一首颂歌。在他的带动下，朝廷的颂歌自然层出不穷，他被形形色色的“贡云”团团围住，让他有了腾云驾雾之感。所有的大臣都是报喜不报忧。而他们所报之喜，更是浮夸到了极致，牛皮吹到天上。为了配合皇帝在迷幻花园里产生的各种幻想，各地纷纷呈上有关各种“祥端之象”的汇报——

蕲州[17]呈报：方圆二十五里漫山遍野长满了灵芝；

海州[18]、汝州[19]等地呈报：满山的石头都变成了玛瑙；

益阳[20]呈报：该地的山间小溪居然流出大量黄金，最大的一块重达四十九斤；

乾宁呈报：八百里黄河突然变清了，在长达七昼夜的时间里清澈见底……

政和二年（公元1112年），民间进献一块一尺有余的玉石，经过蔡京“鉴定”，认为这是大禹用过的玄圭，宋徽宗得到它，证明宋徽宗治理天下已达到了大禹的水平，所以苍天有眼，把如此至宝授予皇帝。

在皇帝的带动下，官员们的艺术想象力得到了空前的激发，大宋朝廷的官方文书，都弥漫着一种魔幻现实主义的风格。在这一连串油嘴滑舌、不负责任的忽悠面前，宋徽宗连自己姓什么都不知道了，立刻在大庆殿举行了隆重的受元圭仪式，同时大赦天下，还遣官到先祖陵墓，向老祖宗们报喜。

孔子说：“巧言令色鲜矣仁！”[21]意思是话说得越好听，脸色越好看，“仁”的含量就越低。那些批发给宋徽宗的谎言，毫无技术含量，稍有常识的人就可能识破，皇帝之所以相信，是因为他愿意相信，唯有坚信不疑，才能证明自己的光荣伟大。一位朋友曾经说过：“天才是唯一敢向造物主挑衅的人。他们不凡的手笔常常令老头子自愧弗如。”[22]赵佶是艺术家，在他的天才面前，老天爷也只能无语了。

艺术是反逻辑、反理性，甚至是反常识的。一个理性过强的人当不了艺术家，而政治家却恰恰离不开理性。政治家需要“具体问题具体分析”，需要外科医生似的冷静、细致、耐心，政治最怕的是浪漫主义的狂热，因此，有学者认为，政治的最佳架构是现实主义在朝、浪漫主义在野[23]，这样可以把在朝者的现实操作的能力，和在野者的大胆幻想都发挥到极致。

不幸的是，大宋皇帝赵佶，偏偏是一位浪漫主义者、一位艺术大师。宫殿与园林、现实与虚幻、理性与非理性，两个世界在宋徽宗赵佶的内心里始终在纠缠、撞击、搏斗，使他处于严重的人格分裂之中。他在山水、园林、纸页上得到的舒畅自由，后来在人生中完全失去了。或者说，正是前期的自由，为后期的不自由埋下了伏笔——这是命运的能量守恒。壮丽的艮岳，为他的游戏、幻想、梦，划出了一个最大的边界，超出这个边界，他的世界就是一地鸡毛。人能获得自由吗？卡夫卡曾经给出一个令人绝望的答案：不能。他说：“他被拴在一根链条上，但这根链条的长度只容他自由出入地球上的空间，只是这根链条的长度毕竟是有限的，不容他越出地球的边界。”

上帝为每个人公平地分配了一根链条，只是每个人的链条长度各有不同。这是一根透明的链条，我们看不到它，也感觉不到它的重量。在链条的长度内，人们通常感觉不到链条的存在；然而一但超出链条的长度，链条就会紧紧地捆住我们，动弹不得。即使贵为皇帝，自由也不是绝对的，而是相对的，这一点从宋徽宗的身上得到具体的印证。宋徽宗的链条，只够他在自己的逻辑里活动。他沉浸在自己的空间里，游刃有余，他没有想到，一旦走出他的艺术逻辑，那根链条就会像孙悟空的紧箍咒一样把他紧紧地限制住，让他痛苦不堪。

在中国历史上，也很少有人像宋徽宗赵佶那样，将伟大与渺小、雄健与柔弱、光荣与耻辱，如此严丝合缝地合于一身。他不能解决，只能逃避。因此，逃，成为他生命中的核心意象。先是逃到艮岳的湖光山色之间，战事一起，就向大后方疯狂逃串，靖康元年（公元 1126 年）大年初二，金军刚刚逼近黄河，他就紧紧张张地出了通津门，登上一艘小船，顺汴河向东南方向逃跑，金兵占领浚州[24]，他又惊惶失措地登上小舟，顺汴河连夜出逃，甚至嫌汴河流速太慢，船划不快，于是弃舟登岸，以加快逃亡步伐。马拉松长跑，铁人三项，他都不在乎了。一路上饥寒交迫，脱下靴子烤火，为冻僵的脚趾取暖。他只顾自己跑，却置百姓于不顾，甚至连自己的儿子宋钦宗赵桓他都不管不顾了。

大难临头，父子之间连最后一点情面都没能剩下。

六

宋徽宗赵佶的人间仙境在靖康二年、公元 1127 年灰飞烟灭了。攻入汴京城的金军变成了“强拆队”，把所有能拆的构件全都拆下来，连艮岳里的“花石纲”都没落下。从正月里刮起的大风，一直刮到四月还没有停止，“大风吹石折木”[25]。在大风扬起的巨大尘埃里，宋徽宗赵佶和宋钦宗赵桓这一对父子，被捆绑着，与他们的官吏、内侍、工匠、倡优挤在一起，踏上了前往北国的路途。透过滚滚的尘烟，他们看着自己王朝历代积累的法驾、卤薄、车辂、冠服、礼器、法物、大乐、教坊乐器、祭器、八宝、九鼎、圭璧、浑天仪、铜人、刻漏，古器、图书、地图、库府蓄积等，被无数辆车马装载着，组成一条望不到头的财富河流，向北延伸。不知那时，崇尚道教的宋徽宗是否会想起《道德经》里的那句话："金玉满堂，莫之能守；宝贵而骄，自遗其咎"[26]。不久之后，那些奇木异石将在金国的中都北京重新组装起来，去装饰另一个王朝的盛世神话。金人目睹了汴京城的绮丽繁华，极欲仿效，金中都（北京）的建筑，处处渗透着汴京城的影响。时至今日，我们仍然能够从北海公园白塔山上堆叠的太湖石，辨认出当年艮岳的旧物。北京故宫钦安殿，曾收存有一件金徽宗亲笔题写的玉册中的一片，上面用瘦金体写着"太上开天执符御历含真体"十一个字，这是这位信奉道教的皇帝所写的祭祀祝词，应当共有三十五片，故宫钦安殿收存的这一片，应当位于玉册的尾端，它之所以出现在北京故宫，想必也是金朝留下来的。

显然，金朝也只是过路财神，因为没有一个朝代能够比这些珍宝更长命。螳螂捕蝉，黄雀在后，这些文物又先后落入元朝、明朝和清朝的宫廷，虽有聚散，但主体仍在，最后变成一笔盛大的遗产，被 1925 年成立的故宫博物院全盘接收。

清朝的时候，一个名叫曹雪芹的贵族后裔写了一部奇书，名叫《红楼梦》，它的另一个名字，就是《石头记》，讲述的，恰恰是一块石头的前世今生。

七

徽钦二帝最先是押解到金国的上京会宁[27]，金太宗吴乞买封宋徽宗为“昏德公”，封宋钦宗为“重昏公”，意思是父子俩加在一起，就是一昏再昏。几年后，公元 1130 年，他们被移送五国城[28]。

我不曾到过那里，散文家王充闾先生曾经这样描述：“古城遗址在县城北门外，呈长方形，周长两千六百米。现存几段残垣，为高 4 米、宽 8 米左右的土墙，上上下下长着茂密的林丛。里面有的地方已经辟为粮田、菜畦，其余依然笼罩在寒烟衰草之中。”[29]

无论当时的城池怎样，有一点可以肯定，即使在北国，那里也是偏远的边陲小镇。来自北方的飞雪狂沙将他记忆里的艮岳一层一层地覆盖起来，光怪陆离的奇幻花园，从此变成眼前望不到尽头的荒原。

“贡云”的麻醉效果早已失效，在呜呜的北风中，现实一点点地显露出它嶙峋的瘦骨。

如果说艮岳里的日子像梦，飘忽、轻盈，那么五国城的寒风就像刀刃，切割着他的肌肤，用疼痛来提醒他现实的真实性。

关于“坐井观天”的遗闻，王充闾先生分析，他们很有可能是住在北方人习惯的“地窨子”里。所谓“地窨子”，是在地下挖出长方形土坑，再立起柱脚，架上高出地面的尖顶支架，覆盖兽皮、土或草而成的穴式房屋。根据古书记载，至少在一两千年前，东北地区就有了“夏则巢居、冬则穴处”的居住习俗。这种地穴或半地穴式的房子一直沿续到民国以后，满、赫哲、鄂伦春等民族冬季住宅都曾有这种形式。至于徽钦二帝不是住在“井”里而是住在“地窨子”里，王充闾先生是这样分析的：“莫说是八百年前气温要大大低于现在，即使今天，在寒风凛冽的冬日，把两个身体孱弱的人囚禁在松花江畔的井里，恐怕过不了两天也得冻成僵尸。相反，那种半在地上半在地下的‘地窨子’，倒是冬暖夏凉，只是潮湿、气闷罢了。”[30]

透过赵佶当年写的诗，可以依稀辨识他生存的环境：

彻夜西风撼破扉，
萧条孤馆一灯微。
家山回首三千里，
目断天南无雁飞。

假如是在井里，恐怕是无“扉”可“撼”的。

“萧条孤馆一灯微”，这句诗让我想起民国时期海上才子白蕉的一句诗：“忆向美人坠别泪，江山如梦月如灯”，那份痛感，同样的深刻。北国荒地的夜晚，寂然无梦无歌，只能用叹息和泪水填充。他绵长的叹息凝聚成诗，而那些诗，不是用墨，而是蘸着泪写的。

依旧是瘦金体。

或许，这是他保持与故国联系的唯一方式。

在长达九年的羁旅生涯中，他没有一天停止过书写。

但梦，终还是有的。只要有生命，就会有梦，哪怕只是些残梦。

他的梦，只用两个字就可以描述——回家。

与宫殿苑囿里各种绚烂的梦比起来，他的梦已经变得无比微薄。

赵佶没有一天不梦想自己回到大宋。他或许可以忍受这干硬而贫寒的山水，可以忍受每日重复的生活，可以习惯眼前一成不变的景象，却无法忍受如影随形的寂寞。那寂寞总是趁虚而入，比刀子还要锋利，深深地刺入他的骨髓，让他内心失血，无力反击。

只有家、国，带着巢穴般的温暖，给他以生存下去的希望。

最不希望看到他回到大宋的，其实不是金国皇帝，而是自己的亲生儿子、此时的南宋皇帝——赵构。原因很简单，皇帝的名额只有一个，假如徽钦二帝返回中原，无论谁复位，他这个替补皇帝都得靠边站。

他早已成为别人的噩梦。

但愿赵佶没有想到这一层，因为这比死还残忍。

他守着这个不可能实现的梦，独立在雪国的风中，一年一年地变老，直到满头的青丝变成荒原上的雪色。公元 1135 年，赵佶死于五国城，终年 54 岁，致死没能实现回家的梦想。

两年后，他的死讯才传到南宋都城临安，宋高宗赵构立刻摆出一副悲痛不已的表情，暗地里一定是松了一口气。他慷慨地为他谥号“圣文仁德显孝皇帝”，庙号徽宗。

又过了五年，他的梓宫才由遥远的北方运到临安，在会稽安葬，几百年前，另一位书法家王羲之正是在这里会聚朋友，临流赋诗，写下不朽的《兰亭序》。这，或许是对这位书法巨人的最后慰藉。

他的儿子、宋高宗赵构的哥哥、北宋的末代皇帝赵桓，死于公元 1156 年，时年 57 岁。那一年，金国皇帝、海陵王完颜亮兴之所致，突然想让北宋末代皇帝赵桓和大辽帝国末代皇帝耶律延禧来一场比赛，PK 一下马球。这是宋、辽、金三国皇帝为数不多的“高峰会晤”，只不过他们此时的身份非常的微妙，其中两个皇帝是另一个皇帝的囚犯，他们早已丧失了与金国皇帝平起平坐的机会，而必须通过惨烈的角斗来博得主子一笑。辽国是马背上的政权，耶律延禧自然比赵桓更精于马术。但耶律延禧无心恋战，他意识道，这是他逃跑的唯一的机会，于是冷不防地纵马冲出赛场，夺路而逃。在他的身后，金兵万箭齐发，利箭夹带着风声追赶着他，在划过无数道优美的弧线之后，带着一连串沉闷的声响，准确地降落在他的后背上，转眼之间，就把他扎成了一个血刺猬。赵桓吓得脸色大变，加之患有严重的风疾，慌乱中从马上跌下来，被马蹄踏成一堆不规则的肉饼。

辽宋两个皇帝居然在同一天死去，而且死得这样难看。历史是位真正的艺术家，因为没有一个艺术家有此等的想象力。

八

在北国，每逢过节的时候，金人都会赏赐徽钦二帝一些好菜好饭，让他们打打牙祭。酒足饭饱之后，金人会要求宋徽宗以他著名的瘦金体写一些“谢表”，就是感谢信，感谢大金国的恩德。对于昔日的大宋皇帝来说，这无异于莫大的侮辱，然而此时，食不裹腹的赵佶也顾不了许多，从前的狂放与傲慢也荡然无存，居然卑躬屈膝地向金国皇帝大唱赞歌，所图的，不过是一顿饱饭。

拍马屁是一种语言贿赂，只不过赵佶由受贿者变成了行贿者。

漫长的囚徒生活，让他的浪漫主义彻底沦陷，一头扎进了现实主义，深不见底。

甚至，他比任何人都要“现实”。

因为胃是“现实”的，它可以随时提醒主人：理想不靠谱。

对于这位饥寒交迫的帝王来说，脸面并不比饱暖更重要。

金国人把这些声情并茂的“谢表”装裱成册，拿到金宋边境榷场（贸易集市）上出售，既能为金国赚取“外汇”，又能挫伤大宋臣民的自尊心，让宋徽宗的苟且偷安暴露于全国人民面前，成为对他和他的帝国的第二道侮辱。

据说这些字的销路很好，这项买卖，一直持续了很久。

高高在上的大宋皇帝沦为金朝王族脚下的一只臭虫，只要想让他死，他不可能多活一个时辰。然而，有一件事物，却是他们永远也无法征服的，那就是赵佶的瘦金体。在这一绝美的字体面前，所向披靡的大金皇帝们一筹莫展。他们拿惯了马鞭和刀剑的手怎么也摆弄不好手中的毛笔。命运的那根链条，在这里显示了它的公平。大金王朝把大宋王朝打得屁滚尿流，在文化上却对宋朝高山仰止，筑宫室，造园林，学书画，邯郸学步，而且学都学不正宗。明代陶宗仪在《书史会要》中评价海陵王的墨迹时，说他“长于用笔结字，短于精神骨立”[31]。金章宗曾竭尽全力模仿宋徽宗的瘦金体，从宋廷抢来的书画名作，其中包括传为赵佶所摹的《虢国夫人游春图》，他居然学着宋徽宗的样子，用瘦金体题字，其笔势纤弱，形质俱差，一看就是赝品。

假如赵佶看到金章宗的字，一定会在鼻子里喷冷气，做梦都在发笑。

假如，刀兵入库、放马南山，宋金间的战争全凭纸笔来拼杀，那么双方的胜负关系定然会颠倒过来。

纸页上的赵佶，笑傲江湖，天下无敌。

2013年6月25日至7月1日于北京

注释

[1] 参见［明］陈霆：《渚山堂词话》，见《景印文渊阁四库全书》，总第一四九四卷，集部，第四三三卷，第545、546页，台北：台湾商务印书馆，1983年版。

[2] 俞剑华：《中国绘画史》，上册，第164、165页，上海：商务印书馆，1937年版。

[3] 郑欣淼：《天府永藏——两岸故宫博物院文物藏品概述》，第3页，北京：紫禁城出版社，2008年版。

[4] 朱大可：《乌托邦》，第18页，北京：东方出版社，2013年版。

[5] 参见［明］张岱：《陶庵梦忆》，见《陶庵梦忆　西湖梦寻》，第24页，杭州：浙江古籍出版社，2012年版。

[6] 梁思成：《中国建筑史》，见《梁思成全集》，第四卷，第89页，北京：中国建筑工业出版社，2001年版。

[7] ［宋］米芾：《海岳书评》。

[8] ［明］项穆：《书法雅言》，见《景印文渊阁四库全书》，总第八一六卷，子部，第一二二卷，第248页，台北：台湾商务印书馆，1983年版。

[9] 徐利明：《中国书法风格史》，第341页，郑州：河南美术出版社，1997年版。

[10] 与褚遂良的瘦笔相比，它只有小部分相同，大部分则不一样；它与唐朝薛

曜的字最为接近，或许赵佶是从薛曜的《石淙诗》变格而来的，但他的创造显然比薛曜成熟得多，也更富于个性。

[11] ［明］周嘉胄：《香乘》，见《景印文渊阁四库全书》，总第八四四卷，子部，第一五〇卷，第 390 页，台北：台湾商务印书馆，1983 年版。

[12] ［南宋］陈均：《皇朝编年纲目备要》，第 623 页，北京：中华书局，2006 年版。

[13] ［元］脱脱等：《宋史》，第 975 页，北京：中华书局，2000 年版。

[14] 《宋史全文续资治通鉴》，第一四卷，第 899 页，

[15] ［宋］徐梦莘：《三朝北盟会编》，卷三〇，见《景印文渊阁四库全书》，史部，台北：台湾商务印书馆，1983 年版。

[16] 《续资治通鉴》，卷 95，宋纪 95。

[17] 今安徽蕲春县北。

[18] 今江苏连云港。

[19] 今河南临汝县。

[20] 今湖南益阳市。

[21] 齐冲天、齐小平注译：《论语》，第 36 页，郑州：中州古籍出版社，2008 年版。

[22] 王开林：《灵魂在远方》，第 23 页，北京：中央编译出版社，1996 年版。

[23] 朱学勤在与李辉的对谈《两种反思、两种路径和两种知识分子》中阐述了这一观点，见李辉、应红：《世纪之问——来自知识界的声音》，第 153 页，郑州：大象出版社，1999 年版。

[24] 今安徽滑县东北。

[25] ［元］脱脱等：《宋史》，第 995 页，北京：中华书局，2000 年版。

[26] ［先秦］李耳：《老子》，第 58 页，郑州：中州古籍出版社，2008 年版。

[27] 今黑龙江阿城南。

[28] 今黑龙江依兰县。

[29][30] 王充闾：《土囊吟》，见《沧桑无语》，第210、215页，上海：东方出版中心，1999年版。

[31] ［明］陶宗仪：《书史会要》，见《景印文渊阁四库全书》，总第八一四卷，子部，第一二〇卷，第675页，台北：台湾商务印书馆，1983年版。

辑二

家在云水间

一

崇祯十六年（公元1643年）的春天，晚明名士钱谦益偕柳如是走进拂水山庄观看桃花。那一年，柳如是27岁，钱谦益67岁。

柳如是一生钟爱自然的声色，风拂竹瑟，月映梨白，都会让她深深地感动。很多年后，她仍不会忘记，那一天，小桃初放，细柳笼烟，她与夫君一步一步，辗转于月堤香径。那桃，那柳，都见证着她生命中最为清宁恬静的岁月。她轻轻踏上花信楼，端坐在窗口，凝望着迷离的春光，心中想起钱谦益《山庄八景》诗中的那首《月堤烟柳》，突然间想画一幅画，把自己最钟爱的时光留住。她索来纸笔，匆匆画了一幅山水图景。

三百七十年后，我在故宫博物院目睹着柳如是的《月堤烟柳图》，心里想着当年的岁月芳华，都是那样真实，仿佛那烟柳风花正是昨日刚刚见到的景物，中间三百多年的流光，根本不曾存在过。

二

在抵达拂水山庄之前，柳如是的路走得太久、太累。

柳如是一生的行脚，几乎都不曾离开过江南。她出生在江南水乡，幼年身世无考，少年时入吴江，被卖到已被罢官的宰相周道登府上作婢女，又做小妾，后被周府姬妾所陷，15岁沦落风尘，很快倾倒众生，成为“秦淮八艳”之首。

但后人提她、陈寅恪写她，绝不止于这些。

在陈寅恪先生眼里，即使在倚门之女、鼓瑟之妇那里，也存在着“独立之精神，自由之思想”，更何况柳如是的清词丽句，常深奥得令他瞠目结舌、不知所云。[1]

“放诞多情”“慷慨激昂”“不类闺阁”，这是当时文人对柳如是的评价。她常作男子打扮，头罩方巾、一身长衫，于文人的世界中周旋，在她的温婉妩媚中，平添了几许阳刚之气。

就是陈寅恪所说的“三户亡秦之志”[2]。

她爱过宋征舆，但那份曾经狂热的恋情却因宋母的强烈反对而熄灭。后来她又爱陈子龙，因为她不仅看上了陈子龙身上的才华，更喜欢他的侠义之气。在松江的渡口，她送年轻俊逸的陈子龙北上京师，参加次年二月的春闱。那是崇祯六年（公元1633年），帝国正处于风雨动荡之秋，北方的战事糜烂，紫禁城里的崇祯皇帝，神经衰弱得几近崩溃。或许，正是那样的处境，赶上那样的时事，让陈柳之间的那份情，别有一番暖意。

陈子龙没有一去不归，第二年春天，他就落第归来了，这反而让柳如是感到释然。崇祯七年（公元1634年），离大明王朝的灰飞烟灭还有整整十遍的春秋，柳如是和陈子龙住进了松江南门内的别墅小楼——南楼。白天，陈子龙去南园读书——那座园林，本是松江陆氏所筑，但多年无人居住，已是廊柱丹漆剥落，假山薜荔纵横，看当年与他们同在园中读书的陈雯的记录，觉得那园林的气氛，很像今天的恐怖片。他说：“有啄木鸟，巢古藤中，数十为伍，月出夜飞，肃肃有声。猵獭白日捕鱼塘中，盱睚而徐行，见人了无怖色。”

但在柳如是看来，这荒芜的园林别墅，在她的辗转流离中，无疑是一处温暖的巢穴，因为每天晚上，陈子龙读书归来，都在南楼上与她相伴。那段日子，她填了许多词，有《声声令·咏风筝》《更漏子·听雨》等。她在《两同心·夜景》里写二人缠绵之状：

> 不脱鞋儿，刚刚扶起。浑笑语，灯儿厮守。心窝内，着实有些些怜爱。缘何昏黑，怕伊瞧地。两下湖涂情味。今宵醉里。又填河，风景堪思。况销魂，一双飞去。俏人儿，直恁多情，怎生忘你。

陈子龙拾起纸页，笑道：“这该是我作给你的啊。”

陈子龙也为柳如是留下很多词，比如《浣溪沙·五更》《踏莎行·寄书》。

但柳如是的词，像这样轻松俏皮的并不多，更多的，总是有着一种莫名的愁绪，就像崇祯七年的春天一样，晦暗不明。

在陈子龙身边，内有正室张孺人不动声色斗小三儿，外有文场小人背地暗算，让他腹背受敌。在家里，张孺人出身大户人家，掌握家庭财政大权，她能接受陈子龙纳妾，却绝不接受一位青楼女子玷污门楣；在文场，许多人对陈子龙又妒又恨，开始风传一些流言蜚语，还有人花钱，让当地官员上奏朝廷，剥夺陈子龙的举人资格，这事，陈子龙自撰年谱有载。

南楼，不是他们在现实中的容身之所，只是现实中的一道幻影。

很多年后，当所有的缠绵都成了陈年往事，内心的伤口长出厚厚的茧子，柳如是翻弄昔日的诗稿，不知会做何感想。

有意思的是，她的诗集，后来恰由陈子龙为她整理编印。不过这些，都是后话了。

三

我见过柳如是初访钱谦益时的小像一帧，的确是一身儒生装束，配她的清逸面庞，倒显得洒脱俏丽。

那一年，是崇祯十三年（公元 1640 年）的冬天。

转眼间，已和陈子龙相别六年。

六年中，柳发是迁延于盛泽、嘉定等地，也几经情感的波折，始终没有归处。

她感觉自己已然老去许多。

不是容颜老了，是心老了。

柳如是最终与钱谦益牵手，得益于杭州友人汪然明的牵线。

终于，她乘上一叶小舟，翩然抵达虞山半野堂。

柳如是买舟造访钱谦益，让人想起卓文君夜奔卖酒情定司马相如，那份胆略，自出一途。所幸，钱谦益早知柳如是的才名，对她所作“桃花得气美人中”之句激赏不已。他初时只觉面前的翩翩佳公子骨相清朗，待看到她投来的名刺，又见她落落长衫之下的一双纤纤弓鞋，方恍然悟出面前的少年郎竟是名满江南的柳隐，自然大喜过望。[3] 这一段旷世姻缘，就这样在崇祯十三年冬天暖味不明的光线里，尘埃落定了。

很快，柳如是拥有了自己的居舍，那是钱谦益在半野堂边上为她建起的一座新舍，取名“我闻室”。这名字来自《金刚经》，因为经文开头便是“我闻如是”，如是，刚好是柳如是的名字。

此时，距柳如是半野堂初会钱谦益，只过去了一个多月。

柳如是从此有了别号：“我闻居士”。

入住我闻室那一天，面对绿窗红舳、熏炉茗碗，柳如是不知都想了些什么。不知她是否会想起，自己16岁时与宋征舆相见时，宋征舆送她的那一首《秋塘曲》；是否会想起与陈子龙在南楼相别，陈子龙和秦观《满庭芳》而填的那阙新词：“无过是，怨花伤柳，一样怕黄昏。”或许，那份曾经的温存与暖意，她都不曾忘记，只是沉沉地压在心底，不愿把它们再翻搅上来。

相比之下，钱谦益的确是老了，燕尔之宵，老钱说：我爱你黑的头发白的面孔，柳如是笑答：我爱你白的头发黑的面孔。这事《觚賸》《柳南随笔》有载，不过这些都是清代笔记，真实性存疑——他们又不在现场，怎知钱柳二人的悄悄话？但不管怎样，“白个头发黑个肉”，从此成为典故，那说笑里，多少也藏着柳如是的辛酸。

其实，柳如是的心迹，在她的诗里写得明白：

裁红晕碧泪漫漫，
南国春来正薄寒。

此去柳花如梦里，

向来烟月是愁端。

画堂消息何人晓，

翠帐容颜独自看。

珍重君家兰桂室，

东风取次一凭栏。

听上去，柳如是并不怎么开心，有了我闻室作安身之所，竟有一脉冰凉自眼角溢出，流过她的面颊。是伤痛，还是幸福的泪水？陈寅恪先生解释说：“盖因当日我闻室之新境，遂忆昔时鸳鸯楼之旧情，感怀身世，所以有‘泪漫漫’之语。”

或许，出于对于出身的敏感，柳如是一生，要浪漫，更要尊严，要一个真正属于自己的、独立的空间，而这，恰恰是宋征舆、陈子龙所不能给她的。这世上，只有钱谦益能给，能够给她一个我闻室、一个像样的婚礼、一个侧室夫人的身份，还有，对一位艺术家的那份欣赏与尊重。

钱谦益，在晚明历史上是举足轻重的人物。他 24 岁中举，28 岁参加殿试，被定为一甲探花，被授翰林院编修，后来因母亲去世，回乡丁忧，在朝廷坐了十年的冷板凳。公元 1620 年，明神宗万历皇帝龙驭归天，明光宗即位，钱谦益被召回京，官复原职。不料第二年，也就是天启元年，又被政敌所害，辞官回乡。崇祯即位后，又召他入京，授礼部右侍郎，很快又成党争的牺牲品，又遭温体仁、周延儒弹劾，直到崇祯把自己吊死在煤山上，他再也没有进过紫禁城。

但钱谦益有钱，有才华，有名声，还有两座园林别墅——一座半野堂，在虞山东面山脚，吴梅村、石涛都曾在此住过；另一座拂水山庄，在虞山南坡。这两处林泉佳境，既是他的生活空间，也是他的知识天堂，在品味诗文，或者咏诵唱和间，他面对晨昏昼夜，笑看时空轮转，人们称他为：“山中宰相”。

三年后（崇祯十六年，公元1643年）的秋日里，钱谦益又在半野堂旁，为柳如是盖起一座绛云楼。此楼共五楹三层，楼上两层为藏书之所，楼下一层为钱柳夫妇的卧室、客厅和书房。

此时的钱谦益，既无内忧，也无外困。

而朝廷的形势，却刚好相反。

绛云楼以北，万里关山以外，大明帝国接连丢掉了关外重镇宁远、锦州，辽东总兵祖大寿和前去增援的蓟辽总督洪承畴相继降清，山海关屏障尽丧。绛云楼清夜秋灯、私语温存之时，清军已如浩荡的洪水，冲垮了蓟州、兖州等八十八城。而黄土高原上的那支义军也将俯冲下来，一年多后，就将会师北京。

大明王朝，已入垂死之境，自相残杀的热情却丝毫不减。崇祯在位17年，却换了11个刑部尚书，14个兵部尚书，诛杀总督7人，杀死巡抚11人、逼死1人，这其中就包括总督袁崇焕。崇祯拔剑四顾，满朝找不出一个他信任的人。

而此时的钱谦益，正追携着佳人，一壶酒、一条船、一声笑，归隐江湖。对于那个年代的士人而言，这未尝不是一个最好的结局。

四

假如退回到晚明，我们可以看到许多记忆里的老熟人，正端坐在水榭山馆中，抚琴叩曲、操弦吟词。这里面，有弇山园（小祗园）里的王世贞、乐郊园里的王时敏、梅村山庄里的吴伟业，当然也有拂水山庄里的钱谦益与柳如是。

多年前，我曾有常熟之行，却因行色匆匆，没有看到过拂水山庄，也不知道从前的秋水阁、耦耕堂、花信楼、梅圃溪堂这些园中建筑，如今可否安在。后来从黄裳先生书里看到，他曾经两次去常熟，都向当地人打听过拂水园的遗址，没有人知道。[4] 他说这话的时候，是 1983 年，如今，已经过去了三十余年了。

所以，那个拂水山庄，对我来说一直是一个神秘的空间，搁浅在 17 世纪的光阴里，从未向 21 世纪的我打开。出于对当代仿古建筑的警惕，我再也没去常熟，打探过拂水山庄的下落。今天我能面对的，也只有柳如是在崇祯十六年所绘的一纸《月堤烟柳图》。从这幅图卷上看，这座拂水山庄，沿袭了明末文人空间的质朴风格，房屋建于一个平坦的岛上，有小桥与岸边相通，空间环境几乎被满目烟柳所包围，小岛岸边，停靠着一叶小舟，是为构图的平衡，是空间的延伸，也是她心内处境的写照。

一卷《月堤烟柳图》，让我想起沈唐文仇笔下的文人空间——沈周《桂花书屋图》轴、唐寅《事茗图》卷、文徵明《东园图》卷，都藏在北京故宫。《桂花书屋图》里的书屋，被沈周设置为一个敞开的空间，面对一棵桂花树，还有一条蜿蜒的小溪，屋后，则是青黛的山峦。这幅画中，无论是书屋本身，还是周边的竹篱、门扉，都平朴至极，没有丝毫的声色与嚣张，但它却是那么美，美在建筑与自然、物质与精神的和谐相契。

假如我们打量元代绘画中的房子，我们很容易发现其中的不同——那个时代的画家，要么借助铠甲般厚重的山石，把屋舍一层层包裹起来（如马琬《雪岗渡关图》轴）要么把房屋安置在半山的位置上，在山崖的皱褶与山树的簇拥中，只依稀露出几个屋顶（如王蒙《夏山高隐图》轴、《葛稚川移居图》轴、《西郊草堂图》轴、《溪山风雨图》册）；甚至更加极端地把居舍托举到了一个不可企及的高度上，与世隔绝（如黄公望《天池石壁图》轴、《九峰雪霁图》轴、《丹崖玉树图》轴和《快雪时晴图》卷）——我甚至怀疑在那样的高度上，是否可以有正常的生活。

后来，所谓“隐”与“显”、出世与入世的对立，就不那么尖锐了。二元选择带来的两难，渐渐被时间所溶解。自在的世界是无处不在的，不一定只有在深山绝谷、寂寞沙洲才能寻到，而士人的内心，也渐渐由幽闭，转向开放和坦然。

在明代绘画中，几乎找不到王蒙、黄公望这样不近人世的孤绝感，也不像倪瓒那样，把人间生活的一切场景全部滤掉。明代风景画上的房屋，大都平稳地坐落在平实的环境中，不一定要置身于奇胜绝险之地，也不需要高墙或者天然的屏蔽把自己遮挡起来，而是门轩开敞，与世界融为一体。在这个的空间里，水自流，花自开，风自动，叶自飘，他们笑纳一切。

所谓“会心处不在远”，他们的目光，已由远方，收拢到质朴、亲切的生命近处，收拢到自己对生命与世界的真实体验中。这里不再是寂寞的江滨，而是温暖的溪岸，让我想起邹静之兄在电影《一代宗师》里写下的一句词：

有一口气，点一盏灯；有灯，就有人。

五

多年前，我从米希尔·埃利亚德的书里读到过这样一段话："在日常住宅的特定结构中都可以看到宇宙的象征符号。房屋就是世界的成像……"[5] 这让我们对于房子的功能有了新的想象：除了遮风蔽雨和保护自己以外，房屋还是"世界的成像"。

我对这话的理解是，无论什么样的房屋，对应的都是一个人对世界的想象。一个人在构筑物质空间的同时，也在构筑着他的精神空间。敬文东说，"房屋绝不是房屋本身，也绝不只是砖、石、泥、瓦等各项建筑材料按照某种空间规则的完美堆砌。在'房屋'这个巨大而源远流长的'能指'之外，昂然挺立的，始终是它的超强'所指'（或意识形态内容）。"[6]

很多年中，我都对装修充满热情，好像我的前世是干装修公司的。电视里《交换空间》这类节目，我也兴趣十足。然而，仿佛命中注定，我总是不能在一套房子里住得太久，总是装修了，离开，又装修，又离开。这无疑训练了我的装修技艺和品位，比起那些装修公司的职业设计师也未必逊色。在我看来，装修的趣味性在于，它能够把一个看上去千篇一律、索然无味的毛坯房，变幻成一个唯美的、舒适的、充满个人气息的空间。而过程的艰辛、狼狈、无厘头，不过是让结局更显惊喜而已。甚至朋友的家里装修，我也经常帮忙出主意，只不过花钱，那得别人花。不是我学雷锋，是别人出钱，我过瘾。

读了米希尔·埃利亚德的书，我才知道，我的这种偏执，竟然是“世界的成像”在作怪。那四白落地的毛坯房，就是我构筑自己“世界的成像”的起点，让我按捺不住，跃跃欲试。它们仿佛一张白纸，供我在上面画最新最美的图画，又好似空白的电影银幕，等待着我导演出最好的剧情，只不过电影的呈现有赖时间的流动，而个人的房间要凭借对空间的结构与组合。

皇帝也是一样，只不过他的毛坯房大了一些，帝国、城池，就是它的毛坯房，他内心里的“世界成像”，也就更加壮丽和宏观。回顾中国历史，我们很容易发现，几乎所有令人瞩目的皇帝，比如秦皇汉武、唐宗宋祖，都是伟大的空间梦想家，也是野心勃勃的建筑设计师，在他们的任期内，无不根据他们的旨意，展开了轰轰烈烈的建设运动。

《历史简编》是14世纪在巴黎出版的一本书，记录了忽必烈汗曾经梦到过一个宫殿，后来他根据这个梦，修建了著名的汗八里——就是元大都（今北京）的宫殿。拉什德·艾德丁在这本书里写道：“忽必烈汗在上都之东修建一座宫殿，宫殿设计图样是其梦中所见，记在心中的。”[7]

四个多世纪后，英国诗人科尔律治梦见了忽必烈的梦，并且在梦里完成了一首长诗《忽必烈汗》，醒来后他依然记得三百多行，这时，一位不速之客打断了他，结果他除了一些零散的诗句以外，再也想不起其他诗句。他有些愤怒地写道：“仿佛水平如镜的河面被一块石头打碎，它反映的景象怎么也恢复不了原状。”[8]又过了一百多年，一个名叫博尔赫斯阿根廷老头又用这两个相距几百年的梦构筑了自己的小说——《科尔律治之梦》。

忽必烈汗的梦，有人认为是一种心理学的奇特现象，但是在我看来，它刚好暗合了建筑空间的成像性质。

于是，房屋就不再仅仅是遮风避雨的实用场所，也不只是装载梦的容器，它是梦的物质形式，可以体现梦想的形状、质地与方位感。

紫禁城落实的是一个王者的“世界成像”，因此它必须是唯一、宏伟的、秩序谨严的，必须把所有人的个性全部吞噬掉。同理，一栋日常的住宅——它的环境、空间、布局、装饰，也是与一个人内心里的世界相吻合，是他心目中“世界成像”的表达。

入明以后，画家不再迷恋深山绝谷，不再用一层层的山峦把自己的内心紧紧地包裹起来。他们的内心不再那么紧张，而是以一种相对松驰的心态，构筑自身与外界的关系。此时，他们的清逸人格，就更多地通过对居住空间的构筑得以表达。不论这样的居住空间坐落在哪里，它都将是“一个自足的摒绝外界联系的隐居天地，不受岁月流逝的促迫，因此可以按照个人理想，像高濂在《遵生八笺》（1591年序）中所宣扬的，选择最精当的物件来构筑私属的永恒仙境”[9]。

六

尽管我已经无缘进入钱柳的绛云楼，去参观他们生活空间的内部，但他们生活空间的那份低调的奢华，完全是可以想象的。低调体现在建筑环境上，一定是朴素直率、清旷自然，就像拂水山庄设计者、17世纪早期最著名的园林设计师张涟所追求的，“一花一竹，疏密欹斜，妙得俯仰”，“窗棂几榻，不事雕饰，雅合自然”[10]；奢华则体现在布局摆设上，不仅囊括了钱谦益的平生所藏：秦汉金石、晋元书画、两宋名刻、香炉瓷器、文房四宝……

我们可以透过明代画家文徵明的一幅名为《楼居图》的画轴，观察明代文人的私密空间。这也是一座坐落在自然环境中的朴素的居舍，院外有一条弯曲的小河，河上有一板桥正对着敞开的院门，流露出主人对友人造访的期待。院内那座两层高的楼阁，傲然独立于一片高耸的树林上，楼中主客二人正对坐畅谈。阁中设一红案，案上置一青铜古器，旁边堆放着一些书册，屏风后面，露出书架的一角，有书卷和画轴在上面码放整齐，一位小侍童正端着一个托盘，步入高阁，准备为二人奉上酒或者茶。

在这样的文人空间内，来自大自然的瓶花，充当着点睛之笔。

鲜花插瓶，自宋代以来兴盛于士大夫之间。对此，许多宋代文人作品都可以为证，比如曾几《瓶中梅》写：

> 小窗水冰青琉璃，
> 梅花横斜三四枝。
> 若非风日不到处，
> 何得色香如许时。
> 神情萧散林下气，
> 玉雪清莹闺中姿。
> 陶泓毛颖果安用，
> 疏影写出无声诗。[11]

扬之水说，形成这一风雅的重要物质因素，是家具的变化，亦即居室陈设的以凭几和坐席为中心而转变为以桌椅为中心。高坐具的发展和走向成熟，精致的雅趣因此有了安顿处。[12] 这一风雅，也一路延伸到明代。这个朝代，为我们贡献了一部专门品藻物质雅俗的书——《长物志》。在这部书里，文震亨不仅以一卷的篇幅谈论文人花木，而且在《器具》一卷中，专设《花瓶》一节，对插花之瓶，一一做出指导，告诉读者什么瓶可以插花，什么瓶不可。我才知道青铜器，如尊、罍、觚、壶，也是可以用来插花的，而且花之大小不限。在我看来，最适合插花的青铜器，应当是形体细长、优雅的觚，张岱给它起了一个好听的名字：美人觚。当然，在这些“专业知识”之下，我也想起一个暧昧的书名：《金瓶梅》。

钱谦益写过《灯下看内人插瓶花戏题》四首，可见绛云楼内人花相照的情景。其中一首为：

水仙秋菊并幽姿，
插向磁瓶三两枝。
低亚小窗灯影畔，
玉人病起薄寒时。

除了花朵、美人，墙上的挂轴，也最能暗合居室主人内心的清雅。《长物志》里，文震亨对不同时令挂画的内容也提出不同的建议，比如六月宜挂云山、采莲等图，七夕宜挂楼阁、芭蕉、仕女等图；九十月宜挂菊花、芙蓉、秋江、秋山、枫林等图，十一月宜挂雪景、腊梅、水仙、醉杨妃等图。[13]

因此，柳如是《月堤烟柳图》，就像沈周《桂花书屋图》这些明代绘画里的士人一样，纵然在他们的身体与世界之间已经没有屏障，但是，在他们的内心与世界之间，还是有一条线的，只不过那线不再像之前的绘画那样，通过大山大水进行区隔，而是存于他们的心底，是一条隐隐的心灵底线，是文人们的内心品格与操守，明代的画家们，通过居舍中的书卷、文玩、香炉、花瓶、茶具、梅兰竹菊表现出来。他们不是玩物者，那个所谓的“志”，就潜伏在他们心里，从来不曾泯灭。

七

一个人，可以通过物质空间的构成来为他的乌托邦奠基，而物质的空间，也可以界定一个人的身份和命运。比如，在学校的空间里，我们被界定为学生；在写字楼里，我们被界定为职员；在风景旅游点里，我们被界定为游客，而我们所有的故事，都围绕这样的身份展开。

对于柳如是来说，绛云楼既包含了她对世界的设计和想象，也重构了她的命运，甚至重塑了她与世界的关系——

绛云楼里的柳如是，不再是青楼楚馆里的柳如是，不再是南楼里的柳如是，也不再是她为躲避谢三宾纠缠而在嘉兴勺园避居养病的柳如是，甚至，不再是我闻室这个临时建筑里的柳如是，她与爱人的关系，再也用不着偷偷摸摸、暗渡陈仓。绛云楼重新界定了她的身份——她不仅是一代名士钱谦益的爱妾，而且是一位兼具诗人、词人、书法家、画家身份的女艺术家。翁同龢曾经在《客以河东君画见示，伪迹也，题尤不伦，戏临四叶漫题》一诗的自注中说：“在京师曾见河东君狂草楹帖，奇气满纸。”翁同龢为晚清一代书家，他称河东君（即柳如是）的书法“奇气满纸”，柳如是的书法功力可以想见。当代学者黄裳先生也说，她的“诗词都很出色”，而她“漂亮非凡的小札，放在晚明小品名家的作品中……也是第一流的”[14]。

她爱瓶花，但她不是花瓶。

还是崇祯十四年（公元 1641 年）正月初二，拂水山庄梅花开得正艳，钱谦益邀柳如是来看梅。面对那数十株寒香沁骨的老梅，钱谦益作诗《新正二日偕河东君过拂水山庄，梅花半开，春条乍放，喜而有作》：

东风吹水碧于苔，
柳靥梅魂取次回。
为有香车今日到，
尽教玉笛一时催。
万条绰约和腰瘦，
数朵芳华约鬓来。
最是春人爱春节，
咏花攀树故徘徊。

柳如是步其韵，写道：

山庄山色变轻苔，
并骑轻看万树回。
容鬓差池梅欲笑，
韶光约略柳先摧。

丝长偏待春风惜，
香暗真疑夜月来。
又是度江花寂寂，
酒旗歌板首频回。

这些唱和之作，在拂水山庄之美上，又叠加了一层二人唱和的和谐之美。

在钱柳诗稿中，这样的唱和之作，比比皆是。

至少在诗词上，柳如是可与钱谦益平起平坐。

她与钱谦益，是一种平等的“互渗”关系，相互推动，东成西就。

她美，但她不甘只做被观赏的对象，因为观赏也是一种权力——在男权社会，对女人的观赏更是男人的权利。她曾放言，非旷世逸才不嫁，而且主动投靠钱谦益，都表明她从没有放弃过对男人的鉴赏权。而与她过从甚密的那些文人——张溥、陈子龙、钱谦益，又无不是那个时代的佼佼者。

钱谦益也珍爱这一点，所以他把自与柳如是相识以来的唱和诗作编成一本书，取名《东山酬和集》。

其实，除了她是一介女流，不能去参加科举，不能求取功名以外，她的内心，与士人没有区别，甚至，她内心的境界，比起那些摇头晃脑、大做帖括文章的举子要高出许多。她就像沈唐文仇绘画里的那些高雅文士一样，安坐在一个由自己选定的宁静世界里，坚守着内心的原则，却不孤高、不傲世，甚至，这种对生命的感动、对家园的渴望，与对他人的关爱、对国家的抱负，一点也不抵触，以至于后来，当崇祯皇帝在紫禁城憔悴的花香里奔赴煤山，把自己吊死在一棵歪脖树上，弘光政权在南京搭起草台班子，柳如是虽为一女文艺青年，那一副报国之心，也是一样可以被激起的。钱谦益被这个临时朝廷起用，出任礼部尚书兼翰林院学士加太子太保，她随夫君奔赴南京，当清军杀入南京时，她又劝钱谦益不做降臣，重返山林。她在乱世中把握自己的那份力道，虽不如她在笔墨间那么轻松自如，却依然让人肃然起敬。

绛云楼就像她命运中的变压器，把她从青楼闺阁里的柳如是，变成历史图景里的柳如是。只有在绛云楼里，她才能活成她希望的那个自己——那个最好的自己。

八

清军是在清顺治二年（公元 1645 年）的五月初八夜里从瓜州[15]渡江的。渡江前，江面上刮起了强劲的西北风，吹得江南的明军士兵几乎睁不开眼睛。等他们睁开眼睛时，看见的却是一副离奇的景象——江面上居然燃起了大火。是豫亲王多铎下令，用搜掠来的门板、家具等扎成木筏，浇上桐油，用火点燃之后，推入江中。这些燃烧在火船，在大风中飞奔着，在江风中越燃越旺，连同它们的倒影，照彻江水，把它变成一条宽广而明亮的光带。此时，长江北岸的清军与南岸的明军已经对峙整整三天，明军的精神已经高度紧张，看见那些火船，明军以为清军已经开始渡江，于是引燃他们的红衣大炮，万炮齐发。夜空中划过弧形的弹道，炮弹落在江里，又爆出巨大的火光。假如那不是战争，我想现场的人们一定会为江面上绽开的神奇的、亮丽的、恶毒的花朵而深感陶醉。

不知过了多久，那惊心动魄的火光终于沉寂下来，江岸陷入了更深、更持久的黑暗，像一片深海，寒冷而岑寂。对于明军来说，刚刚发生的一切，仿佛一场恍惚迷离、不可确认的梦。江面上，不见清军的一兵一卒。他们没有想到，那不过是多铎虚晃一枪。他们已经打完了所有的炮弹，此时，清军准备真正渡江了。

清军渡江时，鸦雀无声，草木不惊。所有人几乎摒住了呼吸，默默地、小心翼翼地潜到长江南岸，等明军发现时，清军已经近在眼前，还没等他们叫出声来，就见一道道白光闪过，在刺透黑夜的同时也刺透他们的脖颈。他们远离身体的脑袋一边在半空中飞行，一边发出一声恐怖的尖叫。

那时，崇祯的哥哥、在南京被拥立为新皇帝的朱由崧，企图凭借长江天堑，守住半壁江山，这个政权，史称南明弘光政权。只是这个新皇帝，丝毫未改这个家族骄淫和变态的基因，在清军渡江的第二天，也就是五月初十的午后，在南京城温煦的春风和迷离的暖阳中，还在大内看了一出大戏。歌舞升平中，南京的官员，没有一人敢把清兵渡江这个破坏安定团结的消息报告给皇帝。

《鹿樵纪闻》说，为清军打开南京城门的，不是别人，正是钱谦益。此书记录的过程是这样的：当多铎率领大军到南京城下，看到城门紧闭，遂命一人上前大喊："既迎天兵，为何关闭城门？"就在这时，一个苍老的声音从城头上传下来："自五鼓时分，已在此等候，待城中稍微安定，即出城迎谒。"清兵问："来者何人？"对方答道："礼部尚书钱谦益！"[16]

但计六奇《明季南略》则说，多铎到时，是忻城伯赵之龙派人缒城出迎。当赵之龙准备迎接清军入城时，南京百姓在他的马前跪成一片，企求他不要把清军放进来。赵之龙从马上下来，对百姓说："扬州已经屠城，若不投降，城是守不住的，唯有生灵涂炭。只有竖起降旗，才能保全百姓。"[17]

清军兵不血刃地进入南京城时的场面，从许多时人的笔记中都可以看到。城破那日，已是五月十五。根据《东南纪事》的记载，多铎穿着红锦箭衣，骑马自洪武门冲进南京城的。赵之龙率公侯驸马、内阁大学士、六部尚书侍郎、六科给事中及都督巡捕提督副将等55人迎降。

礼部尚书钱谦益，就跻身于迎降的政府官员中，把屁股翘得老高，头紧紧贴在地上，作叩头状，多铎的马队已驰出很远，仍紧张得不敢抬起头来。

拒不参与迎降的官员也有很多，他们是：尚书张有誉、陈盟，侍郎王心一，太常少卿张元始，光禄丞葛含馨，给事蒋鸣玉、吴适，主簿陈济生等。

左都御史刘宗周、礼部侍郎王思任、兵部主事高岱、大学士高弘图等，皆绝食而死；太仆少卿陈潜夫，与妻妾相携，投河而死；后部主事叶汝苏也是与妻子一同溺死。

柳如是对钱谦益说，咱们死吧，钱谦益站到水里试了试，又缩回来，说他怕冷。

其实他不是怕冷，是怕死。他很爱惜生命。

倒是柳如是不怕死，自己要"奋身欲沉池水中"，却被钱谦益紧紧抱住。

那一天，柳如是的心，一定比水还冷。

九

在柳如是看来，即使不死，也用不着去献媚。

甲申国破，文人们又纷纷离开家园，像当年的倪瓒那样，避入山林。其中有：傅山、王夫之、顾炎武、黄宗羲、方以智、冒襄、李渔……

张岱，那个曾经极爱繁华、好精舍、好美婢、好娈童、好鲜衣、好美食、好骏马、好华灯、好烟火、好梨园、好鼓吹、好古董、好花鸟的纨绔子弟，历经国变，在50岁那年避入剡溪流域的山村，拒不与新政权合作。那时，曾历经繁华的他，身边只有破床碎几、折鼎病琴，与残书数帙、缺砚一方，鸡鸣枕上，夜气方回，想到自己平生繁华靡丽，过眼皆空，五十年来，总成一梦，给自己写下悼亡诗，准备自杀。

但他还是活了下来，因为他要把自己经历的历史和历史中的奇谈怪事写下来，于是在我的书案上，有了《陶庵梦忆》《西湖梦寻》《夜航船》《琅嬛文集》《快园道古》等绝代文学名著，我写此文，自然还会找来他花费27年时光所写的史学巨著《石匮书》。从他的《石匮书后集》里，我看见了钱谦益的身影，只是翻到《钱谦益王铎列传》那一页，发现竟是个白页，标题下只有一个“缺”字，看来是原稿遗散了，真是无比遗憾。

就像那一页所缺的，在那些入山隐居的士人中，不见文坛领袖钱谦益的身影。

钱谦益正忙着前往天坛拜谒英亲王阿济格。[18]

那一天，南京城陷入一片凄风苦雨，青色的城墙在雨水的冲刷中战栗着，风挟着雨在黑色的屋顶上咴咴地叫着，仿佛心事浩茫的叹息。从谈迁《国榷》中，穿越那些久远的文字，我终于看到了钱谦益苍老的身影，佝偻着，与阮大铖一起，穿越重重雨幕，去寻找他新的主子，一副丧家犬的模样。到了天坛，他在大雨中等待接见，都不敢往屋檐下挪动半步。

而那个负心人陈子龙，虽手无缚鸡之力，却在这关键时刻挺身而出，在清兵南下时，密谋抗清。顺治五年（公元1648年）五月，他在吴县被捕，审讯者问他为何不剃发，陈子龙答："吾唯留此发，以见先帝于地下也。"几日后，他被押解南京，路过松江时，趁守卫不备，纵身跳向水中。

他不怕水冷。

清军后来找到了他的遗体，用乱刃戳尸后，又丢弃在水中。

那一年，陈子龙39岁。

钱谦益的降、陈子龙的死，无不让柳如是感到锥心之痛。

十

柳如是不会想到，她所置身的那个帝国，本身就是一座更大的建筑、一座曲径交叉的花园、一台更加神异的变压器，它让每个人的命运都处于急剧的变动中，不到生命最后，谁也不知道会发生什么。

无论他们所拥有的个人空间能够在多大程度上落实他们的意志，但是，这个空间终归是微小的。这个空间之外的一切似乎都不可掌控，一个更加浩大、多变、迷离的空间，也终将消磨和吞噬他们原有的空间。那个时代的历史叙事，在一定程度上就是依托这两个空间的关系转换来完成的。

关于这两种空间关系的转换，李书磊曾经说过一段非常精彩的话，在这里我只能照抄：

> 对任何一个社会人来说，有两件事对他拥有决定性的影响力，因而也成为他生活中的基本点，这两年事就是政治和爱情。政治代表公共生活，爱情代表私人生活。这两件事对人同样重要，然而它们在生活中所占的比重却不是平分秋色而是此长彼消的。如果政治的天地大了，那么爱情的领域就必然缩小，反过来也一样。有趣的是，凡是政治在人生活中占重要位置的时候都是出现政治灾难的时候，不是暴虐，就是腐败，或者干脆就是战乱。这时人们不得不用全身心来应付政治，爱情退居于无关紧要的角落。任何时代只要人们不得不全力应付政治，就表明他们的基本生存受到了威胁，政治关系到了人们物质形式的存在。假若苛政猛于虎，兵匪罗于门，国政到了一塌糊涂的地步，人们的生活乃至生命朝不保夕，这时候谁还有心思去歌唱爱情，人们这时候只会无休止地歌咏政治，表达对统治者的怨怒。而如果一个地方、一个时代情歌很兴盛，那就说明此时此地政治的重要性减小了，政治收缩了它的领地，政治退隐了。而政治的退隐恰恰是政治的昌明。爱情是一种精神奢侈品，是人们在生活安全、安定的时候才油然而生的东西，爱情需要时间、需要精力、需要闲适，当然也需要财富；如果爱

情成了人们生活的中心事件，那就表明人的生存条件已具有了基本保障，也就是说政治处于正常而良好的状态。[19]

具体到钱谦益与柳如是，他们“湘帘檀几，煮沉水，斗旗枪，写青山，临墨妙，考异订伪，间以调谑”的那副浪漫与美满，也在政局翻转的动荡中，戛然而止。

没过多久，绛云楼就燃起了一场大火。楼中那些珍贵的书卷册页，像鸟儿张开了羽翼，贪婪地吸吮着火焰。在空气中纷飞翻卷的锦绣册页，如风中的火蝴蝶，如天花乱坠。火焰的灿烂、灼目与邪恶，与清兵南渡时江面上奔跑的火光，好有一比。

绛云楼大火，被称为中国藏书史上一大劫难。

钱谦益自己则说：“汉晋以来，书有三大厄。梁元帝江陵之火，一也，闯贼入北京烧文渊阁，二也；绛云楼火，三也。”

有人说，是绛云楼的名字没有起好。绛，是指大红色；绛云，似乎预示了这场大火所升起的红云。

清人刘嗣绾在《尚絅堂诗集》中写：“绛云一炬灰飞湿，图书并入沧桑劫。”

十一

钱谦益向清朝摇尾乞怜，虽换得了礼部右侍郎的官职，但那基本是一个虚衔。钱谦益北上入京，柳如是没有相随，似乎以此表明她的政治态度。

陈寅恪说：“牧斋（钱谦益字）在明朝不得跻相位，降清复不得为‘阁老’，虽称‘两朝领袖’，终取笑于人，可哀也已。”[20]

清廷的冷屁股，让钱谦益的热脸变得毫无价值。他终于明白，柳如是的判断都是对的，对柳如是，更多了几分折服。终于，他回到常熟，开始从事反清活动。

转眼到了康熙元年（公元 1662 年）除夕，已过八旬的钱谦益在城中旧宅的病榻上呻吟着，突然间想起了拂水山庄的梅花，心知自己无法再去看，叫柳如是拿来纸笔，他要写下几个字。

我不知那一天他都写了什么，只知道柳如是当年画下的《月堤烟柳图》，是他们永远回不去的家。

不知那时，他是否会记起，在《月堤烟柳图》的题跋上，他抄录了自己《山庄八景》里的一首诗：

月堤人并大堤游，
坠粉飘香不断头。
最是桃花能烂熳，
可怜杨柳正风流。
歌莺队队勾何满，
舞燕双双趁莫愁。
帘阁琐窗应倦倚，
红栏桥外月如钩。

陈寅恪先生点评：“此诗‘桃花’‘杨柳’一联，河东君之绘出实同于己身写照，所谓诗中有画，而画中有人矣。”

第二年，春天到来的时候，钱谦益撒手人寰。

钱谦益尸骨未寒，钱氏家族的人们就来摧逼柳如是这个未亡人交钱交房产，否则就把柳如是和她的女儿赶出家门。面对这一片乱哄哄的景象，柳如是脸上掠过一丝不易察觉的笑，说：你们等等，我上楼取钱。

许久，她都没有下来。有人不耐烦了，说上去看看。推门时，见一白色身影，孝衫孝裙，静静地悬挂在房梁上。

2015 年 12 月 3 日—2016 年 4 月 1 日写

注释

[1] 参见陈寅恪：《柳如是别传》，上册，第 3—4 页，北京：生活·读书·新知三联书店，2001 年版。

[2] 陈寅恪：《柳如是别传》，上册，第 4 页，北京：生活·读书·新知三联书店，2001 年版。

[3] 苏枕书：《一生负气成今日》，第 82 页，北京：同心出版社，2011 年版。

[4] 见黄裳：《绛云书卷美人图——关于柳如是》，第 59 页，北京：中华书局，2013 年版。

[5] ［罗马尼亚］米希尔·埃利亚德：《神秘主义，巫术与文化时尚》，第 32 页，北京：光明日报出版社，1990 年版。

[6] 敬文东：《从铁屋子到天安门——二十世纪中国文学的空间主题（上）》，原载《阅读》，第 1 辑，第 176—177 页，北京：中国社会科学出版社，2004 年版。

[7] ［阿根廷］博尔赫斯：《科尔律治之梦》，见《博尔赫斯文集·小说卷》，第 554 页，海口：海南国际新闻出版中心，1996 年版。

[8] ［阿根廷］博尔赫斯：《科尔律治之梦》，见《博尔赫斯文集·小说卷》，第 556 页，海口：海南国际新闻出版中心，1996 年版。

[9] 石守谦：《从风格到画意——反思中国美术史》，第 282 页，北京：生活·读书·新知三联书店，2015 年版。

[10] [清] 吴传业：《张南垣传》，见《吴梅村全集》，第 1059—1061 页，上海：上海古籍出版社，1990 年版。

[11] 北京大学古文献研究所：《全宋诗》，第二十九册，第 18569 页，北京：北京大学出版社，1996 年版。

[12] 扬之水：《宋代花瓶》，第 1 页，北京：人民美术出版社，2014 年版。

[13] [明] 文震亨：《长物志》，见《长物志　考槃馀事》，第 84 页，杭州：浙江人民美术出版社，2011 年版。

[14] 黄裳：《绛云书卷美人图——关于柳如是》，第 81—82 页，北京：中华书局，2013 年版。

[15] 今江苏省长江北岸，扬州市南面。

[16] 原文转引自黄裳：《绛云书卷美人图——关于柳如是》，第 16 页，北京：中华书局，2013 年版。

[17] 原文见 [清] 计六奇：《明季南略》，第 217 页，北京：中华书局，1984 年版。

[18] [明] 谈迁：《国榷》，第六卷，第 6212 页，北京：中华书局，1958 年版。

[19] 李书磊：《重读古典》，第 16 页，北京：中国广播电视出版社，1997 年版。

[20] 陈寅恪：《柳如是别传》，下册，第 848 页，北京：生活·读书·新知三联书店，2001 年版。

吴三桂的命运过山车

苦难不是我们的泪点，幸福才是

——一位友人

第一节　倾国之灾

康熙十二年（公元1673年）十二月二十一日，有两匹快马冲入北京城，穿过一条条街道和漫天飞舞的冰霰，冲向正阳门内。街上有人遁声望去，脸上露出惊愕的表情，嘴巴张成圆型。因为在城里，从来没有人把马骑得如此飞快，到了大清门的下马石前也不见减速。他们根本看不清这骑马人的面孔，只看到疾驰如飞的速度已将他们脑后的长辫拉成一条直线。但见多识广的北京人一定猜得出，千里之外又出大事了。这两匹快马在坚硬如铁的石板地上敲下一连串坚实的马蹄声，有一种催促人心的力量，但没有人猜得出他们带来了怎样的消息，更不会有人知道，建立不到三十年的大清国，倾国之灾已近在眼前。

两匹快马一路奔到兵部衙门前才停下，那两人飞身下马，脚步零乱地冲进去，双手抱着柱子，身体一起一伏，呼吸越来越浑浊和急促，身体深处甚至发出哔哔剥剥的爆裂声，终于，眼睛一翻，昏了过去。

没有人知道，他们已经马不停蹄，疾驰了十一个昼夜。

堂吏认出了他们，一位是兵务郎中党务礼，另一位是户都员外萨穆哈。他们是被朝廷派至贵州，备办吴三桂撤藩搬迁所需粮草船只的。他不知他们为何如此急匆匆地赶回北京，只看到他们嘴唇哆嗦着，已经说不出一句话。堂吏急忙送水过去，看他们喉头一耸一耸地把水吞下去，才慢慢地睁开眼，几乎同时说出一句惊天的消息：

“吴三桂……反了！”[1]

我无法想象康熙大帝在宫殿里得知这一消息时的表情，是震惊，是意外，还是愤怒？那一年，康熙才 19 岁，有一张年轻俊美的面庞，自小在宫殿里长大，使他看上去文弱而俊朗。但后来的历史证明，他是一个经得起大事的人。他 8 岁登基，14 岁亲政，第二年就把权臣鳌拜拿下了。但是此时，他面对的是一个更加凶悍的对手，那就是身经百战的平西王吴三桂。

那或许是年轻的康熙第一次尝到被背叛的滋味，而且，居然有这么多人背叛他。且不说吴三桂——多尔衮、顺治、康熙三代都未曾亏待他，公元 1644 年的四月二十二日已卯时分，吴三桂在山海关剃发的那一时刻，多尔衮就以顺治皇帝的名义，授予他平西王的称号，康熙元年（公元 1662 年），康熙又亲自提名，晋封他为亲王，使吴三桂成为得到清朝亲王爵位的第一位汉人，朝廷对他也达到了赏赐的极限，那位陕西提督王辅臣，也几乎是康熙最爱惜的将军。三年前，王辅臣准备离开京城前往甘肃平凉上任，康熙舍不得他走，对他说：“朕真想把你留在朝中，朝夕接见。但平凉边庭重地，非你去不可。”后来，康熙又说：“行期已近，朕舍不得你走。上元节就到了，你陪朕看过灯后再走。”临出发那天，康熙突然看见御座边上的一对蟠龙豹尾枪，就对王辅臣说："此枪是先帝留给朕的。朕每次外出，必把此枪列于马前，为的是不忘先帝。你是先帝之臣，朕是先帝之子。他物不足珍贵，唯把此枪赐给你。你持此枪往镇平凉，见此枪就如见到朕，朕想到留给你的这支枪就如见到你一样。"

康熙话音未落，王辅臣早已跪倒在地，泪如雨下，久久不能起身。他抽泣着说："圣恩深重，臣即肝脑涂地，不能稍报万一，敢不竭股肱之烽，以效涓埃！"[2]

但王辅臣还是反了，跻身在叛乱的队伍中，与朝廷刀兵相向。康熙想必是被这一连串的"不可思议"打懵了。他一心治国，却众叛亲离。那段日子里，他一定在苦苦思忖，倒底是自己出了问题，还是这个世界出了问题。

第二节　午门以深

当年李自成败亡前，以火烧阿房宫的项羽为榜样，一把火烧了紫禁城。两天后，多尔衮、皇太极的遗孀孝庄皇太后带着七岁的顺治抵达北京，进入紫禁城，看到的只是废墟内部闪烁不定的火焰，和盘旋在上空的几缕青烟。

这个携带着关外的寒气与杀气的王朝，进宫伊始，就充当了消防队员的角色——不只要灭掉紫禁城里的火，还要灭掉全天下的火。顺治在装饰一新的太和门前颁诏天下，太和门的后面却是一片荒凉、一个破败不堪的巨大废墟，像一个被掏去内脏的遗骸，透着阴森和冰凉。

这就是大清王朝最初的舞台。

那时的天下，至少还有三个皇帝。大顺皇帝李自成，正从北京向他黄土高原上的老巢退却，打着东山再起的算盘；在西南的四川，张献忠建立了大西政权；而在江南，大明王朝还有一片残山剩水，供那些养尊处优的明朝官员们苟延残喘，崇祯吊死后第 24 天，消息才传到陪都南京，于是在一片吵吵闹闹中把朱由崧推上帝位，要化悲痛为力量，去继承崇祯的遗志。

这是一片盛产皇帝的土地。土地越是贫脊，当皇帝的冲动就越是不可遏阻。他们眼中闪动着亢奋和凶险的光焰，自告奋勇地充当救世主的角色，不幸的是皇帝的名额只有一个，四海之内，只能有一个真龙天子。为争夺这个法定名额，他们彼此间要打出狗血，把流血和死亡，当作自己的选票。

四个皇帝中，只有七岁的顺治定鼎燕京，入主紫禁城，祈告天地宗庙社稷，取代了原来的明朝皇帝。

紫禁城，是天命之城，因为这座皇城自兴建那天起就是和上天紧紧联系在一起的。“紫”，就是紫微星垣（即北极星）。在中国古代的天象观中，天上的恒星分为三垣（即太微垣、紫微垣和天市垣）和二十八宿，其中紫微星垣居于中天，位置永恒不变，那是天帝的居住地，名字叫紫宫或紫微宫。那么，天帝的人间代表——天子，也自然居住在人世间的中心，“王者受命，创始建国立都，必居中土”[3]，皇帝的宫殿就是中土，是大地的中央，它也必须以“紫”来命名，表明它与天帝的紫微宫处于相同的序列，因此有了“紫禁城”的命名。三大殿，对应的是天上的三垣，而最重要的寝宫乾清宫、坤宁宫，这一乾一坤，也包含了对天、地的隐喻，与乾清宫东面的日精门、西面的月华门，共同组成天、地、日、月。换句话说，诺大的紫禁城，那些星罗棋布、波澜起伏、由无数的直线和曲线组成的宫殿庭院，本身就是一个微缩的宇宙，尤其在夜里，当整个世界都黑暗下来，只有宫殿里灯火繁华，紫禁城就跟这宇宙星系紧紧地融在一起，没有分别了。皇帝就在这天地日月精华中“奉天承运”，他的每一举动，都代表了上天的力量。那条纵贯南北的中央子午线（中轴线），就是人间最重要的权力线，也是帝国内部最敏感的中枢主导神经。紫禁城把上天的意志完美地贯彻到了人间，在它的装饰下，权力不再是野蛮的化身，不再代表暴秦一般的霸权铁律，而是对天意的表达。它纠结（或者说绑架）了上天的力量，使它的主人有了空前的合法性，仿佛一件放大的龙袍，谁穿上谁就是正宗。

李自成也穿上了龙袍，也在紫禁城内登基了，但他没敢、或者是没来得及与那条中轴权力线发生联系，因此没有成为真龙天子，他的大顺王朝也没能纳入中国王朝的序列。他在紫禁城西部的武英殿登基，也选择了向西逃亡，西对应着他的生门，同时，也是他的死穴。

顺治皇帝站立在太和门前，成为至高无上的帝王。他不仅接收了明朝皇帝的权威与荣耀，也将他全部的烦恼照单全收，曾经困扰崇祯皇帝的所有难题，如今同样都堆在顺治皇帝的案头，甚至于，他的处境更加堪忧——黄土高原上的李自成、天府之国的张献忠这两个明朝夙敌依旧对清朝的虎视眈眈，此外的南明政权，也是一股不容忽视的势力。他三面受敌，或者说，这个王朝诞生伊始，就处在敌人的包围圈中。

在收拾这片旧山河的同时，清朝也开始收拾这片残破的宫殿。建筑工地从午门开始，经三大殿，一路蔓延到东西六宫。[4]这一时期，工匠像战场上的将士一样忙碌。在紫禁城的中央，在中轴线上，有成千上万的民夫在劳作。难道这不是一场声势浩大的行为艺术吗？凡俗而卑微的民夫出现在只有皇帝才能出现的中轴线上，出现在太和殿的中央，甚至出现在摆放龙椅的搭垛上。那搭垛有一个专业的名字，叫做“陛”，实际上是皇帝上下龙椅的木台阶，此时，只有那些身份卑微的民夫才是真正的“陛下”，而皇帝，则只能偏居在紫禁城的一隅，等待着紫禁城的建成。

巨大的宫殿又重新出现在红墙的内部，与原来的部分严丝合缝。午门，顺治四年建成[5]；乾清宫，顺治十二年（公元 1655 年）建成，而它的真正完成，则是康熙八年，和太和殿工程一道完工的。[6]康熙在保和殿住到 15 岁，后来又在武英殿住了一年，自乾清宫重修竣工，康熙就移住到乾清宫昭仁殿，在此度过了他生命中的后五十年。

吴三桂反叛的日子里，康熙就住在昭仁殿。昭仁殿在乾清宫的东侧，虽然与乾清宫相连，紧邻紫禁城中轴线，但在乾清宫这座显赫的寝宫面前，这座面阔三间的小殿还是十分不起眼。今天的游客来到乾清宫，看完了金龙盘旋的御座和御座上方康熙手书的“正大光明”匾，就会穿过龙光门，转到它身后的交泰殿和坤宁宫去。

公元 1644 年三月十八，那个雨雪交加的夜晚，崇祯皇帝得知内城已陷的消息，说了声：“大势去矣！”就在昭仁殿，拔剑砍死了自己的亲生女儿昭仁公主。康熙没有住在华丽轩昂的乾清宫，而是选择了偏居一隅的昭仁殿，一个重要的原因，就是清朝在四面楚歌中建立，天生就有忧患意识。康熙住在昭仁殿，那里记录着崇祯亡国的历史，有崇祯的提醒，大清王朝才不会重蹈覆辙。

那时他在昭仁殿里住了仅仅三年。他知道治大国如烹小鲜的道理，三年中的每一天，他都是如履薄冰、小心翼翼地度过的——他每天凌晨四点以前就起床，坐以待旦，以防止帝王的安逸生活会让他趋于庸懒和麻木。

很多年后，康熙皇帝为昭仁殿写下四句诗：

雕梁双凤舞，
画栋六龙飞。
崇高惟在德，
壮丽岂为威？[7]

一个王朝的权威性不是仰仗威严的宫殿建立起来的，而是看他的行为是否受到天下百姓的拥戴。

这样提防着，凶险还是不期而至。

第三节　复仇之刃

说起大清王朝的开国功臣，恐怕没有一个比得上吴三桂的。

那不仅仅是因为在公元1644年，统领大明王朝关外兵马的吴三桂背弃了与李自成已经达成的默契，把潮水般大清军队放进关内，导致大明王朝彻底倾覆和李自成的功败垂成，更因为他紧紧咬住败退的李自成紧追猛打，直至将他彻底剿灭，在这之后，又替大清王朝铲除了南明政权，用弓弦残忍地绞杀南明政权最后一位皇帝——永历皇帝，让大清王朝终于放下了那颗悬着的心。

吴三桂从山海关跟随清军一路进关，没有进北京城，就向着李自成败退的方向一路追去了。他没有时间进城，多尔衮也不允许他进城，因为他毕竟是汉人，多尔衮不准他先期进城，当然有他的不放心——万一吴三桂入宫，率先坐在紫禁城的龙椅上，大清岂不是前功尽弃？但吴三桂那时也考虑不了这么多，李自成是他最大的仇人，他不能放走他，他要追上他，亲手把他劈成两半。

那时的北京城里，几乎所有的宫殿着冒着黑烟，空气中弥漫着硝磺、桐油、烧焦的木头和人的尸体发出的呛鼻味道。与这座城池擦身而过，吴三桂一定会心情复杂地向城墙上方那片污黑的天际望上一眼。他心情黯然，它或许与街巷中那些仓皇无措的市民无关，甚至与那个走投无路的大明皇帝无关，而只关乎一个女人——他耳鬓厮磨的爱妾陈圆圆。在这个世界上，已经没有什么是让他牵挂的了。他的父亲吴襄是被李自成在永平范家店斩首的，首级挑在竹竿上示众；他全家大小 34 口也在北京二条胡同满门抄斩，一个也没活成；甚至连他的忠诚都死了，大明王朝的纲常名教全是一通鬼话，李自成的大顺王朝更是贪婪到丧心病狂，它们都是一丘之貉，都不值得他去效忠。他的心，死了，再也没有什么人需要他牵挂了，他感到一种彻底的轻松。假如说还有一个例外，那就是陈圆圆。在这个冷漠的世界上，也只有陈圆圆还能牵动他的一缕柔情。那时他一定会想，那个被刘宗敏霸占的陈圆圆，此刻正在何处？大顺军队仓皇逃亡之际，她倒底是死，是活？是杂夹在流蝇一般纷乱的人群中逃命，还是被大顺军队胁持出走？想到这里，一种深刻的绝望与痛楚一定会深深地扯住他的心，让他感到一阵剧烈地痉挛。

与少帅吴三桂的挺拔凶猛相比，李自成的败亡堪称狼狈。他们人马相撞，在满城飞舞的渣滓和灰烬之间，踉跄着逃出齐化门。然而惊魂未定，前面的战马就倒在地上，马腿绊在马腿上，结果是无数战马如同多米诺骨牌一样接二连三地倒下，一股股的石灰粉扬空而起，迷瞎了人们的双眼，越是双手擦，石灰就越是往眼缝儿里钻。那是吴三桂预先侦察到他们的逃亡路线，在齐化门外的大道上提前挖了数千个陷阱，里面放上大水缸，水缸内装满石灰，又在上面盖好浮土，等着大顺军队马失前蹄。李自成的士兵们惨叫着，与战马绝望的嘶鸣声混合在一起，像漩涡一样在天空中盘旋着，很多年后，有人说每逢大雪之夜出齐化门的时候，还能听到这些恐怖的声音。

吴三桂像一只老鼠夹子，牢牢地夹住李自成部队的尾巴，让它痛不欲生，又甩不掉它。李自成匆匆涉过无定河[8]，出城才三十里，就被吴三桂追上了。那时李自成的队伍带着从宫殿里掳来的物资辎重，还有宫人美女，行动迟缓，于是，李自成传出号令，甩掉那些辎重。吴三桂涉过无定河，一到固安，就看见那些零乱的金银衣甲，有的散落在道旁，有的斜挂在树上，像吊死鬼，随风舞动。

这仿佛是一场奇特的欢迎仪式，自从过了无定河，自固安到涿州再到保定，李自成的人马一路上都为吴三桂准备了金银财宝，挂在路边的树枝上，金光闪耀，吸引着吴三桂部下的视线。只有吴三桂目不斜视，他知道，假如被那些财宝引诱，去争抢“战利品”，就会失去宝贵的追击时机。他不允许自己有丝毫的犹豫，因为在他眼里，最大的战利品无疑是李自成的那颗人头。只有用那颗人头，他才能告慰自己的父亲和全家老小，也才配得上装饰他的战无不胜。

李自成退出北京那天，是四月三十日清晨。四天后，距定州[9]还差十里，吴三桂就远远地望见了前方的大顺军。大顺军负责断后的部将谷大成也看见身后地平线上飞扬的尘土。尘土渐渐消落的时分，铠甲和兵刃在阳光下闪闪发光，奔跑的马蹄声也像海浪一样，一层一层地浮起来。他知道追兵到了，立即掉转马头，让队伍后阵变前阵，准备迎击吴三桂。转眼间，吴三桂的队伍就带着巨大的惯性，冲到谷在成阵中，双方厮杀在一起，仿佛两股混浊的旋涡，互相冲击和缠斗。大顺军疲于奔命，饥寒交迫，归心似箭，一心要离开这是非之地，早已无心恋战，更重要的是，在山海关，他们早已领教过吴三桂铁骑的厉害，所以吴三桂的骑兵一冲过来，大顺的阵势就乱了，人人自保，各自为战，谷大成大叫着，挥刀劈死了几名临阵退缩的士兵，却依旧制止不了颓败的局势。此时吴三桂已杀红了眼，脖子上青筋暴凸，挥刀斩去别人的头颅犹如斩下地里的高粱棵子，定州北十里的清水铺，已然成了一片屠宰场，地上躺满了横七竖八的尸体，鲜血从那些尸体里滋出来，力道强劲，在空气中划过一道道弧线以后，形成一滩一滩的血洼，如同画家在大地上涂下的亮丽油彩。

第四节　乱世佳人

一片兵荒马乱中，陈圆圆就混杂在那群满面血污、衣衫凌乱的女子中。她没有死。从后来的史料推测，李自成下令将吴三桂全家抄斩时，她应该不在北京二条胡同吴宅，而是已被刘宗敏掳至府中，溃逃时，刘宗敏必定是舍不得杀她，就把她和数千女子匆匆带上逃亡之路。吴三桂的队伍杀过来时，陈圆圆一定是远远望见了吴三桂，所以当其他女子纷纷逃命的时候，她却孤身迎着吴三桂的战旗走去……

自从吴三桂在山海关听到陈圆圆被刘宗敏霸占，就再也没有得到过陈圆圆的消息。记忆中那个熟悉的陈圆圆被战火、浓烟和死亡一层层地遮挡起来，像一层厚厚的血痂，把他的心紧紧包裹住，让它变冷、变硬，失去了原有的温度和质感，他整个人都变成一个杀人的机器，幽暗、冷酷，没有了正常人的情感。所以当陈圆圆再度出现在自己面前时，他简直无法判断眼下是梦，是幻，还是无须质疑的真实。

可以想象那一夜会是多么漫长，她美轮美奂的面孔、玉一般的肩膀，乃至馨香入骨气味，他都是那么熟悉。这些都曾在他的世界里销声匿迹，如今，它们都回来了，在他伸手可触的范围内。当他企图覆盖她的身体，在黑暗中寻找她温热的嘴唇，他才发现自己的动作居然是那么的粗鄙和笨拙。在这凡俗的、甚至肮脏的世界中，她就是仙女，让他的生命有了希望和光泽。找到陈圆圆，等于让吴三桂找回了那丢失已久的魂。他那颗孤悬已久的心终于又回到了原来的位置上，有了最初的血流。他不再晕眩，不再迷茫，而终于有了正常的心跳。

这一刻他才发现，深埋已久的爱情居然没有泯灭，他渴望这份爱情能让他的灵魂得到一个安歇之所，但陈圆圆终究不是止痛剂，也不是迷幻剂。时间一久，吴三桂心底的那份疼痛就会幽幽地泛上来。当新一轮的疼痛涌上来时，甚至会比之前更加疼痛。

一个新的问题此时会隐隐地浮上来，把吴三桂的心扯住——被刘宗敏霸占期间，陈圆圆会不会失节？ 关于这一隐私，我查遍史料，没有找到答案。我想这一秘密一定随着主人进了坟墓，即使时人有记录，也未必靠谱——兵荒马乱，谁会在意一个艺妓的下落呢？ 而作为当事人，吴三桂和陈圆圆也绝无可能对外人谈及此事。陈圆圆固然曾是吴门名妓，色艺冠时，但中国历史上的名妓展露的通常只是绝技而并非肉体，陈圆圆后来被田弘遇收入府中，也是以歌妓身份供养，便于他结交名士。遇到吴三桂，才两情相许。这份深情，岂容他人染指？ 因此，他们重逢的喜悦里，一定夹杂着一种深刻的隐痛。我猜想这份疼痛一定折磨着他，撕扯着他，甚至控制着他。最终，那份椎心泣血的疼痛又彻底俘获了他，让他俯首贴耳，驱使他拿起自己的兵刃，继续复仇。从这个意义上说，那个柔情的夜晚又是多么短暂。

芙蓉帐底，连鬓并暖，那绝不是吴三桂此行的终点，而只是他的起点。

天长地久有尽时，此恨绵绵无绝期。[10]

天亮的时候，吴三桂又成为原来的那个吴三桂——那个属于战场的、杀人不眨眼的吴三桂。他的心被仇恨填满了，只有凶狠而持久的杀戮才能消解这份恨。在爱与恨的角逐中，占上风的往往是后者。

吴三桂披挂好铠甲，又上路了。他不知哪里是终点，或许，只有李自成的死路，才是此行的终点。他不知道，他估计得太保守了。这条路越走越长，他出大同，渡黄河，取榆林，逼延安，李自成丢了根据地，拔营南下，奔向湖北，吴三桂咬住不放，击溃刘宗敏、田见秀五千步骑兵，生擒了刘宗敏、宋献策，把李自成一步步逼入九宫山的死地。

李自成死后，仇恨也并没有在他的心中泯灭。他为这仇恨寻找新的猎物，那就是南明王朝的末代皇帝朱由榔。朱由榔是明神宗朱翊钧（万历）的孙子，明熹宗朱由校（天启）、思宗朱由检（崇祯）、安宗朱由崧（弘光）的堂弟。此时，他已是南明政权的第四代领导核心（前三代分别是弘光政权、隆武政权、鲁王监国政权），而那个以明为号的国度，依旧延续着它从前的黑暗。对于这个流亡政权来说，官僚们的既得利益已经很小，但他们依旧死抱不放，每个人都想着自己，没人顾及国家的安危。腐败和党争对他们来说已成习惯，没有它们，他们活不下去，有了它们，他们又注定会灭亡。或许正是这一点，使得吴三桂的背叛有了理直气壮的理由。

永历带着他的一班文武狼狈逃向云南，进入昆明。但没有多久，清军就像奔涌的洪水，尾随而至。永历无路可退，只好越过国境，逃往缅甸。他带着他王朝的人马和百姓刚出昆明城西的碧鸡关，人马就拥挤踩踏，哭声震天，永历不禁下令停车，站起身来，扶住黔国公沐天波的肩头，回首眺望昆明宫阙，一行热泪滚涌而出，带着凄苦的哽咽声说："朕行未远，已见军民如此涂炭，以朕一人而苦万姓，诚不若还宫死社稷，以免生灵惨毒。"[11] 说完，放声大哭。

顺治十八年（公元 1661 年），年仅 24 岁的顺治皇帝辞世，康熙登基，永历的命运，不会因清朝皇帝的变化而有丝毫的改变。十二月初二，日已西沉，丛林笼罩在一片薄暮中。走投无路的永历，连同太后、皇后，依次坐上缅甸官员备好的轿子，向河岸走去，文武大臣和妻妾子女在他们后面一路跟随，一路哭泣。大约行了五里，就到了河岸，永历看见有几只船早在那里等候，就下轿登舟。船启动了，风从丛林里钻出来，在他耳边拂过，声音凄厉。这时天完全黑了下来，周遭什么也看不见，永历也不知船往哪里去。就在这时，突然有一个人涉水来到永历船前，背上永历就走。永历问来者何人，他说："臣是平西王前锋高得捷。"永历语气平缓地说："平西王吴三桂吧！ 现在已到这里吗？"没有沉默不语，四周转来他行走时哗哗的水声。

吴三桂就这样与缅甸王合谋擒获了永历。就在这一天夜里，吴三桂前往羁押地见永历，行了一个长揖礼，并没有跪拜。永历问："来人是谁？"吴三桂沉默着，不敢回答。永历再问，吴三桂扑通一声跪倒，依旧不敢回答。永历第三次问，吴三桂才鼓起勇气，说出了自己的名字。永历叹了一口气，说："朕本北人，死时要面朝北京的十二陵，你能办得到吗？"[12]吴三桂面如死灰，只答了一个字："能。"就出去了，从此再也不敢面见永历。

康熙元年四月二十五日，吴三桂下令，在昆明城外的蓖子坡，将永历父子用弓弦勒死，然后将遗体运到城北门外火化，消尸灭迹。

据史书记载，永历被勒死的时候，昆明城突然响了三声霹雳，大雨倾盆而至，空中突然出现一团黑气，像龙一样飘忽游荡，徘徊良久，才缓缓离去。[13]

第五节　山河泣血

党务礼和萨穆哈将吴三桂反叛的消息传入宫阙之前，这个帝国正按它固有的节奏有条不紊地行进着，就像一条河流，不徐不缓，却沉实而稳定。在岁月的更替中，康熙取代了顺治，一步步实现了权力的平稳过渡。不久之前，康熙皇帝刚刚根据太皇太后的旨意，加封了顺治的后妃，三位博尔济吉特氏分别被封为恭靖妃，淑惠妃和端顺妃，董鄂氏也被封为为宁谧妃[14]。对于那些宫墙深锁、罗幕轻寒的先帝宫妃们来说，这样的封赏多少也是一点安慰，至少，她们没有被这宫城孤立、忘掉。

冬至这一天，康熙前往天坛圜丘祭天，又派遣官员前往永陵、福陵、昭陵、孝陵奠拜先祖，苍茫的天地中，他感到一丝孤独和无助，就像一个孩子，要伸手牵住长辈们的衣襟。

之后，康熙又亲率文武大臣待卫等，前往太皇太后、皇太后所住的慈宁宫行礼，又前往太和殿，接受文武百官上表朝贺。[15]

那是宫殿中最重要的三个节日之一[16]，内廷通常要举行隆重的贺仪。昭仁殿外，乾清宫、交泰殿和坤宁宫这后三宫就仿佛微缩的天地，在雪白的台基上展开。天刚微明，内銮仪卫就已经在交泰殿左右设好了仪驾，在交泰殿檐下设中和韶乐，在乾清宫北面的檐下设丹陛大乐。中和韶乐和丹陛大乐，是明清两朝用于祭祀、朝会、宴会的皇家音乐，融礼、乐、歌、舞为一体，文以五声，八音迭奏，是名副其实的雅乐。乐声中显示出皇家对天神的歌颂与崇敬，也渲染出皇权的神圣与威严。

天色亮时，宫殿的轮廓一层层地自天宇下浮现出来，随着执礼太监的奏请声，皇后着礼服，仪态雍容地走出坤宁宫，到交泰殿升座。她头戴薰貂吉服冠，冠上缀着朱纬，均匀地覆盖着冠顶，冠上缀着的东珠，在冬日的薄阳下熠熠发光，坤宁宫外，皇贵妃、贵妃、妃、嫔等早已在交泰殿前站好。这时，中和韵乐响起，玉振金声，在冰凉的空气中荡远，第一乐章是《淑平之章》，歌词如下：

承天地道光，

嗣徽音兮俪我皇。

椒宫壶教彰，

万国为仪燕翼昌。

彤管纪芬芳，

春云渥，

环珮锵。

安贞德有常，

敷内政，

应无疆。[17]

……

然而，透过这平和典雅、节奏缓慢的乐曲，在大地的远方，已经荡起一片尘烟。置身太平盛世，转眼就是祸起萧墙、山河泣血。

听到吴三桂谋反的奏报时，康熙皇帝面沉似水。他是那么的年轻，就像他统治的大清国，年轻、冲动，满怀理想与激情，却又要经过太多的迷乱、彷徨甚至挫败。

微小的昭仁殿，谛听得到天地日月运转的声音吗？ 康熙时常望着门外的风雨，遥想着在重重的宫门之外，在风雨之外，有连绵的战事正在发生。宫殿犹如江山，被凄风苦雨笼罩着，显出一派凄迷的光景。或许那时刚好有一匹载着驿卒的瘦马，跨过河水暴涨的卢沟桥，驰入风雨中的北京城，把来自穷乡僻壤的奏报，一层层地传入宫阙，呈递到他的面前。

康熙皇帝在昭仁殿里迎来了他执政生涯的最大危机。他面色沉稳，目光盯紧了帝国的版图，准备在这块巨大的棋盘上与吴三桂好好下一盘棋，看看到底鹿死谁手。康熙派孙延龄守广西，瓦尔喀进四川，停撤平南王尚可喜、靖南王耿精忠两藩，以团结一切可以团结的力量，同仇敌忾。那是一场看不见对手的鏖战，既考验果敢，也考验耐心。康熙和吴三桂，面孔分别深隐在紫禁城昭仁殿和昆明平西王府，相距万里，却都能感觉到对方脸上的杀气。他们各自布下的棋子，在楚河汉界排开了阵势，为争夺每一寸土地而殊死拼杀。地图上的荆州，绝对是不能丢失的一个点。这春秋时楚国的大本营，自古是天下的要冲，在江汉平原拔地而起，扼守着长江天险，自它诞生起，就几乎与战争和死亡相伴随。荆州的历史，就是一部浴血史，层层叠叠的死尸，成为它成长的最佳沃土。这里是离死亡最近的地方，大意失荆州，往往会带来满盘皆输。康熙召见议政大臣等，说："今吴三桂已反，荆州乃咽喉要地，关系最重。著前锋统领硕岱带每佐领前锋一名，兼程前往，保守荆州，以固军民之心，并进据常德，以遏贼势……"[18]

吴三桂棋先一招，康熙紧随其后，落子无悔。他们各自的棋子犹如一场疾雨，在帝国的大地上散开，随即隐没在那一片焦枯的土地上。

一时间，康熙无事可干，他感到极度紧张之后的突然放松。等待不是最好的办法，但有时，除了等待，世界没有更好的办法了。

昭仁殿静谧无声，这寂静，也是一种彻骨的煎熬。

第六节　红亭碧沼

本来，吴三桂用不着再反了。

永历的死，标志着吴三桂的复仇大业已经圆满完成。他心目中的仇人，一个个地从世界上消失了，变成尸体，变成灰渣，变成微量元素。他剿杀了李自成，扫平了山陕等地的贺珍叛乱和甘肃的回民起义，彻底铲除了南明的流亡政权，在完成个人复仇的同时，顺便也帮大清朝荡平了天下。

康熙登基那年，清朝的最后一个政敌——永历，已经被吴三桂在昆明篦子坡活活勒死了。所有的动荡，所有的离乱，似乎都因永历的死而宣告了终结。爱也爱了，恨也恨了，无论吴三桂，还是这个在战火中煎熬已久的国度，都应该歇歇了。

我相信在这段时期，无论昭仁殿里的康熙皇帝，还是镇守云南的吴三桂，都度过了各自生涯中最轻松、最惬意的时光。一座座崭新的宫殿在紫禁城内重新伫立起来，以宏大的规模宣示着这个王朝的野心，吴三桂也不甘落后，建造气势恢宏平西王府。在遥远的云南红土地上，楼宇派生出楼宇，亭台复制着亭台，值得一提的是，王府的选址不在别的地方，而是恰在永历皇帝的故宫——五华山故宫。

当时有人这样描写吴三桂王府之富丽："红亭碧沼，曲折依泉，杰阁崇堂，参差因岫，冠以巍阙，缭以雕墙，袤广数十里。卉木之奇，运自两粤；器玩之丽，购自八闽。而管弦锦绮以及书画之属，则必取之三吴，捆载不绝，以从圆圆之好。"[19] 陈圆圆当年"牵罗幽谷，挟瑟勾栏时”[20]，怎会想到今天的光景！

除了王府，吴三桂还大肆兴建花园，比如王府西面的“安阜园”，广达数十里，流水碧波，有虹桥飞架，园内亭台楼阁，高达百余丈，园中松柏，也高达三丈。他在园中建了一座“万卷楼”，收藏古今书籍，“无一不备”。当然他还收集美女，为此，他派遣专人，到“三吴”地区挑选美女，后宫之选，不下千人。在自己的地盘上，吴三桂建立了一个属于自己的乐土，每逢宴乐，吴三桂就会拿出自己的笛子，幽幽地吹起来，身边的宫人美女们窈窕伴舞歌唱。歌舞罢，吴三桂就命人重金赏赐，看到美女们争抢金银珠玉的身影，吴三桂放声大笑。

但吴三桂毕竟是一个重情意的人，无论他活得多么没心没肺，都没有忘记陈圆圆，因为她是他生死相依的伴侣。即使她曾被刘宗敏霸占，也没有影响他对她的爱意，这份感情，应当说难能可贵了。当朝廷降旨，将亲王的正室以妃相称的时候，吴三桂的第一心思就是把妃的名号赐给陈圆圆，陈圆圆说：“妾以章台陋质，得到我王宠爱，流离契阔，幸保残躯，如今珠服玉馔，依享殊荣，已经十分过分了。如今我王威镇南天，正是报答天恩的时候，假如在锦绣当中置入败絮，在玉几之上落下轻尘，这岂不是贱妾的罪过吗？贱妾怎敢承命？”[21]

的确，陈圆圆所要不多，油壁车、青骢马，几经离乱之后，从前的梦想都化作了现实，化作眼前的良辰美景，她还有什么奢求呢？至于王妃的封号，她是承担不起的，吴三桂这才把它给了自己的正室张氏。

但他还是为陈圆圆专门修建了一座花园，名字叫“野园”，在昆明北城外，是一片浩淼无边的花园。美人似水，佳期如梦，在这繁花似锦的春城，他无须再想死亡和离别。在碧园清风中入睡，睡时陈圆圆在他身边，醒时陈圆圆还在他身边。无论是梦，还是醒，都不能把他们分开了。怀抱陈圆圆的吴三桂，拥有的岂止是美色，更是一番人世有情的温慰。有情人终成眷属，两情缱绻间，他此时的幸福，就像他的权力一样坚固，他可以完全凭借自己的意志来拼搭梦幻的楼台，他的梦没有人能撼动。

那段日子里，吴三桂常来野园，用月光下酒。酒酣时，陈圆圆会唱上一曲。歌声幽扬清婉，那是属于他们自己的“中和韶乐”，不是用来修饰辉煌的仪仗，而是诉说他们内心的幽情。“冲冠一怒为红颜”，那已是二十多年前的旧事了，吴三桂已不是那个怒发冲冠的少年，陈圆圆也已不是当年的美少女。但她虽已年届四旬，却依旧额秀颐丰、容辞闲雅，风韵却丝毫未减。吴三桂听得动情，就会拔出宝剑，随歌起舞。陈圆圆歌唱，吴三桂舞剑，两个人的眼角，都漾着几点泪花。

但吴三桂想错了，他的世界貌似坚不可摧，实际上不堪一击。他的奶酪，并非无人能动。那个人，就是万里之外的康熙大帝。

吴三桂太迷信自己手中的实力，这种实力给他带来一种虚妄的安全感——天高皇帝远，他与康熙至少是井水不犯河水吧。但他穿金戴银，吃香喝辣，搜刮民脂民膏，俨然成了一方诸侯，他的安全感，分分钟就会被皇帝撕碎。

——假若皇帝调虎离山，召他进京述职，哪怕是召他入宫寒暄叙谈，他能抗旨吗？

一入深宫，他岂不就成了皇帝砧板上的鱼肉？

就像孙悟空，终究逃不出如来佛的手掌心。

红亭碧沼，那是吴三桂的乐园，更是他的陷阱。

失乐园，是他无法抗拒的命运。

吴三桂走到了他政治生涯的顶峰，从那顶峰坠落下来，也只是转眼间的事情。

一个朝代，一个人，都是如此。

康熙削藩的圣旨一到，他才如梦初醒。

第七节　鸟尽弓藏

吴三桂纸醉金迷、裘马轻狂，对社稷来说并不是一件坏事，因为一个玩物丧志的开国元勋对于朝廷来说绝对是安全的同义词。吴三桂已经位及亲王，是一个汉族官员所能达到的最高点，又有美人在侧，他应当是无欲无求了。

假如说吴三桂还有什么心愿的话，那就是朝廷能让自己能像明朝沐英，世世代代镇守云南，世袭亲王的爵位。但他想得太简单了。西寺落成时，吴三桂让盐道官赵廷标作诗一首。赵廷标脱口而出一首打油诗：

金刚本是一团泥，
张拳鼓掌把人欺。
你说你是硬汉子，
你敢同我洗澡去！

虽是玩笑，却暗含了一种警示。飞鸟尽，良弓藏，狡兔死，走狗烹，这是千古不易的真理。功高盖主，更是人臣之大忌。因为他的功劳簿记得满满的，皇帝的英明就显不出来。自刘邦麾下悍将韩信到眼前的鳌拜，哪个功高震主的臣子不死得无比难看？更重要的是，昆明城里的万丈楼台，无疑是对紫禁城威严的巨大挑战，因为建筑本身就是野心的纪念碑，建筑的高度，标定着野心的高度。吴三桂的殿宇高达百丈，既使万里之外的北京，也无法视而不见。

危楼高百尺，下一句就是：手可摘星辰。

那颗星辰，就是皇帝朝冠上的那颗璀璨的龙珠。

昭仁殿里，康熙突然感到一阵冷风吹过自己的发际，他下意识摸了一下，头顶那颗龙珠还在。

终于，一种警觉的目光，第一次自紫禁城的深处射来。

只是吴三桂毫无察觉。如花的美景和美女的细腰遮住了他的视野。

人到中年的吴三桂，不再有思考的能力。

十多年前，我的朋友张宏杰曾经写过一篇关于吴三桂的长散文《无处收留》，我十分喜欢这篇散文。在这篇散文中，宏杰将康熙与吴三桂的冲突归结为二者道德原则的冲突，他说："一条噬咬旧主来取悦新人的狗，能让人放心吗？一个没有任何道德原则的人，可以为功，更可以为祸。"

相比之下，"康熙皇帝基本上是在和平环境下长大的，与从白山黑水走来的祖先不同，他接受的是正规而系统的汉文化教育。到了康熙这一代，爱新觉罗家族才真正弄明白了儒臣所说的天理人欲和世道人心的关系。出于内心的道德信条，他不能对吴三桂当初的投奔抱理解态度，对于吴三桂为大清天下立下的汗马功劳，他也不存欣赏之意。对这位王爷的卖主求荣，他更是觉得无法接受。对这位功高权重的汉人王爷，他心底只有鄙薄、厌恶，还有深深的猜疑和不安。”[22]

精辟，深刻，却不完全。

因为宏杰兄高估了康熙大帝的道德信条，后来的事态发展证明，康熙也并非一个道德的完人，相反，他同样是一个过河拆桥、背信弃义的行家里手。本文开篇提到王辅臣，本来是康熙派到甘肃去平叛吴三桂造反的，他却因受到陕西经略莫洛欺压，逼他陷入死地，造成部队哗变，愤而叛清，向莫洛军营发起突然袭击，莫洛被流弹打死。从平叛到反叛，王辅臣命运的戏剧性转折让康熙百思不解，急忙召见王辅臣的儿子、大理寺少卿王继贞，劈头一句话就是：“你父亲反了！”王辅臣是骁将，他的反叛，无论从心理上，还是战略上，都给朝廷极大的打击。康熙忧心忡忡地对大学士们说：“今王辅臣兵叛，人心震动，丑类乘机窃发，亦未可定。”[23]康熙不幸言中了，王辅臣的反叛，在陕甘引起连锁反应，绝大多数地方将领都加入到反叛的行列。陕西是战略要地，叛军向南可与四川叛军会合，向北可挺进中原，长驱直入帝都北京，而当时的清军正云集在荆州，准备堵住吴三桂这股洪水，北京城虚空，大清王朝已命悬一线。

朝廷实在没有力量再去对付王辅臣了，只能派了一些蒙古兵前往陕西征剿，天寒马瘦，数千蒙古骑兵集结在鄂尔多斯草原上，整装出发。但康熙深知，对王辅臣安抚为上，频频摇动橄榄枝，以求不战而屈人之兵。他不仅派人前往王辅臣营中，让他传达皇帝的旨意，甚至把王辅臣的儿子王继贞都派了过去，临行前还叮嘱他：“你不要害怕，朕知你父忠贞，决不至于做出谋反的事。大概是经略莫洛不善于调解和抚慰，才有平凉兵哗变，胁迫你父不得不从叛。你马上就回去，宣布朕的命令，你父无罪，杀经略莫洛，罪在众人。你父应竭力约束部下，破贼立功，朕赦免一切罪过，决不食言！”[24]

送走了王继贞，康熙的心里还是忐忑不定。他在昭仁殿里徘徊苦思，然后走到紫檀长案前，提笔给王辅贞写了一封信：

> 去冬吴逆叛变，所在人心怀疑观望，实在不少。你独首创忠义，揭举逆札，擒捕逆使，差遣你子王继贞驰奏。朕召见你子，当面询问情况，愈知你忠诚纯正笃厚，果然不负朕，知疾风劲草，于此一现！其后，你奏请进京觐见，面陈方略。朕以你一向忠诚，深为倚信，而且边疆要地，正需你弹压，因此未让你来京。经略莫洛奏请率你入蜀。朕以为你与莫洛和衷共济，彼此毫无嫌疑，故命你同往再建功勋。直到此次兵变之后，面询你子，始知莫洛对你心怀私隙，颇有猜嫌，致有今日之事。这是朕知人不明，使你变遭意外，不能申诉忠贞，责任在于朕，你有何罪！朕对于你，“谊则君臣，情同父子”，任信出自内心，恩重于河山。以朕如此眷眷于你，知你必不负朕啊！至于你所属官兵，被调进川，征戍困苦，行役艰辛，朕亦悉知。今事变起于仓促，实出于不得已。朕惟有加以矜恤，并无谴责。刚刚发下谕旨，令陕西督抚，招徕安排，并已遣还你子，代为传达朕意。惟恐你还犹豫，因之再特颁发一专敕，你

> 果真不忘累朝恩眷，不负你平日的忠贞，幡然悔悟，收拢所属官兵，各归营伍，即令你率领，仍回平凉，原任职不变。已往之事，一概从宽赦免。或许经略莫洛，别有变故，亦系兵卒一时激愤所致，朕并不追究。朕推心置腹，决不食言。你切勿心存疑虑畏惧，幸负朕笃念旧勋之意。[25]

这封信声情并茂，连顽石都能融化，王辅臣的骨头再硬，当然抵御不了皇帝的催泪攻势，史书记载，皇帝敕书一到，王辅臣就率领众将“恭设香案，跪听宣读”，向北京的方向，长哭不已。疾风夹杂着他们的哭号，听上去更加凄厉。终于，几经周折之后，王辅臣决定归降大清。这一捷报飞报北京，让康熙脸上立刻露出喜悦之色，宣布将王辅臣官复原职，加太子太保，提升为“靖冠将军”，命他“立功赎罪”，部下将吏也一律赦免。[26]

然而，康熙最终还是食言了，吴三桂死后，康熙并没有忘记对王辅臣秋后算账，康熙二十年（公元 1681 年）盛夏，正当清军如潮水般把昆明城团团包围的时刻，王辅臣突然接到康熙的诏书，命他入京“陛见”，他知道，兔死狗烹的时候到了，从汉中抵达西安后，与部下饮酒，饮至夜半，老泪纵横地说：“朝廷蓄怒已深，岂肯饶我！ 大丈夫与其骈首僇于刑场，何如自己死去！ 可用刀自刎、用绳自缢、用药毒死，都会留下痕迹，将连累经略图海，还连累总督、巡抚和你们。我已想好，待我喝得极醉，不省人事，你们捆住我手脚，用一张纸蒙着我的脸，再用冷水噀之便立死，跟病死的完全一样。你们就以‘痰厥暴死’报告，可保无事。”[27] 听了他的话，部下们痛哭失声，劝说他不要自寻死路，王辅臣大怒，要拔剑自刎，部下只能依计行事，在他醉后，把一层一层的白纸沾湿，敷在他的脸上，看着那薄薄的纸页如同青蛙的肚皮一样起伏鼓荡，直到它一点点沉落下来，王辅臣的脸上，风平浪静。

王辅臣不露痕迹地死了，朝廷只能既往不咎。他以这样不露痕迹的“病死”假象蒙蔽了康熙，使他逃过了斩首，也保全了自己的全家和部下不被抄斩，但其他降清将领就没有他幸运了，自康熙二十年年底，清军攻下昆明，到第二年五月，不到半年时间，吴三桂手下大量投诚清朝的将吏被康熙下令处死，其中，从清朝反叛后又归降的李本琛、江义、彭时亨、谭天秘等均被凌迟处死，王公良、王仲礼，巡抚吴谠、侍郎刘国祥，太仆寺卿肖应秀，员外郎刘之延等等一大批从吴三桂部队投诚朝廷的将领皆“即行处斩”，为斩草除根，他们超过16岁的子女也在被杀之列，其余家眷亲属，没有死的也都终生为奴，流放到东北的苦寒之地。康熙末年，王一元在辽东为官，沿途看见许多站丁，蓬头垢面，生活极苦，向他们打听，都说是吴三桂的部下，被发配到塞外充当苦役。著名清史学者李治亭先生在撰写《吴三桂大传》时曾经在东北走访当年被流放的吴三桂的部下兵丁后裔，他们说：他们的祖先早就传下话，当年凡副将以上的将领都杀头了。[28]

康熙“赦免一切罪过，决不食言”的庄严许诺言犹在耳，转眼就是一场残酷的血洗，康熙的道德信条，显然也是靠不住的。在皇权至上的年代，保持皇位的稳定是最大的道德，在此之上不再有什么别的道德。于是，“宁杀三千，不放一个”就成为中国皇帝最执著的信条。康熙无疑也是一个利益至上的实用主义者，在这一点上，他与吴三桂完全是半斤对八两。

第八节　权力铁律

康熙与吴三桂之间的冲突之所以爆发，根本原因是——在极权社会，存在着一种权力守衡定律，即：权力总量是一定的，一个人的权力增大，就意味着另一个的权力减小。即使在皇帝与臣子之间，这一守衡定律仍然存在。

清朝皇帝虽然成了紫禁城的主人，中轴线上那一连串做工考究的龙椅收容了他们在马背上颠簸已久的屁股，对于执政者来说，这很重要，因为像暴秦那样“仁义不施”、仅凭实力裸奔的时代一去不复返了，天意成为对皇权最合理的解释，天意解决了帝王们对自身政权合法性和可持续性的普遍焦虑，但无论皇帝怎样为自己寻找上天这个靠山，在这个一望无边的国土上，他依旧只是一个孤零零的个体，是“孤”，是“寡”，他永远作为一个单数，而不可能以复数的形式存在，那黑压压的多数会让他心生恐惧，显然，要让天下臣服，仅凭虚无缥缈的天意是不够的，还需要做出可靠的制度安排。

集权，还是分权，这是个问题。这个问题和哈姆雷特的问题同样重要，因为这个问题本身就关系到生存还是毁灭这个大主题。朝代就像钟摆一样，在集权和分权的两极间摇摆不定。夏朝和商朝是集权的，大禹创立夏朝，规划出以中央集权为核心的“九州五服”的天下共同体，在中华大地上完成了一次历史性的聚合，但过度集中的权力却导致了帝王们的荒淫无度，导致国家沦亡，这两朝的末代皇帝桀王和纣王，也从此成为暴君的代名词。周朝是分权的，公元前 1046 年一个春天的夜晚，伐纣的牧野之战结束后两个月，周武王双目低垂，苦苦思索着强大的商朝灭亡的原因，终于从老子“一生二、二生三、三生万物”的理论得到启示，开始分封制，“一家的天下”变成“大家的天下”，把单数变成复数，借此增强帝王权力的稳固性，没想到过度的放权导致了中央权力的“空心化”，使天下大乱，周朝在四面楚歌中彻底灭亡。汉初分王，唐代藩镇，试图建立“你好我也好”的“公天下”，但“七王之乱”、“藩镇割据”却又成为各自朝代最恐怖的记忆；宋代生怕皇权旁落，把权力攥出了油，把天下的将军当贼防，但权力集中带来的腐败，最终让这个王朝死无葬身之地，“无限江山，别时容易见时难”。江山传到明清两朝，这一政治困境也击鼓传花似的传到这两代皇帝手里。明朝第二位皇帝朱允炆“削藩”，导致了自己权力的倾覆，清朝为了夺取和巩固政权而分封诸王，封吴三桂为平西王，耿精忠为靖南王，尚可喜为平南王，使他们成为中国历史上最后一批藩王[29]，但仅过了二十多年，“分封”[30]的恶果就显露无遗，藩王们割据一方，尾大不掉，使藩地成为针插不进、水泼不进的独立王国，不仅侵蚀着皇帝的权力，而且所有的行为还都让皇帝买单。这是在吸皇帝的血，榨皇帝的骨髓，让康熙皇帝奋起自卫，开始了“平三藩”的大业。此后的权力钟摆，就只向皇帝一方无限靠近了。天下之事，天下人再也无权染指。清朝不仅像明朝一样不设宰相，而且连明朝那样的“内阁首辅”也没有，皇帝赤膊上阵，董事长兼总经理，康熙设立的“南书房”、他的儿子雍正设立的“军机处”，都是皇帝的跟班打杂，目的就是为了集权力于皇帝一人。康熙还不过瘾，又发明了密折制度，全国上下遍布皇帝耳目，普天之下无论官员动态、匪患盗患还是菜价米价、夫妻吵架，都可以写成密折呈入宫中，由皇帝一人亲览[31]，以便未雨绸缪。明代东西厂、锦衣卫固然恐怖，那这是有形的恐怖，它的形状就是东西厂、锦衣卫的形状，而在康熙的时代，告密制度则几乎扩散到整个官场，这是一种无形的恐怖，更加深入骨髓。曹雪芹的爷爷曹寅、父亲曹頫、叔叔曹頫，都成了康熙的情报员，他们主持下的江宁织造，除了充当为皇帝采办丝织品和各种奢侈品的机构，更是一个货真价实的特务机关。

雪片般飘来的密折成为大清皇帝永远做不完的家庭作业，长长短短的句读里，藏着许多人噩梦，连红极一时的曹家也不例外。

有清一代，中国的皇权专制达到了历史上的峰值。为了维系这种皇权而建立的官僚机构越来越庞大，从而使政府效率的降低和腐败在所难免。英国历史学家帕金森曾经提出一条定律，即：行政机构会像金字塔一样不断增多，所以行政人员会不断膨胀，虽然看上去每个人都很忙，但组织效率却越来越低下，其原理是：一个不称职的官员倾向于任用两个（或多个）水平比自己更低的人当助手，以此类推，则庸人越来越多，机构也越来越膨胀，政府变得越来越无用。

这种皇帝权力的最大化固然带来了清初的盛世，但是“一统就死”的效应并未发生改变，空前的盛世，是以空间的禁锢和僵化为代价的，透支了皇权的生命，并最终断绝了皇权的后路。有清一代是中国历史上最后一个皇朝，清朝之后，这种垄断性的权力在这片土地上再无市场。

第九节　低级错误

权力如同喝血，越喝越渴，无论对紫禁城里的康熙，还是平西府里的吴三桂，都不例外。因此，康熙与吴三桂之间为争夺有限的权力资源而爆发的冲突不是偶然的，而是必然的；不是个性的冲突，而是命运的冲突。他们或许都不想冲突，但他们都躲不开。

只不过康熙和吴三桂都犯了低级错误。

在清初的这盘弈局上，年轻的康熙和踌躇满志的吴三桂，都算不得高手。

真正的高手，不是忙着自己出招，而是对对方心里想什么心知肚明。

尽管吴三桂天高地远，乐以忘忧，却不足以打消皇帝对他的顾虑。他自恃有军队，有地盘，更不差钱[32]，就更大错特错，因为他越是如此，在康熙看来就越不顺眼。

但吴三桂最大的错误并不在此，而在他不应该心急火燎地杀死永历。永历已经逃至缅甸，穷途末路，小阴沟里掀不起什么风浪了，但只要他在，朝廷就不敢动吴三桂。可以说，永历非但不是吴三桂的敌人，反而是吴三桂的护身符，吴三桂非但不能抓他、杀他，而且要护他、养他。永历的生老病死，决定着吴三桂的安危。吴三桂的福音，原竟不是出自朝廷的恩典，而是来自永历的赐予。

只要飞鸟不尽，良弓就不会被束之高阁；只要狡兔不死，走狗就不会被红烧了下酒。

水至清则无鱼，包括吴三桂这条体肥肉厚的大鱼。

他的恩师洪承畴在离开云南时曾经忠告吴三桂："不可使连续一日无事。"但吴三桂并没有深刻领会老师这句话的深意。虽然后来不断在云南制造些小乱，借以向朝廷要钱和索功，但都是小打小闹，亡羊补牢。

在养敌自重这方面，他比不上晚清军机大臣袁世凯的一根手指头。

而康熙的错误则在于，在“平三藩”的问题上过于急躁冒进。那时的康熙，血气方刚，眉宇间闪烁着指点江山的气概。大事不着急，“平三藩”本可以慢慢来。“三藩”之中，平南王尚可喜最乖，在康熙十二年（公元 1673 年）的春天里上疏康熙，要求放弃兵权，带全家归老辽东。尚可喜自动撤藩，逼得不愿撤藩的吴三桂和耿精忠不得不做出自动撤藩的政治表态，吴三桂自信地说：“皇上一定不敢调我。我上疏，是消释朝廷对我的怀疑。”[33] 没想到康熙在他的撤藩申请上批下两个最可怕的字——同意。

在康熙迅疾地写下“会同户、兵二部，确议具奏”[34] 的批文之前，他实际上还有更加稳当的选项：既然尚可喜自动撤藩，就先成全他，另两个看情况慢慢来，比如“三藩”之中吴三桂虽然实力最强，但他的年龄也最大，时间站在年轻的康熙一边，他耗得起，只要有足够的耐心，就会把吴三桂活活耗死，等他百年之后，再图撤藩不迟，至于耿精忠，实力远不及吴三桂，吴藩一撤，耿藩也自然成了强弩之末。

但康熙却选择了最不科学的选项，采取“休克疗法”，同时撤掉“三藩”，非但不能团结一切可以团结的力量，反而让他的对手团结起来，同仇敌忾。

康熙批准撤藩的命令传到了云南，吴三桂顿时目瞪口呆。

危楼高百尺，转眼跌下来。

就像今日游乐园里的过山车，从高点瞬间向低处滑行，速度之快，令人头晕目眩。

站在权力的大游戏场里，吴三桂就感觉到一阵前所未有的晕眩。

对吴三桂此时的心境，李治亭先生的分析堪称准确："他用鲜血和无数将士的生命换来的荣华富贵，苦心经营的宫阙，还有那云贵的广大土地，都将轻而易举地被朝廷一手拿去。一种无限的失落感，使他惆怅难抑，渐渐地，又转为悔恨交加，一股脑儿地袭上了心头！……他意识到自己面临着他一生中又一次重大选择。正像三十年前他在山海关上，面对李自成农民军与清军，做出命运攸关的选择一样，而此次选择，远比那一次更复杂更困难！

"强烈的权势欲驱使他无法安静下来，他不能忍受寂寞，不甘心失去已得到的东西。最使他思想受到震动的是，他感到了清朝欺骗了他，撕毁了所有的承诺，把已给他的东西一股脑儿都收回去，这怎能使他心甘情愿！一种自卫的本能不时地鼓励他抗拒朝廷背信弃义的撤藩决定。"[35]

终于，在经历无数个夜晚的撕裂与挣扎之后，一阵阵的鼓角声刺破了康熙十二年十一月二十一日静谧的晨曦，62岁的吴三桂又一次披挂起戎装，这一次并不是奉旨出征，因为他永远不可能再遵奉清朝皇帝的旨意了，他开始了新一轮的反叛，自称"天下都招讨兵马大元帅"，建国号——周。

在这场弈局上调兵遣将的康熙和吴三桂并不知晓，他们自己实际上也是棋子，是历史棋盘上的棋子，被历史裹胁着，推推搡搡地，在这个历史时刻狭路相逢。如果冲突的双方不是康熙、吴三桂，也必将是另外两个人。这是一场早已注定的大戏，演员可以换，但情节不会改，或者说，老天这位伟大的剧作家早就把情节写好放在那儿了，等着康熙和吴三桂对号入座。

但他们脑子都没有像我们这么多的观念、理论，他们脑子里只有一个简单的法则——谁赢，这天下就归谁，而且只能一个人赢，没有共赢。在康熙眼中，自己当然是天底下最正宗的皇帝，其他人——从李自成、张献忠、永历到此时冒出来的吴三桂，都是山寨的。而在吴三桂看来，大清的天下是自己送给它的，他能送出去，也能夺回来。

长风吹过旷野，吹动吴三桂蓄起的长发。他头戴汉族的方巾，身穿素服来到永历的墓前，在地上洒了一碗酒，又趴在地上，重重地磕了三个响头，号啕大哭。史书记载，三桂一哭，三军同哭。吴三桂带动了全军的哭声，又在全军的哭声里器宇轩昂地接着哭。他的哭声就像一只小舢板，在哭声的河流中颠簸、颤动和冲撞，就像一曲器宇轩昂的大合唱，吴三桂无疑是那最具权威性的领唱。他的哭声气贯丹田，却不够气贯长虹，因为他的哭声凝聚了太多的愤懑与悲哀，却扛不起天下的道义，更与永历扯不上一毛钱关系——永历是被他残忍绞杀的，他哭永历，岂不是猫哭老鼠？难道在这一刻，他真的尝到了被背叛的滋味而良心发现，试图用眼泪洗刷自身的耻辱？

永历若地下有知，不知做何感想。

这已经是吴三桂一生经历的第三次背叛了。第一次，他背叛了对他寄予厚望的明朝；第二次，他背叛了与李自成达成的协议，阵前倒戈，导致李自成队伍的一溃千里。他的一生，是背叛的一生，是从一次背叛走向新的背叛，生命不息、背叛不止的一生。

还有第四次背叛，那就是他最终背叛了他的爱人——那个与他相依相偎的陈圆圆。

得知吴三桂举起叛旗的消息声，陈圆圆默然离开了野园，独自投向无人的荒野。她瘦弱的身影，从此消失在历史云烟中，以至于清朝攻陷昆明以后，在吴三桂的籍簿上也没有发现陈圆圆的名字。

有人说城破时，陈圆圆自缢而死；有人说她独自走到城外，投滇池而死；也有人说她流离他乡，当了道士，在药炉和青灯间打发余生。假如说吴三桂的一生是一辆过山车，那么陈圆圆就跟从着他冲向巅峰和低谷，她无怨无悔。士为知己者死，吴三桂没有做到；女为悦己者容，陈圆圆问心无愧。时人喟叹，陈圆圆这样终了此生，倘在九泉下遇到吴三桂，也算是不负了，只怕是吴三桂抬不起头来，对不住陈圆圆那份刻骨铭心的深情。[36]

三百多年后，有报纸报道在贵州岑巩县水尾乡马家寨发现了一个墓碑，上书“吴门聂氏之墓”六个字，碑文记录了陈圆圆离开昆明后，来此僻居的过程。有人认为碑上“吴门”二字暗指陈圆圆籍贯苏州，“聂氏”不过是陈圆圆为隐瞒身份而编的假姓，旁边有吴三桂心腹大将马宝的衣冠塚，这些痕迹似乎都证明了，那一抔温湿的泥土，就是陈圆圆生命的最后归处。[37]

第十节　凄风苦雨

这片浩大的国土上，吴三桂的兵马常来常往，不知杀过几个来回了。当年率清军杀过长江的那份豪情还历历在目，这一次，他几乎是按着原路杀回去的，这逆向的旅程里，似乎包含着他对自己过去历程的否定。对他而言，否定之否定的结果并不是肯定，而是虚无。他的节节胜利，遮掩不住他的迷茫与空虚。

他的心是空的。

没有正义，没有爱。

他的心是空的，即使拥兵二十万也不能给他带来力量感。一望见长江北岸，他立刻感到一阵心虚。

一瞬间，他感到自己就像一个被抽干了血液的行尸走肉，没有勇气再踏上北方的土地了。他不敢再与昨日的自己相遇，更不敢面对康熙的面孔。在军事形势最有利的时候，他突然间崩溃了，只希望长江天险可以保住他的小朝廷。

吴三桂的联合大军很快分崩离析了，因为人们很快看出来，吴三桂起兵的目的，并不是为从前的明朝复仇，而是为他自己。

一切都应验了康熙对吴三桂的咒骂："吴三桂反复乱常，不忠不孝，不仁不义，为一时之叛首，实万世之罪魁……"[38]

吴三桂连一片道义的遮羞布都找不到，他的霸业也就没了支撑。战局很快急转直下，吴三桂从高歌猛进到一败涂地，他的赌博很快失去了成功的希望。

康熙十七年（公元1678年）三月初一，吴三桂在衡州[39]匆匆登上帝位，行衮冕礼时，突然天降大雨，仪仗、卤簿被大雨冲得东倒西歪，看来他的"钦天监"工作不称职，天气预报做得极差，而他那名义上的"帝国"也像凄风苦雨中的典礼一样，草草收场了。

三个月后，悒郁寡欢的吴三桂突然中风，后患上痢疾，狂泻不止，没等孙子吴世璠赶到衡州，就咽了气。

这一年，他68岁。

北京的天气也格外异常，只不过与凄风苦风中挣扎的衡州相反，帝国的北方不是涝，而是旱。大旱持续了很久，让康熙这位上天之子感到很没面子。显然，上天代理人的角色并不好当，一场自然灾害，就能让“君权神授”这一美丽的神话露出破绽。老天不靠谱，把皇权维系在老天身上更不靠谱。六月里，康熙在给礼部的谕旨，几乎成了一份深刻的自我检查：

> 人事失于下，则天变应于上。……今时值盛夏，天气亢旸，雨泽维艰，炎暑特甚，禾苗垂槁，农事甚忧。朕用是夙夜靡宁，力图修省，躬亲斋戒，虔祷甘霖，务期精诚上达，感格天心……[40]

关于旱灾的奏报堆满了康熙的案头，昭仁殿里，康熙终于坐不住了。丁亥这一天，康熙皇帝庄重地穿好礼服，面色凝重地走出昭仁殿，前往天坛祈雨。

《清实录》记录下了这不可思议的一幕——就在康熙行礼时，突然下起了雨。[41]雨滴开始还是稀稀疏疏，后来变成绵密的雨线，再后来就干脆变成一层雨幕，在地上荡起一阵白烟。地上很快汪了一层水，水面爆豆般地跳动着，我猜想那时浑身湿透的康熙定然会张开双臂，迎接这场及时雨，他一定会想，老天爷没有抛弃自己，或者说，自己的精诚所致，感动了上天，给了这个帝国新一轮的生机。对于战事沉重的帝国，没有比这更好的兆头了，康熙步行着走出西天门，那一刻，他一定是步伐轻快，胜券在握。

三年后（公元 1681 年）的金秋十月，被城墙阻挡数月的清军终于涌进昆明城。望着黑压压的清军，大周帝位的继任者、年仅 16 岁的吴世璠将一把利刃干脆利落地插进自己的脖颈，吴家被灭门，包括襁褓中的婴儿，只有吴三桂爱妾们洁白的身体在清朝将军们粗壮的臂膀间蠕动挣扎，屈辱地苟且偷安。

大雪吹寒的时节，又有几匹飞驰的驿马闯过北京深夜无人的街道，向大清门冲去，速度之快，让巡夜兵丁的嘴巴同样张成了圆型。昭仁殿内，康熙在睡梦中骤醒，披衣而起时，太监刚好将快报呈上来。他双手颤抖着将它打开，这一次他看到的，是清军克复昆明的捷报。康熙大帝会喜极而泣吗？ 他在这座宫殿里苦等了九年，当那个年仅 19 岁的稚嫩天子已经挺立成了 28 岁的坚硬汉子时，终于等来了属于自己的胜利。九年中，他几乎没有一夜安寝过，那些断断续续的夜晚，充斥着失望、迷茫、焦躁甚至悔恨，但捷报到来时，所有这一切都烟消云散了。只有穿透那些漫长而污浊的夜晚，年轻的他才能看到天地之澄澈、人生之壮丽。他走到案前，抽出一支笔，挥挥洒洒写下一首七言诗：

洱海昆池道路难，
捷书夜半到长安[42]。
未矜干羽三苗格，
乍喜征输六诏宽。
天末远收金马隘，
军中新解铁衣寒。
回思几载焦劳意，
此日方同万国欢。[43]

此时，“云南等处俱已底定，天下永归太平”。康熙神色庄重地祭告了天地、太庙、社稷，十二月初八，康熙密谕奉天将军安珠瑚，命其筹备圣驾前往盛京，祭拜先祖。密谕中说：

盛京[44]乃祖父初创根本之地，朕不时思念。现值天下无事，欲诣山陵致祭，亦未料定。朕前巡幸，未至永陵，至今悔恨。今若幸彼，必至祖辈旧址观看。[45]

唯一的遗憾，是吴三桂的坟墓，清军一直没有找到。虽有人提供线索，但挖出的都是伪墓。有一天，他们甚至一口气挖出了十三副尸骨，因为无法分辨，索性一把火烧了。

吴三桂活不见人，死不见尸，就像一缕清烟，从人间蒸发了。

他消失得如此干净，好像他从来不曾到人世间来过。

又一个春天降临到昆明城时，野园已成了真正的野园，满庭清寂，芳草萋萋，昔日的明眸浩齿、舞袖歌扇早已不见了踪影，只有片片花瓣，从秋千架前，悠然飘过。

2014年6月16—29日于北京

注释

[1] 《圣祖仁皇帝实录》，见《清实录》，第四册，第585页，北京：中华书局，1985年版。

[2] ［清］刘献廷：《广阳杂记》，第四卷，第185—186页，北京：中华书局，2007年版。

[3] 《五经要义》，转引自乔匀：《紫禁城宫殿建筑与儒学思想》，见《中国紫禁城学会论文集》，第一集，第21页，北京：紫禁城出版社，1997年版。

[4] 参见姜舜源：《论北京元明清三朝宫殿的继承与发展》，见《紫禁城建筑研

究与保护——故宫博物院建院 70 周年回顾》，第 89 页，北京：紫禁城出版社，1995 年版。

[5] [清] 鄂尔泰、张廷玉编纂：《国朝宫史》，上册，第 187 页，北京：北京古籍出版社，1987 年版。

[6] [清] 鄂尔泰、张廷玉编纂：《国朝宫史》，上册，第 189、204 页，北京：北京古籍出版社，1987 年版。

[7] [清] 鄂尔泰、张廷玉编纂：《国朝宫史》，上册，第 208 页，北京：北京古籍出版社，1987 年版。

[8] 隋代称桑干河，金代称卢沟河，清康熙三十七年改名为永定河。

[9] 今河北定县。

[10] [唐] 白居易：《长恨歌》，见《唐诗选》，下册，第 149 页，北京：人民文学出版社，1978 年版。

[11] [清] 李天根：《爝火录》，下册，第 927 页，杭州：浙江古籍出版社，1986 年版。

[12] “朕本北人，欲还见十二陵而死，尔能任之乎？”见 [清] 徐鼒：《小腆纪传》，第六卷，第 81 页，北京：中华书局，1958 年版。

[13] “风霾突地，屋瓦俱飞，霹雳三震，大雨倾注，空中有黑气如龙，蜿蜒而逝”，参见 [清] 《庭闻录》，第 22 页，上海：上海书店，1985 年版。

[14] 《圣祖仁皇帝实录》，见《清实录》，第四册，第 582 页，北京：中华书局，1985 年版。

[15] 《圣祖仁皇帝实录》，见《清实录》，第四册，第 580—581 页，北京：中华书局，1985 年版。

[16] 元旦、冬至和帝后万寿（生日）是皇宫三大节日。

[17] [清] 鄂尔泰、张廷玉编纂：《国朝宫史》，上册，第 86、87 页，北京：北京古籍出版社，1987 年版。

[18] 《圣祖仁皇帝实录》，见《清实录》，第四册，第 585 页，北京：中华书

局，1985 年版。

[19] 原文见［清］钮琇：《觚賸》，第 72 页，上海：上海古籍出版社，1986 年版。

[20] ［清］钮琇：《觚賸》，第 70 页，上海：上海古籍出版社，1986 年版。

[21] ［清］钮琇：《觚賸》，第 71—72 页，上海：上海古籍出版社，1986 年版。

[22] 张宏杰：《无处收留》，见《大明王朝的七张面孔》，第 297—298 页，桂林：广西师范大学出版社，2006 年版。

[23] 《圣祖仁皇帝实录》，见《清实录》，第四册，第 665—666 页，北京：中华书局，1985 年版。

[24] ［清］刘献廷：《广阳杂记》，第四卷，第 186 页，北京：中华书局，2007 年版。

[25] 此为李治亭先生译文，原文见《圣祖仁皇帝实录》，第四十四卷，见《清实录》，第四册，第 589 页，北京：中华书局，1985 年版。

[26] 《圣祖仁皇帝实录》，见《清实录》，第四册，第 796—797 页，北京：中华书局，1985 年版。

[27] ［清］刘献廷：《广阳杂记》，第四卷，第 186 页，北京：中华书局，2007 年版。

[28] 李治亭：《吴三桂大传》，第 617 页，南京：江苏教育出版社，2005 年版。

[29] 此前的后金天聪七年（公元 1633 年）、天聪八年（公元 1634 年），先后从明朝叛降后金政权的孔有德、耿仲明、尚可喜被分别封为“恭顺王”、“怀顺王”和“智顺王”，史称“三顺王”。顺治六年（公元 1649 年），“三顺王”改封号，“恭顺王”孔有德改为定南王，进军广西，后来兵败桂林，自焚而死；“怀顺王”耿仲明改为靖南王，南下时死于江南，其子耿继茂袭爵，后病死，靖南王爵位又由耿继茂之子耿精忠继承；“智顺王”

尚可喜为平南王，平定两广，藩守广东。顺治元年（公元 1644 年）吴三桂在山海关投降清军时，被封为平西王，后来又封为亲王。孔有德死后，剩下吴三桂、耿精忠、尚可喜三王，各据藩地，并称“三藩”。

[30] 清初的封王与历史上的分封有所不同，“三王”的领地并非封地，封王在各自封地上并不像周代以后的分封诸王那样享有全权，而是只有爵位之名，赐爵号而不赐土，然而，他们因为享有兵权、财权、民政权、人权等诸多权力，实际上却使“三王”成为雄霸一方的诸侯。

[31] 《钦定大清会典事例》，第一〇四二卷，第 17494—17495 页。

[32] 吴三桂有六万军队，据此向朝廷索要高额军费，云南军费之沉重，在康熙初年也丝毫未减，左都御史王熙愤然指出：“就云贵言，藩下官兵岁需俸饷三百余万，本省赋税不足供什一”。参见赵尔巽等撰：《清史稿》，第三十二册，第 9694 页，北京：中华书局，1977 年版。

[33] ［清］刘献廷：《广阳杂记》，第一卷，第 179 页，北京：中华书局，2007 年版。

[34] 《圣祖仁皇帝实录》，见《清实录》，第四册，第 566 页，北京：中华书局，1985 年版。

[35] 李治亭：《吴三桂大传》，第 383 页，南京：江苏教育出版社，2005 年版。

[36] “遇乱能全，捐荣不御，皈心净域，晚节克终，使延陵遇于九原，其负愧何如矣！”见［清］钮琇：《觚賸》，第 70 页，上海：上海古籍出版社，1986 年版。

[37] 参见《陈圆圆及其墓地》，原载《中国旅游报》，1986 年 11 月 11 日。

[38] 《圣祖仁皇帝实录》，见《清实录》，第四册，第 606 页，北京：中华书局，1985 年版。

[39] 今湖南衡阳。

[40][41] 《圣祖仁皇帝实录》，见《清实录》，第四册，第 950 页，北京：中华

书局，1985年版。

[42] 长安，借指北京。

[43] 《康熙御制诗选》，第38页，沈阳：春风文艺出版社，1984年版。

[44] 今辽宁省沈阳市。

[45] 中国第一历史档案馆编：《康熙朝满文朱批奏折全译》，第7页，北京：中国社会科学出版社，1996年版。

纸天堂

这些革命人物服从于某种不可避免的逻辑进程，这一进程甚至连他们自己也不能理解。

——[法]古斯塔夫·勒庞：《革命心理学》

第一章　劝世良言

曾经在《烟枪与火枪》中现身的洪秀全，在本文中将大展身手。清道光十三年（公元1833年）以前，他只是一介书生，固然天资聪颖，勤奋好学，七岁入塾读书，几年后便能熟诵四书五经，被塾师和族人寄予厚望，并于一年前（1832年）顺利通过县试，但像他这样的知识青年在中国的广大农村不计其数。即使他们怀抱着远大的理想，并且下定决心，不怕牺牲，排除万难，去争取胜利，但是，对于整个王朝来说，无论他是否成功，都是不重要的。

说起来有些残酷，这些满怀理想的读书人，对于这个世界来说，就如野草一般，多他一棵不多，少他一棵也不少。即使他有经天纬地的才能，对于这个衰落固执的王朝，也无足轻重；纵然他有朝一日像曾国藩一样官高爵显，他也只是朝堂上众多的奴才之一——“奴才”这个称谓，言简意赅地道明了他们与帝王之间的隶属关系，这，正是这个王朝最为赏识的，而他们的全部工作，将是听从那个端坐在太后宝座上、有着乔伊斯式的意识流做派的更年期妇女的摆布。更何况，科举的路，几乎注定是一条失败的路，“进入考场的人当中，百分之九十八以上与成功无缘。在这样的比率下，一个读书人在他的一生中达到自己目标的机会，像中彩一样偶然。从概率的角度说，一个人，当他选择了书本的那一刻起，他已经选择了失败”。也就是说，诱人的前景，与家族的厚望，共同营造了一场巨大的骗局，把洪秀全送进绝境，使他想当奴才而不得。他企图通过读书进入上层社会的道路，从一开始就是一条断路，但这是他的唯一机会，即使概率再低他也义无反顾，因为，他没有别的机会。

1833 年酷暑的 8 月，17 岁的洪秀全就是怀着这样的心情，从广东省花县官禄㘵故乡出发，徒步走向遥远的广州城，参加癸巳科试。然而，在那里等待他的，将不是金榜题名，而是一本名为《劝世良言》的小册子，以及小册子的作者、基督教信徒梁发。

无论对于他个人，还是对于中国历史，那本文笔粗糙的基督教启蒙读物，都不是一本可有可无的书。那天几乎所有考生都领到了这本书，作为聪明的布道者，梁发把科举考试视为他宣传基督教精神的大好机会。实践证明，历史对梁发这种广种薄收的做法给予了极高的回报。在所有得到此书的人中，很有可能只有洪秀全一人认真读过，其他那些精心印刷的册页都变作一叠废纸，但这就够了，因为那名特定的读者因这本书而酝酿了一次耸人听闻的叛乱，这使一个人与一本书的相遇，成为中国历史上绝无仅有的一次事件。它像一次意外的撞击，使洪秀全的命运完全偏离到另外一个方向——一个连他自己都无法预知的方向。他终于没有，也不可能成为另一个曾国藩，他将成为洪秀全，一个出现在帝国的通缉令上，并令皇帝心惊胆战的名字，一个历史的异数；它打乱了整个历史的局面，就像一颗棋子的变动，会使所有的变动尾随其后，进而使整个棋盘的局面彻底改变。这是历史的“蝴蝶效应”。对于这些环环相扣的变化，我们常常不以为然，因为这些变化是渐进的，我们几乎觉察不到它的细节，但是，19世纪中国，所有的变化都是猝不及防，甚至洪秀全本人，在他走向广州城的途中，如果他能想到，不久之后，他将导演一场宗教革命，扰攘十七省，沦陷六百余城，牺牲了数千万生命，他一定会被吓得目瞪口呆。

第二章　鸦片，未完的故事

呤唎投奔太平天国的脚步没有丝毫的犹豫。

此时，他的国家——大英帝国，是太平天国的天敌，最重要的原因，应该是太平天国对鸦片实行彻底的禁绝政策，在那个为英国人苦心孤诣地制造的鸦片帝国内部，只有太平天国的辖区是一片净土。而且，这片净土正逐步扩大，在英国人看来，就像一块正在扩大的皮肤病，令他们如坐针毡。

这无疑使呤唎投奔太平天国的行为成为一种冒险，他们在途中每次遭遇清兵时，都会受到他们的袭扰和攻击，无法预测，太平军将会如何处置他这个英国人，他在上海目睹的那些扭曲的太平军尸体，在向他发出警告，让他不要接近他们的天国，但是，来自天国的消息诱惑着他。他在忐忑不安中，穿越了清军控制区，一步步靠近了太平天国控制区、上海六十英里之外的村庄——芦墟。

鸦片的故事，粘着在中国的历史中，挥之不去。1851年洪秀全在金田起事，距离鸦片战争，只有十一年时间。那正是英国人的东方事业方兴未艾的年代，无数商人，在鸦片的怂恿下，一步步完成了自己的东方梦，而那个东方帝国，一天比一天更加呈现出非理性、消极、纵欲和阴鸷的性格，与英国人的东方想象严丝合缝。在他们看来，没有什么比鸦片更与这个国度的气质相契合，“中国就是一个抽鸦片的国家”。在他们的知识秩序中，中国已经被构建成世界的黑暗中心，“宁愿住在疯人院，或者跟野兽待在一起，也比生活在中国人中强”。他们颠倒了因和果的关系，这样，他们就不必为他们的鸦片贸易负道德责任了。在他们看来，中国人贪婪、沉沦、堕落、不可救药，整个国土，都因鸦片烟瘾而战栗和疯狂，是中国人自己导致了鸦片的泛滥，而不是英国人的鸦片政策。英国人的贪婪、沉沦、堕落、不可救药，则被戏剧性地掩藏在他们的正义、开拓与民族精神背后，没有人忏悔，鸦片贸易这一不可告人的秘密被小心翼翼地掩盖起来，在凯旋的阳光、花环与旗帜下，它变成一个被集体回避的黑洞。

连传教士都卷入了鸦片的事业。马礼逊——来中国传教的第一位新教传教士——看不出在福音与鸦片之间存在着任何矛盾，因为他传教的经费，正是依靠鸦片贸易的利润来维系的。子如其父，马礼逊的儿子，也是一位天才，他在给东印度公司充当汉语翻译的同时，还利用宝贵的业余时间，撰写了一部通俗读物——《中国商贸指南》，为鸦片商人提供生意经。执著于鸦片事业的传教士马礼逊不会想到，有一个名叫洪秀全的书生，在大清帝国的末日余晖中，与他的弟子梁发擦肩而过。从那一瞬间开始，中国的历史、英国的历史，都变得截然不同。

太平天国的领导人表现出异乎寻常的洁癖。这种洁癖，是所有理想主义者的职业病。对于鸦片的态度，他们与任何人不能苟同。革命是纯洁的，污浊的鸦片显然不能混迹其中。作为堕落、腐朽的象征，鸦片与革命的语境格格不入，因而革命者从一开始就表明了与鸦片的势不两立。“洪秀全又禁吸鸦片，甚至平常烟草和饮酒亦在被禁之列。”这无疑触及了英国人的底线。呤唎说：“在太平革命运动的早期，几乎全体熟悉他们的人，甚或许多并不熟悉他们的人，全都对他们怀着友好的感情，可是曾几何时，一旦完全明白他们对输入鸦片采取不妥协的态度之后，就有有力的团体起来反对他们，而不管他们是不是基督徒等等了。”上帝的仁慈、女王的雄心，都在此刻露出了马脚——那些伟大的事业，归根结蒂都是为钱包服务的。在鸦片面前，所有动听的言词都沦为不堪一击的谎言。

英国记者安德鲁·威尔逊在当时就认识到：“太平天国叛乱之所以爆发，部分地要归因于鸦片战争……如果不是第一次英中战争对清帝国政府的威望给予猛烈的冲击，叛乱就不可能酝酿成为燎原的大火。”历史的不同构件之间的勾连关系耐人寻味——中英两个帝国的战争成就了太平天国，而太平天国的崛起，反过来又使已经撕破脸皮的大清与大英两个帝国重新坐到一起。1860 年，英法联军占领了大清帝国的首都，烧毁了它的万园之园，但这并不障碍大清与英国在对抗太平天国的战斗中并肩作战。

在上海，呤唎亲眼目睹了法国人和英国人对“三合会”的清剿，1855 年，中国的除夕之夜，三百名冲出清军包围的会党，向海军总督拉戈投降，他们没有想到，等待他们的，是酷刑处死——他们被拉戈全部交给了清军。然后，这座城市便多了一些残缺不全的尸体。他们死后，清军血洗了上海城，屠城三天，一些会党被钉在木桩上，有火红的烙铁在他们的血肉之躯上烫出一阵阵呛人的白烟；一些闪亮的刀，在一些扭动的身躯上不辞辛苦地锯着，在它们的努力之下，一块块粘筋带皮的肉被割下，在刀尖上，它们像火苗一样跳动，经久不息；还有一些刀锋，细致入微地划过受难者的肚皮，那些花花绿绿的肠子颤动片刻之后喷薄而出。三合会占领上海的时候，只杀了两个人，无一人受到酷刑虐杀，而此时，仅在宝塔桥，呤唎就看到十九颗人头悬在桥头，在风中摆来摆去，仿佛对清军的行为表示不满，而其他地方，人头已堆积成一座小山。呤唎看到法国士兵用枪打断了一位老妇人的大腿，那位老妇人立即仆倒在地上，子弹在她的前后左右不断爆炸，飞起的尘屑落在老妇人的脸上，使她显得更加面无人色，她看到了呤唎，张着空洞的嘴，向他呼救，正当呤唎犹豫的时候，她的背上中了一枪。呤唎说，他为这样的暴行感到难过，“如果我跟他们易地而处，我一定要把我所见到的一切外国人都开枪打死”。呤唎后来听说，那位老妇人没有死，她躺在原地，一直呻吟到半夜，才被人救走。

我从《太平天国史料译丛》中读到过1862年5月13日印度《泰晤时报》发表的一封英国军人的信，信中记载的事实，完全可以佐证呤唎的记录：“我跟一大群人去看清军屠杀俘虏的太平军，这批俘虏是英、法两国军事当局交给满清方面处死的。……这批俘虏，有男有女，有老有少，从刚出世的婴孩，到80岁蹒跚而行的老翁，从怀孕的妇人，到10至18岁的姑娘，无所不有。清军把这些妇女和姑娘，交给一批流氓强奸，再拖回来把他们处死。有些少女，刽子手将她们翻转来面朝天，撕去衣服，然后用刀直剖到胸口。这批刽子手做剖腹工作，能不伤五脏，并且伸手进胸膛，把一颗冒热气的心掏出来。被害的人，直瞪着眼，看它们干这样惨无人道的事。还有很多吃奶的婴儿，也从母亲怀里夺去剖腹。很多少壮的男俘虏，不但被剖腹，而且还受凌迟非刑，刽子手们割下他们一块一块的肉，有时塞到它们的嘴里，有时则抛向喧哗的观众之中……”

后来呤唎说，“英国官员并不是仅仅在1855年的上海屠杀事件中，才充当清政府的盟友的，1854至1856这三年之中，英国人不断地干涉被压迫的中国人民的起义。1854年，包令爵士使英海军与罪恶昭彰的两广总督叶名琛联合，共同蹂躏广东。广州几乎是清政府在广东全省唯一据有之地，清政府是依靠英国人的力量才保有这座城市的，换言之，英国人使清政府保有广州城，就不啻于判决了城内一百多万无辜人民的死刑。……英国变成了世上最血腥最腐朽的专制主义国家的同盟者和救命恩人”。

在芦墟，呤唎发现，天国的疆域，并不如人们想象的那样阴森和恐怖。他后来回忆说：“人们穿着很好的衣服，商店充塞着货品，处处都显出兴旺景象。最令人惊奇的是乞丐完全绝迹，其他同样大小、同样繁荣的市镇都麕集着乞丐，可是这里却一个也没有。村外，很多劳动者正在收割丰富的谷物，田野生气盎然。这是秋收季节，极目远望，辽阔的平原盖满了成熟的五谷，在早晨的太阳光下，闪烁着金色的光辉。我完全看不见有任何杀人放火的痕迹。村里，只见到一群一群富裕的、忙碌的、面容和蔼的中国人，和一大堆一大堆刚由船上卸在岸上的货物；郊外，只见到大自然的富足和美丽；但是这里明明是太平天国区域的一部分，我所见到的人民也明明都是太平天国的百姓。”

呤唎就这样成了他们的兄弟，而不是俘虏。呤唎说：“我在太平天国受到了普遍的友好待遇，甚至当他们的可爱的亲人被我的同胞所屠杀，或被交给清军酷刑处死，他们的妻女被清军暴徒轮流加以侮辱的时候，他们这种友好态度也始终不变。我每一回顾及此，就恍如置身梦中，我对于他们这种宽大忍耐的精神，实在感到难以理解，因为根据文明国家所盛行的复仇法，他们是应该采取英国军官（在 1862 年至 1864 这三年中）把不幸的太平军俘虏交给清政府的同样野蛮的行为，而去杀死他们所遇见的每个英国人的。”

在太平天国的刑罚系统中，吸食鸦片将受到最高惩罚——斩首。太平天国将吸食鸦片者斥为“生妖”，规定“凡吹洋烟者，斩首不留”。这一点，比林则徐当年的禁烟令更加彻底。乱世用重典，在鸦片的势力所向披靡的年代里，或许只有死亡，能够抵挡鸦片的疯狂进犯。吸烟不再是个人道德问题，而且是法律问题，更是政治问题。一个人对于鸦片的态度，决定着他对于革命的态度。

鸦片分开了人们的队列，也分开了人们的命运。

不可一势的鸦片，在天国濒临灭绝。

而大清王朝，除了鸦片，已经一无所有。

第三章　天堂的视觉效果

太平天国，几乎呈现出理想社会的一切特征。而这些特征，首先是以空间的形式得以确认的。英国人呤唎在 1860 年，第一次进入太平天国的首都。一百多年后，历史学家们将这样描述呤唎：“外国的广大人民对于太平天国革命是同情的、支持的，不少人还亲身参加中国人民的这场伟大的反抗斗争，英国友人呤唎就是他们的代表。1860年秋天，呤唎进入太平天国境内，实地观察，使他对太平天国有了较多的了解，他决定尽自己的努力帮助这个新兴的农民革命。此后，他给太平天国做了许多工作。他曾经是一个军人，他亲自给太平军上课、讲授炮术和阵法。就在援救李秀成渡江的战斗中，呤唎的爱人玛丽和战友埃尔都中弹牺牲，他自己也受伤昏迷过去。1863年11月，他夺取了戈登的军用轮船萤火虫号（Firefly）。船上有32磅炮一门，12磅炮一门，军械充足，装配精良。这只军用轮船后来在保卫无锡的战斗中发挥过作用。1864年呤唎回到英国。1866年2月，他写了《太平天国革命亲历记》一书，热情歌颂太平天国革命，揭露并抨击英国侵略者干涉中国革命的罪行。”

那时，呤唎好奇地打量着天国的景象：“沿途的稻田中，点缀着一些花园、村落和稀疏的房屋。许多太平军兵士见我们走过，全部停下来，向‘外国弟兄’致敬。天京的南城，人烟稠密，这是我所见到的中国的最好最美的城市。许多巍峨的宫殿和官邸占有显著的地位。街衢宽阔清洁，为中国所罕见。人民显出了自由欢畅的神情，完全没有清政府统治下的中国人所露出的那种畏缩卑贱的样子。”

历史的效率有时快得惊人。自金田起义开始，一个纸页上的天国，变成覆盖半壁江山的现实，仅需短短的两年多的时间。1853年的阳春三月，太平军仅用了十一天就攻下南京，宣布建都，将南京改名为天京，大清的国土上，一个号称天国的国度诞生了。太平军像一条敏捷的蛇，在帝国的版图上轻灵、俊逸地滑动，再坚固的城墙也阻挡不了它的去路，因为它对蛇的性能一无所知，它的高压对蛇而言无济于事，相反，它刚好使蛇的滑动更具快感——它欣赏着自己的速度与灵活，没有一丝声息地，它把墙的权威彻底瓦解。形势的进展，连天国的领袖，都深感惊愕。天国领袖杨秀清，在冯云山鼓动他加入拜上帝会时说："我们这些煤炭工人有什么本事图大事？ 但求得温饱就谢天谢地了。"当时的他无论如何不可能相信眼下的事实，如同此时的他无法相信自己最初的胆怯。

他们或许不会想到，他们宣扬的大同梦想，对于这个正向深渊跌落的国度而言，居然有着超乎想象的效力。在《劝世良言》的启发下，洪秀全完成了他的宗教三部曲：《原道救世歌》、《原道醒世训》和《原道觉世训》。这三部著作，奠定了洪秀全在无产阶级革命修道院中至高无上的院长地位。在《原道救世歌》中，洪秀全指出："天下多男人，尽是兄弟之辈；天下多女子，尽是姊妹之群，何得存此疆彼界之私，何可起尔吞我并之念。"并且指明了"天下一家，共享太平"的光辉前景。这并非洪秀全的发明，他所心仪的理想社会蓝本，实际上只不过是古代大同社会的翻版而已。在《原道醒世训》中，他说：

> 遐想唐虞三代之世，天下有无相恤，患难相救，门不闭户，道不拾遗，男女别涂，举选尚德……是故孔丘曰："大道之行也，天下为公，选贤与能，讲信修睦。故人不独亲其亲，不独子其子，使老有所终，壮有所用，幼有所长，鳏寡孤独废疾

者皆有所养。男有分，女有归。货恶其弃于地也，不必藏于己；力恶其不出于身也，不必为己。是故奸邪谋闭而不兴，盗窃乱贼而不作，故外户而不闭，是谓大同。”

尽管洪秀全一生致力于拆毁儒家精英精心构建的伦理大厦，但他所撰写的基督教普及读本，依然具有相当浓厚的儒家文化色彩，他在想象大同社会的时候，依然不得不从孔子《礼记·礼运》中断章取义。也就是说，他的宗教教义，从一开始就混乱不清，上帝之灵从沾满啤酒的欧洲上空迫降到中国的稻田时，依然不可避免地沾染着中国古代的柴火气味。然而，就是这套混乱不清的教义，在当时中国的末世光景中，发挥了神奇的效力。或许，乌托邦之梦，是灾变国度的特殊产物，灾难越是深重，人们越容易陷入对它的单相思中不能自拔。

六朝古都，恰到好处地呈现出一个新王朝所需要的空间景象——圣洁整齐、气势恢弘。那些建立在笔直、清洁的通衢之上的价值，是当时全体中国人民梦寐以求的平等、友善、秩序与富足。作为新质空间生产者，太平天国的领袖们对空间意识形态的运用可谓得心应手。纸页上的天国，终于以直观的视觉形式展现出来，向所有的怀疑者公开展示。它不再是口号、梦想，而是现实。以至于它的缔造者洪秀全本人，都对它陷入深深的迷恋中，把残酷的战争暂时抛到脑后，以至于1864年，湘军兵临城下，李秀成主张“让城别走”，天王仍然舍不得离开他的安乐窝。呤唎说：“天王在天京停留下来，开始防守自己的阵地，实在是犯了一个致命的错误，而且是一个使他失去帝国的致命的错误。如果他不让敌人有时间喘息，从惊慌失措之中恢复过来挽回颓势，而集中兵力直捣北京，那么毫无疑问，他的光辉灿烂的胜利进军就会使他几乎不遇抵抗地占领清朝京城，而清王朝的崩溃就会使他一举得到整个的帝国了。”

洪秀全就在这巨大的发光体的迷惑下，断送了自己的事业。天国的光芒，使得全世界都看得见他的悲剧。但那是后来的事。此时的天国就像曾经随同美国军舰“色奎哈纳号”抵达天京的美国公使随员 X.Y.Z 所说的，看不出任何失败的迹象。在这个世界上，不会再有比它更为合理的社会，它的存在，本身就激动人心。

而天国里的每一个居民，那些小洪秀全们，也因此而深感激动。自豪，与某种不可言说的优越感，洋溢在他们的脸上。勒庞说：“那些非常保守的民族往往热衷于最激烈的革命。”我想，这是因为在一个保守民族的内部，缺乏改良和进步的机制，使社会长期处于一种停滞状态，当社会状况与时代发展不一致时，只能依赖某种突变——一种急功近利的变化手段。

他们是革命空间的生产者，同时，他们也受到革命空间的支配。天国的建筑、街道所罗列出的盛世景象，使他们对于自己的天国理论确信无疑。他们表情、身体，都成为天国的一部分，呤唎当然不会忽略天国的任何一个细节，他对他们的每一个溢美之辞，都是对天国的赞美：

“中国最俊美的男人和女人只能在太平军行列中看到，这是奇怪的事实。这也许一部分是由于他们的不同的服装和发式，但主要原因，无疑是他们的宗教和自由所产生的崇高效果。他们的服装包括：宽大的长裤，大多是黑丝绸缝制的，腰间束着一条长腰带，上面挂着腰刀和手枪；上衣红色的短褂，长及腰际，大小与身体相称。发式是他们的主要装饰，他们蓄发不剪，编成辫子，用红丝线扎住，盘在头上，状如头巾，尾端成一长繐，自左肩下垂。他们的鞋子有各种颜色，全都绣着花纹（清军的靴子则完全不同，不仅样式略有区别，而且素而不绣）。”

“太平军来自湖南的很多，中国人说湖南人是中国最好看的。我完全相信这话，因为我曾打听我所碰见的超出一般相貌的太平军是那里的人，每次我都发现相貌最好的全是湖南人或者由江西山地来的人。湖南位居中国中心，向来以产生最好的兵士驰名；尤其是湘勇，久已为人所称赞。清军用于内河的炮艇大多都配备了这些‘勇’的。湖南人很易辨认，他们的肤色白，鼻子像欧洲人一样又高又直；眼大稍斜，身躯魁梧。我所碰见的好看的湖南人，并不逊于世上任何其他种族，他们的黑而密的头发结着红色丝带盘在头上，衬托出他们的富于表情的眼睛和生气勃勃的面容。比这还要生动的神采，那是无法想象的。这些太平军中的湖南青年，像安达露西人一样美。他们的黑眼睛、长睫毛、淡棕黄色的面庞没有胡须的容貌，使他们非常酷似安达露西人。”

在呤唎笔下，革命者几乎无一例外地具有近乎完美的身体造型，与天国的圣洁图景遥相呼应。或者说，它们是天国的神圣图景的一部分。革命的宏大叙事在进入他们身体之后，改变了它的构造和性能，使它的每一个器官，都与革命的要求相吻合。此时，“身体不再只是一个会受到生老病死等现象纠缠的生物体，它可以在这些集体意志与价值的指引下，生产出许多有利于这些价值与意志的历史条件，从而使这些价值和意志变成一种真实”。由此我们知道，那些在革命的艺术作品中频繁出场的那些“红光亮”的身体，并不只是艺术家的虚构，而是与历史的逻辑相吻合的。太平军的身体价值，是被天国创造的，它们不再是一个自然的身体，因而，他们的身体是一件合成品，而不再只属于他们自己。革命赋予了他们向上的精神和俊美的仪容，在创造他们的身体美学的同时，完成了对他们身体的收编。

革命，首先是一种视觉效果。所以，革命的天国，在大清王朝的末日图景中，显得无比醒目。呤唎说："中国人向来被认为是面目愚蠢、装饰恶劣的民族；而使面容变丑的剃发不能不说是造成这种情况的主要原因之一。清政府奴役下的任何一个中国人的面部都表现了蠢笨，冷淡，没有表情，没有智慧，只有类似半狡猾半恐惧的奴隶态度；他们的活力被束缚，他们的希望和精神被压抑被摧毁。太平军则相反，使人立刻觉得他们是有智慧的，好钻研的，追求知识的。的确，根据双方不同的智力才能来看，——再不能有比这更显著的区别，——要说他们是同一国家的人，那简直令人无法想象。"

第四章　精神病患者洪秀全

癸巳科试四年之后，洪秀全再赴广州，以拼死一决的精神，参加丁酉科试。这是1837年，大清王朝的末日景象已显露无遗，由于王朝的血小板已经失效，所以王朝的白银，如同血液一样，不可阻遏地外流，失血过多，已经使大清王朝奄奄一息。六月，面色苍白的道光皇帝采纳了御史朱成烈的建议，命直隶、山东、江苏、浙江、福建、广东各省督抚认真查禁白银出口。九月，广东将驱逐英国趸船及查禁鸦片窑口情形上奏朝廷。这一年，英国进入维多利亚女王时代，自此，大英帝国进入了它吸血鬼生涯的黄金时代，而腐朽的大清王朝，是它最合适的吸血对象，它的不二之选，它丰盈的肌肉与英帝国尖利的牙齿刚好匹配。太阳正从黄土地上落下，从不列颠升起，这种奇特的时差效果，是由地球运动和历史运动联袂完成的。对于这一切，这个25岁的广东青年几乎一无所知，他把全部的注意力，集中到科场之上，集中到尺方的试卷上。那是他的龙门，里面暗藏着对于未来的全部许诺，通不过那道门，他就没有未来，他的道路就会戛然而止。

希望越大，失望就越大。这个简单的真理，用来形容1833年的洪秀全，实在是再也恰当不过了。他没有接到录取通知书，金榜上面，写满了各式各样的名字，唯独没有他的名字。他不相信这一切，他认为，金榜上某一个特定的位置，应该是专门为他留的，但现在，那里写着别人的名字，一个陌生的名字，一个令人嫉妒、甚至愤怒的幸运儿的名字，像一个闯入者，窃取了本属于他的一切。他的目光开始扩大搜寻范围，没有；再扩大，还是没有；他目光的网越织越密，罩住了整个金榜，没有一个名字可以成为漏网之鱼，但依然没有发现自己的名字。他开始怀疑自己的眼睛，看了一遍又一遍，但眼睛是忠实的，没有撒谎，没有背叛他，这令他大失所望。他的心变成一个空洞，那个金光闪闪的榜文像一个怪兽，把他的心吞噬了。

他愤怒的沸点被迅速点燃，一种强烈的报复欲，跟随着被戏谑的感觉，油然而生。

他认为当局犯下了一个不可饶恕的错误。他没有言过其实，对于清廷来说，这的确是一个重大的失误，在这个时候收买洪秀全，成本是小的，但错过这个机会，则要以一场长达二十多年的血腥战争，来弥补这一错误。

他把手里的书卷狠狠掷在地上，身边的人听到他在黑暗中发出阴鸷、却令人毛骨悚然的笑声：

“等我自己来开科取天下士吧！”

他不知道自己是怎样回到官禄㘵家中的。隐约中，两名轿夫，用肩舆抬着他，在花县的田野中颤动着前行。他觉得自己仿佛飘浮在空气之上，没有了重量。很多年后，他依稀记得自己被扶到床上，躺下，被盖上被子，粗布的被子，一直升到他的鼻孔，与他的呼吸相接触，气若游丝的呼吸，是他与世界的最后联系，终于，这种联系松动、消失，被子连同世界一同消失，他沉入一片黑暗。

此后的事情发生了本质的变化。他已不属于人间，但没有人知道他抵达了哪里。他的家人看到，长眠不醒的他，会突然坐起来，在屋子里又蹦又跳，嘴里振振有词，又无法听懂他的语言，只有口水，从他的嘴角汹涌而出。她的母亲和妻子，不停地以流泪，来回应他的口水。他们不知道发生了什么，更不知道将要发生什么。

洪秀全后来向家人讲述了他的神奇经历——颤动中，他发现自己没有了重量，仿佛飘浮在空气之上，而且越升越高。原来他坐在一乘大轿内，有音乐声陪伴他的左右。他已记不清那乘大轿是什么时候放在他的家里的，只依稀记得，有一龙、一虎，还有一只雄鸡，走到他的室内，请他坐进轿子。他离自己的家、离尘世越来越远，离天堂越来越近。他看清了，天堂是一块光明而华丽之地，有许多高贵的男女，在迎接他。在天堂的手术室，他的腹部被剖开，更换了所有的内脏器官，他用手摸了摸肚子，发现伤口已经即刻愈合，没有一丝疤痕。他就这样脱胎换骨，不再是世俗的肉身，可以有资格去见上帝了。他果真见到一位老人，金发皂袍，端坐在宝座上，他，就是上帝。但他没有说明，上帝长着一张中国脸还是外国脸。上帝告诉这个年轻人，他是世间万物的谛造者。说完，他把一把闪光的宝剑递到洪秀全的手里，嘱咐他，可以凭借这把宝剑，将所有的妖魔斩草除根，但不能妄杀无辜兄弟姐妹。然后，他向众人中一个“中年有德之辈”说：“洪秀全真堪任此职。”

从上帝口中，洪秀全听到了他对于孔子的谩骂，上帝显然熟读过《六经》，所以他认为儒家学是真理的绝缘体，但洪秀全在讲述中也没有说明，上帝说的是中文，还是外语，如果他说的是外语，那么天堂里是否还配有翻译？ 或许，在洪秀全心里，这些都是细枝末节，是无关紧要的技术性问题，重要的是，他从上帝那里还得到一块象征帝王权力的金印，这是头等重要的大事，是他讲述的核心。

此时，洪秀全的母亲正坐在一边偷偷抹泪，对儿子的高空历险一无所知。他们甚至不知道儿子在手舞足蹈时，手里正握着一柄宝剑。他们只能看到他挥舞的手臂，而看不到那只宝剑。因为看不到宝剑，洪秀全的动作就显得古怪而滑稽，没有人知道他在做什么，也没有人知道他在说什么，那是另一世界的语言，一种神秘、而法力无边的咒语。他说：

“这些妖魔，怎能反对我呢？ 我必要杀他们！ 好多，好多，都不能反对我。”

邻居们来了，那些后来因洪秀全而被清军斩尽杀绝的乡亲们，那些横七竖八地躺倒在房前屋后的尸体，此时还活着，孩子们躲在门口，不敢进来，进来的人，面目和善，好心地劝他，希望他安静养病。洪秀全扯住来人的袖口，反过来对他们说，他们正在一条危险的道路上，劝他们不要和妖魔来往，苦口婆心，循循善诱，以至于肝肠寸断、泪流满面，真挚之情溢于言表。

父亲认为自家的祖坟出了问题，于是，请堪舆师对祖坟的位置、形状重新进行严肃认真的考察，对于所发现的问题及时进行了修正。父亲洪镜扬，这位淳朴善良的农民，做梦也不会想到，这座精心整修过的祖坟，在不久的将来，被突如其来的清军彻底捣毁，整个村庄也被血洗，本乡中洪秀全的近亲五六百人，无论男女老少，全部死于清军刀下，那些疯狂的刀刃，使这个鸡鸣狗吠的村庄变得一片死寂。此时的洪镜扬，全部的困扰来自儿子的病症。他忙碌着，有巫师被请来驱魔。此时的洪家老屋里，贴满了符箓，巫师口念咒语，聚精会神地驱魔，他并不知晓，此时的洪秀全与他是同行，正在行使驱魔的职责，而且，对待他的工作，同样地一丝不苟。

巫师的工作还是取得了成效。两天后，人们看见洪秀全爬上大迳河村河岸右边的小山，在水口庙，写下一首题壁诗，写罢，神志清醒如初。

诗云：

手握乾坤杀伐权，
斩邪留正解民悬。
眼通西北江山外，
声震东南日月边。
展爪似嫌云路小，

腾身何怕汉程偏。
风雨鼓舞三千浪，
易象飞龙定在天。

洪秀全的天路历程，听上去更像一部精心炮制的小说，但是据说，当时全村人都见证了这一事实，与洪秀全自幼比邻而居的弟弟洪仁玕，更把这一事件写进《洪秀全来历》。《来历》写成于 1852 年，那时他还在故乡与香港之间徘徊，七年后才投奔太平天国，如果作伪，乡里应有反驳。简又文先生认为："仁玕所叙述之辞，当非向壁虚造。"

瑞典传教士韩山文（Theodore Hamburg）也于 1854 年写成《太平天国起义记》，对此事进行记载。呤唎说，是他听了洪仁玕的叙述之后，转告给韩山文的。

一种可能是，洪秀全疯了，这样，他所目睹的一切，以及他所有的古怪举动，就都可以得到解释。这位声名显赫的历史英雄，如果是一个疯子，那么，它将成为这场严肃、板正的革命中最具戏剧性效果的花絮，甚至，可以对这场革命进行重新解释，但这一史实，在许多历史文本中，都被忽略了。他嘲弄了所有历史学家，历史事实总比他们的叙述更加出其不意。

将洪秀全称为精神病患者，并非危言耸听。1953 年，著名太平天国史专家简又文先生和香港精神病院院长叶宝明先生，对一百多年前那个著名的病例进行了一次联合会诊。诊断结果是：

"（洪秀全）这种'谵语寓言'（delirium fable）或'梦醒状态'(twilight-state)是属于典型的出神（游魂天外）的一种。其内容是由中国的与基督教的观念综合构成，而其意义则是完全满足其所不能实现的欲望而征服了一切个人的挫败、失意。他创造了自己的整个世界，即如在白昼做梦一般，但他自己亦躬亲实行参与此梦中经验于一个真实的世界中。他不能分辨观念（idea）与知觉(perception)，因为他的空幻世界是引伸直入他的真实环境中的。”

“洪氏的病是神经昏乱（歇斯脱里亚）而非精神分裂的质地。……由其复杂的‘可见的幻觉’(complex visual hallucinations)之层出不穷为其主要的病征，即可指出其为精神昏乱病了。”

这是一种错乱——精神在现实的重击之下陷入的错乱。他所见到的一切都是真实的，只不过是编辑有误而已——他的发病，有如梦境，不可能无中生有，它的材料全部来自现实，只是对它们进行重新的排列组合，让现实中的素材，服从于梦的语法。他升天的幻觉，实际上就是他一生高中科名、直上云霄、玉堂金马的欲望的反映，那位金发皂袍的老人，或许就是马礼逊的化身，因为中国人没有这样的装扮，只有马礼逊，对他提供过这样的视觉经验，而在他身边的众人中，我们也发现了梁发的身影，就是那个“中年有德之辈”。1833年酷暑的八月，钦差大臣林则徐的英文翻译梁进德的父亲梁发，当时正值中年，用传教士卫三畏的话说：“他现在尽力从事于著书，而且已经派送过很多本书了。”马礼逊在给伦敦会的信中也写道：“前数日，梁发得一非常良好之机会，将《圣经》日课及其自作之小书分与来省考试之生员。此等青年皆自百里外之乡村来省考试者也。梁发以最公开之方法与彼之助手将宗教书籍分送与彼等。彼等甚欲得之，且有看过内容之后，再来讨取者。”梁发就是在这时，将他手里的书，递到17岁的洪秀全的手上。洪秀全曾经在两天内听到他的侃侃而谈，讲述拜一神教攻妖魔之道，并且上前，与他搭话，印象深刻，所以，他才在洪秀全的幻觉中，卷土重来。当然，他并不知道洪秀全的名字，对他而言，洪秀全只是向他伸出的无数只手中的一只，一闪即逝。当那只手掌握了半个中国的控制权，他也丝毫不会想到，一切都与他息息相关。

然而，洪秀全却以精神病人特有的思维，在梁发的《劝世良言》与他的神奇经历之间，建立起一种丝丝入扣的联系。此时的他，从书中找到了解释他病中梦兆的钥匙，惊异地发现该书的内容，与自己梦中所见是如此吻合。他恍然大悟，原来他自己，就是“由上帝指派让天下（即中国）重新信奉真神上帝的人”。

他在这次发病之后，彻底抛弃了他自幼接受的儒家思想的训练，成为基督思想的信奉者，尽管他对基督教的全部了解，只限于梁发的《劝世良言》。

在基督精神的指引下，他义无反顾地走上称王称霸之路。

1847年7月21日（清道光二十七年六月初十日），洪秀全离开广州，身佩斩妖剑，直奔紫荆山。此时，在遥远的法兰西，“革新宴会”运动刚刚兴起，盛行于巴黎、斯特拉斯堡、沙特尔等地，席卷全欧洲的经济危机，使这一运动随时具有转为革命的可能；在比利时，马克思写下《哲学的贫困》一书，驳斥蒲鲁东的《贫困的哲学》，由德国流亡者组成的“正义者同盟”，刚刚改组为“共产主义者同盟”，召开“共产主义者同盟”第一次代表大会，马克思和恩格斯都加入其中，成为它的核心人物。在中国，云贵总督林则徐正陷于“棍匪”案中不能自拔，而洪秀全的斩妖剑，正南方的山地中闪烁着刺眼的光芒。8月27日，洪秀全路过武宣县之东乡，一座九仙庙进入他的眼帘，这令他陷入习惯性的兴奋中，他迅速跑过去，在它破旧的墙壁上，又发表了一首题壁诗：

朕在高天作天王，
尔等在地为妖怪。
迷惑上帝子女心，
腼然敢受人崇拜。
上帝差朕降凡间，
妖魔诡计今何在。
朕统天军不容情，
尔等妖魔须走快。

此时的洪秀全真正地脱胎换骨了——他已经毫不忌讳地以“朕”和“天王”自居。只有精神病患者，才能写出这样具有妄想色彩的诗句；也只有精神病患者，才能打破儒家思想提供的静态化的社会图景，和强大而沉闷的现实格局。革命本身就源于妄想，所有循规蹈矩的人，都将被排除在革命的队伍之外，如同托克维尔所说：“革命家们仿佛属于一个陌生的人种，他们的勇敢简直发展到了疯狂；任何新鲜事物他们都习以为常，任何谨小慎微他们都不屑一顾。”

第五章　个人崇拜

第一天条，崇拜皇上帝。

第二天条，不好拜邪神。

第三天条，不好妄题皇上帝之名。

第四天条，七日礼拜颂赞皇上帝恩德。

……

星期五的夜半钟声响过，呤唎会看到，太平天国境内所有的臣民全都聚集在一起，礼拜上帝。这无疑是一场盛大的集会，人们众口一词地歌颂着上帝的伟大。革命是一个节日，光明的事业需要集体参与，如同我在《旧宫殿》中写到的：“（广场）指定了臣民们站立的位置，也就是说，它们表明了权力要求众人参与的性质。无上的威仪显然不能由皇帝一个人来完成，权力不是皇帝一个人的独角戏，它需要群众，需要自己身边有无数膜拜的人群，正如伟大的事业需要多多益善的追随者充当炮灰。广场为乌合之众的出现提供了场合，这些不明权力真相，或者明白真相却一意孤行的妄想狂，是权力运作的重要基础。是他们保证了阴谋得逞、悲剧上演，而不是皇帝，以及深宫里的阴谋家。他们山呼海啸般的呐喊必将湮没皇帝的笑声。”

大多数人无法目睹上帝的存在，领袖于是代表上帝，站在最醒目的位置上，为众人的目光提供了去处。这是革命意识形态中广泛使用的空间政治学，并且取得了立竿见影的效果。领袖就是通过它建构了自己的权威。人们高呼：

“我王万岁万万岁！”

呤唎看见慕王走到高坛中间，大声喊道：

“我们来颂赞天父。”

接着，他跪下来，全体群众随即全部跪下，他们的动作那么的整齐划一、训练有素，长时间的祈祷之后，人们听到慕王的声音劈空而来：

“天父皇上帝派遣天王（指洪秀全）来治理我等众人，并授权天王统辖中国之河山，此皆天父之恩赐，故尔等当敬听天王命令……”

据说病愈后的洪秀全已经初具了领袖的仪容。《太平天日》云：“自是志度恢宏，与前回不相同。”洪仁玕说：“秀全之健康既日已恢复，其人格与外貌均日渐改变。彼之品行谨慎，行为和蔼而坦白，身体增高增大，步履端庄严肃。其见解则宽大而自由。彼之友人后来述其状貌，谓秀全身材高大，面部椭圆，容颜甚美，鼻高，耳圆而小，声音清晰而洪亮，每发笑则响震全屋，发黑，须长而作砂红色，体力特伟健，知识亦绝伦。恶人避之若浼，而忠诚者则趋与交游也。”

此时的洪秀全，真正地“秀”而“全”了。这“高大全”、“红光亮”的形象，对于即将开始的革命叙事而言，无疑是不可或缺的。它不在历史之外，而在历史之内，是历史的一部分——只有领袖的容貌，能够成为历史的一部分；也因其成为历史的一部分，他才成为领袖。如同今天的明星崇拜一样，在革命意识形态的叙事场域里，领袖的容貌是一个极富号召力的符号，拥有一种非同凡响的煽情效果，可以唤起强大的原始情欲。如同劳伦斯·格罗斯伯格所描述的，明星的才能并不重要，重要的是他占据了明星的位置，才能不过是这个位置的必然附属品，因此，明星仅仅是一个“活动的符号”。

冯云山无比相信自己的相术，在他看来，洪秀全脸上的硬件设施，包括五官、脸型、肤色、印堂等，已经达到了皇帝的标准，这是在紫荆山更早开展传教活动的冯云山自己不造反，而是始终跟在洪秀全的身后亦步亦趋的根本原因。他与杨秀清、萧朝贵、韦昌辉、石达开等人一道，成为洪秀全神话的制造者的坚定推广者。

紫荆山，是洪秀全建立的第一块无产阶级革命根据地，这里也无疑成为他领袖权威的合法化的重要起始点。据记载，紫荆山在广西桂平县的西北端，和大藤峡相毗连。山区里包括有西北面的白马山、双髻山，西南面的鹏隘诸山，是一部山的联合体。群山罗列，巍巍壮观。这里天然是龙虎出没之地。

冯云山和洪仁玕是洪秀全在故乡发展的最早一批下线。此后，自幼熟读经传、兵法、天文、地理、历算等书的冯云山，为洪氏神话的传播制定了有效的政治策略。除了紫荆山浓厚的工农阶级基础和易守难攻的地形因素外，它的迷人之处，还在于这一陌生的异乡，使教主避开了自己熟悉的生活环境，塑造了一个神秘脱俗的教主形象。作为一名落榜童生和洪氏宗族晚辈，洪秀全在长于斯、长于斯的官禄㘵很难树立起教主的形象。直到远赴广西后，他才得以消除在家乡的各种拘谨和顾忌，放开手脚大展宏图。在紫荆山的保佑下，他有时密藏深山，有时现身乡里，行踪诡秘飘忽，从而冲淡了他的世俗形象乃至自身的某些缺陷，相反，有关洪秀全的各种神秘传闻，诸如“能驱鬼逐怪”，“能令哑者开口，疯瘫怪疾信而即愈”等等，在这穷乡僻壤不胫而走，使得人们“无不叹为天下奇人，故闻风信从”。

无论怎样，洪秀全与上帝的亲切会见，在经过无数次的转述之后，成为毋庸置疑的事实。“在太平天国革命运动中，则全军将士皆深信此为天为升天受命为王开朝立国之第一根据。”如法国著名社会心理学家古斯塔夫·勒庞在《革命心理学》中所说:“传闻比历史本身更富有生命力”,“人民总是宁愿选择幻想”。解决政权的合理性问题,是任何掌权者首先要解决的问题,君权神授,无疑为他的权力,提供了不可撼动的存在理由。由“尧眉分八彩,舜目有重瞳”,到篝火狐鸣,赤帝黄天,符箓谶语,或紫微托生,都成为中国古代权力史的关键词,甚至于国民革命颠覆清政权,它的迅速成功,亦与《烧饼歌》中“手执钢刀九十九,杀尽胡人方罢手”等预言的助力不无干系。在这样的文化系统中,政治家兼任了巫师的角色,他们是通灵者,是上天与臣民之间的通信员,而革命,也因此并非仅仅“以科学理论为指导”,而成为一种带有神秘而诡异色彩的经验。

在洪秀全提供的强大催化剂作用下,数以千万计的中国人,陷入集体性幻觉中。洪秀全在精神错乱和基督理论的双重作用下,精神抖擞地走向权力的顶峰。“肃体统,大一尊,一人垂拱于上,万民咸归于下”。当天王的权威深入人心的时候,天王自己却很少出场,更多的时候,他是作为一个概念存在的,通过仪式、崇拜物、文字和口号,融化在人们的血液里,落实在他们的行动上,而他自己,却躲在他的深宫里,足不出户,以至于1854年英国使节麦华陀访问天国时,甚至怀疑所谓天王,只是一个木头做的偶人——他能感受到他的存在,却从未见他出现。

天王有一个巨大的宫殿——天王府。呤唎的书中,没有对天王府的描绘,只说:“天王府面积极为广大,四周围有高大的黄墙,望楼高矗,房顶覆盖着颜色鲜艳的或绿或金或红的琉璃瓦。”这表明他从没走进过这辉煌的宫殿,只是从外面看的,宏伟的天王府,是戒备森严之地，高大的宫墙，隔绝了领袖与人民的联系，这使他们有关自由与平等的宣传变得十分可疑。相比之下，他对李秀成的忠王府有细致的描绘，他在抵达天京的第一天就被带到忠王府，受到李秀成之子李茂林的款待。他还记得他那天吃饭时忘情的动作，这令他觉得有些羞愧。他是根据忠王府的华丽景象想象天王府的——在等级森严的天国，后者显然会更加富丽和宏伟。据张德坚《贼情汇纂》记载，洪秀全的天王府"周围十余里"，而大清皇帝的紫禁城，周围也只有三公里。天王府共分两层，内为金龙城，外为太阳城。自金龙殿到最后面的三层楼，共九进，作为九重天的象征。墙壁用泥金彩绘，地面铺大理石，门窗用绸缎裱糊，栋梁一律涂以赤金，可谓金壁辉煌。在洪秀全看来，比紫禁城大近一倍的天王府，是他成功的一部分。伟大的事业，需要伟大的建筑来烘托，每一个走进宫殿、走进都城的人，敬畏之心都会油然而生，都会感到天国的伟大与个人的渺小，他的宫殿，充满了夸耀和狂妄的权力色彩，这自然是他早年倍受压迫的精神的一种强力反弹，与他自称上帝之子、以天王自居的狂傲心态相得益彰。

这是深为呤唎信赖的理想国——作为黑暗国土上的唯一光源，它有着强烈的完美主义倾向，不能容忍丝毫瑕疵。作为一个为了中国人民的解放事业不远万里来到中国的外国人，呤唎只看到它清洁的外表，而没有注意到，有一张网眼细密的网，对天国的一切渣滓，进行着过滤。这张网，就是天国的刑律。天国是一个井井有条的体系，任何行为，都要按照规矩一丝不苟地执行。只有天王可以胆大妄为，群众只能在天王的旗帜下亦步亦趋。除天王外，服从是所有人的天职。"正是由于信仰被视为绝对真理这一事实，使它必然变得不宽容。这就解释了为什么暴力、仇恨和迫害常常是重大政治革命或宗教革命的伴生物。”天国为它的反对者准备了胜过地狱的酷刑。天国，实际上履行着天堂与地狱的双重功能。

深冷的夜光中，呤唎听到民众同声背诵天条：

第五天条，孝顺父母。

第六天条，不好杀人害人。

第七天条，不好奸邪淫乱。

第八天条，不好偷窃劫抢。

第九天条，不好讲谎话。

第十天条，不好起贪心。

这是《十诫》的中国版。它比《劝世良言》更加严厉。《劝世良言》宣扬“休作恶，学行善，寻正道”，但没有一处提到“该杀”，而洪秀全则认为：“邪魔敢冒天恩”，“该诛该灭”；“世间所立一切邪魔该杀”。

所谓“奸邪淫乱”，不仅包括不正当的两性关系，也包括正当的两性关系。也就是说，在天国的疆域内，男女之情已被根本断绝——天国分为“男馆”和“女馆”，性别隔离区应运而生，连夫妻也不能住在一起，《禁律》规定，“凡夫妻私犯天条者，男女皆斩”。呤唎写道：“许多大城市中都设有姊妹馆，由专人管理”，“不准单身妇女有其他生活方式”，只有少数人例外——天王和各王。太平天国的性生活配给制，等级森严。他一厢情愿地认为，“这条法律是为了禁娼，违者处以死刑。自然这是非常有效的办法，因为在太平天国所有城市中，娼妓是完全绝迹的。”在这一洁净的街景背后，女馆的主管、洪秀全的亲信蒙得恩，经常性地为天王选美，而女馆，早已成为天王的选美大本营，而蒙得恩自己，也充分利用他手中掌握的行政资源，对蹂躏女性有恃无恐。在宫殿的保佑下，天国成为少数人的天堂。天条规定，一切官兵百姓，均不得嫁娶婚配，但天王和各王，却可“广置姬妾”。《贼情汇纂》透露：“首逆妃嫔在武昌选四十人，至江宁选百八人，陆续增添，大约不满二百人。”洪秀全甚至来不及为他的妃子取名，而直接以编号称呼，如第三十妻、第八十一妻等，她们的名字的确没有意义，对洪秀全来说，唯有她们芳香的身体，才令他流连忘返。

就在呤唎讴歌“太平天国革除了两千年来妇女所受到的被愚昧和被玩弄的待遇，充分地证明了他们的道德品质的进步性”的时候，自己的妻子玛丽差点成为太平天国赞王的儿子的猎物。一个年轻美貌的异国女性，在太平天国的特权阶层中，无疑是引人注目的。这不仅将玛丽置于一个危险的境地，而且把呤唎置于险境——他随时可以被当作帝国主义的间谍，被冠冕堂皇地处决，而为了表明天国的宽大政策，他的遗孀，很可能被送入天王（或者某位王公贵族）的后宫，去填补他们无聊的夜晚。如果这样的事情发生，那么呤唎在太平天国的命运就会截然改变，他要么成为一个无辜的牺牲品，要么成为一个孤独的复仇者。在天国，似乎每个人都将成为悲剧的主角（连天王自己也不例外）。痴迷于太平天国盛世图景的呤唎似乎从来没有意识到这一点，甚至于很多年后，当他回到英国，撰写《太平天国革命亲历记》时，笔触中充满温情，而对自己当时的危险处境一无所知。所以，在这部书中，对这一事件的记录寥寥无几。我们只知道，当他离开天京的时候，玛丽受到了赞王儿子的性骚扰。在呤唎返回之前的一个晚上，玛丽独自在庭院中散步，两名仆役突然出现在她面前，她还没有来得及呼喊，娇小的身影，就消失了夜色中。接下来的事情，吟唎没有交代，我们也无从猜测。那天晚上是否发生过什么，或许连吟唎自己，也永远无法知晓。

当天王的精液喷薄而出的时候，有人已被推上刑场，等待处决。冬官又正承相陈宗扬，站在被斩者的行列中，表情绝望地猜测着自己的死法。他的罪行，是与妻子同宿。作为同案犯，他的妻子站在不远处的断头台上，绳索紧紧缚住她娇小的身躯，使她的皮肉几乎绽裂开来。她的体温，还没有从他的身上完全消失，他对那体温充满眷恋。但用不了多久，他们将成为两具冰凉的、不堪入目的尸体。天国为他们提供了通往死亡的捷径，而性爱，却是遥不可及。

天国的法律有着精致的刻度，即使死刑，也分为斩首、焚灰、点天灯、五马分尸、凌迟等不同档次，花样繁多。当刽子手将麻皮裹来的时候，陈宗扬知道，点天灯的时刻到了。在油缸里浸过的麻皮，从脚部往上，一层一层在裹在他的身体上，即使在炎夏，依然冰凉彻骨。那股油腥味，使他觉得要吐，但他动弹不得，麻皮已将他的腹部严严实实地裹住，连胃肠的蠕动，都异常困难。他想最后看一眼妻子，但他忍住了，他不忍心目睹她临死的场面。渐渐，他什么都看不到了，他的面部也被浸油的麻皮封存。刽子手在执行着最后的工序——在麻皮的外面，抹上松脂白蜡，他无数次目睹过这样的程序，因而对它并不陌生。最后，一阵强烈的烧灼感，自他的脚底漫延上来。漆黑的夜里，他变成一把耀眼的火炬，他身后的石墙上“四海之内皆兄弟”的标语，在火光中格外醒目。

目击者看到，火焰燃烧到小腹时，陈宗扬还没有死，在火把的核心位置上，他仍然剧烈地扭动着身躯。但很快，火焰湮没了他的身体，变成一个巨大的火球，像一朵艳丽的花朵，在夜幕中开放。它燃烧了很久才熄灭。那时，祈祷的锣声响了，人们纷纷聚集在一起，跪在地上，祈祷声连成一片：

“我王万岁万万岁！”

……

第六章　圣战

天国里虔诚的祈祷场面感动了一个人，这个人就是呤唎。当众人的和声自夜色里飘浮起来，他的脸上，流露出肃穆的表情。“这时我不禁想到，为什么没有一个英国传教士来代替我的位置？为什么一般欧洲人宁愿屠杀太平军而不愿承认他们是基督徒兄弟？这些中国基督徒是根据我们欧洲人所信仰的、所宣称为指针的《圣经》来进行祈祷的。目睹这种情况，我不能不对于他们那永远不会被削弱，永远不会被征服的宗旨怀着深厚的同情。”

呤唎的同胞戈登率领的英清联军与太平军在苏州进行的战斗至为惨烈。这使呤唎陷入彻底的绝望。在他看来，自从利玛窦来华以后，基督教在东方的事业就从来都没有顺利过，只能看着中国皇帝的脸色，苟且偷安。只有太平天国，不看皇帝的脸色行事。太平天国的事业，与基督教的事业不谋而合。太平天国的胜利，从某种意义上，就是基督教的胜利。他们的战争，无疑具有圣战的性质：

“他们是为拥护基督教而战，而不是为消灭基督教而战。……

基督教通过刀剑于 10 世纪传入丹麦，于 13 世纪传入普鲁士；整个欧洲的基督教的建立全都经过了宗教战争。基督教往往不得不以武力来维护自己。7 世纪曾经发生过的（基督教徒）与萨拉森人的战争，如果像某些人所说的，太平军为建立他们的宗教而战是错误的话，那么我们就不得不承认所有基督教全都犯了错误，这样一来，当时我们的基督教祖先只有或则逆来顺受成为殉教者，或则屈服改宗成为穆罕默德的信徒了。”

但戈登对于呤唎的态度无动于衷。在苏州城外的黄埭，他率领他的军队，冲破太平军构筑的高大的烂泥堤岸，与太平军展开了激烈的肉搏。漫长的战事，对于战斗双方来说，都不啻于一种煎熬，他们的精神，陷入一种绝望和呆滞的状态，战斗，使他们压抑已久的原始欲望在吼叫中喷薄而出。战争改变人性，使人们由理性变得癫狂，战场上的士兵，处于一种轻度的精神病的状态中，尽管厮杀双方互不相识，也无深仇大恨，但他们忘我地投入到彼此的杀戮中，到处回响着刀刃切割脂肪的声音，热情洋溢的血喷泉在战场上交错纵横，喷洒在人们的脸上、身上，使他们已经无法分清彼此的军服。被烂泥包裹的尸体，在地上铺成厚厚的一层。慢慢地，一些泥塑似的身影，晃晃悠悠地，从地上爬起来，松散的影子，重新聚合成一个个人型。戈登看到，那都是自己的部下，他知道，这场战斗，以己方的胜利而告终。

呤唎记载：“经过猛烈的激战，戈登将军在屡次遭到严重的败绩并损失了大批官兵之后，始夺苏州城外的所有栅寨。”

攻占黄埭，使英清联军终于完成了对苏州城的包围。太湖与苏州胥门或小西门之间的交通，也被游弋在木渎附近水面上的两艘兵船切断。苏州的太平军逃生的一切通道，都被封死了。

忠王李秀成在这关键的时候驰援苏州，但洪秀全对李秀成的不信任毁掉了苏州——在天王看来，没有比命令李秀成返回天京为他护驾更重要的事。李秀成仰天长叹，无奈地离开苏州，离开的时候，面对郜永宽、康王汪安钧等八位将领决定率部投降的消息，他一笑置之。

他知道，大厦将倾，独木难支。

康王汪安钧在苏州的军事会议上，突然拔出匕首，在慕王谭绍光的脊背和脖子上戳出一个又一个血窟窿。扫除了投降的最后一个障碍，他们志得意满。他们没有想到，当他们打开城门的时候，所谓的媾和协议便不再有任何价值，纳王郜永宽、康王汪安钧、宁王周文嘉、比王伍贵文、以及张大洲、范启荣、汪怀武、汪有为八位投降高官，被李鸿章手下的将官一一用刀劈死，随后，满门抄斩。

苏州杀降，震惊了所有人，成为李鸿章政治生涯中一个洗不去的污点。

呤唎惊讶地读到了《中国之友报》的现场报道：“（1863 年）12 月 21 日，我们十分惊讶地听说‘刑场’正好就在‘双塔寺’的庭院，不幸的太平军由于相信了他们的卑鄙敌人的信誓而在此丧命，我们决定往该处一行。……庭院约半英亩左右，我们见到庭院地上浸透人类鲜血！ 屠杀的 20 天以后，抛满尸体的河道仍旧水带红色，马加尼医生的部下军官可以为此作证。地下三英尺深都浸染了鲜血，这是中国的最优秀的鲜血。冬天的气候除中午外，是不易使动物尸体腐坏的，可是苏州居于北纬 31 度 23 分 25 厘和东经 120 度 25 分之处，因此纵使时值冬日，气候也仍旧十分温暖。

“中国人告诉我们说，太平军三万曾被押至此处屠场处死。我们掌握了充分的证据，知道被杀数目甚巨，我们掌握有一个欧洲见证人的证据，他曾亲眼见到这条河中弃满被斩首的太平军的尸身，清朝官吏不得不雇用船夫用篙钩把尸体推到城外的大河里去，以疏通河道。”

对此，呤唎评价道：“任何一个头脑正常的人，能够把诸如此类的‘博爱’即在战场上屠杀成千上万的人、冷酷无情地杀害成千上万的无助俘虏、使千千万万的人活活饿死、摧毁太平天国人们之间的基督教和《圣经》的自由传布、重建佛教等等行为，视为戈登的‘维护人道的努力’么？ 那些把戈登用火与剑去蹂躏太平天国的行为说成是怀着‘博爱动机’的人们，一定具有一种非常奇怪的爱人类的观念的！”

苏州城破那天，所有的王府都被洗劫一空。人们在被杀害的慕王谭绍光的府邸墙壁上，发现一套精美的石印版画，这是一套表现耶稣自彼拉多裁判至十字架受刑的图画，罗马天主教一般称之为“耶稣受难图”。

第七章　历史的吊诡

洪秀全没有想到，当他们的传教事业渐入轨道的时候，他的政治伙伴冯云山却被抓走了。

这对于急于成事的洪秀全来说，无异于釜底抽薪。

如同在故乡砸毁孔子牌位一样，洪秀全在广西象州捣毁甘王庙，原因是他们创立的崇拜上帝教为一神教，与任何其他信仰概不兼容，所以必然要消灭他们信仰，这在《天条》开篇即有明文规定。与故乡那次石破天惊的举动一样，洪秀全并没有对结果有太多的考虑，这似乎超出了一个精神病患者的考虑范围。冯云山一直坚持秘密活动，但洪秀全在亢奋中把他们的一切秘密都公诸于世。对于一个患有精神病（至少有精神病史）的人来说，他们的恐惧感和安全感，经常会违反正常的逻辑。现在，他被一种虚妄的安全感包裹着，对即将来到的危险没有任何考虑，更没有准备任何预案。那时的他，甚至对他的教会未来的道路，都一无所知。甘王爷，在桂东南广大人民群众心中，具有无边的法力，据说曾经附灵于一个少年的身上，将路过的州官拖下了轿，逼迫他奉送龙袍后方才放行。所以，当洪秀全用手里的工具，将甘王的双眼从那尊古旧的泥胎上挖出、捣烂的时候，心底升起一种莫名的快感。当一个人超出某个权威的约束的时候，内心的快感令会令他无比陶醉。那个站在神像面前的壮年男子，山中的艰苦生活使他显得有些消瘦，颧骨突出，目光忧郁而略显疲惫，但此刻，他的眼睛明亮起来，神像如同食物，激起他蓬勃的欲望，他享受着满足欲望的过程，挥动着手中的木棒，斗志昂扬地把眼前的泥胎击成碎片。它的脑袋被削平了，胳膊被打脱了臼，半死不活吊在肩膀上，龙袍被扯得粉碎。一个小小的甘王庙不能满足他的成功欲。在快感的鼓舞下，他乘胜追击，几天之内，紫荆山区的所有神灵，在他的攻击面前，身首异处，一败涂地。这场战斗，以洪秀全的全面胜利而告终。

紫荆山区的宗教冲突，就这样不可避免地爆发了。雷公、关公、土地爷、送子娘娘，以及所有民间神祇的信奉者，联袂向拜上帝会的信众发起攻击。这使紫荆山区业已紧张的族群关系雪上加霜。锄头、铁铣、扁担、木棍……几乎所有的劳动工具都变成了武器，飞舞着，从一个脑袋飞向另一个脑袋。于是，一个念过经的脑袋被拍碎了，一只种过地的手被削掉了，而身体的残余部分，还停留在原处，半天才倒下。

械斗的人群中，找不到洪秀全的身影。他已经躲起来，此时，他比任何人都清醒。他是隐在山林的深处，看着冯云山被赶来的团练首领王作新抓走的。洪秀全怔在那里，不知该做什么。过去，许多事情都是由冯云山筹划的，现在，冯云山被抓走了，他不知所措。

洪秀全终于想出一个主意。他决定去广州，找两广总督耆英。需要说明的是，传教士在中国的命运从来都不是顺利的。康熙皇帝自康熙五十六年（公元 1717 年）宣布禁止天主教在中国的传播，三年后，命罗马教廷使臣嘉乐带回除愿意留下服务的技艺人之外的所有传教士；他的继任者雍正，采取了更加彻底的禁教措施，直到鸦片战争以后，在法国人的胁迫下，两广总督耆英奏请，“将中外人民凡有学习天主教并不滋事为非者，概予免罪”，传教才得以解禁。于是，洪秀全的脑海里，自然想出耆英这个名字。后来，有史学家认为，“这很可能只是脱逃的遮羞布而已，自然不可能见到总督耆英，只是躲在广东家里避风一年半。”在家里，洪秀全得到冯云山案件了结的消息，桂平知县判定冯云山“并无为匪不法情事”，下令以无籍游荡之名，将其押解回原籍管束。途中，冯云山说服两名解差，返回了紫荆山。

洪秀全坐不住了，决定重返紫荆山，寻找冯云山。他没有想到，此时，冯云山已离开紫荆山，前往广东寻找洪秀全。巨大的紫荆山吞没了他们的身影，他们未能相遇。

书载，风门坳是紫荆山南端长约十余里的峡谷，是个最险要的谷口，也是发源于紫荆山而流至新圩的紫水水口。风门坳和金田村的犀牛岭前后相对峙，是俯瞰新圩平原的一个制高地。紫荆山西端的双髻山是万峰重叠，岭表插云的一个天堑。这样的天堑，在紫荆山不可胜数。

紫荆山深不可测，充满吊诡。任何诡异的事情，都有可能在这里发生。这些天堑犹如迷宫，为山中行者提供了迥然不同的道路，一个小的疏忽，就可能改变道路的方向。再聪明的人也无法对未来了如指掌，只有大山，不动声色地，掌控着每个人的命运。

洪秀全神话的制造者和坚定推广者杨秀清、萧朝贵，几乎同时听到了有人自称神灵附体的事情。拜上帝教的事业面临失控的危险，需要有人及时填补洪秀全、冯云山的空缺。

道光二十八年（公元 1848 年），马克思和恩格斯在布鲁塞尔草拟的《共产党宣言》在伦敦出版，巴黎爆发革命，占领市政府，宣布法兰西为共和国。而上帝，却在这一年三月，借用了杨秀清的身体，在紫荆山下凡。半年后，天兄耶稣，也借用萧朝贵的身体，光临紫荆山。

理由简单而且充分——人民不能没能他们的领袖，而上帝之子、耶稣之弟的名份，已被洪秀全占用，所以，杨秀清和萧朝贵此时能够借用的，只有上帝本人及其长子耶稣的名义。

紫荆山，本身就是一片充满神秘色彩的深山老林，有利于各种离经叛道的思想与行为在其中神出鬼没，这片山林，看上去空虚寂静，实际上光怪陆离，堪称宗教神秘主义的天然沃土。中国农民，只有离开温情脉脉的传统田园之后，才可能真正具有反叛精神，如《新约》写到的：“耶稣说：‘手扶着犁头向后看的人，不配进神的天国。’”一种思想本身是没有什么力量的——何况他们的拜上帝教里，到处都是人为的破绽——只有在具备了支持它的情感以及神秘主义基础之后，它才会发挥作用，人们被情感的力量所支配，那一点微弱的理性，在这份狂热的力量面前，已不堪一击。所以，信仰不是理性的结果，如勒庞所说：“信仰通常是非理性的，并且总是无意识的”，“曾经震撼世界的那些信仰，无论是政治的还是宗教的，它们都有一个共同的起源，并遵循同样的规律。它们的形成与理性无关，甚至可以说是与理性完全相反的因素塑造了它们。……理性既不能创造信仰，也不可能改造信仰。”而信仰只有借助神秘主义，才具有神奇的催眠力量，完全控制人们的思想和行动。拜上帝教，正是在其神秘力量的援助下，向建立在田园上的儒家理性发起挑战。

无论洪秀全还是杨秀清，他们高明之处，皆在于此——他们因一种无法被证明的信仰而成为一个时代的精神领袖，他们成于此，同样也败于此。在紫荆山，太平天国史上最吊诡的事情发生了——在天国的世界里，洪秀全是君，杨秀清是臣；但在宗教的世界里，杨秀清是父（天父，即上帝），洪秀全是子（上帝之子、耶稣之弟），位居萧朝贵（天兄耶稣）之后，只是天堂的三把手。

作为尘世间的最高统治者，天王（洪秀全）的权力是天父（上帝）所封，他的权力和地位来自上帝，对此，一份名为《天情道理书》的文件中已经将此合法化：天父“差天王下凡为天下万郭太平真主，救援天下人民”，而东王（杨秀清）等各王的权力，又来自天王的任命；然而，洪秀全没有想到的是，他刚刚离开紫荆山，天父就在他身后庄严下凡了。一个有趣的怪圈形成了——东王的权力来自天王，而天王的权力，又来自东王。在他们的一王独大的宗法体制内，不可能因此而产生相互制约关系，而只能为他们的自相残杀埋下伏笔。

至少在此刻，这并不重要，因为革命尚未成功，同志仍须努力；但总有一天，它会重要起来，使他们精心搭建的天堂遭到灭顶之灾。

第八章　天堂所有权的危机

天王洪秀全，上帝化身杨秀清，尽管他们的身份都是自封的，但他们彼此默契。

整个天国，都严守着这份默契。天机不可泄露。

它是天国存在的先决条件。

没有人知道，这份默契会存在多久。

它不存在的时候，天国就岌岌可危了。

冯云山死了。那一年，太平军欲趁湘江水涨，分水陆两路沿江而下，进取湖南。出发前，冯云山提出，湘江水涨流急，清军易于利用两岸条件设伏；为了保险，应先派步兵沿岸进行战斗清扫，以保护水陆进击。洪秀全又激动起来，面部充血，眼睛神经质地鼓胀起来，以高八度的声调质问：“如此，何日方可取下湖南？ 当水陆并进才是。”对于胜利，他已经急不可耐了。冯云山说：“这太危险，还是让臣率兵乘船在前，免得天王遭到不测。”

因为涉及自身的安全，洪秀全同意了。冯云山就这样，不出意料地钻进了清军的天罗地网。在蓑衣渡，一颗炮弹，把三十七岁的冯云山炸成碎片。

不久，萧朝贵战死长沙。

他也是中炮。清军的炮火凶猛。他的身上火光一闪，一只胳膊连同半个肩膀就不见了。它们附着在炮弹皮上，飞到了很远的地方。

这一年，是公元1852年。

在艰苦的紫荆山，洪秀全和他的伙伴们——杨秀清、萧朝贵、冯云山、韦昌辉、石达开等，度过了他们革命生涯中的黄金时期，把他们称为“同志”，应当说恰如其分。他们在困难中相互辅佐，共谋大局。杨秀清在洪秀全去向不明的日子里，托天父下凡，有人将此说成“以革命为己任，以极大的革命胆略勇敢地挑起这付重担子”，虽不失夸张，却大体属实。他们的事业，还处于投资阶段，尽管他们已经占定了各自的股份，但分红的日子，还遥遥无期，这显然有利于加强他们内部的团结和相互依存度；官军的清剿，更进一步增强了他们内部的凝聚力；深不可测的紫荆山，没有止境的远征，给内在的矛盾以充足的回旋余地；当太平军定都南京，一个声势浩大的王朝脱颖而出，回旋的空间，已经大为缩小。此时，天国不再是想象中的图景，而是出现在现实中。它如同一个巨大的实体，它的光明和幽昧，都躲不开人们的视线。这座巨大的、光明的城，这个君临天下的、不可一世的城，它的名义是革命，但它的主人却叫洪秀全。权力与野心是一切伟大建筑的根基，反过来说，建筑就是权力和欲望的纪念碑。这种对权力的狂妄与夸耀，本身就是精神病的一种症状。洪秀全在他进城的第二个月，就开始迫不及待地建造他的宫殿，即使一场大火彻底否定了他的狂妄，但他依然痴心不改。于是，宫殿的重建工程，在1854年初天寒地冻的天京城开始了。在他心里，他此前所有的道路，都是通向这些宫殿的。那些道路的价值，是由这些宫殿确认的，道路是过程，宫殿是结果，没有宫殿，所有的道路，将变得毫无意义。

只有洪秀全能够成为它的主人。这座城市——这个天国，只效忠于洪秀全，只认识洪秀全，唯洪秀全马首是瞻，其他人，都是天国里一个构件，尽管他们的地位和作用千差万别，但他们本质上是一致的，与没有生命的木石构件没有区别。高大的建筑，完成了对领袖绝对意志的修辞，同时，也使臣民的高度急剧下降。洪秀全作了一首诗，写在十余丈的黄绸上，每字直径五尺，挂在天朝门外，诗云：

大小众臣工，
到此止行踪。
有诏方准进，
否则雪云中。

雪云中的意思，就是杀头。天王的权威，已经和建筑融为一体。当吟唎赞叹天国的宏观图景，巨大的建筑正分开人们的行列：宫殿是最高领袖的书房，而广场则是人民行礼的地点。

这时候，他们宣传的大同之梦，已经由诺言变成谎言。他们通过谎言获利，因而，这种谎言，性质恶劣。尽管他们的宣传机器没有一天停止过工作，但天堂的私家性质已显露无疑。天王诏书曰：

“我主天王奉行天道，凡事秉乎至公，视天下一家，胞与为怀；万国一体，情中手足……”而天国的《幼学诗》，则规定了从朝廷、君道、臣道、家道、父道、母道、子道、媳道、兄道、弟道、姐道、妹道、夫道、妻道、嫂道、婶道等繁复的伦理准则。

水平铺展的巨大宫殿，规定的却是一种垂直的隶属关系，它有着一层一层严密的内部结构，和无比严酷的监督机制，像一条生物链，下一级的生物，用自己的血肉，养肥上一级生物，而位居生物链顶端的，只有天王自己。《天条》传达的不是《圣经》的声音，却是儒家“三纲”的翻版；而被后世念念不忘的《天朝田亩制度》和《资政新篇》，在天朝一天也没有施行过。人民主权原只是一句空话，“人民”只不过是一个工具，是人为制造出来以达成某种目的的工具。如同勒庞所说：“人民参加革命仅仅是因为革命领袖们鼓动他们这样做，但事实上他们并没有理解革命领袖们的真正意图。他们以自己的方式理解革命的意图，而这种方式却决不会是革命真正发动者们所向往的。”大凡每一代伟大的政治家，面对刀剑征服来的天下，都有一种要在上面画最新最美的图画的冲动。他们把自己当成天才的艺术家，殚精竭虑在这片被他删成白纸的土地上进行美妙绝伦的艺术创作。然而由于这种创作中以理想主义为指导，这种冲动造成的结果往往是“先造成理想上的数学公式，以自然法规的至善至美，向犬牙交错的疆域及熙熙攘攘的百万千万的众生头上笼罩着下去。……行不通的地方，只好打折扣，上面冠冕堂皇，下面有名无实。”

从紫荆山传教到金田起事，有一个重要的问题始终为他们忽略——绝对的平等，在这个世界上永不存在。西方基督教中的平等，只存在于想象中，存在于无限远的未来中，所以基督教从来不在现世中营造他们的天堂，否则，所有对天堂的天衣无缝的想象都会被抨击得千疮百孔，他们的教堂，只是宣讲教义之所，是通往天堂的一个临时驿站；当拜上帝教的领袖们执意要把《圣经》中的天堂迫降到地面上，而且立竿见影，变成一个可以触摸的实体，自然会漏洞百出。所谓样板，早晚都会成为众矢之的；洪秀全所缔造的天堂样板工程，也不例外。随着时间的推移，他们的美妙预言，正被一点一点戳破。他们自己制造了一个冲突型的理论结构，无法始终自圆其说，无法保持自洽性，而洪秀全（天王）与杨秀清（天父）的身份冲突，只是这种冲突的一个缩影。它不只是个人意气的冲突，甚至不只是权力之争，而是历史角色之间的冲突。天国具有排他性，不仅排斥人民，而且排斥领袖的盟友，洪氏定理演算的结果只有一个——这个天国只能有一个主人。在天国，主人的名额只有一个，如果这个天国有两个主人，就会出现过剩的局面，任何政治盟友最终都将撕破脸皮，刀戈相向，无论洪秀全，还是杨秀清，都没有退路，他们深知，只有领袖个人受到天堂的庇护，但他们都忽略了，这个受到天堂庇护的幸运者，最终也将沦为孤家寡人，孤苦无援，而死无葬身之地。狭路相逢，他们都希望自己成为胜者，进而获得天国的主宰权，他们不知道，这场游戏中，没有胜者，所有人都将是失败者，游戏越是深入，对失败者的惩罚就越变本加利。如同天国内部的所有矛盾一样，在紫荆山时期，在天国的娘胎里，这种冲突就已经注定了，是历史强加给他们的，他们只能完成历史规定的剧情，别无选择。他们在太平天国的体制内无法媾和，他们相互为敌，相互指出对方的破绽，这是太平天国的先天疾病，是它无法克服的机能性障碍。所以，他们的革命无论怎样轰轰烈烈，都会以闹剧开始，以悲剧收场。更何况他们所谓的教义只不过是一个临时拼凑、顾头不顾腚的大杂烩。最后的悲剧无法克服——它早就在那里，等待着他们自投罗网。

第九章 血朝廷

两个人中，必须去掉一个。洪秀全和杨秀清，对此心照不宣。

这是一道简单的减法题，它的运算过程，却十分复杂。

杨秀清比洪秀全更心慈手软。他企图动用宗教的威力逼洪秀全就范。他会在天国上朝的时候，突然号称天父附体，要洪秀全当着满朝文武的面，向他下跪认错。他有时会在同一场合扮演两个角色——天父和他自己，角色转换十分自然，有职业演员的风范。他会对洪秀全说：

“秀全，尔有过错，尔知么？”

天王只好跪下，承认他闻所未闻的过错。

他们信仰的天父（上帝）借用杨秀清的嘴表明了他的态度，这是整个天国都已相信的事实。对洪秀全来说，是历史遗留问题，推翻了他，就等于推翻了自己。

谎言一旦形成，就无法修改。

只能用更多的谎言来完善它。

当着全体朝臣的面，天父以更加洪亮的声音说：“尔知错即杖四十！”

众人失色，跪倒一片，纷纷要求代天王受刑。

天王脸色苍白，曰：“诸弟不得逆天父之旨，……哥子自当受责。”

天国的刑杖，就这样落到天王的臀部上，洪秀全肥厚性感的臀部，在坚硬的木杖下颤动着，仿佛一件乐器，在木杖的击打之下，发出颇有质感的声响。这是一种奇特的音响效果，只有击打洪秀全的臀部时，才会产生这种声音，而天王府巨大的宫殿，又使它产生一种迷离的回音，缠绕在宫殿的梁柱间，挥之不去。杨秀清对这种响声情有独钟，他既是这种打击乐的制造者，也是它的欣赏者。这种音乐很快令他陷入痴迷，他已经离不开它。寂寞的时候，六神无主的时候，内心压抑的时候，他就会到天王府，以这种音乐来解闷。他所有的积郁，所有的不平，对天王的权力的所有不满，都在这荡气回肠的音乐中消失踪影。在杨秀清看来，他和他的伙伴们树立的天王的权威，可以在木棍的击打下化为粉末，天王的所有光环，都可以在天父的声援下，落到自己的头上。

下雨了，洪秀全的心，在雨中变得彻骨冰凉。他隔着宫殿的窗，凝望着庭院中的雨。他看到雨水，沿着庭院四周宫殿的金黄色屋顶的抛物线迅速滑落，形成四道宽幅瀑布，在院落里形成一个方形的水帘。一座透明的宫殿脱颖而出——一座水作的宫殿。这使他的宫殿，具有某种虚幻的性质，无论它多么华丽和明亮，都像一道幻影，可以看见，无法把握。

雨天里，洪秀全的臀部正隐隐作痛，但他的心更痛。以天王之尊，当着满朝文武的面，裸露他高贵的臀部，接受杖刑，这使他感觉到前所未有的奇耻大辱，他感到自己的血液在贲张，他几乎要叫出声来——在受刑时，他一声未吭，但此时，他要号叫，一种延后的叫喊，不是发自他的喉咙，而是发自他的肺腑。

然而，令他恐怖的事情才刚刚开始，他深知杨秀清是在一步步地试探他的底线。他们的教义早已申明，天父（上帝）是天国的最高主宰，那么，在天父的名义下，杨秀清可以为所欲为，他感到杨秀清的权力像一个巨大的固体一样在迅速膨胀，挤压着他，令他恐惧和窒息。总有一天，他会退到无路可退。

退朝时，北王韦昌辉、顶天侯秦日纲等众官皆跪下，山呼万岁，只有东王杨秀清岿然不动——他认为自己已经不需要再向任何人跪拜了。

在美国加州柏克莱大学中国研究中心地下室的资料库里，我发现了1854年访问天国的那个名叫麦华陀的英国使节所写下的文书：“像太平王（洪秀全）这样一个人是否真的存在，仍是很值得怀疑的一件事，因为在我们同他们的所有通信中，对方刻意向我们大谈东王的意愿，他的权力，他的威严，他的影响，但只是顺便提到他那著名的主子。东王显然是他们政治和宗教体系中的原动力……以东王名义就我们的询问所作的答复，丝毫未能解答时下流传的关于太平王是否存在、是否在天京的疑问。”

即使天王死了，也不会有人知道，天国在按部就班地继续存在。想到这里，他不寒而栗。

那名年轻的马夫仰脸看到那个骑马者时，丝毫没有想到自己的命会因他而丧。那时马夫正坐在燕王府的门口张望，对马上那张陌生的面孔没有过多注意。他没有想到，此人是东王的远房亲戚，而自己的漠视，正构成对东王威信的挑战。他听到一声嘶叫：“反了！反到天父头上了！”马鞭无情地朝他的头部劈下去，那鞭子是用水牛皮捻成的，在结合了在空中滑行的势能之后，在马夫的脑袋上发出重重的脆响，鲜血立刻从他的脸颊流淌下来。他正要站起身，第二鞭接踵而至，他感到一阵晕眩。接下来，鞭子如密集的雨点，向他袭来，令他无法招架。这个健壮的年轻人，还没有弄清怎么回事，恍惚中就像一汪水银，泻在地上。

骑马者把这个体无完肤的年轻人交给黄玉昆法办。卫国侯黄玉昆是石达开的岳父，掌管刑部，他拒绝了对方的要求："你不是已经惩处了吗？ 哪里还要追加惩处？"这个回答，令东王的亲戚十分意外，他没有想到，在这个世界上，还有人会拒绝他的要求。

东王的命令很快下达，他命令石达开，拘捕他的岳父。得知这一命令后，黄玉昆愤而辞职。顶天侯秦日纲、佐天侯陈承瑢（陈玉成的叔父），随即也以辞职，表达对东王的不满。

顶天侯秦日纲、佐天侯陈承瑢、卫国侯黄玉昆，天国的三位王侯被分别绑走了，作为天父的背叛者，他们分别被处以一百、二百、三百的刑杖。卫国侯黄玉昆——天国的执法官，在押解者不注意的瞬间，冲向他庭院中的一口井，奋力跳了下去。飞溅的水花，湮没了他纤瘦的身体。

那名马夫，被五马分尸。

他的四肢和头颅被分别绑在五匹马的尾巴上。马夫们——他的同行，挥鞭让马向五个不同的方向行进时，他的身体一下子飘浮起来，像梦中一样，飘浮起来，紧接着，一阵巨痛，从五个方向汹而来。他感觉到自己的身体在撕裂，他听到了骨骼断裂的声音。他想喊，想向自己的妈妈报信，想呼叫老天，期待某种奇迹会从天而降，解救自己，但他嘴被堵住了，喊不出来。他的死，对他的母亲来说是一个永远无法解开的谜。

天国的两位官员——正丞相曾水源、东王府吏部尚书李寿春死得更冤，他们被人告密，说他们在东王生病的时候无动于衷，被天王以“欺天欺东王”的罪名，枭首示众。

一切皆不出洪秀全所料。杨秀清终于亮出了他的底牌。

杨秀清模仿着上帝的语调说：“尔与东王皆为我子，东王有大功，何止称九千岁？”

洪秀全答道：“东王打江山，亦当是万岁。”

杨秀清又说：“东王世子岂止是千岁？”

洪秀全答道：“东五既万岁，世子亦便是万岁。”

这个答案，是洪秀全最就准备好的。如同杨秀清一样，为这个时刻，他准备已久。

这一夜，杨秀清睡得香。

韦昌辉率领三千亲兵从江西前线乘舟东返，在 1856 年 9 月 1 日的深夜，神不知鬼不觉地返回天京。他进城的时候，没有一点动静。据说韦昌辉手里有天王的密诏，但是佐天侯陈承瑢远远望见那支军队，在黑暗中涌来，就为他打开了城门。他没有看密诏，也没有任何人看到密诏，所以，天王是否给韦昌辉下过密诏，一直为后世历史家们争论不休。而此时的天王，正在天王府里，等待着军队的消息。就在韦昌辉的部队包围东五府的时候，顶天侯秦日纲也率亲兵，从丹阳前线，秘密返京。

冰凉的刀刃抵住杨秀清的脖颈，他从梦中骤醒，冰凉之后，是一阵热辣，还没有弄清怎么回事，头颅和身体，就断成了两截。

云锦织成的枕头上，东王的面孔，在一种惊讶的表情上定格。

后来，忠王李秀成被曾国荃抓获，曾国藩审他时，他在自供状里写道：

“韦昌辉与石达开、秦日昌是大齐一心，在家计议起首先共事之人。共事之后，东王威逼太过，此三人积怒于心，……北、翼二人同心，一怒于东，后被北王将东王杀害，原是北、翼二人密议。”

杨秀清为自己准备了忠诚的卫队、特务、宪兵，更不用说在教义的名义下进行的舆论宣传，但在杨秀清归天的一刹，一切都不存在了。夜幕中进行了一些巷战，但那并不重要，抵抗者很快被消灭了，天亮时，天国里的人们对夜里发生的一切一无所知。

当人们在清晨开启各自的门扉，他们吃惊地发现街上躺满了尸体。他们并不知道，此时东王，已被满门抄斩，包括 54 个王娘在内的东王妻小，都变成一堆血肉模糊的尸体。他们更不会想到，屠杀一旦开始，就不会轻易结束。将东王满门抄斩之后，韦昌辉下令，杀尽东王的所有亲属和旧部，无论男女老少，一律处死。

老人脆薄的胸腔被长枪穿透；孩子被从母亲怀里抢出来，一刀劈死；更有妇人的脖子，被军人用短柄腰刀一寸一寸地割断，割的时候，妇人爆出惊天动地的惨叫……至于谁是亲属和旧部，不需要任何认定程序，完全由军人们的心情来决定。人们无法理解，太平军，他们的子弟兵，如何一夜之间变成魔鬼。天国变成了屠宰场，疯狂的屠刀如一头怪兽，吞噬着六朝古都。那个附着在各种宣传品上的天堂，已荡然无存。

屠杀持续了近一个月。从观音门口内漂流到江面上的长发尸骸成千上万，几乎把江面堵塞。江面被血染成红色，如同一根粗大的血管，血浆汹涌，很多年，才流成原色。

从武昌匆匆赶回的石达开无论如何不会想到，韦昌辉的刀锋会指向自己。韦昌辉居然一怒之下，将石达开满门抄斩，只有石达开一人逃脱。石达开一路逃到安庆，挥师讨韦。韦昌辉控制了首都，但首都之外，却是石达开的天下。那座神圣的都城，在石达开眼中，不过是一座孤岛而已，韦昌辉的政令，飞不出都城一步。转眼之间，石达开兵临城下。无奈之中，洪秀全下令讨韦。

韦昌辉被处死的时候，脸上露着狞厉的笑容，杀人的快感，还没有完全消退。他和他的刀都不服输——如果石达开没有脱身，那么，乾坤就会倒转。

韦昌辉是被肢解而死的，他的肉被割成二寸许的肉段儿，悬放在城中各处的栅栏上，旁边标明："北奸肉，只准看，不准取。"他的家旋即被满门抄斩。

满门抄斩，这个令人毛骨悚然的词汇，在当时，成为天国的常用词。

顶天侯秦日纲、佐天侯陈承瑢，虽从东王手下侥幸逃生，但这次，因追随韦昌辉，站错了立场，他们没能保住自己的脑袋，钢刀落处，他们的头颅飞向远方。

至此，东王杨秀清、北王韦昌辉被处决，西王萧朝贵、南王冯云山战死，东西南北四王，无一生存，永安五王中，只剩下翼王石达开了。所以，当石达开率军进京的时候，劫后余生的京城百姓给了他潮水般的欢迎。罪孽深重的天国，等待着翼王的拯救。宫殿里，洪秀全的面容阴郁而狰狞。杨秀清、韦昌辉的相继背叛，令他的精神受到了自广州落榜之后的最大打击。他从民众的欢迎里，感到某种危险。这种不寒而栗的感觉，他并不陌生。

石达开不会想到，正当他享受英雄般的礼遇的时候，他已经成为洪秀全的敌人。天王对他的洪氏定理坚信不移，所以，减法的游戏永无止境，只是它的参与在不断变换——由从前的杨秀清、韦昌辉，变成现在的石达开。现在他顺理成章地认为，轮到石达开跟他争抢唯一的天王名额了。那是一道填空题，总有一个对手，占据那缺乏的位置。他们走马灯似地到来，令洪秀全感到既惊恐，又兴奋。洪秀全从来没有想过，所谓的敌人，是他和他的天国炮制出来的。杀戮还要继续下去，杀人是上瘾的，如同天王在紫荆山砸碎庙宇里的神像，那些粉碎的身体，会激起他的无限热情。这种热情一旦燃烧起来，就很难熄灭。阶级斗争要年年讲、月月讲、天天讲。千万不能忘记阶级斗争，不要忘记睡在我们身边的赫鲁晓夫。

石达开对洪氏定理深怀恐惧。他再次踏上逃生之旅，这次，他带走了十万精兵。他们的终点，是大渡河南岸的紫打地绝境。

石达开走后，洪秀全及时地务色了他的下一个敌人：李秀成。

第十章　林则徐

道光三十年（公元 1850 年），洪秀全在广西金田聚啸山林那一年，林则徐刚好 66 岁，一身瘦骨，满脸风霜，隐居于福州西湖，饮酒赋诗，不再过问朝政。疆场上的枪林弹雨，朝堂上的明枪暗箭，他都不放在心上。一种巨大的幻灭感笼罩在他的心上，只有有限的残生，是他抓得住的。在西湖边的文藻山上，他构筑了一栋三进的宅院，第三进的双层楼房里，是他的藏书楼，他给它起了一个灵动的名字：云左山房。青灯黄卷，足以安顿这颗曾经焦灼不安的心。自从被道光皇帝罢官发配以后，经由广州、京口、扬州、洛阳、西安、兰州、嘉峪关、乌鲁木齐，抵达伊犁惠远城，多年后，又入陕甘、云贵，放舟入湘南，最终归闽，戎马关山，颠沛流离，毕生文稿，从没有时间整理，现在，他终于有暇，一页一页推敲、品味《使滇小草》《黑头公集》这些昔日的诗稿，把它们选辑成《云左山房诗钞》，又修订了《西北水利》、《畿辅水利议》等著作，交给刘存仁校勘。对他来说，那些发黄的纸页，有着一种无法言说的魔力，以至于圣旨飘到他身边的时候，他都不抬头看一眼。他是跪接了福建巡抚徐继畬传来的圣旨，但他把徐巡抚打发走了以后，又躲回了自己的云左山房，一字一句地誊抄诗稿。他再也无暇打量那道圣旨。

此时的林则徐，已经由“睁眼看世界”，转为专注于修炼内心，他的胸襟气魄，全都收缩在尺牍书札之间。他的翻译班子已经解散，英文翻译梁进德连同他的父亲梁发，已经在历史中去向不明——他们是历史中的隐者，因某个机缘影响了历史的走向，以后就悄然遁形，再也找不到他们的身影。只剩下洪秀全，在经历历史因缘的一系列启承转合的传递之后，站到历史的追光中。

残酷的科试，成为林则徐和洪秀全人生的分水岭。林则徐 4 岁入塾识字，14 岁考中秀才，20 岁中举，27 岁参加会试，复试一等，殿试二甲第四名，朝考第五名，赐进士出身，选翰林院庶吉士，可谓科场宠儿，如果说“进入考场的人当中，百分之九十八以上与成功无缘”，那么林则徐，就是那幸运的极少数、超级幸运大奖的得主。那条险象环生的路，居然被这个年轻人走通了。除了报恩，别无选择。所有的荣耀，都仿佛在虚空中得到，纵使失去，也不算亏本。“苟利国家生死以，岂因祸福避趋之。”在这样的精神指引下，林则徐一往无前，查鸦片、办洋人，直至贬官流放的圣旨在苦雨中飘然落下，才恍然大悟，所谓立功立德，全凭皇帝的情绪来决定。一个人一旦进入官场程序，就会如同一片飘零的落叶，被流水裹携着走，不由自主。一介良臣，可能恰恰因为他的功德，而被刺配充军。官场的最大原则，便是没有原则，只有圣旨，成为检验真理的唯一标准。无数学子渴望的仕宦之途，像一把重重的枷锁，套在他的身上，让他透不过气来。林则徐在鸦片战争的当口登高一呼，但那一次，他透支了体力。西行的馆驿中，他从《京报》读到了琦善、奕经、奕山、文蔚等人被定为斩监候（死缓）的消息，秋后勾决，惊恐得瘫软在地上，心里为自己苟全性命于乱世而深感庆幸。从此便在官场上明哲保身，噤若寒蝉。

尽管，还有一只只顶戴等待着他，他终于挂印而去了。

皇帝呼来不上船，他从这种果决里，感到一种恶毒的快意。巡抚走后，他的脸上露出一种无法掩饰的笑容。

1850年（清道光三十年），在林则徐的山居岁月里，道光皇帝暗然去世，咸丰的屁股刚刚坐到龙椅上，一连串令他不快的消息便接踵而至——在遥远的广西，天地会攻下了龙州厅城；在金田，一群客家人聚众造反，领头的，叫洪秀全。

朝中无人，咸丰皇帝此时开始了对林则徐的单相思。终于，在一片求贤若渴的气氛中，一道圣旨，在蝴蝶花盛开的日子，再次降临遥远的“云左山房”。

皇帝宣召林则徐迅速来京，听候简用。

钦差大臣的头衔，没有使林则徐的表情有丝毫的变化，倒是广西的“匪情”令他眉头紧皱——那群乌合之众，把他心中熄灭已久的豪情又焕发起来。此时他才发现，他的归隐，并非真隐。危机四伏的国度，他无法六根清净。儒生的心，不容易死透。很多念头，是生在骨子里的，是本能。他自知火候到了，便从病榻上挣扎着起身，从书房的墙壁上摘下那把雪亮的宝剑，并拢的手尖，轻轻滑过利刃，苍白的脸上流露出一丝隐秘的笑容。

四天后，林则徐领了官印，带着儿子林聪彝和幕僚刘存仁，奔赴广西前线。

林则徐的豪情，在路上只勉强维持了 17 天。道光三十年十一月二十二日辰刻，在广东普宁县行馆，他身体瘫软，再也不能前进半步，终于在距离洪秀全不到一千里的地方，咽了气。断气前，林则徐口述，儿子林聪彝代笔，写了一份遗折，折子里说：“未效一矢之劳，实切九原之憾”。

他失去了与洪秀全对话的机会。

林则徐与洪秀全，这两位在中国近代史上炙手可热的人物，因其对鸦片的态度，完全可能成为盟友。但他们最终成为敌人，他们的角色是历史规定的，如同古斯塔夫·勒庞所说：“在法国大革命这一宏大的戏剧中，演员们粉墨登场，但其角色却是早就由剧本决定了的。每一个人都说他必须说的话，做他必须做的事。”

洪秀全，那个被封堵了仕宦之路的科场失意者，在一条意外的道路上获得了生机。就是这个孱弱书生，在大清的江山上撕裂了一个口子，紫荆山中，万马奔腾，而最后这点距离，竟使林则徐最后的功业变得遥不可及。林则徐在科场上所向披靡，但在官场上，与功德圆满之间，总横亘着一段距离，无论攘外还是安内，他都功亏一篑。

那是一条充满滞阻的道路，这让他充分认识到书生的百无一用。但对于洪秀全来说，所有的滞阻都不发生作用。这是一种不公平的竞争。在洪秀全面前，所有的官场规则都等于零，他是规则的制定者，而不是规则的执行者。多少人的命运，都被那题名的金榜限定了，只有他能随心所欲。他不为皇帝服务，而选择自己作皇帝。他像一阵不受阻挡的风，迅速席卷东南半壁。中国南方的葱郁山水，正在他的马蹄下大面积地展开。

如果，他的名字，写在了那天的金榜上，他会成为另一个林则徐吗？

林则徐和洪秀全，像一枚硬币的两面，镶嵌在大清帝国的末世图景中。在王朝的诡异的体制内，他们随时都可能成为对方。

但无论是叛乱者还是平叛者，又有谁，能够逃得出自己的宿命？

第十一章　天国陨落

公元 1863 年，呤唎与妻子玛丽暂时离开天京，去上海看望亲戚。回到天京时，他们听到太平军在上海遭到惨败的消息。紧接着，他们听到太仓、昆山等城市接连沦陷的消息。呤唎说："清军自 1861 年终陷安庆后，即逐渐向大江两岸推进，最后终于占领了天京城外的所有地方。”1862年5月，曾国荃驱军直入，逼扎雨花台，距天京城，不及四里。

天国的事业，变得一败涂地。

打败天国的不是清军，是天国自己。

洪秀全的心里有一个魔，但他自己浑然不知。

李秀成的军队从稻田上通过。青涩的稻谷，在雾中滋滋作响，士兵们身前身后响着踢踢踏踏的脚步声和粗重的呼吸声。部队停下来，开始收割尚未成熟的庄稼。但收割的全部粮食，还不够他们一半路程之用。他们很快再次陷入饥饿。接着，他们陷入沼泽，看不到头的泥沼，脚陷进去，拔不出来。整个队伍如同一条蠕虫，晃动着，缓慢地前行，行进中发出“扑哧扑哧”的闷响。更糟糕的是，扬子江江水骤涨，泛滥两岸，甚至距江边很远的低洼之地，都变成一片泽国。

炮火掀起一个个高大的水柱，水柱中，李秀成看到了呤唎和玛丽驾驶的大木船，在向他们徐徐驶来。呤唎把他能找到的所有船只都开过去，帮助太平军渡江，同时，他叫十二名欧洲伙伴，乘大木船，向清军迎过去，准备阻击敌人。呤唎看到那些体力完全衰竭的士兵，在即将抵达木船的时刻倒下，他们与木船的距离，是生与死的距离。炮弹不断在他们身边爆炸，把成堆的尸体抛向天空，由于人群过于密集，许多士兵都被后面的人挤到江里去，太平军死伤无数。

十二天后，残存的不到1万5千名太平军渡过扬子江。呤唎和玛丽还活着，他们决定逃走。这时，两岸都被清军占领了，他们割断了船绳，企图向大河下游逃走。

一阵急风向他们吹来，吹散了他们周围的浓烟。他看到了玛丽，她清俊的面孔清晰起来。清军的炮艇尾随在他们后面，紧追不舍。炮火在他们周围，掀起一阵阵热浪。呤唎急忙把玛丽送进内舱。他刚露出头，一排子弹向他们扫来，他的朋友埃尔中弹倒下，他看到埃尔临死前惊愕的表情，紧接着，一颗子弹将他击中，他失去了知觉。

不知过了多久，呤唎才醒过来。他发现了令他惊异的事实：

玛丽的身体，被一排子弹射穿了。

汩汩冒血的弹孔，仿佛一串花朵，挂在她的胸前。

天京守不住了。李秀成对洪秀全说：出路只有一条：放弃都城，主动转移。

洪秀全在一瞬间被激怒了，他说：

“朕奉上帝圣旨，天兄耶稣圣旨，下凡作万国独一真主，何惧之有！不用尔奏，政事不用尔理，尔欲外出，欲在京，任由于尔。朕铁桶江山尔不扶，有人扶。尔说无兵，朕的天兵多过于水，还怕曾妖吗？尔怕死，便会死。政事不与尔相干，王次兄勇王执掌，幼西王出令，有不遵幼西王令的，合朝诛之！”

到了这步田地，洪秀全仍然相信自己是“万国独一真主”，手里掌握着无数天兵，可谓病入膏肓。连呤唎都用“疯狂”一词形容洪秀全：“如果我们把这三种特性：高尚、疯狂、轻率同等地归之于天王的动机，大概我们就相当接近真实性了。”有人说；“做大事业者的禀赋之一是敢于说谎，并且敢于一千遍地重复下去，以使之成为真理。”看来，说一次假话并不难，难的是一辈子说假话，不说真话。或许，只有洪秀全这样的病态人格，才能做到这一点。他不仅用谎言欺骗别人，而且用谎言欺骗自己。洪秀全自己，已经与他的谎言融为一体，缺一不可，无论谎言把他举向巅峰，还是送进地狱，他都不会对自己的谎言表示丝毫的怀疑。

然而，天兵没有来，来的是如潮的清兵。

坐在龙椅上，他最后望了一眼自己的江山，尔后，吞金自尽。

那天午后，太平门被湘军轰塌二十余丈，刚刚登极的新天王、洪秀全的长子洪天贵福站在宫楼上，看见湘军潮水般涌进城内，赶紧往楼下跑。突然，他觉得被什么牵住了，扭头，看见他的妃子扯住他的袍袖，不肯放手。他对年轻的妃子说，下去看一下就回来，一溜烟跑到荣光殿，想迅速逃离这座令他的父王依依不舍的宫殿。就在这时，救命恩人李秀成来了。这天晚上，李秀成护卫着幼天王，从太平门的缺口，冲出他们的都城。

他们被冲散了。四天后，两名乡民，把李秀成绑赴清营。

洪天贵福在山野间隐匿了三个月后，被清军捕获。

年幼无知的 16 岁天王，主动向江西巡抚沈葆桢坦白了一切，希望因为认罪态度好而被宽大处理。

于是，在江西巡抚衙门受审时，洪天贵福语气急切地说："那打江山的事都是老天王做的，与我无干。就是我登极后，也都是干王、忠王他们做的。广东地方不好，我也不愿回去了。我只愿跟唐老爷到湖南读书，想进秀才的。"

他和他父亲年轻的时候一样，胸怀远大的理想，决心义无反顾地投向科举之路。

他企图回到原点，回到儒家文化精心编织的网格结构中去，但他没有机会了。

问题是：历史还会回到原处吗？

1864 年 11 月 8 日，年轻的洪天贵福，被绑赴刑场。

他是被凌迟处死的。

2009 年 4 月—8 月 19 日

8 月 30 日改定

再见，马关

一

丁汝昌自杀那一天，公元1895年2月13日，李鸿章接到朝廷的任命，成为大清王朝的议和大臣，赏还翎服、黄马褂。但李鸿章的脸上不见丝毫的喜色，他知道，所谓的议和，不过是城下之盟的好听说法而已。日本要的不仅仅是钱，这一点，没人比李鸿章更清楚。然而倘若割地，不要说朝廷不答应，连他自己都不会答应；至于赔款，户部又拿不出银子。让他去议和，还不如直接让他下地狱呢。

思量再三，李鸿章怯怯地向朝廷提了一项要求——让翁同龢与他同去。整天嚷嚷着打仗的不是你翁同龢吗，如今战败，你怎么变成缩头乌龟了？ 但翁同龢是绝对不会承担这个责任的，推脱道：若我此前办过洋务，此行必不辞。今以生手办重事，怎么行呢？

此时李鸿章心里定然只有苦笑——如今你终于知道自己是生手了，既然如此，当初又凭啥在北洋的事务上插自己的手，掣别人的肘？

我在《盛世的疼痛》中说，李鸿章不敢打这场战争，一说是他想保存实力，因为在大清官场，实力就是本钱，此说固然有理，但当年李鸿章率淮军攻打太平天国，一路冲锋陷阵，为何不保存实力？ 因此，最重要的原因，是他看到了大清海军的实力已经不是日本的对手。双方装备的对比，不过是一些枯燥的数字，但到战场上，就意味着生灵涂炭。对这些数字，太后不感兴趣，皇上不感兴趣，翁同龢不感兴趣，只有李鸿章心知肚明。大清帝国如同当年“黑船”压境的日本，以匹夫之勇，逞一时之快，断然不会有好果子吃，所谓君子报仇，十年不晚，即使日本在天地、地利、人和都不利的 19 世纪 70 年代能成功避免战争，那么大清也应当如法炮制。如此，保存实力，就是策略，而不是自私怯战了。

但是以翁同龢为代表的主战派却咄咄逼人。打胜了，证明他们正确，打败了，自然有别人背黑锅。更重要的原因是，翁同龢的真志向并不在斗日本，而在于斗倒李鸿章。他曾说：“正好借此机会让他（李鸿章）到战场上试试，看他到底怎么样，将来就会有整顿他的余地了。”

李鸿章沉默良久，才说：割地是不可行的，谈不成我就回来。

话音落处，一片静寂。

没有人回答。

二

下关是一座美丽的城市，我们在本州和九州两岛之间往返，马关是必经之地。它位于本州岛最南端的山口县，与九州岛隔着一弯窄窄的海峡，即关门海峡。有一条山阳道，就紧贴着关门海峡伸展，干净的街道，仿佛每天都被海峡的风沐洗过，时而有年轻的恋人，趴在步行道边的栏杆上，眺望对面的九州岛。抬头看天，关门大桥凌空而起，早已把天堑变成通途。但在丸尾公园和火山公园之间的御裳川，道边却排列着五门火炮，扼守着海峡，显示着这座城市因其地理位置而在历史中占据的独特地位。

水产和水果都是这座城市的特产，所以在这座城市里生活的人，不仅独占着水天一色的美景，他们的口福也令人望尘莫及。我们拍摄了唐户市场。与我们国内的幽暗腥腻的水产品批发市场不同，这家下关市最大的水产品批发市场，就像是一座巨大的水族馆，各种鱼类在透明的容器内摇头摆尾，即使是冷冻的水产品，也都摆放在精致的器皿里，像花道一样一丝不苟。我想起自己曾经在巴塞罗那的菜市场内游荡，周围蔬果丰美、鲜花绽放，仿佛身在一个丰饶的花园里，巴塞罗那的菜市场，颠覆了我对菜市场的传统印象。唐户市场也是一样，在这里转悠，不仅容易激起无限的食欲，更会激发起对生活的渴望。

夜幕降临的时候，我们坐在海边的料理店里，喝清酒，吃河豚。河豚是下关的特产，每年产量约 12 万吨，占日本全国的 90%，因此被称为“河豚之乡”。在海边，店铺一家挨着一家，许多都经营河豚。现实生活的场景，似乎遮蔽了与历史的联系。但历史不可能被割断，它就藏在河豚里，近在眼前。

李鸿章来时，谈判地点春帆楼就是当地著名的料理店。它的早期主人藤野玄洋曾在这里开设医院，他死后，他的夫人又在这里开设了一家料理旅馆，以毒河豚鱼这道名菜而闻名日本。伊藤博文曾多次来这里品尝，流连于这里的春光帆影，提笔写了“春帆楼”这个店名，它的牌匾，至今保存在“日清讲和纪念馆”内。楼主病逝后，下关人林平四郎于大正九年（公元 1920 年）买下这座楼，在门口立了一块“讲和碑”，请在《马关条约》谈判时担任内阁书记官长的伊东已代治写了碑文。这块碑如今还树立在春帆楼的庭院里。

春帆楼内，杯筹交错，李鸿章想必也吃过河豚，只不过以他当时的心情，端不动伊藤博文为他接风的酒杯。那一年李鸿章已是 73 岁，像他效忠的帝国一样衰老，而伊藤博文才 54 岁，年富力强，眉宇间有一种逼人的气势。李鸿章这匹瘦马，几乎拉不动大清帝国这驾破车了，马将死，车将翻。

此时，我心情放松地坐在海边的料理店里，心里想着 119 年前的李鸿章，突然感到有一种罪孽感，觉得自己是那么的没心没肺，有点对不住他老人家。此时他老人家若推门进来，不知会对我怒目而视，还是为我们生活在这样的一个时代里而深感庆幸。

三

公元 1895 年 3 月 15 日，李鸿章带着皇帝“承认朝鲜独立、割让领土、赔偿军费”的授权，从天津出发，19 日抵达日本下关。20 日展开谈判，是双方预定的，所以李鸿章在给朝廷的电报中说：“起程须扣算到日，不先不后，乃得体。”虽为战败国使臣，身系国家命运的李鸿章，依然不忘保持体面。

李鸿章和伊藤博文不是第一次相见。三十多年前，19 世纪 60 年代初，伊藤博文还是个二十多岁的小青年，受“黑船”事件的刺激，取道上海，前往西方学习。那时的上海，正是李鸿章的天下。公元 1862 年，李鸿章带着刚刚成立的淮军，在安庆北门集合，沿长江而下，直抵太平军聚集的上海。谁也不会想到，正是这群被蔑称为"大裤脚蛮子兵"的安徽子弟兵，以七千打十万，一举占领了上海。李鸿章也迎来了他一生事业的高峰，办洋务，建海军，一发而不可收。

那时二人是否见面，我们已无从查考，但伊藤博文一定会知道李鸿章的威名。

又过了二十多年，到了80年代，大清帝国海上之梦被溃烂的官场一点点地腐蚀，已经趋于黯淡了。但这个沉落梦想却仿佛翘翘板，把日本的野心翘起来。公元1874年，日侵台湾。五年后，占领琉球。又过了十年，到了公元1884年，为了解决大清帝国和日本在朝鲜问题上的纠纷，李鸿章和伊藤博文在天津进行了谈判，签订了《天津条约》，规定同时从朝鲜撤军，"今后朝鲜国若有重大变乱事件，清日两国如要派兵，须事先相互行文知照"。正是这一条款，为后来的甲午战争埋下了伏笔，这一点，前面已经提到。

正是这次会面后，李鸿章提醒总理衙门："大约十年之内，日本富强必有可观，从中土之远患而非目前之近忧，尚祈当轴诸公及早留意是幸。"

意思是说，大约十年之内，必然会看到日本富强，成为中国的远患，而不仅仅是眼前之近忧，祈望诸位尽早留意，方为幸事。

而伊藤博文对清国则有着完全相反的预言："有人担心三年后中国必强，此事直可不虑，中国以时文取文，以弓矢取武，所取非所用；稍为更变，则言官肆口参之。虽此时外面于水陆军俱似整顿，以我看来，皆是空言。"

意思是说，中国人还在用八股文来选拔文官，用弓箭来选拔武官，他们所学的，在当今世界上已没有用武之地；纵然有人想稍做改革，也会被言官们骂得一文不值。虽然从表面上看他们在整顿陆军海军，但在我看来，都是些空话。

无论李鸿章，还是伊藤博文，对对方的判断都准确无误。不同只在于，伊藤博文的判断成了日本的共识，而李鸿章的判断则被视为危言耸听、为自己建北洋捞资本。十年后，双方的预言都得到了验证，一张谈判桌，分开了截然不同的命运，一为刀俎，一为鱼肉，李鸿章深刻的痛感，无人能够体会。

李鸿章看见案板上的河豚，就等于看见了自己。

孙郁说他："他知道大清帝国衰微的结局，但一面又在修补着那个世界，竭力挣扎在东西方文化之间。他在受辱和自尊间的平衡点里，重复了古中国庙台文化与市井文化的精巧的东西"，"内心的体味一定复杂是无疑的了"。

说白了，就是死马当活马医罢了。

四

许多历史书中引用的春帆楼的照片都是错误的，我也被误导了很多年，直到抵达实地，才弄明白这一点。那座有着歇山式屋檐的土黄色建筑，频频出现在各种历史读物中，但它并不是春帆楼，而是"日清讲和纪念馆"，是 1937 年建立的。在它的旁边，正对海峡的山坡上，才是春帆楼的原址。门口立着一块史迹碑，方型的碑柱上，用楷书刻写着：

史迹春帆楼日清媾和谈判场

木构的春帆楼，当地一家著名的料理店，已经在1945年的一场大火中消失，如今在原址上建起的，是一座现代化的酒店，红男绿女出入其中，历史在他们的脸上不落一丝痕迹。一百二十年前与清国的那场战争，许多日本人不感兴趣，所以旁边的那座“日清讲和纪念馆”，尽管是公益博物馆，却连专门的服务人员都没有，访者更是寥寥无几。出于拍摄的需要，我们提前与管理部门——下关市教育委员会联系，提交了拍摄申请，他们才派了一名女秘书，带着一串钥匙前来给我们开门。这让我觉得有点像中国某些县城的博物馆或纪念馆，只有漂亮的房子，却是门可罗雀，无人问津。

我们早早就等在门口，准备好拍摄器材，没有等来女秘书，却先等来一场微雨。那时虽然已是暮春，而且身处日本的南方，但微风中依旧带着一丝寒气，从海峡上吹过来，冷冷地掠过面颊。春帆楼在阿弥陀寺町的半山上，被一片葱绿簇拥着。站在春帆楼的门口，可以看见海峡的一个片断，像大片中的某个特写。有巨型的货轮，还有日本自卫队灰蓝色的军舰，从海峡中缓缓通过。

当年之所以选择春帆楼作为谈判地点，正是因为这里是炫耀日本军力的最佳地点。透过春帆楼的窗子，就可以看见海峡里游弋的日本军舰。那些军舰从北洋舰队的炮口下死里逃生，此时却给清方谈判代表造成了巨大的心理压力。

自卫队的军舰，和伊东已代治碑文中的文字形成某种呼应关系。他用中文写下这样的话：“呜呼！ 今日国威之隆盛，实滥觞于甲午之役！”在日本，很少看到中文标识和说明书，“日清讲和纪念馆”特别使用中文，可以理解为对中国参观者的关照，也可以理解为某种刺激。因为这个纪念馆，对于中国人有着不同的意义。正是在春帆楼，我们的国家一度失掉了辽东半岛、台湾、澎湖列岛，失去了对朝鲜的宗主权，还赔偿日本军费两亿两白银，养肥了日本军国主义，把杀人刀磨得更快，再来大肆屠杀中国人。公元1899年，戊戌政变失败、亡命日本的康有为乘船从关门海峡经过，远远地望见春帆楼，满怀伤痛地吟出四句诗：

碧海沉沉岛屿环，
万家灯火夹青山；
有人遥指旌旗处，
千古伤心过马关。

女秘书准时出现了，打开那扇关闭已久的木门，出现在我们面前的，是一间面积不算大的展室。但所幸有了这座纪念馆，当年谈判现场的所有文物才没有在春帆楼大火中烧毁，它们被提前转移到这里，完全按照原样陈列。展厅的灯光并不明亮，但展厅中央那张长条型谈判桌依旧赫然入目。谈判桌上，当年的笔砚依旧摆放在原处，李鸿章座位下的痰盂也在。这样一个封闭的场景很容易造成某种错觉，仿佛此时只是暂时休会，一分钟以后，谈判者就会走进来，各就各位。一百多年的时光仿佛被抽空了，幽冥中，我仿佛听到了李鸿章的咳嗽声。

李鸿章一行在公元1895年3月20日下午3时抵达春帆楼。《时事新闻》记者写道："李鸿章略感风寒，仍决定下午3时与我全权会见。2时半许，在县警察官护卫下，李鸿章一行乘小野田丸蒸汽船到达阿弥陀寺町镇守神社前。从船到栈桥之间需经过一段石阶，两名侍从谨慎搀扶李全权越之，实乃清国大员之风采。据闻李鸿章小病后面色健润，佩戴一副金缘白玉眼镜，上身着黑色官衣，下身茶缎裤子，足蹬薄靴，身高五尺六寸，高大过人。一行官员 9 名、护卫 6 名登上东栈桥。李经芳先上陆和前来迎接的日本官吏寒暄，山侧聚集甚多遥望清国大人物的本地百姓。李鸿章乘坐专门预备的坐轿，李经芳以下官员乘人力车，通过夹道整列的宪兵警卫，直接前去谈判所春帆楼。”

李鸿章先是在楼下小憩了片刻，然后超过预订时间 5 分钟后进入谈判会场。我想，这一微小举动绝对是有意而为的，它的潜台词，也许是要凸显自己的重要性——即使是一场任人宰割的谈判，也要摆出一副傲然的气度。

“日清讲和纪念馆”的展品中有一件锦绘《媾和谈判之图》，在这幅图画中，伊藤博文、陆奥宗光以及他们身后的二位日方通译官一律傲然站立，李鸿章、伍廷芳及清方通译官则弯腰鞠躬，媚态十足。这幅画透露出日本人当时某种狂傲的心态，只是这种自鸣得意在今天看来未免好笑。连展览的说明牌都不能不解释，这幅画只是从日本当时的视角描绘的。

那一天，伊藤博文见李鸿章进来，走过来握手致礼，然后按照事先摆放好的名签各自落坐。

《东京日日新闻》的记者对现场环境有这样的描写：“春帆楼的主人藤野已经离开，室内陈设金色屏风，摆置各种盆景显得幽静高雅，春帆楼周围配备警官宪兵严密警卫。”

李鸿章坐在谈判长桌一侧最大的红色靠背椅上，地上摆放他的名签：大清帝国钦差头等全权大臣、太子太傅、文华殿大学士、北洋大臣李鸿章。

他身边依次是：大清帝国钦差全权大臣、二品顶戴前出使大臣李经芳，头等参赞官马建忠。

清方的对面，坐着日方谈判代表和书记官，分别为：大日本帝国全权弁理大臣、内阁总理大臣、从二位勋一等伯爵伊藤博文，大日本帝国全权弁理大臣、外务大臣、从二位勋一等子爵陆奥宗光、内阁书记官长伊东已代治。

长桌顶端座位的名签上坐着头等参赞官伍廷芳、外务书记官井上胜之助。

对面的一端坐着：（大日本帝国）外务大臣秘书官中田敬义、外务省翻译官陆奥广吉。

双方翻译罗庚龄和楢原陈政分别坐在各自谈判代表身后靠墙的位置。

一阵寒暄过后，李鸿章直入正题：

“亚细亚洲，我中日两国最为邻近，且系同文，为什么要寻仇相争呢？今虽暂时相争，总要以永久友好为目的。假如彼此寻仇不已，冤冤相报，则对中华有害，对日本也未必有益啊。试看欧洲各国，纵然军事强盛，也不轻易言战。我中、日两国，既然同在亚洲，就应当学习欧洲。假如我们两国使臣能够认识到友好的重大意义，就应努力维护亚洲大局，永结和平；如此，我亚洲黄种之民，就不会被欧洲白种之民所侵蚀了。”

伊藤博文答道：“中堂之论甚合我心。十年前，我前往天津，与中堂谈到过这个议题，中堂至今竟然丝毫没有改变，（但两国还是交战了，）本大臣深为抱歉！”

李鸿章说："那时聆听贵大臣谈到这点，不胜钦佩；更值得钦佩的，是贵大臣致力于变革旧俗，日本才发展到今天。至于我国，被旧俗所限制，改革未能如愿以偿。当时，贵大臣曾经劝我说，中国地广人众，变革之事应当循序渐进。转眼之间，十年过去了，中国却依然如故，对此，本大臣更应该抱歉！深感心有余，而力不足。贵国的军事完全按照西方模式训练军队，各项政治，也日新日盛；此次本大臣进京时，与士大夫辩论，深知我国只有彻底改革，才能真正地自立。"

李鸿章是明白人，一眼就看穿了这场战争输在哪里。军事的失败只是表象，政治的失败才是本质。只是李鸿章这根老蜡烛，油尽灯枯，他的风度，丝毫改变不了谈判桌上的弱势地位。结果早就摆在那里了，像一场无法摆脱的宿命。李鸿章早就看到了这一点，所以他采取了拖延战术，不能让日本人的便宜来得太轻易了。他手里没有任何谈判的本钱，但他有的是耐心。而日本激进青年、右翼团体"神刀馆"成员小山丰太郎射向他面部的那一枪，刚好给了他拖延的理由。这场拉锯战一直进行到4月10日，在病榻上辗转的李鸿章对割让辽东半岛、台湾以及二亿五千万两白银赔款的要求表示强烈反对。

遗憾的是，前面已经说过，清国的密电码已被日本人掌握，李鸿章此间发给朝廷的电报全部被日本破译，日本人对李鸿章的底牌了如指掌，终于以武力相逼，向李鸿章发出最后通牒。

4月15日，双方第六轮和谈，这次会议持续了5个小时，李鸿章以近乎哀求的语气，请伊藤博文这个老朋友给个面子，伊藤博文却像《沙家浜》里的刁德一，"一点面子也不讲"。李鸿章请示朝廷，得到光绪皇帝“即遵前旨与之定约”的旨意后，决定屈负天下骂名，答应第二天签约。

主要条款是：一、中国承认朝鲜独立，废除中国对朝鲜的宗主权；二、割让辽东半岛、台湾及澎湖列岛；三、中国赔款库平银2亿两；四、增开沙市、重庆、苏州、杭州为通商口岸；五、日本人得以在中国通商口岸从事工艺制造；六、在订约后一年内中国分两次交清1亿两赔款，并重新签订通商行船章程前，日本派兵占领威海卫。

一切都尘埃落定了，李鸿章柱着拐杖，徐徐站起身，对伊藤博文说了句：“没有想到阁下是这样严酷执拗之人。”说罢，转身离去。

五

李鸿章下榻的地方，叫引接寺，距离春帆楼只有300米。是一座公元1560年建、本尊“阿弥陀如来”的古刹。从引接寺到春帆楼，有一条蜿蜒的山路，是当年日方为李鸿章的安全和方便而专门修建的。这条路现在是一条柏油路，弯弯曲曲，一面是山体和春帆楼的水泥围墙，另一面是悬崖边的水泥栏杆。山路边竖着这条路的路牌，白底蓝字，上写：“李鸿章道”。

回环曲折的道路，暗合着李鸿章千愁百转的心情。李鸿章此去，知道等待他的是什么样的前景，一切都已经注定了，不可能再有奇迹。

他归来的时候，江山将不再完整。

他曾经的梦想，也被肢解得支离破碎。

签约的消息传到台湾，“绅民奔走相告，聚哭于市”。台湾巡抚唐景向朝廷苦谏：“请俟臣等死后，再言割地。”但日本的军舰还是来了，没有人挡得住。丘逢甲撤离前，痛苦万状地写下：“宰相有权来割地，孤臣无力可为天。”

台湾从此成为“亚细亚的孤儿”，近百年后，仍有人唱：

多少人在追寻那解不开的问题

多少人在深夜里无奈地叹息

多少人的眼泪在无言中抹去

亲爱的母亲这是什么道理

但这样的心如刀绞，这样的长夜痛哭，都是一百多年以前的事了。时间拉开了我们与往事的距离，对于在复兴路上奔走的中国人来说，我们民族的历史早已翻开了新的一页，昔日的伤痛也早已愈合。但是，在李鸿章道上徘徊，踩着他从前的脚印，我却在想，对当年的亲历者来说，失败则构成了他们的全部命运。他们被这样的命运吞噬了，再也没有反手的机会。

他们的目光很难穿透眼前的黑暗，去奢望未来。

六

公元 1895 年 4 月 17 日上午 10 时，清日两国正式签订《马关条约》。条约签订后，李鸿章一日也不想多留，于当天下午 3 时 30 分乘船离开下关。

第二天，伊藤博文在春帆楼举行答谢会，热烈祝贺《马关条约》的成功签署。伊藤博文在演说中说："今天具有历史意义的《下关条约》，在诸多外国势力的关注下，我陆海军仰赖天皇陛下的威严，取得了古今未曾有过的殊荣。它在世界上壮大了日本的名誉和国威，此乃国家之喜、民众之幸，请诸君永远记住今日在下关诞生的历史荣誉。"

此后的每年4月17日，春帆楼二楼的谈判现场都会公开展览。

为了庆祝这个"古今未曾有过的殊荣"，8月5日上午，在东京的皇宫，明治天皇亲自为甲午战争中的"功勋"受予勋爵。被授爵的"功臣"包括：

侯爵：伊藤博文、山县有朋、西乡从道、大山严；

伯爵：野津道贯、桦山资纪；

子爵：川上操六、伊东祐亨；

特赐菊花章颈饰、特叙功二级、赐金鵄勋章：彰仁亲王；

叙大勋位、赐菊花大授章：伊藤博文；

特叙功二级、赐金鵄勋章、赐旭日桐花大授章：山县有朋、大山严、西乡从道；

特叙功二级、赐金鵄勋章、赐旭日大授章：野津道贯、桦山资纪；

特叙功二级、赐金鵄勋章、叙勋一等、赐旭日大授章：川上操六、伊东祐亨；

明治二十七八年战役建功者授赐年金千圆：彰仁亲王、山县有朋、大山严、西乡从道、野津道贯、桦山资纪、川上操六、伊东祐亨。

外交大臣陆奥宗光被授予正二位勋一等伯爵，只是当年陆奥宗光重病卧榻，不能参加荣誉授受仪式。19天后，陆奥宗光病逝，享年53岁。

以战争的方式赚取外汇，这让紧追西方大国的日本找到了新的经济增长点。伊藤博文和陆奥宗光从此被视为民族英雄，在春帆楼和“日清讲和纪念馆”之间的空地上，我看到了这两个人的青铜雕像，表情坚毅，目光如炬，胸怀祖国，放眼世界，仿佛在为日本开拓着万里波涛。

在马关，日本取得了令人满意的收成。这时，伊藤博文一定会想起老师吉田松阴的音容笑貌、谆谆教诲。这时他再回想老师对日本的预言，一定会感到无比神奇。

那时，有一股神奇的力量在伊藤博文、陆奥宗光身体里回旋，让他们越来越躁动不安。“日清讲和纪念馆”成立时，和谈时担任外务大臣秘书官的中田敬义挥笔写下四句诗：

和成耀世国辉扬，
恢廓宏图自是张。
号祖当年折冲处，
乃存旧迹永斯彰。

与他得意的表情相对的，是中国人痛楚、茫然的目光。

就在与日本封官进爵之时，在大海的对岸，大清帝国陷入一片愁云惨雾。在《马关条约》签订的第12天，大清皇帝颁布谕旨，将一系列官员革职，听候查办。他们是：林国祥、叶祖珪、邱宝仁、李和、林颖启、林文彬、黄鸣球、陈镇培、潘兆培、蓝建枢、吕文经、何品璋、李鼎新、马复恒、牛昶昞、严道洪等。

令人费解的是，官僚们对于这场惨败的总结，居然是不该建海军。三个月后，署理直隶总督王文韶奏："北洋海军武职实缺，自提督、总后至千、把、外委，总计三百十五员名。现在舰艇全失，各缺自应全裁，以昭核实；并将关防印信钤记一律缴销。仅存之'康济'一船，不能成军，拟请改缺为差。"

至此，北洋舰队作为一个建制，在历史中被一笔勾销了。

其实早在 3 月 12 日，皇帝就发布上谕，裁撤了海军衙门，连海军内外学堂也不放过，那份迫不及待，与他宣战时的急迫如出一辙：

> 总理海军事务衙门奏，岛舰失陷，时局艰危，遵议更定海军章程，非广购战舰巨炮不足以备战守，非合南洋统筹不足以资控驭，非特派总管海军大臣不足以专责成。目前各事未齐，衙门暂无待办要件，拟请将当差人员及应用款项暂行停撤，以节经费。其每年应解海军正款，亦请统解户部收存，专为购办船械之用。又奏，海军内外学堂亦请暂行裁撤。均依议行。

当日本通过"近代第一次对外战争的全面胜利……进入军国崛起的时代"，大清帝国却以因噎废食的方式，为自己的军事近代化历程草草划上句号。

此消彼长之间，两国的命运已彻底逆转。

担任大清海关总税务司的英国人赫德说："恐怕中国今日离真正的改革还很远。这个硕大无朋的巨人，有时忽然跳起，呵欠伸腰，我们以为他醒了，准备看他作一番伟大事业。但是过了一阵，却看见他又坐了下来，喝一口茶，燃起烟袋，打个呵欠，又朦胧地睡着了。"

七

一切都不出所料，李鸿章回国之日，众怒已经排山倒海。打仗时他们不愿出头，谈判时他们不愿同往，愤怒声讨李鸿章，他们个个争先恐后。

其实这样的声讨，在中日交锋伊始就不绝于耳了。光绪二十年七月二十六日（公元 1894 年 8 月 26 日），丰岛海战和平壤战役失利后，给事中余联沅在奏折中一口气给李鸿章罗列了好几条罪状，他言辞激烈地说：

> 从前法人滋事，该督彷徨无策，幸而不北来。当其时该督谓无海军，以致不能出海，于是创办海军，糜帑千数百万，而至今不能一战。是李鸿章之贻误大局者……

只是随着《马关条约》的签订，这些声讨更加变本加厉，李鸿章一夜之间成了"千夫所指"。光绪二十一年（公元 1895 年）四月初八，福建提督程文炳在《请重订和议折》中慷慨陈词：

……奴才窃闻三月二十三日，李鸿章与日本所议条款，赔给兵费二万万两之多，已为历来和约所未有；割地则由鸭绿江西至营口，东至黄海二千余里之远，尤为万国公法所不容。其尤甚者，索台湾以据全海之关键，通长江以擅东南之利益，各口创设机器制厂以夺我中国之利权，使我无以筹饷，无以练兵，不出十年，财殚力歇，拱手而成坐亡之势。揆其用心狠毒，是即金元谋宋之故智。彼亦明知中国之大，人民之众，非其旦夕所能图，惟假和之一术以懈我天下之兵，竭我天下之财，一旦以片言渝盟，即再如今日之征兵调将，联数十万之众与之角战而不能矣。昔汉臣诸葛亮有言“不伐贼，王业亦亡。坐而待亡，孰与伐之？”今日之势，战则犹有可转之机，和则恐成浸弱之势。与其掷二万万金以资敌，不如以此饷兵，何兵不可练？ 以此结邻，何邻不可交？ 且彼国行用纸币，巨债累累，势绝不能持久。中国即再用兵一二年，东南财赋所入犹可撑拄，何至赍之巨费，奉之奥区，尽畀以天下之利权，全予以江海之门户？ 此约一成，不但京师无以立足，辽沈不能庇根，窃恐各国从此轻量朝廷，纷纷效尤，各索其所近之疆土，五裂四分，天下可将不可问矣。……

户部给事中洪良品在《请罢和备战片》中写道：

李鸿章重受国恩，其养淮军，造机器，设海军，每岁糜费无数，一旦尽经乌有。皇上未以加重罪，宜如何奋发天良，以仰纾宵旰之忧？ 乃始则昏愦骄蹇，坐误不问；继因不主和议，深怀怨望。今奉命出使，独秉全权，竟不顾体统之损失，大局之败坏，惟该逆之言是从，举中国之土地、财赋皆轻以许之，如此狂悖至极之约款，擅自尽押，上达天听，以要胁恫喝，是固皇上简命时所不及料也。若谓草约已定，中能中止，则该逆要盟，使臣专命，未奉纶音，未钤御宝，岂足为据？无庸以违约失信为疑。……

在他们眼里，李鸿章无疑已经成为“举中国之土地、财赋皆轻以许之”的卖国贼，李鸿章百口莫辩，轮船抵达天津后，就称病不起。

李鸿章无奈地写道：

十年以来，文娱武嬉，酿成此变。平日讲求武备，辄以铺张糜费为疑，至以购械购船悬为厉害。一旦有事，明知兵力不敌而淆于群哄，轻于一掷，遂至一发不可复收。……知我罪我，付之千载。

公元1901年，八国联军入侵北京之后，李鸿章再次被清政府推向谈判桌，签订了这个帝国最大一单卖国条约后，终于油尽灯枯，在北京贤良寺吐血而死。

八

1909年，辞去朝鲜总监职位的伊藤博文有着很好的心情。8月里，他陪同朝鲜皇太子到日本北部旅行。他们从水户出发，经仙台、盛冈、出青森、渡海去北海道，行至新冠，又从秋田，经山田、福岛回到东京。此时，他又决定前去“满洲”旅行，他丝毫不会想到，一颗复仇的子弹，正在哈尔滨车站对他拭目以待。

伊藤博文一行于10月18日到达大连，凭吊了当年的旅顺战场。25日到长春，在清国道台府中晚宴后，当夜11时登上东清铁道为他特别准备的花车，前往哈尔滨。清晨醒来时，火车已行至哈尔滨郊外。伊藤博文匆匆用罢早餐，点上一根雪茄，一缕幽香围绕着他，让他神清气爽。此时的他丝毫不知，他距离死神，只有一步之遥。

9时15分，花车进站，俄国财政部长上车迎接，二人在车厢里谈了20分钟，然后下车，应俄国财长的请求，检阅俄军仪仗队。伊藤博文踏上冰凉的站台，检阅之后，与前来欢迎的政界显要们挥手致意，握手寒暄，一切都与预想的没有区别。只有那名刺客，是他从来未曾想到过的。那是一个剪了头发、身穿西装的年轻人，就在伊藤博文离门口只有十几步的时候，他突然从人群中冲出来，对准伊藤博文，连射几枪。

宪兵们一拥而上，将刺客摁倒在地，当场拿获。

刺杀者，朝鲜义士安重根。

伊藤博文中枪后，脸上毫无表情，若无其事地又向前走了十四五步，走到车站门口，突然跪倒。

有人把他抱起来，迅速地转移到车厢里。小山医师急忙取出绷带，将伤处紧急包扎，但鲜血很快浸湿了绷带。伊藤博文说道：“大概枪弹射进身体里边去了，是什么混蛋干的？”

有人答：“听说是朝鲜人。”

“这个混蛋！”他脸色骤变，冷汗顺着面颊流下来。

小山医师俯在他的耳边，问：“请喝一点儿白兰地，好吗？”

“唔……

不到半个小时，他的呻吟就停止了。

他不再呼吸。

我们在东京宪政纪念馆找到了当时日本新闻杂志《太阳》“伊藤博文遇难特辑”。“特辑”中对刺杀经过有详细的报道。报道说，伊藤博文抵达那天，为了营造宽松自由的气氛，他的身边没有带太多的宪兵。这一天，日本人可以在哈尔滨车站内外自由出入，对于安重根来说，这是千载难逢的好机会。由于朝鲜人的相貌与日本人难以区分，他因此混进站台，挤进了欢迎的人群，向伊藤博文开枪。

《太阳》杂志报道说，第一发子弹穿透了肺部右上方，第二发子弹从第七肋骨间水平穿过，第三发子弹从右肘关节外侧射入，在经过第九肋骨、肺部和膈膜的层层阻隔之后，在左肋之下停止了它的旅行。

其余三发子弹留给了随行的诗人杏槐南、川上总领事和“满铁”理事田中。

此外，还在另外两人的衣服里，各发现一发子弹。

这样算来，安重根在极短的时间内，至少开了八枪。

在宪政纪念馆，保存着其中的一粒子弹。这粒子弹，应当是伊藤博文去世后，从他的体内取下来的。面对着这粒小巧的子弹，我心生疑惑——它为什么不是尖头，而是圆头？ 后来看了资料才知道，子弹的尖端是事先被行刺者锉掉的，还做了十字形的凸凹，这样一来，其杀伤力比达姆弹还要厉害。从行刺者精心准备的子弹中，可见他们对伊藤博文的深刻仇恨。

这是朝鲜人为伊藤博文准备的最隆重的礼遇，他们以这样的方式来回敬日本对朝鲜的“帮助”。

欢迎仪式马上变成了欢送仪式。那辆花车把伊藤博文的遗体载回大连——8 天前，他刚刚在那里登陆。遗体装入一个三重的木棺内，被抬上日本战舰“秋津洲”号，于 11 月 1 日驶抵横须贺。当天送到灵南坂的官舍中。又从横须贺搭乘火车，运抵东京新桥驿，全程皆有仪仗兵目送，日本皇室成员全部赶到新桥驿迎接。

11 月 4 日，在东京日比谷公园，为伊藤博文举行了国葬。包括大清帝国在内的各国代表参加了国葬。

甲午战争的两个主角——李鸿章和伊藤博文，以各自的方式，相继谢幕。

在他们的死讯里，新的世纪拉开了序幕。

刀俎间的宝座

第一节 贝托鲁奇

如果没有美国哥伦比亚大学刘禾（Lydia H. Liu）教授的提醒，我可能不会注意到故宫太和殿上的那把御座。很多年中，我几乎走遍了故宫的隐秘角落。当我第一次走进寿康宫——一个当时的宫廷专门为前朝的妃嫔们准备的花园的时候，正是春天，遍地的野花已经长到没膝的高度，繁华中透着荒芜，寂静渗透到骨头里。我轻手轻脚地走进旧宫殿，生怕自己的鲁莽会惊扰嫔妃们的魂魄。我还曾轻轻地走进雨花阁——乾隆年间建造的那座藏传佛教密宗佛堂，它红漆斑驳的大门似乎永远关闭着，我深知自己的幸运，许多在故宫工作了一生的人，都未曾进入过这座院落，人们的目光只能越过红墙，看见高高的脊檐上四条飞舞的金龙。我走进去的时候，佛堂内部的佛像与法器，依然按照从前的规制摆放着，三百年未曾动过，连上面的灰尘都是文物。阳光无法进入深深的殿堂，所有的佛像都隐在暗处，神秘而不为人知。

或许正是由于对故宫中隐秘的事物充满好奇，我却忽略了那把著名的皇帝宝座。它就在太和殿上，每天公之于众，所有的游客都能看到它。它被置于皇宫最显赫的位置上，成为所有视线的焦点；

它同时也是历史最引人注目的部分，所有的权力争夺，那些血腥的游戏，都是围绕它展开的。皇帝宝座就这样，成为太和殿的中心、皇宫的中心、皇城的中心、以及整个帝国的中心。没有它，历史就会失重，那些怵目惊心的故事，就无处安放。

或许，正因为它太公开，反倒成为我的盲点。

而一个外国人，当他进入故宫的时候，他的目光，可能首先落在御座上。

那把空空荡荡的皇帝宝座，会引发他们无穷无尽的想象。“皇帝的宝座上虽然空无一人，但上面却充满了旧梦新想”。这一判断在许多作品中得到证实。意大利导演贝托鲁奇（Bernado bertolucci)在电影《末代皇帝》中，把中国皇帝的宝座变成一条线索，他的镜头，总是在宝座的周围徘徊不去，宝座作为一个重要的符号，在电影中时隐时现。在少年溥仪的眼中，它甚至成为一个大玩具，以至于成年溥仪被特赦后，以一个旅游者的身份重回故宫，依然从太和殿宝座下面，找出了他少年时安放的一只蝈笼，昔日的蝈蝈，居然安然无恙。显然，贝托鲁奇高估了那只蝈蝈的生命力，但他以这种方式表达了他对那只宝座的执著。刘禾说：“（他）几乎带着一种拜物教的执著与虔诚，使皇帝的宝座在影片里成了挥之不去的幽灵。”

还有英国艺术史家克瑞格·克鲁纳斯，对中国皇帝宝座进行过专门研究的学者之一。他 14 岁时跟随父亲来到伦敦，他的目标是剑桥大学。他没有想到，这次旅程使他与一把中国皇帝的宝座不期而遇。那把乾隆时代的御座，被安放在维多利亚和阿尔伯特博物馆的“远东艺术”展厅里。如同传教士的东方书简一样，西方博物馆里的东方文物，构筑着西方人的东方想象，同时揭露着西方人的盗贼本质。

在脱离了帝国的语境之后，中国皇帝的宝座依然保持着它昔日的威严。14岁的克鲁纳斯挤在人群中，目睹了它的存在。然后，他趁旁边穿着制服的保安人员眼睛转到别处的时候，他竟然不由自主地双膝跪下，将头叩在地板上，以示朝拜。

1900年，当八国联军冲进紫禁城的时候，最吸引他们目光的，或许就是那把空荡荡的皇帝宝座。《大清律》规定，僭越皇权者，一律凌迟处死，而这些不知轻重的外国屁股，则兴冲冲地，轮流坐在他的御座上照相。这是他们炫耀胜利的一种方式。他们通过征服中国皇帝的宝座，表明他们对古老的中华帝国的征服。中国皇帝的宝座，就在那时，作为战利品，被运送到大英帝国，并在很多年后，成为克鲁纳斯的研究对象。

刘禾教授回忆，20世纪90年代，在英国爱丁堡的亚洲博物馆，一件看上去很像清朝皇帝宝座的陈列品曾经引起她的注意。她从说明中得知，这件不同寻常的展品，原来是英军的一个苏格兰旅长的捐赠，但展品说明并没有解释这对夫妻是如何得到这件展品的。后来，她来到维多利亚和阿尔伯特博物馆，在42号展厅的永久收藏部，她目睹了克鲁纳斯描述过的那件皇帝宝座，在它面前默立良久，心里在想，西方人是否对中国统治者的宝座有着某种特殊的情结？“假如我没有到国外来，假如我没有通过他人的眼睛，或者通过贝托鲁奇的镜头来看待这一切，我可能根本不会对清朝皇帝的宝座这一类文化遗产有什么特别的兴趣，因为出国前，我不认为这些老古董对我们今天的世界有什么意义。可是现在，我好像重新发现了它们的意义。”

一件老古董，不仅与大清帝国的秩序有关，也与殖民主义时期的世界秩序密切相关。

这使我突然关心起太和殿上那把皇帝宝座。它曾经被置于历史的风口浪尖上，之后又悄然隐遁，没有人知道它的下落。中国的宫殿，曾经是一座丢失了宝座的宫殿，而在丢失宝座之后，它还算是宫殿吗？ 它不是一件物品，它有自己的灵魂；而丢失宝座的宫殿，则无异于丢失了灵魂的华丽躯壳。我第一次急切地想重返故宫，认真打量太和殿上那把著名的御座。我不知道，当我站在太和殿的门外向里张望的时候，那把沉默已久的椅子，会对我说些什么。

第二节　绿蒂

以描写异国情调闻名的法国作家皮埃尔·绿蒂夹杂在远征军中，于1900年10月走进北京城的时候，这座辉煌的东方帝都几乎已经变成一座死城。他进城的路上，看到的是一些被冻死的荷花，它们粗大的枝茎垂在铅色的水面上，芦苇丛中，埋伏着一些微微泛白的球状物，仔细打量，才能看出那是死人的头颅。他觉得那些头颅并没有死，它们还在生长，可以变得像篮球一样大，而且，当他打量那些头颅的时候，所有的头颅，也都以一种怪异的表情打量着他。

那些头颅曾经固执地相信，仅凭巫术的力量就可以瓦解洋人的攻势。在这一理论指导下，大清王朝的王公大臣——义和团的支持者，曾经命令宫女向着洋人进攻的方向集体放屁，雄壮的屁声在幽深的宫殿深处形成了奇怪的和声；义和团还把马桶、裹脚布、月经带等污物在城墙上一字排开，以此对付洋人的炮火。在他们法力面前，洋炮果然哑火了，原因是城墙上出现了他们从未见过的新式武器，只好停火一日，派人前去侦查，当他们知道答案后，气得半死，以更加猛烈的炮火回答经久不息的屁声。

义和团刀枪不入的誓言没有取得任何预想的效果。袁世凯保持着理智。山东总督府内，几条来福枪指向拳民的胸膛，袁世凯把他壮硕的手臂向下一压，几条枪同时爆出巨响，拳民应声倒地，血流如注。袁世凯唇边露出轻蔑的一笑，所谓神力，如此尔尔。它们没有通过袁世凯的测试，就更不可能在洋人的枪炮前有所作为，那些头颅迅速飞离了各自的身体，滚落得与它们的信仰越来越远。

义和团对法力的痴迷最大限度地帮助了他们的敌人。这是名副其实的"往枪口上撞"，但他们义无反顾。一切都证明了光绪皇帝的预言："寡不可以敌众，弱不可以敌强，断未有以一国，能敌七八国者。""乱民皆乌合，能以血肉相博耶？ 且人心徒空言耳，奈何以民命为儿戏？""可惜十八省数万万之生灵，将遭涂炭。"对此，绿蒂，这位八国联军成员诚实地记录道：

近两个月内，在这座被八到十个国家的军队侵占的不幸的"天净之城"里，大肆破坏和疯狂杀戮相当地白热化。形形色色的夙仇挑起的最初几仗就发生在此。义和团先经过这里，跟着来了日本兵，我并不想说别人坏话，但这些勇敢的小个子兵真像从前的野蛮部队一样到处烧杀抢掠；我更不想诋毁我们的友军俄国兵，所有这些战场上的士兵还非常精通亚洲人的作战方式；大小列颠来了残暴的印度骑兵；美国则派来了雇佣兵团。当意大利、德国、奥地利和法国士兵到达这里发动第一场回击中国兵的复仇战时，这里早已是面目全非了。

这不是战争，而是屠杀。“成千成万的人在以屠杀为乐的疯狂放荡下被杀了。”美国传教士丁韪良(W. A. P. Martin)对这种行为作出两种解释：一、这是对一个罪恶城市的报复；二、（联军）士兵的愤怒与贪婪一时无法控制。

绿蒂到来的时候，那座疯狂的城市已经安静下来，以一种可怕的沉默，拒绝对现实发表任何评说。所以，他没有看到那个狂躁和动荡的北京，不知道这座城市曾经怎样以自己的方式发言，他看到的是一个空旷的北京，远征军的枪炮，已经像剔骨刀一样，剔除了他们认为多余的部分，使城市的筋骨更加直白地裸露出来。这似乎可以使他的视线更加清晰，但实际情况正好相反，空旷反而使这座城市显得更加浩大和幽深。他看到的是一座空城，一座失去了语言和动作的城市，一座死人把守的城市——只有那些尸体，躲在城墙或者树丛的下面，在冷风中窃窃私语。城门大张着空洞的眼睛望着他，它们以一种无奈的姿态敞开着，不再像从前那样，像坚硬的手臂，环抱着自己的心脏。

八百年来，这座城市第一次以这样的面貌示人，宫殿的午门，变成了西方人的凯旋门。北京第一次成为一座没有皇帝的都城——没有皇帝的都城，还能算作都城吗？在皇帝和百官的身影消失之后，那些鳞次栉比的宫殿、环环相抱的城墙，显得尴尬和茫然——它们因皇帝的存在而存在，现在，在这座城市里，几乎没有人知道皇帝（皇太后）在哪里，宫殿和城墙的价值，受到空前的质疑。在城墙的内部，庄严的帝国秩序消失了，这座为皇权打造的城市顿然失去了主语，所有辉煌的建筑就成了一张壳，一具更加巨大的尸骸，听候埋藏者的安排。

“你不会提早看到北京城的，”旅伴们说，“但它会冷不丁出现在你面前，当你看到它时，你就已经到了。”

当巨大的城门在远处灰白的天幕下出现的时候，绿蒂的心情无比复杂。出现在他面前的，是曾经令马可·波罗惊愕过的大城：

这城市的主干大道，宽阔而笔直，是按照独一无二的设计图规划的。这种整齐划一和无边广阔的设计是我们欧洲任何一座大城市都没有的。

一条三四公里长的道路，通向另一道雄伟的城门。远远望去，那道门嵌在黑黢黢的城墙里，顶上是飞檐翘角的塔楼，外面则一片空寂。道路两边的房屋只有一层，一间接一间整齐地排列着……好像一座海市蜃楼般的城市，没有真实的根基，建在云上……北京，这座齿形屋檐和镀金饰物集合而成的城市，处处装饰着兽角和鳞爪。即便是在大风、烈日，如此干旱的日子里仍能给人一种假象。在那荒原和废墟上空永不落定的尘埃中，在那层罩住破败不堪的街道和卑污肮脏的人群的尘雾纱幔里，北京城往日的辉煌依稀可辨。

但他眼前的城市已经不再是马可·波罗曾经喋喋不休地炫耀的汗八里，他比马可·波罗迟到了七百多年。七百多年的岁月，改变一个国家的命运。那个在《马可·波罗游记》里熠熠发光的帝国，如今只剩下一层弱不经风的躯壳。无须特洛伊木马，那个令西方人花费了漫长时间才得以进入的帝都的大门，在1900年的炮火中如此轻易地被打开了——从开战到占领北京，只用了十天时间，联军把这场战争变成一场闪电战、一次“斩首行动”。出现在绿蒂面前的，是另一个北京：“在那依然闪烁的金光之下，一切是那么陈旧衰败”，“到处是残垣断壁”进城的时候，取代了令整个欧洲为之颤栗的蒙古铁骑的，是一队蒙古骆驼正穿城而出。这里曾经是蒙古风暴的起点，但是现在，早已不见蒙古刀的寒光，只有悠缓而坚韧的蒙古双峰驼，步履艰辛地穿越大陆，走向“西藏或蒙古荒漠的尽头”。在天坛门口，他看到“长着斯芬克斯般细长眼睛的印度骑兵”，突兀地站在腥红的门前，“在这个极度中国化的神圣氛围里，他和我们一样迷惘”。马可·波罗曾经毫不掩饰他对汗八里的敬畏，作为一个探路者，马可·波罗的荣耀潜藏在他的发现里，而此时，绿蒂和他的战友们正在摧毁这座奇迹之城，他们向往的华璨帝都已经沦为一座黑暗之城，这是胜利者的荣光，还是发现者的悲哀？

绿蒂就是这样一步步走近紫禁城，走向那把空寂的皇帝宝座。它们是军人的战利品，也是文人顶礼膜拜的对象。绿蒂兼具了军人和文人两种身份，所以他的内心充满矛盾。把守城门的日本兵为他们打开那两扇神秘之门，成群的乌鸦被惊飞的时刻，一座浩瀚的宫殿出现在他的面前。宫殿几乎是空的，太和殿巨大的阴影，孤寂而突兀。在那个巨大的入口背后，是一大片起伏不定的迷宫。宫殿的主宰者已去向不明，一些没有来得及逃走、或者说无处可逃的妃子（包括同治、光绪两朝的嫔妃），还有宫女们，在同治皇帝最爱的妃子——瑜妃的指挥下，全部躲进西宫，她们蜷缩在一起，彻夜难眠，战乱，让勾心斗角的后宫粉黛第一次感受到彼此的温暖。瑜妃，这位 19 岁就守寡的女人，在关键时刻显示出了超凡脱俗的气质。很多年后，我在阳光刺眼的午后走进的那个野花盛开的寿康宫，心里就想着寻找瑜妃在这里留下过的生命痕迹。她命人封住了宫苑的后门——贞顺门，只留下顺贞门，作为唯一的通道。太监们轮流值班看守，已经作好了牺牲的准备，使大清王朝最后的尊严不致受到侵犯。在众人的惊恐和不安中，夜幕降临到紫禁城，试图抹平一切快乐和忧伤。

我曾经不止一次在故宫里，从黄昏待到深夜，有一天日落时分，和故宫博物院王亚民副院长走过太和门广场，空阔的广场上，只有守卫故宫的武警战士训练的号令声依稀传来，我似乎一瞬间读懂了宫殿的孤寂。还有一次，和白先勇先生、李文儒副院长一起午夜在宫殿里漫步，突然想去太和门广场，它的寂寞和神秘，吸引着我，在混沌的夜色里，像一个悬念一样越来越清晰。那是另一个故宫，与白日里游人如织的故宫完全不同的故宫。在白天，它是那么理性，它虽繁复，却庄严典雅、秩序井然，只有在夜里，它才变得深邃、迷离、深不可测，没有人知道，夜色使一切变得深不可测。所以，绿蒂见到的慈禧太后的宫殿，与马可·波罗见到的忽必烈的宫殿迥然不同，没有浩荡的仪仗，空荡荡的台阶上，只有冰冷的月光。与马可·波罗笔下那座灯烛辉煌、香烟缭绕的宫殿相比，那一刻的宫殿是阴性的、含蓄的，仿佛是那座辉煌宫殿的一张黑白的底片。这与《马可·波罗行纪》之后西方积累了几百年的想象大相径庭。一时间，他不知所措。空阔的宫殿把他吓住了，找不出一种合适的方式与它对话。他不知道这一无比巨大的存在，是增加了他们胜利的价值，还是使他们的胜利变得无足轻重。在他眼里，在巨大的宫殿的反衬下，他们这群征服者，“举止粗俗，满身灰尘，疲惫沮丧，肮脏不堪，貌如未开化的野蛮人，无异于置身仙境的僭越者”。

1965年，另一位法国作家、时任戴高乐政府文化部长的安德烈·马尔罗，在走进“文革”前夕空旷的故宫时，心里想到的，是绿蒂描述过的、人去楼空的紫禁城：“绿蒂看到……皇后在逃跑时，她在观世音前放了一瓶花，给观世音戴上了一串珍珠项链。观世音的位置没有动，一大堆菩萨都被横七竖八扔到院子里，腾出祭坛让士兵过夜。”就在马尔罗站立的那个地方，65年前，作为闯入者，绿蒂和其他军官们一起，铺着军毯，睡在宫殿里，而瓦德西元帅，就住在一座不远的宫殿里。黑暗中，风在摇撼，撕扯着窗户上残存的米纸，就像夜鸟振翅，蝙蝠飞翔，在绿蒂头上发出连续不断的声响。半梦半醒中，在旧宫殿几百年的幽香里，他不时听到一阵短促的机枪排射的声音，或在树林深处传出的一声凄凉的鸟鸣。

第三节　慈禧

绿蒂在紫禁城里和衣而眠的时候，慈禧太后一行已经离开了太原府，初出京城时的三辆马车已经发展到三十多辆，浩浩荡荡地向陕西挺进。自从她在1900年8月15日早上，脱下她绚丽的朝服，换上李莲英为她备好的一套汉族老太太的青布裤褂，剪掉精心养长了几年的长指甲之后，雕栏玉砌的宫殿就消失了，变成了溽热的雨季里一条漫长而泥泞的道路，从紫禁城神武门，向西，经魏公村、青龙桥、西贯市、居庸关，向看不见的远方，越走越远。她看不见那条道路的尽头，不知道什么时候才能回到她昔日的宫阙。刚出神武门，她们的目光就充满迷惑。那时，她并不知道，几乎与此同时，美国军队已经率先冲到了天安门前，他们密集的子弹把庄严的城楼打得千疮百孔，大清帝国的士兵们在用身体阻挡着呼啸的子弹，顽强地护佑着他们身后的皇宫和皇宫里的帝王，他们并不知道，他们的皇太后和皇帝已逃之夭夭，最高统帅部的其他首领也已各自奔逃——奕劻和载漪向西跑，荣禄向北跑，这个帝国里的抵抗者，只剩下他们这些士兵。宫殿截断了他们的去路，他们最终在血红的宫墙下集体倒下，联军的子弹为他们的胸前配带了一朵朵鲜艳的红花。他们用年轻的血肉之躯，为慈禧出逃争取了一个小时的时间，否则，慈禧一行就会被封锁在城内，要么被当作平民被乱枪打死，要么束手就擒，以后的中国史，就会被改写。当日本兵举着膏药旗，顺着云梯爬上天安门城楼的时候，他们高呼："这上面没有一个活着的人了！"

此时，联军已由南面和东面涌入城内，北京城的北门——德胜门，云集着成千上万的战争难民——包括一部分拳民，这里于是出现了严重的交通拥堵现象。慈禧一行夹杂在逃难的人群中，被大篷车、骡驮子、驴车拥挤和冲撞着。没有人知道车上那个身穿半新不旧的青布对襟衣衫的老太太就是他们的最高领袖。一位官员来了，对交通进行指挥疏导，让所有的车辆给她们让路，在他的特别照顾下，慈禧一行才"杀出一条血路"，逃向德胜门外那片开阔的郊野。慈禧看清了那个人的脸，是军机大臣、刑部尚书赵舒翘。后来，赵舒翘的名字和刚毅、载漪等人一起，被洋人写进《辛丑条约》，成为战后必须严惩的首祸。但此刻，对于慈禧来说，与洋人的讨价还价还没有开始，只有逃命这件事刻不容缓。

那时她的身边，只有皇帝、皇后、大阿哥傅儁（查《光绪传》

P484），端郡王载漪之子、慈禧确定的皇位继承人）、三格格和四格格（庆亲王奕劻的两个宝贝女儿）、太监李莲英和崔玉贵，以及几名宫女；没有了绵延数里的銮仪卤簿，那纱帷飘荡、铜饰闪亮的大鞍车，也换作一辆没有帐子、摇摇晃晃的普通马车。漫长的道路修改了她的身份，使她由这一国家的最高统治者，变成一个仓皇而无助的老妪，几个胆大妄为的毛贼就可以要了她的性命。没有军队护驾，没有带走宫里的任何一件宝物（连她的宫女都佩服她舍弃珍宝的狠心），她的包袱里，只包了一点散碎银子，作路上盘缠。后来的事实证明，连这些散碎银子也是多余的，因为在前往居庸关的古道上，兵匪横行，能抢的东西早已抢光，她的国民，穷得只剩下一条命了，所以她什么也买不到。不知那时，她是否突然失去过安全感——不是恐惧匪患，而是恐惧权力的失去。因为担心暴露身份（像当年溃逃的太平天国幼主洪天福贵和忠王李秀成那样），她没有携带任何身份证明——包括象征她权力的玉玺，她垂帘听政的宝座，更加遥不可及。她确信自己还会回去——回到钟鸣鼎食的旧日宫殿吗？

此时的中国皇帝光绪，穿着没领子的深蓝色长衫，戴着一顶圆顶的小草帽，下身是一条黑色裤子，看上去像个做买卖的小伙计。这样的装束，我们从许多外国记者在 20 世纪之初拍摄的中国影像中都可以见到——说不定会有一张关于当年中国平民的历史影像，会意外地纪录下这位隐姓埋名的中国皇帝茫然的表情。在踏上逃亡之途的一刻，他就与皇帝宝座失去了联系。那段时光，对于这位饱经沧桑的年轻皇帝来说，太和殿的宝座，已经成为遥不可及的事物。尽管自戊戌变法失败后，他与宝座之间，仅保持着某种气若游丝的联系，但那种联系毕竟存在，是它日常生活的一部分，每天早朝，他还会象征性地出现在御座上，御座两边的扶手，已被他磨得熠熠生光。但此刻，自从外国的军队开进北京，他与宝座的联系就彻底中断了。失去宝座之后，他的帝国，也变得无比遥远，只存在于他的想象与回忆中。只有在宝座上，他才能看清他的帝国，现在，在遥远的山野，他的眼前一片漆黑，他以及王朝的未来，就像浓重的黑夜一样，深不可测。

光绪曾经试图留在北京，以维系与那只宝座的联系。为此，他甚至不惜对列强亦步亦趋。在他看来，这或许是恢复久违的皇权的唯一办法。但慈禧早就看透了他的心思，所以她解除了光绪沦为帝国主义走狗的可能性，这不是因为她是一个爱国者，而是因为她不甘心放弃自己对宝座的控制权，让光绪与那把遥远的御座单独发生联系，尽管她看上去更像一位悲壮的爱国者。与光绪相比，慈禧太后在洋人面前似乎更有血性，当八国军联军阵整齐地向北京进军的时刻，在第二次御前会议上，慈禧太后器宇轩昂地说："现在是他开衅，若如此将天下拱手让去，我死无面目见列圣。就是要送天下，亦打一仗再送。"她接着对大臣们说："你们诸大臣均见了，我为的是江山社稷，方与洋人开仗。万一开仗之后，江山社稷不保，尔等今日均在此，要知我的苦心，不要说是我一人送的天下。"但她的勇敢是由她对宝座的态度决定的。因为戊戌变法失败以后，洋人已经有了废慈禧而立光绪的意图。帝国土地上出版的英文报纸《字林西报》上，长篇累牍地发表抨击慈禧、赞扬光绪帝的文章，这无疑动了慈禧的奶酪，也成为慈禧由恐惧义和团，转为决定支持义和团、向列强宣战的关键契机。

写到这里，我的脑子里突然闪过一个念头：光绪为什么不逃跑？难道他也脑子进水？兵慌马乱之中，正是光绪这只孙猴子逃离慈禧这个如来佛的掌心，回到花果山，奔向阔别已久的王位的最佳时机。如果他能抓住时机逃跑，塞外荒疏萧瑟的山谷林野会湮没他孤瘦的身影，慈禧率领的那支筋疲力尽的小型队伍将无力追踪到他，而且他们更主要的职责是保护慈禧的安全，他们很难分身。如果我是光绪，我将在途中的某一个夜晚义无反顾地踏上逃亡之路——一条可能解救自己，更可能解救万民的道路。他可以回到宫殿，与八国联军正式展开停战谈判，早停战一天，就可以少死许多无辜百姓。如果他能活下来，那么，等慈禧回銮时，她已经很难插手朝廷的事务。对于一个囚徒来说，实在值得一搏。我猜他一定想过这个问题，这个问题一定诱惑过他，一定不止一次地令他在深夜里辗转反侧，但一旦进入了深思熟虑，最初的冲动就会烟销云散。他一定是胆怯了，从他小时候起，他的性格悲剧就已经注定。他怕洋人的子弹，怕百姓的报复，更怕落得一个洋人“儿皇帝”的千古骂名；更重要的，他被慈禧彻底控制住了，慈禧不是扯住了他的手，而是用一个看不见的紧箍咒，箍住了他的心，使他不敢有任何的非份之想。从这个意义上说，那个宝座根本不是他的，他只有使用权，没有所有权——慈禧只是借他用用，但随时可以把它收回来。他信命。他没有血性，哪怕像慈禧那样短暂而愚蠢的血性。如果他能拼死一搏，他自己，和他的国家，都有可能得到拯救，尽管这份拯救，为时已晚。

于是，他只能眼看着宝座的沦陷，他与宝座的距离越来越远。在西贯市，慈禧和光绪在一座破旧的寺院里度过了难熬的一夜，这或许是他们一生中唯一的一次同居一室。繁冗的礼仪，因宝座的消失而消失。那一夜，他们——丢失了江山的皇帝和皇太后，会说些什么呢？

第四节　路易十四

皇帝寝宫里的龙床空着。法国人绿蒂站在它的前面。

漫长的噩梦之后，绿蒂从宫殿里醒来。紫禁城也从迷离、恍惚中醒来，在阳光的擦拭下，一点点露出了它的本色。绿蒂开始在太监的带领下参观紫禁城，一间一间地，走进那些空落的房间。依据清律，任何人未经批准擅自通过紫禁城的任何一道门，要受一百下鞭刑；误闯任何一座宫殿，都要被处绞刑。而此时，宫殿所有的门都敞开了。太监们站在花瓣形的门洞里，偷偷窥视着他。每当绿蒂被精致的宫殿吸引住的时候，他们总是企图把他的脚步引向别处，引向回环曲折的游廊或者空旷的庭院。在太监们看来，这些未经开化的野蛮人走进宫殿，等于对宫殿的亵渎。

绿蒂就这样在太监们嫌恶的目光中，小心翼翼地在宫殿里周游。那个迷惑了西方几个世纪的神秘宫殿，在他的眼前一点点展开。整整 200 年前，在绿蒂的故乡，路易十四和他的整个国家都不可救药地沉迷在对中国宫殿和园林的想象中，尽管他们对中国皇宫所知甚少。1700 年 1 月 7 日，凡尔赛宫以一场中国主题的舞会迎接新世纪的到来，参加舞会的所有王公贵族都化装成中国人，贵妇小姐们装扮成菩萨，30 位乐师全部穿着中国袍，舞会开始时，一位“中国皇帝”（是“康熙”吗？）坐在华丽的轿子上，隆重出场的时候，整座宫殿都被狂热的叫喊声湮没。

六年前，一个“中国公主”的故事震惊了法国宫廷。人们从这位少女的口中听到了她的传奇经历：她是康熙皇帝女儿，康熙把她嫁给日本的王子，她的船队在海上遭遇了海盗的抢劫，她也被劫到了欧洲，最后，她流落到一座陌生的城市，名叫巴黎。当时的法国宫廷被她的故事迷住了，宫廷的贵族们争相收养这名中国公主，她也因此在巴黎过上了最豪华的生活。故事接下来的发展更加离奇，这时，有一位在中国生活了二十年的耶稣会传教士回法国述职，他对“中国公主”的经历深感疑惑，于是，在一位贵妇人的引荐下，前去与“中国公主”见了面。一见到她，他就立刻知道她是个骗子，因为她一句中文也不会讲。传教士当面揭穿了这一点，但“中国公主”却用她虚构的中文说，传教士说的中文才是假的。当传教士把一捆中文书籍摆到她的面前时，她居然用虚构的中文流利地“朗读”起来。贵妇们陷入迷惑：到底谁是说谎者？

一个与中国皇帝毫无关系的人，仅凭她在想象中建立的联系就征服了法国宫廷并扫荡了巴黎的上流社会，这是17、18世纪之交的法国人所面对的现实。宝座上的中国皇帝，在法国人心中，已经拥有了至高的地位。空想社会主义者圣西门在《回忆录》里写道：“关于中国孔夫子和祖先崇拜的争辩开始变得沸沸扬扬……”莎士比亚《仲夏夜之梦》被改编成歌剧《仙后》在伦敦上演时，舞台布景全部是中国式的园林景色。1700年的伦敦和巴黎，到处可以买到广东的丝绸、福建的茶叶和景德镇的瓷器。18世纪的全球化，是以中国和印度为中心的，它使中国成为真正意义上的“中央之国”。这并非21世纪初一个名叫祝勇的中国人的惊世骇俗之语，更不是民族主义者的精神自慰，而是来自一位美国汉学家、普林斯顿大学教授、《剑桥中国清代前中期史》的作者本杰明·艾尔曼教授的论断，也是18世纪全人类必须面对的事实，老牌西方国家（英、法、德、意）都通过自身的历史证明了这一点，他们对中国的物质文明和精神文明表现出惊人的兴趣，而其他国家，如欧洲的“二牙”（西班牙和葡萄牙），虽然富足，却无法引得世人的关注，一直到西班牙海军把大英帝国的海军打得满地找牙，英国人才对西班这只牙刮目相看。1700年法国宫廷里的“中国舞会”，成为欧洲中国潮一个富于创意的象征。或许，路易十四更加希望自己是一名中国皇帝。为了实现这一点，他甚至早在1670年就在凡尔赛建造了一座“中国宫”，此后，欧洲对中国建筑的仿造热情一直燃烧了一个多世纪。有意思的是，在东西方的历史，有时截然相反，有时又存在着一种对称关系，两两相对——西方人以哥伦布和麦哲伦的航海，对应中国的郑和下西洋，而中国，就在路易十四“中国舞会”九年之后，康熙皇帝就决定在北京西北修建圆明园，法国式的宫殿和喷水池，第一次成为中国皇家园林中的风景。

而此时，那座令路易十四垂涎三尺的中国宫殿，正在绿蒂的面前一点点揭去神秘的面纱。他甚至抵达了宫殿最隐秘的地方——皇帝的寝宫，看到了那张挂着宝蓝色帐幔的、置于凹壁中的龙床。那很可能是重华宫，我曾经走进过这座寝宫，站在与100多年前绿蒂相同的位置上，打量这个龙床。

中国皇帝在这里宠幸过他的妃子吗？ 然而，自从爆发过百年战争的英国和法国，像亲兄弟一般联袂焚毁了圆明园这座“万园之园”后，大清王朝皇族的血脉，就像被一个咒语缠住了——后继无人。据不完全统计，康熙皇帝有32个儿子，乾隆17个，嘉庆皇帝明显减产，只有5个，道光9个，咸丰皇帝只有一个，而且他的儿子同治皇帝不到20岁就死了，中国的皇帝，再也不可能拥有自己的子嗣，大清王朝父死子继、一脉相传的帝系，至此中断。宫殿犹如陷阱，将这个由满洲铁骑创建的王朝陷在了里面，使它曾经剽悍的生命力急剧枯萎，从这个意义上说，宫殿更像是一个华丽的阴谋，瓦解着王朝的威力。尽管朝廷以狩猎的方式，在形式上维持着草原民族的传统，但一个不可回避的事实是，宫殿里的皇帝，一个比一个虚弱，皇帝的子嗣难以为继，就是证明。从绿蒂的书上，我读到这样的句子：

“他那些相当于半神的帝王先祖们，跺一脚曾能让整个古老的亚洲发抖，那些远道而来进贡的诸侯们在他们面前卑躬屈膝，这里曾排列着我们无从想象的气势浩大的随从和旗队；他，这个被软禁的孤独的人，在如今静悄悄的城墙之内，怎样去保留那消逝的魔幻场景下辉煌往昔的印记呢？”

第五节　载漪

枯萎的不仅仅是皇家的血脉，还有整个王朝的理智与耐心。慈禧太后的血性里，“快其私愤”的色彩浓厚。光绪评价她“以民命为儿戏”。尽管这一战争的正义性毋庸置疑，但这不是一场理性的战争，更谈不上战略和战术上的部署，如同光绪所说，她把一场严肃的国际性战争变成一场游戏、一次赌博。赌徒是没有理智的，慈禧太后最后的理智，是由国民，而不是她自己，承担满盘皆输的后果。

如果用学术界流行的“挑战-回应”模式分析义和团运动，我们会发现，这个创造了惊人文明成就的文化大国，在遭遇西方文明挑战的时候，它的回应手段居然是蒙昧时代的原始巫术。它与太平天国运动的不同之处在于：在太平天国运动中，只有少数领袖才有降神的能力，洪秀全、杨秀清等人的矛盾，正是蕴含于这种矛盾中；而在义和团运动中，任何一个团民都能降神，美国汉学家周锡瑞（Joseph W. Esherick）说："降神使所有参与者都感受到了心理上的鼓舞，他们自身亦借助巨大的神力来抵御外国装备精良的军队。""他们的意图是提供无数的神兵"，"他们根本不需要（或产生出）自己的将军或皇帝"。对皇帝的宝座无欲无求，使他们自然而然地与朝廷融为一体，然而，在八国联军理智而严密的战争组织面前，整个中国却表现出狂躁的非理性色彩，在20世纪的曙光中，这样的对话必将以悲剧收场。有意思的是，作为东西方历史的对称——1899年，苏族（Sioux）印第安人的鬼舞道门（Ghost Dance）在美国迅速蔓延，它的创建者沃沃卡（Wavoka）在1899年1月1日神游到天国，在那里，他看到了即将来临的天国的幻景。于是，他开始传教，宣扬白人将被全部消灭，印第安人将靠神羽飞升天国，随后，与他们的祖先一道重新降临地球，获得安居。降神附体和刀枪不入是它宗教仪式的两个标志，在这一点上，与十年后的义和团运动居然有着惊人的一致，它们以原始巫术的方式，与西方白人文明进行对抗，并企图创造一个不受白人控制的自由世界。对于这场鬼舞道门暴动，中国的义和团研究者们几乎一无所知。

有人把这种非理智称为"集体愚蠢化"，认为"义和团运动反映了社会总体上的知识水准和智力水准"，但在20世纪初中西之间的生死角斗中，义和团尽管是一个无法遮蔽的主语，但它仍然是被选择者，它有幸，或者不幸被当局选中，义无反顾地充当了当局的炮灰。

除慈禧外，还有几个人，在中西对决的关键时刻勇敢地充当了主角，他们是：端郡王、总理各国事务衙门总管载漪、大学士徐桐、军机大臣刚毅、启秀、赵舒翘、山东巡抚毓贤（后调任山西巡抚，山东巡抚由袁世凯接任）等，在将义和团这一自发民众运动国家化的进程中，他们起到至关重要的作用。与他的继任者袁世凯不同，毓贤对义和团的“法力”深信不疑，所以，他急不可待地晋见军机大臣荣禄，苦口婆心地说：“匪皆义民，神技可用”，“今如再杀拳民，无异自剪羽翼，而开门揖盗也。”他也因此被载漪看好，载漪在慈禧面前对他从不吝惜溢美之辞。

在这样一个生死攸关的决策面前，像袁世凯那样对义和团的“法力”进行验证，并不是一件困难的事情，但朝廷派出的“验证官”——军机大臣刚毅、刑部尚书赵舒翘前往涿州考察义和团实情，得出的完全是不真实的结论，与毓贤一样，他们“力言团民忠勇有神术，若倚以灭夷，夷必无幸”。这表明所谓的政治抉择，实际上是一种心理需求，在这种强大的心理暗示面前，所有技术层面的考证都无济于事，人们相信谎言，是因为人们愿意相信，在强烈的需求面前，谎言往往有着超乎寻常的魔力，它给危机中的人们带来心灵上的安慰，哪怕这种安慰是暂时的。所以，朝廷对求证过程不屑一顾，从慈禧到载漪、毓贤、刚毅、徐桐、赵舒翘等大臣，都一厢情愿地相信“神技可用”了，义和团的魔法，对朝廷，比对洋人更加有效。他们已经在想象中完成了对结果的预设，所有与他们的预设相违的结果，都被他们屏蔽掉了。这看上去不可理喻，实际上在历史中反复上演。1958年后中国人对“亩产万斤粮”的疯狂痴迷，完全如出一辙。因此，当朝廷中有人提出“驱逐乱民”的建议时，他听到载漪发出的冷冷的笑声。载漪以挖苦的口吻说：

“好，此即失人心第一法。”

然而，在“集体愚蠢化”的背后，却隐藏着出奇的冷静和理智，只是这种聪明才智，只在个人身上有效，在国家面前百无一用。如同慈禧太后一样，载漪对宝座表现出极大的兴趣。自从他的哥哥载湉被囚瀛台以来，他对于宝座的欲望就势不可挡。太和殿中央那把孤零零的椅子，已经令他神魂颠倒。终于，在1900年1月24日的仪鸾殿，一纸以光绪名义拟定的朱谕，飘落在众大臣面前，朱谕说：“端郡王载漪之子傅儁继承穆宗毅皇帝为子”，以备将来承继“大统”，并定于第二年正月初一日（1900年1月31日），为立傅儁为大阿哥举行典礼。载漪的儿子已经被确定为皇位继承人，他已经无限接近了那把空缺的椅子，只是他的计划，被一场猝不及防的突变完全打乱了。然而，在纷乱的局势中，载漪没有忘记那把唾手可得的椅子。在达到目标的所有可能之中，他能够捡选出最便捷有效的一种，这是理智，也是本能。突如其来的乱局，对载漪而言无异于一个福音，他“正觊国家有变，可以挤摈德宗（即光绪帝——引者注），而令其子速正大位”。他是一个善于利用群众运动的人，在他的率领下，6月25日，六十多名拳民器宇轩昂地闯入紫禁城宁寿宫，像一团乌云，遮住了光绪窗前的阳光。光绪听到一个声音在吼：皇上是鬼子的徒弟！人们便围上来，要把他逐出皇宫。杂沓的脚步声中，光绪听清了，那是傅儁的声音，一个十五岁少年无所顾忌的喊声，在静谧的宫室里显得异常尖锐。

那时的载漪父子不会想到，不久之后，自己的家人会面临一场劫难，冲进城的洋人，扑向位于宝禅寺街西面的端王府，先抢后砸，然后一把大火，把端王府烧个精光。那里曾经是载漪父子大锅煮肉，犒赏义和团的地方。那些漆黑的大锅见证着载漪父子犒赏三军般的豪情。他们没有想到，那些酒肉，将成为义和团的上路酒、断魂肉，没有想到他的府第将成为一口更大的黑锅。大火一直烧到夜里，由宫里往西北看，在夜里还能看到被大火烧红的天空，透过火光，还依稀可以听见人们的惨叫，和火烧在人肉上发出的滋滋的声音。许多人烧死在里面，因为洋人围住了宅子的出口，任何人都跑不出来。

1900年的中国如同一个绞肉机，吃肉不吐骨头；又像一个巨大的旋涡，把所有人都吸进去，但无论这个旋涡如何混乱、肮脏，它始终有了一个不易为人察觉的中心，它，就是太和殿那把虚位以待的椅子，所有杂乱无章的事物都围绕它旋转，只是那旋涡越转越快，以至于110年之后，当我们回顾它时，依然感到眩晕。

第六节　王懿荣

“洋人要坐朝廷了！”

这句传言令整个北京城为之一惊。

绿蒂终于目睹了那把宝座——令载漪父子念念不忘的皇帝宝座。他持着联军的通行证，穿过了美国兵把守的门——“世界上最森严的门”（很可能是太和门），沿着台阶拾级而上。太和殿所有的门都敞开着，像一件巨大的木制乐器，被风吹响，发出古怪的声音。它的对面，是一个法国人越来越近的身影——他的影子在斑驳不平的地上跳动着，被阳光越拉越长。终于，那影子消失了，它出现在大殿的内部，被大殿所吞食。在那个楠木金漆雕龙宝座面前，绿蒂想了很多，我们通过他的著作得知他当时的心绪：

这个宝座也位于北京的中轴线上，它是北京的灵魂。若没有城墙环绕，帝王坐在那大理石和漆木的宝座上将能一眼望到城市的尽头，乃至最外围城墙上的雉堞；可以这么说，来朝贡的王公、大使和军队，一进入京城的南门，就在他那隐形的目光热辣辣的注视下了……

这是一只正中设须弥座形式的宝座。宝座的正面和左右都有陛，宝座上设雕龙髹金大椅，就是皇帝的御座。椅后设有雕龙髹金屏风，宝象、香筒和角端分列左右。宝座前面，陛的左右，摆放着四个香几，香几上有中足香炉，香炉内焚着的檀香，和香筒里焚的藏香混合着，使宝座弥漫着一种迷离的气息。

在宫殿里，这样的龙椅不是唯一的。从前殿到后寝，从太和殿、中和殿、保和殿、乾清宫、交泰殿、坤宁宫，一直到养心殿、养性殿……几乎每一座重要的宫殿，都有一把龙椅放置在它的中心。尽管那些龙椅时常是空着的，但它们的重要性不言而喻。皇帝的身体不可能遍及每一座宫殿，但他又无处不在，那些龙椅就像他的化身，或者说像他的细胞一样存在着，可以同时出现在不同的宫殿中。它们表明了皇帝对宫殿的绝对拥有。尽管它们的形态、体量各有不同，但它们同属于一个家族，一个散发着楠木芳香的、精美华贵的家族，它们共同构成了一个庞大的系统，用相同的语言，讲述着关于皇权的神话。

然而，没有一把龙椅，像太和殿的龙椅这样令人心潮澎湃。巨型的广场，恢弘的宫殿，把它突出到一个无比显要的位置上。即使远在凡尔赛，法国国王也感觉到了它的存在。这里，是中国的中心，而中国，几百年中又被认为是世界的中心，那么，坐在这把椅子上，究竟能看到些什么呢？ 绿蒂是否试着坐在这把椅子上，我们不得而知，但联军的其他军官，曾经分别代表各自的国家在上面轮流坐过，在历史照片上留下他们的坐姿。他们的臀部不仅属于他们自己，也代表着他们的国家。他们不是旅游者，是军人，所以他们的行为，可以被认作国家行为，他们以旅游者般轻松的心态，悄然完成了对 20 世纪世界秩序的建构。

中国和西方对自身的帝国想象，都是围绕着宝座进行的。当然，这是两种性质不同的帝国。尽管“开疆拓土”一直是中国统治者正统观念，中国也因此在自秦至清的漫长历史进程中逐步完成领土整合，但只有元代，中国才有武力征服西方的历史，元代以后，又回归到对“中国”的自我建构和以中国为中心的朝贡体系的建构上。西方人对“中国征服世界”（即“黄祸”）的恐惧最终没有变成现实，根源在于没有工业革命为它提供物质基础，蒙古骑士聚集在大汗的旗帜下高歌猛进，是因为马镫的发明，为他们缔造一支铁血骑兵提供了物质基础，但这只是冷兵器时代的技术革命，在没有现代通讯、交通和作战工具的前提下，它的效能是有限的，所以中国（蒙古）人不可能以血腥方式完成它想象中的“世界帝国”，而西方，则通过工业革命，完成了向帝国主义的转型，工业革命的直接结果，是使杀人工具的升级和联络、控制体系的形成，西方人以更加野蛮的方式，取代了成吉思汗的野心，于是出现了《1275： 威尼斯商人》中描述过的景象："从蒙古人的铁蹄下劫后余生的西方人，在喘息之后杀了一个回马枪，诞生于地中海的海盗基因使他们终于露出更锋利的犬齿。西方人与东方人下一次相遇的地方，是大明王朝的东南沿海，一个名叫郑成功的中国军人，在那里拭目以待。"

更重要的区别，则是文化上的——中国人把对世界秩序的想象，建立在以儒家学说为基础的哲学体系上，它是平和的、"文化"的，而西方人则以战争的方式，完成对殖民地的征服和"驯化"，它是血腥的、野蛮的，尽管他们以文明代言人的身份自居；前者是语言实践，它建立起的是"想象的乌托邦"，而后者是政治实践，如汪晖所说："资本主义是一个扩张体系，它的政治的军事的表达是帝国主义，它在区域和人口关系中的表达是殖民主义。"正是在这一背景下，宝座，这一将权力符号化与具象化的实物，成为两种视线的交会点。19、20世纪形成的国际政治的赤裸裸的权力关系，就这样借助符号化的世界得以完成。

入侵者是那么地热爱那把龙椅，那把孤零零的椅子令他们不能自已，但是在他们眼中，中国的宫殿已经不再是一个封闭的系统，它的大门已经敞开，龙椅，连同它赖以生存的宫殿，都成为西方世界的附属物，它们已经没有独立存在的价值。出于对龙椅的偏好，他们甚至干脆把龙椅拿走，成为他们宫殿里最奢侈的装饰。20世纪20年代，人们在伦敦艺术市场上，看到一把来自中国宫殿的龙椅。这是一把被八国联军抢到欧洲的龙椅。一位曾经做过沙皇大使的白俄移民，名字叫迈克·格思(Michael Girs)，以2250英镑的价格出售了这把宝座，然后被一个名叫斯威夫特(J. P. Swift)的人买下，捐赠给维多利亚和阿尔伯特博物馆。博物馆的馆长塞西尔·哈库·

史密斯(Cecil Harcourt Smith)立刻把这件来自慈禧王朝的龙椅呈现给英国女王观看，这似乎隐喻着世界的权力中心的转移。他在后来写给捐赠者斯威夫特的信中激动地说：“陛下从前就见过这件宝座，并表示希望有一天它能成为我们的收藏。陛下让我一定向你转达，她对你慷慨无私的馈赠表示衷心的感谢。”

1901年4月，继德、美等国之后，法国人举行了自己的欢庆仪式。这是二百年前路易十四“中国舞会”的翻版，只是法国人无须再去营造什么“中国宫”，舞会，可以在中国宫殿的实景里自由地举行。沉寂多日的旧宫殿，像一盏灯笼被点亮了。灯光如水，漫过窗纸，使那些镂空的花窗变得透明起来。只是在灯光中游动的人，不再是气宇非凡的中国皇帝，和像蝴蝶一样围绕在他身边的粉黛宫娥，而全部是深眼窝高鼻梁的外国人——“坐在上座的是瓦德西元帅，他身旁是我国的部长夫人；接着是两位紫主教，七国联军的一些将领，五六位装束亮丽的女士”。这使人感到无比的怪异，一种非现实的、魔幻的感觉。即使在绿蒂看来，这也是一场“怪诞、颠覆及亵渎的晚宴”。香槟、假面、华尔兹，在空旷的宫殿夜景中，更像是一场亮丽而忧伤的表演、一种为了告别的聚会。他们是胜利者，但他们终将离开。他们洗劫了中国的皇宫、王府、商号（京城两百家当铺只有四家未遭洗劫），他们可以带走那些名贵的珍宝古玩、真金白银，去填充他们的宫殿和博物馆，还有一纸条约，上面密密麻麻写下的，都是他们的贪婪，但没有一种容器可以带走整座宫殿、整个国家，以及这个国家独有的创造力。这个东方古国在他们的铁蹄下瑟瑟发抖，气若游丝，但它依然存在。它已经存在了五千多年，就有理由继续存在下去。

美国学者 E·A·罗斯在一百年前写作《变化中的中国人》一书时，把中华民族屡遭异族入侵却没有毁灭的原因，归结为中华文明的诞生早于任何一个入侵者。十多年前，我在编辑他的著作时，就读到他写的这样的话："一种特殊的种族生命力或活力从某种程度上造就了中国人顽强的坚韧不拔的精神。这种特殊的生命力是中国人在长期而严格的优胜劣汰的自然进化过程中形成的。与我们北欧的祖先所经历的自野蛮进入文明的历史阶段相比，中国人所经历的这一过程时间更长，优胜劣汰的程度更严格。这种自然选择的过程……培养了他们受伤后复原的能力……"

就在慈禧太后逃离宫殿的那天，一个名叫王懿荣的京师团练大臣投井而死，深井中回荡的水声犹如他悠长的叹息。他的妻子和儿媳也跟在他的身后相继投身于冰冷的井水。（几乎与他们同时，内阁大学士徐桐以及帝国许多王公大臣，以及他们的妻妾子女，在北京城的不同地方，接二连三地投井而死。）国破家亡的时刻，这位负责京城防务的官员不会想到，他前一年在北京菜市口的一家药店买药时的意外发现——龙骨上书写的甲骨文，像一个打开的瓶塞，令贮存了数千年的中华古代文明的芳香喷涌而出。似乎上天有意证明罗斯的结论，此前不久，敦煌藏经洞也被发现。正当这个东方帝国在新世纪的曙光中行将沉入永久黑暗的时候，它突然又露出一束文明的光芒，重新把世界照亮。

第七节　毓贤

车过忻州时候，慈禧看到一轮圆月，孤单地挂在深蓝的夜空里。团圆的月亮，照耀着破碎的山河。慈禧想赶到太原府过中秋，山西巡抚毓贤已经由外地赶回太原接驾，然而事与愿违，黏稠的秋雨从拂晓以前就开始飘落不停，慈禧只能呆坐在忻州的贡院里，把阴沉的目光投向阴沉的天空。苦熬了几天，老佛爷的轿子（她们沿途不断更换交通工具），才重新出现在泥泞不堪的道路上，朝着太原府的方向，摇摇晃晃地前进。

八九月间的晋北，地上的水气和天空的雾气混杂在一起，看不清是阴天还是晴天，只觉得灰蒙蒙的一片。老佛爷的轿子，像一艘颠簸的船，在一片灰蒙之中起伏出没。山野间的湿气，在雨后蒸腾起来，压得人喘不过气来。晋北山地的夜晚冰凉似水，但在中午，老佛爷的轿子却变成一个蒸笼，轿围子、褥垫子，到处都烫手。她喝的水全变成了汗，汗出多了，用手往脸上一抹，又变成了盐面。但她始终没有说过一句话。没人知道，在寂寞的旅途上，她在想些什么。

她们多么需要草帽，可以遮阳，可以扇风。沿京绥路从延庆奔赴怀来的时候，车把式看见路边的水井，就奋不顾身地扑上去。井台下有一顶草帽，在雨后随风掀动。他上去把草帽掀开，突然间大惊失色，那草帽下盖着的，是一颗血肉模糊的头颅，草帽的绳子，还系在他的脖子上，随着他用力的抓取，那颗人头还在向他点头示意，他大叫一声，屁滚尿流地跑回来，险些惊了皇驾。于是，大家一致认为，不要再喝井里的水了，许多井里都有死人，打开井盖，会发现一颗人头，或者一具死尸浮在上面，水是黄绿色的，上面泛着臃肿的白沫。

世世代代赖以生存的水井，在 1900 年，变成了死亡的凶器。

终于，太原城，在一片灰蒙之中浮现出来。是慈禧西逃以来，走到的第一座大城。山西巡抚毓贤深知这一点，所以他给太后备足了体面。他为太后准备节日庆典，连太后的随从侍女，毓贤都发了红包，叫“添梳头油钱”。

在太原，慈禧找回了太后的感觉。山西巡抚府衙门官廨，成为临时的宫廷，在正厅中央，她又坐到她应该坐的椅子上，皇上、皇后、格格、大臣们行礼如仪。四盏吊灯照耀着她，后面飘来丹桂的清香，帘子缝隙里时时钻进木炭燃烧的气味，在深秋夜晚的凉意中，令人有一种恍惚感。在这种气味的熏染中，那颗在黏稠的雨季里缩紧发皱的心，一点点舒展开。金银器皿都是1775年康熙皇帝巡幸五台山时使用过的，在灯光下，闪烁着帝国辉煌时代的光泽。她刚刚启用了甲午战败后倍受谴责的老臣李鸿章，与庆亲王奕劻一起与洋人协商停战条件，太后的信任和百姓的辱骂，李鸿章照单全收，因为他别无选择，而慈禧，却像看到了希望，长长舒了口气。

慈禧在清早醒来，就再也睡不着了，等到鸡鸣，像在宫里时一样，歪躺着，合着两眼养神，跟宫女们说话。她回忆毓贤为她备的御膳时，对宫女说：“有个菜叫烩鸽雏，这是个时令菜，也是个寿菜，是大热的东西。目前已经是秋分了，阳气下降，阴气上升，正是吃这菜的时候，给老人吃，等于吃一副补药。难为毓贤想得周到。”

然而，慈禧并没有在山西巡抚衙门久留，比泥泞颠簸的道路相比，即使这里是天堂，在议和的关键时刻，对她来说，与毓贤这位义和团的坚定支持者划清界限的重要性也是不言自明。慈禧是与洋人开战的最终决策者，但此刻，朝廷需要替罪羊。宫殿是一个巨大的祭坛，辉煌的祭奠，需要源源不断的牺牲。毓贤是一个具有牺牲精神的大臣。在攻打洋人教堂的战斗中，毓贤身先士卒，“将红布抹额，手持短刀”，率领团民冲锋陷阵，他们冲入天主教堂，将他们的俘虏——六十多名洋人全部绑到抚署大堂，稍加审问，就推到门外，一个一个地斩了。没过多久，他们就在义和团的刀下变成一堆肉泥。作为朝廷的官员和走狗，毓贤拥有许多美德，例如忠诚、执着、勇敢、清廉，但他最大的缺陷就是愚蠢，他的愚蠢被整个王朝的愚蠢所掩盖，使这一缺陷变得无关紧要，但正是这一缺陷，把他效忠的主子送入风雨飘摇的境地。

终于，所有孤注一掷的血性变成不可收拾的残局。可以想象，当他得知慈禧决定与洋人议和时内心的绝望。他看到了自己的结局，他知道自己将成为被朝廷精心挑选的替罪羊。帝国需要“补天裂”，所以急需借他的脑袋用用。没有人比他更胜任这一角色了——他是主战派，杀了许多洋人，又是皇室宗亲，可以代表皇室接受胜利者的惩罚。据说洋人在议和时提出了杀掉慈禧的条件，毓贤认为自己是代替主子而死，所以死得其所，死得比泰山还重。这是他最后一次孝敬慈禧，对此，他和慈禧都心照不宣。他们谁都没有多说什么。慈禧领了毓贤的情，知道在他死后好好照顾他的家人。毓贤跪拜慈禧时，眼睛湿润了，眼泪差点甩在青砖的地上。他深深地叩了一个头，算是谢恩。

后来，毓贤问斩的时候，义和团民们集体为他喊冤，甚至有人请求代他伏法，被毓贤制止了，大义凛然地说：“死何足惜，但愿继事吾志者，慎勿忘国仇可耳。”刑官李廷箫曾是毓贤的手下，他不忍下手，又圣命难违，于是在一个寺院里为毓贤安排一桌酒席，准备乘毓贤不备突然下手。毓贤盛装出席，饮酒正酣时，毓贤突然说：“动手！”刽子手领命，手起刀落，毓贤的人头飞了出去。

死前，毓贤给自己写下两幅挽联。

其一是：

臣罪当诛，臣志无他，念小子生死光明，不似终沉三字狱；

君恩我负，君忧难解，愿诸公转旋补救，切须早慰两宫心。

其二是：

臣死国，妻妾死臣，谁曰不宜，最堪悲老母九旬，娇女七龄，耄稚难全，未免致伤慈孝意；

我杀人，人亦杀我，夫复何憾，所自愧奉君廿载，历官三省，涓埃无补，空嗟有负圣明恩。

军机大臣、刑部尚书赵舒翘在西安被赐自尽，在先后吞食金块、鸦片和砒霜之后仍然顽强地活着，原因是他有一个信念始终不动摇——由于他与太后的关系很“铁”，所以他的替罪羊身份只是暂时的，只要局势稍有好转，朝廷的赦令就会到达，在这一信念的支撑下，他迟迟不肯咽下最后一口气，搞得监斩官、陕西巡岑春煊不耐烦了，命人在窗纸上喷酒，然后一层层地蒙在他脸上，才将这个生命力旺盛的人活活闷死。

接踵而至的死讯，令载漪陷入极大的惶恐中。他想，下一个就是自己了。当他得知自己得到的惩处仅仅是发配边疆时，竟大喜过望——天下没有比这更好的消息了。他急忙问：“阿哥有罪乎？”左右说，没听说啊。他放心了，知道只要有大阿哥傅儁在，他的未来就不是梦。他兴高采烈地奔赴流放地。望子成龙的载漪不会想到，辛丑回銮以后，这位只知道吃喝玩乐，将宫里的珍宝随意拿出去变卖、从来不问价钱的败家子大阿哥，不仅没有登上皇位，而且被取消了大阿哥的名份，逐出宫殿，在女色、酒和鸦片的共同作用下，40 岁就双目失明，靠从前骗过他的当铺掌柜施舍粥饭，维持没有尊严的生活，再也不敢提自己曾是皇位继承人，最终在日伪时期，穷困潦倒而死。

心情最好的，莫过于慈禧了。光绪二十七年（1902 年 1 月 7 日），在经历了一年半的漂泊之后，她又回到自己的宫殿。她毫发未损地坐在从前的位置上，在薰香的缭绕中，表情仿佛观音菩萨一样静穆安详，仿佛什么事情都没有发生。

第八节　朱家溍

在 20 世纪法国诗歌中，人们会读到一种被称为“绿蒂聚会”的仪式。那是一种高贵、时尚、充满异国情调的沙龙。在沙龙里，战后回到故乡罗舍福尔的作家绿蒂创造了一整套繁缛的礼节，绿蒂告诉人们，这就是中国皇帝的生活，一种完全出自他个人想象的、虚拟的生活，一种由他构建的“中国舞会”。但他凭借自己的虚拟，风靡了法国，以至于“绿蒂聚会”在法国诗坛得以长久流传。1900 年的北京仿佛美梦注释着他们的黄金时代，既令他们陶醉，也令他们深感惆怅，因为所有的美梦都是临时性的——西方人在北京创造的“辉煌”只此一次，它终将破碎，只有在文字中它才能持久地发生。人们穿越华丽的法语诗行，看到绿蒂——八国联军中一个微不足道的上校，穿着中国的皇袍，坐在一把虚拟的龙椅上，醉眼朦胧地，沉浸在对中国的意淫中不能自拔。

而在中国，在围绕宝座进行的角逐中，谁也没有想到，袁世凯成为皇帝宝座最终的主人。但与西方人的兴趣相反，为了表现他的“与时俱进”，他下令撤除了太和殿上的的雕龙髹金大椅，换上了一把中西合璧的新式宝座。那只历经清朝数位皇帝的宝座，从此从历史的视野中消失了。

1947年，当国民党政府的故宫博物院接收前古物陈列所，准备撤除袁世凯的宝座，换上原先的龙椅时，才发现原来的那只龙椅已经去向不明——太和殿的宝座，真的丢失了。

它是一把椅子，但无疑是一把特殊的椅子，一把身世复杂、交集了太多目光的椅子，型号不同、产地各异的野心在它面前交汇和重叠，编织成19、20世纪之交混乱的世界图景。椅子上的人，在好奇地张望外部世界的同时，与整个世界窥视的目光不期而遇，在对视的一瞬间，它们看清了彼此的慌乱、恐惧和敌意。这只被一圈一圈的城墙包围的椅子，形似标靶的靶心，成为众矢之的、离死亡最近的地方，那些层层叠叠的城墙已经无法给它提供保护，偷猎者的枪弹在每一分钟都有可能不期而至。

没人再看见它。它以躲避的方式表达对捕猎者的抗拒。

直到1959年，才有一个人在故宫深处一处存放残破家具的库房中，发现了它的身影。那个人叫朱家溍。他在整理文物库房时，看见一只宝座残余的骨骼，但它的形神仍在。经过与日本人小川一真于1901年拍摄的太和殿照片比对，所有的细节都证明，这就是那把失踪已久的宝座。于是，故宫的工匠们开始了漫长的修复工作，木活、雕活、铜活花费了766个工作日，在滞闷的雨季里，又开始油漆、粘金叶，又经过了168天，直到1964年9月才完工，重新摆放在它原来的位置上。

当我一步步走近它的时候，它就安放在太和殿的中央，完好如初，仿佛一个婴儿，安稳地倚靠在世界上最大博物馆的怀里。所有的刀光剑影都不见了形迹，只有清风，穿越那些镂空的门窗，在它的上面回旋——时间没收了所有的刀俎，但宝座仍在，宛如一座拒绝湮没的岛屿，或者一个早已设定的结局。一个国家，有时就像一个人一样，它也有属于它自己的意志和道路，所有妄图施加给它的命运，都不会得到它的赞同。

2009年12月14日写完
2010年1月31日改

一个军阀的早年爱情

一

一九二二年对于沈从文的一生来说有着特别的意义。一切都归因于他遇上了一位军阀，并在这位军阀的手下做了一名文书。此人就是湘西王陈渠珍。

像小说里的一个伏笔，沈从文后半生的道路，甚至他晚年从事文物研究，在这一年就已经注定。这样说看上去悬乎其悬，实则不然。人生看似无法聚拢的散沙，散漫而无关联，其实时间在每一瞬间都在改变现实的局面。我们不相信“命中注定”是因为我们不善于发现身边那些琐屑的细节与未来的联系，而实际上，即使一块最轻的石头投向水面也会形成一轮一轮的波纹，打破水面原有的张力，向未知的远方扩散开去。我们可以不信任算命的道士，但我们应该相信波纹的存在。

湘西王那年四十岁，沈从文二十岁，刚好差了一半。四十岁的陈渠珍刚刚做了湘西的最高首长。湘西这块地盘本是“田三胡子”（田应诏）的，陈渠珍只是田麾下一名骁勇的战将。结果民国九年（一九二〇年）以后，田应诏烟瘾日增，想过几天舒坦日子，就急流勇退，到长沙、武汉，最后到上海作寓公去也，终日悠游，就把自己苦心经营的这块地盘交给心腹陈渠珍。陈于是陆续接任第一路军司令及湘西巡防军统领之职。二十岁的沈从文一脸稚嫩表情，终日漂泊，居无定所，用今天的话说，是个十足的“小混混”。他心比天高，命比纸薄，不满于现状又只能随波逐流，未来在他的头脑里还是一片昏蒙，尚未显露出具体的形骸。而陈渠珍，则早已是一个历练成熟的男人，踌躇满志，事业有成。黄永玉这样描写陈渠珍：“‘老师长’壮实、魁梧，浓眉大眼，留着厚厚的八字胡。何健也留八字胡，是个地道的鹅蛋脸，倒眉毛，看长相就该挨打。”[1]

四十岁的陈渠珍已数不清自己杀过多少人。以后他还杀过更多的人。杀人就是他的职业。杀人对他已经没有感觉。贺龙也在湘西的军队里混过，和陈渠珍算是个“同僚”吧。一九二五年以后，二人兵戎相向。红军长征过湘西时，有人说陈渠珍杀了贺龙很多人，贺龙也杀了陈渠珍很多人，两败俱伤；也有人说陈渠珍念及旧情，不忍兄弟自残，遂给贺龙的队伍闪开一条路。黄永玉坚决持后一种说法。

但不管怎么说，红军给了蒋介石一个机会。蒋介石早就想把手伸进湘西，但他一直找不出办法，只因有陈渠珍在。直到一九三五年，利用让陈渠珍剿灭红军的机会，才让何键夺了陈渠珍的权。陈渠珍就像田应诏一样到了长沙，镇日赏玩书画，过起轻闲日子，实际上他并未死心，而是伺机而动，一旦时机成熟，他就可以重掌湘西大权。陈渠珍杀人如麻。一个职业军人的基本素质，就是要铁石心肠，冷酷无情。然而陈渠珍又常常表现出截然迥异的另一面，他常常是古道热肠。他的内心竟然容纳了冰炭相激的两极。陈渠珍统治湘西的时期，几乎是湘西最好的时期，“使湘西真正做到了‘道不拾遗，夜不闭户’的理想盛世”[2]。他发誓要做曾国藩、王阳明那样的“中兴伟人”，重视农业，兴教办学，若有穷苦人家子弟考出湘西而无力求学，陈渠珍就自己掏出白花花的大洋，送他们远走高飞。

陈渠珍杀过无数的人，也恩泽过无数的人。杀过或者恩泽过，他就把他们忘掉，从不挂怀。魔鬼与天使由同一个人来扮演，现实中的真理总是显露出其荒谬的一面。就像湘西的山水，有时俊秀如花，有时狞厉似鬼。在陌生者眼中，这些变化仿佛都不可思议，然而，一切都有它内在的逻辑。我们读不懂，是因为我们只是肤浅的观察者，而从未进入事物的核心。

刚到陈渠珍身边，沈从文感受到的是陈渠珍儒雅的一面。他对这个“治军有方、智足多谋的统领官”，除了敬重，不会产生其他的感情。这个在命运的急流中挣扎的人，在一个大人物的身边获得了片刻喘息的机会。他知道那只是他的权宜之计。只是他没想到，日后的一切竟然都受惠于这位“陈姓长官”的“第一推动”。尽管他从离别这位长官以后就再也没见过他，尽管这位长官很早就死掉（陈渠珍死于一九五二年），但是沈从文的脚步，一直牵着陈渠珍的影子。其实湘西的每一个人都几乎不可能摆脱陈渠珍的影响。陈渠珍像幽灵一样无处不在——即使在他死后。这是湘西王的厉害之处。

一九二二年的沈从文还不可能透过陈长官笔挺的军服，看到他心灵深处的火光，看透他深埋于心底的爱与仇，更无法知晓陈渠珍早年的隐秘。他只把自己在陈长官这里谋得的差事当成一种偶然的际遇。而陈渠珍此时，却早已不相信什么偶然。自从他率领他的队伍由青藏高原向内陆逃生，误入大沙漠，经历了那茹毛饮血的七个月；自从他深爱的藏族女子西原与他共同从绝境中生还，又在长安客栈里病亡，这个男人，就不再相信这世上有什么偶然了。

二

西原留给我的最初的印象是明眸皓齿，面若桃花。她皮肤并不像其他高原女子那样，沉积着太阳紫色的光斑，而是如江南女子一样白皙。她头顶的银饰和项间的珠串，被高原透明的风磨擦得晶莹透亮，明亮的阳光时常会为她的身体勾勒出一道银亮的轮廓。

那天我在加瓜彭错府上饮酒。那是个无比纯净的日子，过了这许多年，我的记忆里至今不曾落过一粒尘埃。蓝天碧草，远山近水，仿佛崭新的布景。那天有藏族少女在草地上跳歌庄舞，五色斑斓的毪裙如风中飞旋的野花般翻飞起落。后来我就看到了她在远处望着我笑。不知我这个汉人，在她的眼里有何新奇之处。我看见她的胸脯在迅疾地起伏，她刚刚纵马飞奔过。刚才，我注意到远处有一群人在鞭策疾驰，在经过立竿的瞬间，俯身将立竿用力拔起，动作敏捷而轻盈，以为是群壮汉，不想却是几位妙龄少女。从那一刻起，西原就已经成了我灵魂的一部分，再也挥之不去。

后来在往羌塘草原逃命的路上，我向西原讲述了那天的感受。我说，尽管我是个汉人，但是我已经预感到，你注定会跟着我走。西原笑了，说，那天我看你一副憨直模样，不想心里揣着这等鬼心思。

我是驻藏清军中的一名管带。加瓜彭错是我的朋友，一位年愈六旬的藏族贵族，拥有一所富丽的宅邸。他几乎把他所有的财富化作了对宗教的虔诚。从草地上归来，他引领我去看他楼上的大经堂。大经堂差不多是用金子砌成的。一束光柱从窗孔中射进来，从他的脸上扫过，在他的脸上形成一种庄严的木刻效果。然而他最大的财富却是他的侄女西原。他引我参观他的宅邸的时候，我的脑子里一直想着西原。后来彭错看出了我的心思，笑了。

我是在一个凌晨带着西原逃出德摩的。那时，武昌起义的消息，由《泰晤士报》传到拉萨。在拉萨的清军发生哗变。我决定出走。我派兵士偷偷给西原送信，叫她在德摩山下等我。那时我的心里十分紧张。我并不是害怕自己逃不出去，而是担心来不及带走西原。所以兵士带着我的纸条走后，我独坐在军帐里，能够清晰地听到自己的心跳。那是我一生中最痛苦的一次等待。当时的那种寂静比每次战役开始以前的等待还阴森可怖。决定作出之后，我的头脑里便是一片空白。时间一到，我就按照约定来到山口。谢天谢地，西原如约而来。我突然有了想哭的冲动。然而她的笑容依旧灿烂。她的微笑像碧空下的雪山一样圣洁，无邪得令人心痛。我说，请你得跟我一起走吧。军队生变，已无可收拾。达赖虎视境上，等的就是这个机会。所谓覆巢之下无完卵，你不能留下，彭错先生也得走。是前进犹可望生，留此终必一死……正在这个时候，有人来报，统帅罗长琦在逃脱时被人捉住，五花大绑，拴在马尾后，鞭马疾行，拖了数十里，至喇嘛寺，早已气绝。他的话被一阵巨大的声响打断，远天卷起一阵混浊的烟尘，像是荒漠上骤至的风暴。正在我发愣的刹那，哗变部队已经到了跟前。裙袍上积着的灰白尘土，使他们看上去活像破庙里一堆泥塑的罗汉。其中一个泥像活动起来，凑到我跟前，对我说，罗长琦阻挠革命，已经被除掉了。或许他们念我曾参加同盟会，推我作领袖。但我去意已绝，抱拳称谢后，带着西原，策马而去。第二天的凌晨，我终于带上我暗中集结的人马，在高原寒风的悲鸣中，踏上了东归的征途。

此时的高原仿佛一座巨大的坟墓。头顶的繁星清晰如磷火。在黎明到来以前，长夜披着最后的黑纱，试图死死缠住人们最后的噩梦。烈马长嘶，驱逐着夜的恐怖。马镫闪耀着月的寒光。我和我的西原一起上路。西原的义无反顾是我最后的温暖。西原不走，即使我生还，我的魂也死在高原了。我带走了西原，就等于我把关于高原的所有记忆，都带走了。

但彭错不走。他说，如果一定要死，就死在高原吧，让自己的灵魂，像苍鹰一样在故乡盘旋。那天凌晨，我们向彭错作了最后的道别。还有西原的母亲——她已哭成了泪人。她拿出一座小巧的珊瑚山交给西原，永作纪念。彭错说，彭错老矣，无能为役，西原此去，重会何年？ 西原泣不成声。我紧紧搂住西原的肩膀，硬把她拖走。我扶她跨上战马，不到一分钟，母亲和伯父都丢在身后没了踪影。这时寒风早已吹干了西原的眼泪。她的发辫在颠簸中迎风撒开。

从那时起，我的生命就像从山顶崩塌的雪阵一般，朝着一个万劫不复的终点，急速冲下，巨大的惯性使我失去了顾盼和思量的机会，想改变轨迹，就更不可能。爱上西原并与之同行，我不知是神灵对我的眷顾还是对我的惩罚。我救西原逃生，我也同样害死了西原。然而除此，却绝不可能再有别的什么结局。既然我是那么深爱西原，结局就只能如此。也许正因我离不开西原，神灵才要将她从我身边夺走，命运总是在最关键的地方打一个死结。然而，这所有的一切，在当时却是顾不得考虑的。那时候我们心中只有一个方向。我们在朝着心底想好的那个方向快马飞奔，迟疑一步都可能带来灾祸。我们甚至没有选择道路的时间。

我救了西原。加瓜彭错死了。他们夫妇是被捆在柱石上，凌迟而死的。锋利的刀片整整剐了三天三夜——在他们已经咽气之后，刀片还是没有停。这一切是我后来才知道的。然而在我们飞奔的路上，我却看到了苍鹰在头顶盘旋，而且跟着我们飞了数十里，不愿离去。

我们在江达喘了口气。见大势已去，决定带西原奔青海，走甘肃，经四川，终回湘西。我们打听到，由此有三路可达甘肃。东西两路，沿边界行走，人户不多，但路途稍远，须三四个月方可到达。只有中路，虽渺无人烟，但只需四十日便可到柴达木，由柴达木经青海入甘肃境，有十天就够了。归心似箭，加之粮草虽不富裕，但维持一月总可勉强，遂决定由中路东归。然而这条路偏偏是条不归路，一百五十人的队伍，待走过这条路时，仅余区区七人！

这条路是我一生中走得最长的一条路，它几乎和我的生命等长。在这条路上，我们躲避了敌对的军队，却难于躲避命运的敌视。荒原无边，不知埋藏了多少英雄的骨殖。坚硬的马蹄可能随时翻腾出唐宋的冤魂。我们在沙漠上行走，如同踩在无数柔软的尸体上行走。无限敞开的高原野地胜似日日逼紧的囚笼。我们寻找着最后的出口。

喇嘛的话对于我们如同晴天霹雳。在行了多日之后，平原地带的一座小喇嘛寺里。与我们急切的问询相对照的，是他悠缓的语气——他语速如同天空上游荡的一片云朵一样缓慢。他说，此去行三日，即入羌塘沙漠，荒无人烟。此路行人甚少，尔等想一个月到甘肃，绝无可能。喇嘛的话在第二天就得到了验证。那天，我骑在马背上四下环望，视野之内一片黄色，皆是荒寂的沙漠，连道路都找不出来。我和西原面面相觑，呆愣在那里，半天回不过神来。

三

我至今还在揣测沈从文打开那些楠木橱柜，触摸堆成小山的宋明旧画时的那份惊奇。画轴间夹带着旧式家具陈腐的香气，和阳光的味道掺合在一起，向沈从文的面颊弥漫而来。沈从文来不及多想，就急切地解开绳绊，展开那暗旧斑驳的画幅，于是，那些山水，那些枯树，那些瘦马、那些长髯的老者、衣褶如花瓣般繁复的仕女，还有观棋的顽童，在沉睡了无数个世纪以后，一齐在这个早晨醒来。还有几十件精美的铜器和古瓷，十来箱书籍，一大批碑帖，以及很快运来的一部《四部丛刊》。宋元明清，千年时光，拥挤在这间小屋里。沈从文几乎透不气来。它们都沐在从窗子里透进来的几道香喷喷的阳光中，泛出旧时的光泽，令人于酩酊中怀疑一切都是假象，仿佛视觉和触觉在合谋一场骗局。

他不能解释这一切是如何到他面前的，而且，他可以由着性子摆弄它们，尽管它们并不属于他——它们属于那位“陈姓长官”，而沈从文自己，充其量不过是个保管者。也许，这人间最绝美的物什，是“陈姓长官”用大把大把的金银换来的——他从不吝惜金钱；或者，是用数不清的人头换来的——他也从不吝惜杀人。他无法说清是什么力量使得本属于古人的那些散碎的时光在这间山顶小屋聚拢起来，化作一个流浪汉心底短暂的快乐。年轻的沈从文固执地认为命运永远是刻薄无情的，而这样的快慰，也许是命运之神的片刻疏忽造成的。本来，他最大的满足，是在他行军的时候，背囊里夹着一本值六块钱的《云麾碑》，值五块钱的褚遂良的《圣教序》，值两块钱的《兰亭序》，值五块钱的虞世南的《夫子庙堂碑》，还有一部《李义山诗集》。这些是沈从文用积攒的军饷买的，为别人所没有。这一切足以驱逐这个年轻军人心头的惶恐和寂寞。然而，眼前的一切，远远超过了沈从文心灵的预期。

尽管沈从文并不是真正的拥有者，然而，又有谁能成为它们真正的拥有者呢？长官自己，也不过是一个暂时的保管者而已。人不过是瞬息间的生物，肉体永远是时间的囚徒，摆脱不了时间的奴役。面前的古物里掩藏着无尽的密码，没人能够破译出漫长的时间进程中，每一个与它们有关的人的秘密。即使是创造出它们的一双双与众不同的妙手，也早已化作淤泥了。可它们却存在了下来，温柔细腻的线条里，包裹着一股倔强的力量，可以穿透岁月的堵塞，像流水一般在时间中不知疲倦地奔跑。它们是人类思想和情感的产物。精神可以分离于肉体而单独存在，而且比肉体长寿。肉身的腐烂与寂灭不可回避，而内蕴的精神只有在充分感受到世界的冷热之后，才能如淬火的战刀一样，化作一种坚硬不朽的力量。这也许正是长官喜欢它们的原因。

陈长官总是在下午光顾这间屋子。那时他的皮靴会将走廊踏得山响，然后吱地推开那扇老旧的木门，那修剪整齐的八字胡就出现在沈从文眼前了。他会很潇洒地脱下雪白的手套，往桌上一丢，就在桌案前坐下，先是点上一根烟斗，抽着，一声不吭，像一个文人那样陷入冥想。这时小屋里异常安静，只有烟叶燃烧的唑啦声，只见烟线像幽灵一样飘浮、升腾。抽完烟，陈长官就开始翻弄那些古书，而且一坐就到深夜，这些动作像经过了操练，每天不曾走样。在沈从文的记忆里，陈长官好像从来不碰女人。他治学的时间几乎与他治军的时间相等，这是他同其他军阀不同之处，也令沈从文颇感蹊跷。人们都说陈长官很看重自己的权势和地盘，但沈从文看不出来。在沈从文眼里，陈长官的目光永远都是静止的，波澜不兴，伫留在那些微黄的册页间。

沈从文后来极少在作品里写到这位统领官，只是在自传中有这么一段，可以让我们从中揣测他当年的形貌："那军官的文稿，草字极不容易认识，我就从他那手稿上，望文会义的认识了不少新字。但使我感动的，影响到一生工作的，却是当时他那种稀有的精神和人格。天未亮时起身，半夜里还不睡觉。凡事任什么他明白，任什么他懂。他自奉常常同个下级军官一样。在某一方面说来，他还天真烂漫，什么是好的他就去学习，去理解。处置一切他总敏捷稳重。由于他那分稀奇精力，筸军在湘西二十年来博取了最好的名誉，内部团结得如一片坚硬的铁，一束不可分离的丝。"[3]

长官偶尔也对他身边的这位书记官讲些古书，或者文物鉴赏方面的知识。沈从文自然是洗耳恭听，自然是极其受用的。这也是命运的安排吧。沈从文走投无路的时候，曾经拿着贺龙的把兄弟向膺生的介绍信去桃源县投奔贺龙。贺龙当时是清乡指挥部的支队司令，和陈渠珍一样，是湘西一带响当当的罗宾汉似的人物。贺龙笑眯眯地望着沈从文说，码头小，容不了大船，留下暂时总可以吃大锅饭。就让沈从文作个差遣。也许沈从文对这份差使不满意，没有留下。后来在保靖，陈渠珍偶然看到了沈从文的字，让人叫来了沈从文。他打量着这个腼腆的年轻人，问：愿不愿意跟我跑码头。那时沈从文已经领教了人生的无常和世象的冷暖，如同一只疲惫的树叶，没有了独自在急流中冲荡下去的力量和勇气了。他孤寂而脆弱，于是，没有多想，就跟了陈长官。

在陈长官身边见的世面对沈从文一生的走向起了决定性的作用，是它，使这个年轻人朦胧的野心变得清晰。文化如同爱情一样，是严酷惨淡的现实中，一个既远且近、温暖而美丽的投靠。它常常出自一种偶然的际遇（？），又绝对与一个人一生的幸福有关。沈从文后来写道：“这就是说我从这方面对于这个民族在一段长长的年分中，用一片颜色，一把线，一块青铜或一堆泥土，以及一组文字，加上自己生命作成的种种艺术，皆得了一个初步普遍的认识。由于这点初步知识，使一个以鉴赏人类生活与自然现象为生的乡下人，进而对于人类智慧光辉的领会，发生了极寒风宽泛而深切的兴味。若说这是个人的幸运，这点幸运是不得不感谢那个统领官的。”[4]

就在这时，一件意外的事情发生了。这个意外，像是戏剧家一个巧妙的策划，在生命中最关键的部位出现。它把沈从文逼到绝路上，使他为自己破釜沉舟似的冒险生涯，下了最后的决心。

四

为我们指路的喇嘛终于成了我们的向导。喇嘛九岁入甘肃塔尔寺披剃，十八岁随商人入藏，曾走过这条路，但事情已过去五十年，前尘旧影，早已模糊不清。他记忆的每一个细节都意味着我们的生机。沙漠浩瀚得令人绝望——在当时处境下，如尖刀般切割人的生命的，不是悲鸣的狂风，不是刺骨的冰雪，不是失去时间感觉之后的惶恐空虚，而是时时涌上心来的绝望情绪。它就像一只永远尾随着你的野狼，在每一个你惧怕它的时候，向你闪烁幽绿的眼光。我有一种被世界遗弃的感觉。无边的荒原就像一个巨大的陷阱，于不动声色中暗藏杀机，每走一步都有死亡的可能。这个世界有美酒歌乐，有包裹在市井炊烟里的寻常生活，然而那一切在遥远的天边之外。一边是梦境，一边是死亡，这两者之间的真正距离。绵延的雪山，就是这种距离的刻度。这两个格格不入的世界，有时像是只隔着一层薄脆的窗纸，手指轻轻一戳，就可以从这头望见那头；而有时，中间正好隔着一生的距离。

我们的人马在一天一天地减少。我带着我的湘川子弟们来到西藏戍边，然而我却不能将他们完整地带回去。他们像从天上降下的雪片一样消失在雪原上了，没人分辨得出哪里是他们的坟墓。每到夜里，我都听得见他们的冤魂在哭号着叫我的名字。但是我无能为力，即使是剩下的人，我也不知能否将他们带出沙漠。

西原一直陪伴着我。她把那头枣骝马让给我骑，自己则骑我的那头大黑骡。她把临行时母亲送她的那只珊瑚一直揣在怀里，珊瑚上至今还停留着母亲双手的温度。在这种情境下，有西原在，真是人生一种难得的际遇，然而我胸中又时常涌起一阵无法言说的悲凉。每到宿营的时候，西原都悉心地用毛绳将马匹栓好。然而一早醒来，发现枣骝马还是跑掉了，平沙无垠，踪迹杳然。西原遂将黑骡让给我骑，她自己选了一匹劣马。

现在想来，枣骝马的远遁绝对是一种不祥之兆。几件致命的事件接二连三地发生了。先是喇嘛逃跑了。逃跑之前，没有任何迹象。我仔细回想着与他最后的交谈。那是在宿营时分，我问喇嘛，眼前的地貌，是否能够唤起他的些许记忆。他沉吟良久，说，由此过通天河，再行数日，即有孤山突起于平原中，地名为“冈天削”，我当年曾在此休息二日，此山高不过十余丈，有小河绕其前，又有杂树甚多，沿河行八九日，渐有蒙可罗（即藏人的毛毡帐幕），再行十余日，即至西宁。这些话，或是他逃走前最后的交代，也未可知。他是不堪忍受兵士的呵责殴打，才逃亡的。（绝境中的兵士们性情日益横暴。）但是他孤身一人，活着走出沙漠的概率，几近于零。

几乎在喇嘛逃走的同时，我们吃光了最后一粒粮食。这件事所带来的恐慌甚至比失去向导还要强烈。命运又为它的残酷增加了砝码，因为在那种情况下，任何一粒晶莹圆润的米粒，都可能延长生命的长度，而奇迹，往往会在这段长度中出现。这种心理在当时的队伍里像瘟疫一样蔓延。然而，我们千方百计试图抓牢的那根救命的缆绳，终于在某一个不经意的瞬间崩断了。我仿佛已经望到了死亡那幽黑的洞口。那一天我意外地发现，我的喧嚷暴戾的兵士们都沉默不语了。沉默比喧哗还要可怕。人性就是在这一天真正地发生了动摇。胃肠可以主宰脑袋，刀绞似的饥饿足以让理性靠边。终于，他们开始争食死者的遗骸。昨日的兄弟，成了今日的口粮。那是在睡梦中冻死的可怜人，夜里寻食的狼群捷足先登，已将他的身躯噬尽，仅余两手一足。生者还是将它们煮到锅里，含泪咽下。

西原也好几天未曾进食了。她的身体日渐虚弱，这位豆蔻年华、身手不凡的姑娘，身体已经像纸一样单薄。我注意到她的脸色在一天一天地枯干。但她依然爱笑。她会给我讲她的游牧岁月，讲她的母亲，和伯父加瓜彭错（我们还不知他已惨死），尽管那一切，在迷途中像一场虚构的故事。夜幕于荒漠上降临，就是衙门里灯火阑珊，权贵被美女所簇拥的时刻里，我正在指挥我的兵士露宿，而我的西原则在一层一层地拂去地上厚雪，试图将冷酷的大地变成我们的床榻。每天夜里，我们都是背靠着背坐着，每人手里握着一杆枪，枪口向外，以便随时警醒，对付在夜里光顾的狼群。我们的梦境——如果还有梦境的话，也总是缠绕在一起，撕扯不开。饥饿中我触摸到她怀里的一小片干肉，她已在怀里揣了多日了，她舍不得吃。她是为我而节省的。我要求她吃掉，她说：我耐得住饿，几天不吃没有关系，你指挥队伍，却不可一天不吃。况且，西原万里从君，可以没有我，却不可以没有你。你若死了，难道我能够活下去吗？

她说话的时候，空气呼到我的面颊上，让我觉出瞬间的温暖。大地在夜色中沉寂，仿佛在酝酿一个巨大的阴谋。没有人能够形容夜晚天空的色彩。那是一个永远望不到底的深渊。无数的繁星，就是深渊里玄妙的反光，像渗进衣袂间的冰渣一样凄凉。西原在我身边熟睡，星月在我头顶运行，幻化出无穷的生存幻像。它们洞晓人间的一切秘密，但它们从来都守口如瓶，缄默不语。荒漠上野狼的嚎叫是人间最后的歌声。我想起一路上见到的大地奇观。大地自亘古以来的一切造化，本来足以令任何一个感觉正常的人感喟于自然的伟岸与奇幻，但是只因命运的突然改道，而完全呈现出另外一个版本——我们从中阅读到的是彻底的残酷。千里雪原，是大地这个魔鬼早就为我们准备好的裹尸布，它已在这里陈列了千年万年，只等我们的到来。

意识像空气一样稀薄的时刻，突然被一阵喧闹吵醒。我的伙伴们饥饿难耐，要杀我随身带的一位藏族少年，分而食之。我们从社会中脱离未久，然而我们已经成了动物。是西原挺身而出。她决不允许吃她的兄弟，除非人们将她一起吃掉。月光下我第一次看到她面容的冷酷。大家被她镇住了。没有人敢说话。这时西原回到我的身边，拿起她的连枪，就消失在无边的夜幕中了。在她俯身的一刹，我也本能地跃起，尾随而去。次日，天色微明的时候，我俩一同返回，将一只野狼带血的尸体，抛在雪地上。

西原就在这微明的天色中点燃最后一根火柴。大家事先寻找一些骡马的粪便，搓成细末，又从贴身的衣服上撕些布条，卷在一起，尔后站成两排，将衣襟敞开，连接起来，密不透风地将西原围在当中。西原烧着布条，大家便按原来的设计，露出一条窄缝，让微风从一侧吹入。西原又蹲下，将布条放在地上，再轻轻盖上粪末。我至今记得她那幅小心翼翼的样子。众目睽睽之下，她手中的火苗，慰藉着每一个人的肠胃。

我们已经过了喇嘛所说的通天河。通天河，实际上就是金沙江上游的穆鲁乌苏河。这里有一支“玉树族”，夏季游牧于穆鲁乌苏河上游高地，冬季则聚集在河谷下部，弃高原于冰雪。我们这支队伍，恰好在这个时间差里出现，行走在无人的高原之顶。退一步讲，这时如果我们顺河谷下行，不问方向，也终可遇到藏人牧场，不至于陷入此等绝境。可惜那时，对这一切，茫然无知。

五

沈从文大病了一场，鼻血一碗一滩地流，吓死人。人都以为他活不了了，然而，四十天过去，他又健步如飞了。他醒来后，很快发现自己的朋友少了一个——陆弢死了。为了向人验证他对一个女人的爱，不习水性的他发誓去泅一段险滩，终被淹死。

沈从文又回到了那间小屋。阳光将雕花的橱柜擦拭得异常洁净，等待着他的归来。这几十天的遭遇，令沈从文感到了死亡的可怕。可怕的不是死亡本身，而是死亡在生命真正开始之前就降临。沈从文觉得自己的人生还没有开始。

子弹随时可以穿透他的头颅。

出走并不是为了寻找爱情和梦想，而只是想获得一次生存的机会。

像是一个赌徒在输光之前下的最后一次赌注。

听着沈从文的话，陈长官凝视他良久，显然，他正在经历着痛苦的抉择。沈从文在心里掂量出了这片刻的沉寂对自己的份量。他是把自己的未来，交给了这几分钟的沉默。

房间像往常一样安静。他看见时间在顺着阳光滑落。

陈长官终于狠狠拍了一下沈从文的后脑勺，说，是苍鹰，就该拥有自己的天空。走吧，走吧，到北平，找一所好学校，你会有出息。念下去，我这里有钱。混不下去，再回来，我这里还有饭吃。

混不下去，沈从文也不会回来。当所有的努力都做过之后，惟一还能做出的选择，就只有死了。沈从文很快主动拒收了从湘西寄来的钱款，说明了他内心的绝决。

他凝望着山口，想象着盘旋在那里的风的旋涡。准备开始他真正意义上的流浪——那将是他的沙漠之旅。没有地图，没有向导，只有死神那亘古不变的召唤。从他上路的第一天起，明天就永远是一个谜，他也无从知晓，苦难的边界倒底在哪里。也许，他会在半途中看到另一个身影。两个人在绝望中同行，将要发生些什么，又是一个悬念。也许，他将永远孤独下去。当他死后，为他举行的葬礼同时也将孤独埋葬。他依稀中听到远方的狼嗥，像凄楚的风，令树叶发出颤栗的声响。他在这些恐怖的声响中下了决心。他自信会在流浪中蓄积足够的势能，来保存他内心深处的火光。那火光即使微弱，也终会在长夜里燃成一盏长明灯。沈从文后来经历了许多大事，包括朝代的更迭，个人的荣辱。而那一切，都起源于他在那个宁静的下午同长官所说的一席话，起源于他果决的出发，尽管他的出发，比他的长官晚了整整十年。

一九二二年，沈从文历尽艰险来到北平。在客栈的旅客登记簿上写下：

沈从文，年二十岁，学生，湖南凤凰县人。

六

夏天到来的时候，我和西原已经出现在长安城。我们用光了盘缠，西原决定卖掉她母亲的珊瑚。

我们是在六月里翻过日月山的。“翻过日月山，又是一重天。”果然如此。一过日月山，气候就暖了，就有了平常人家，有了鸡犬之声。居民皆宽袍大袖，戴斗笠，乘黑驴，宛若陶渊明的武陵桃源。终于，我们又回到人间。

由江达匆匆逃出西藏，二百二十三日之后（我居然还数得出日子！），我们到了丹噶尔厅。所谓的我们，只剩下七个人。

寻到一家客栈。西原首先看见的是客舍里的一面铜镜。她本能地向它靠拢，然后，用颤抖的手，握住它雕镂精美的把柄，抚摸良久，才慢慢地，对照自己的面庞。我感觉得出，揽镜自照的一刹，她是鼓足了勇气的。二百个与世隔绝的日子，足以将美女变成厉鬼。阳光从室外斜射进来，抚摸着她粗砺的脸庞，像是一种温柔的抚慰。她终于看清了自己的模样，哭了。是号啕大哭，声音极为惨烈，像鹰一样在我头顶盘旋。今天回想起来，那哭声依然令我毛骨悚然。我从未听她这样哭过，即使濒临绝境。

我的衣服，这二百多天一直穿在身上，从未脱下，经风历雪之后，已经板结成硬块。在高原酷寒中从不觉得，一到这里，我即闻出其恶臭。我的辫发也已板结，像戴上了一顶坚硬的帽子，无法梳理，只好用腰刀将其割去。留发不留头，谁料我是以这种方式进入民国的。我和西原同去集市上购衣，让围观的孩子们对足了眼瘾。

打扮停当，遂携新妇还乡。我们归心似箭，由丹噶尔厅而西宁，而兰州，而邠州，意欲取道长安归湘。至邠州，正是八月十四。我寻一处酒楼，备了些酒肉，款待我的西原。能吃到人间的饭食，在那星月满天的高原之夜，曾是我们的奢望。尔今，我们终于戳破了梦境的纸窗，看到，而且走进了另一个世界。这时，我对面的西原，已穿上汉服，眼神中又恢复了柔性的光泽，已是活脱脱一个汉家姑娘，一个寻常巷陌里的温柔媳妇。我不知道将要发生些什么，但是西原的眼神让我觉得安妥。湘西的河流和吊脚楼在等待着我俩。我的心里已经预支了幸福。没过多久，我就发现我的快乐已经透支，以后不再拥有。从那以后的所有日子，都是为那种快乐还账。那时我几乎忘记了我是一个天生的复仇者。上帝把我抛向这个世界就是为了在我胸中制造仇恨。命运的眷顾将从我的时间里消失，复仇的意志如同血液贯穿我的全身。我从不服输，我可以改变一切，除了一点——我的生命里不再拥有西原。

而那时，西原正坐在我的对面，坐在中秋夜的烛光里，面色微红，注视着我。当我冥想于人生的遭际，她却陷入现实的哀愁之中。她说：盘缠所剩不多，故乡尚且遥远，今日这样破费，又怎能顺利回乡呢？我笑了，答她：不必担心，剩下的银两足够我们到达长安，到长安后，再给家中寄信，可安心等待家中人将路费寄来。西原这才放心，迷离的目光重又明朗起来，像温柔的蝴蝶栖息于我的肩头。月满西楼，那是我们第一个共同的中秋，当然，也是最后一个。

那段时光我一直处于兴奋之中。这种兴奋几乎割断了我与现实的联系。事情果然按照西原的预料发展着。在长安住了二十余日，并没有等来家款，而手中的银钱，终于罄尽了。

那时我们居于洪铺街一所空宅之中。是友人所荐。主人远行，三进的大宅院，尘封已久，只有守宅人独居于此。我和西原住在最后一栋屋中，购得米面，自己做饭。一段波澜不惊的岁月。像急流拐弯处突然出现的一片深潭，沉静得令人不敢相信。屋子被她打扫得整洁干净。阳光每日从檐顶爬过来，在院子里镀上一地金黄，又顺着墙角溜走。日子就在这一来一去间飞逝。高原的风寒不曾麻痹我的神经，而平淡的日子却让我放松了警惕，我忽略了危险正在日益逼近。

岁月可以改变一切，惟一不可改的就是它的残酷。我们的贫穷终于一览无余。西原决计将珊瑚卖掉。我力劝，然而她决定的事，从来不可能更改。这是我所了解的。她小心翼翼地将珊瑚包好，出门了。第一天，她空手而回，第二天依旧。她像一头倔强的小鹿，不肯对现实就范。第三天，她换回十二两银子。她笑得天真烂漫，格格格地，证明着她的胜利。我们就又过了一段平静的日子。路费依旧在路上，日光依旧爬进院子又溜走。转眼到了冬月之初，我卖掉了手头最后一件值钱的东西——我作战用的望远镜，就无计可施了。

湘西依旧遥远。再也不能无所作为了。我每天出门谋事，西原都送我至偏门，然后回到空屋里等我归来。这一等，没有等来希望，却等来病魔。那夜归来，我看见她面颊赤红，觉得异样。细问之，西原说：你走之后，我就开始浑身发热，头痛不止。我轻轻摸了摸她的额头，果然烫手。这样她一连烧了几日，茶饭不思。我问她想吃什么，她说牛奶。我就慌忙跑到街上给她买了牛奶，又急忙之中为她找到医生。医生说：此阴寒内伏，宜清解之。就给她开了药方。那时我还痴痴地等待着药物发生作用，我哪里知晓，这一劫，是早就预设好的，我们无处躲藏——凡西藏女子，因生于高原，洁净无菌，一到内地，必会生天花而死。直到那天清晨，西原于梦中醒来，搂住我的肩，眼眶里充盈着泪水，对我说：我将死了。昨天晚上，我梦见我的妈妈用糖喂我，按照我们西藏的风俗，夜有此梦，必死无疑。夜里，我又在朦胧中被西原唤醒。她说：西原万里从君，本望与君共归乡里，不想中途染疾，竟成永诀。所幸的是，你还能活下去，西原死亦瞑目了。家书和路费就快到了，你一人踏上归途，要多多珍重！说完，身子一斜，就断气了。

我的头脑骤然眩晕起来。抱住西原依然温热的身体，大哭不止。巨大的悲伤使我浑身的肌肉像受到凌迟一般疼痛。我的心在瞬间被碾碎成粉末。我觉得整座房屋都在随着我的哭声震颤。不知过了多久，我把西原放回到床榻上，想到自己连埋葬她的钱都没有，心如刀绞。我把西原独自留在屋里，就准备出门，去找在长安相识的一位朋友，名唤董禹麓的。出门时，又回转身，看了看瞑然长逝的西原的面庞，恬静如同睡熟。

那时天刚蒙蒙亮，我顾不了许多，到了董府就急不可耐地挝门。禹麓被我的面容所惊慑。他知道，一定是出了大事。

就在这个无风的下午，依靠禹麓的帮助，我将西原安葬在城外雁塔寺。我在她的墓边站到了晚上，才独自走回洪铺街，走回冷室空帏，走回无法触动的记忆。

七

一九三六年，失去实权的陈渠珍寓居长沙，怀想大半生际遇，遂用浅近文言，写了一本小书，名叫《艽野尘梦》，其中讲述了他早年与西原的爱情经历。艽，音求，荒远之意。艽野，就是指荒远的边地了。《诗·小雅·小明》云："明明上天，照临下土。我征徂西，至于艽野。"在陈渠珍这里，艽野自然是指青藏高原，在那里，他做生命中一场痛彻肺腑的大梦。一九四〇至一九四二年，此书在《康导月刊》上连载，著名藏学家任乃强先生对此书进行了校注，并在《弁言》中写道："张厂长志游远游南川归，示湘西陈渠珍所著《艽野尘梦》。余一夜读之竟。寝已鸡鸣，不觉其晏，但觉人奇，事奇，文奇，既奇且实，实而复娓娓动人，一切为康藏诸游记最。尤以工布波密及绛通沙漠（即羌塘沙漠）苦征力战之事实，为西陲难得史料。”

《艽野尘梦》全书不过五万字，尘封半个多世纪，知者已寥寥无几。一九九九年，西藏人民出版社重新整理出版了这本书。时间的厚土与积垢并不能阻止爱情在阳光中重新发亮。可惜此书仅印行三千册，与坊间流行的各种爱情书籍自不能比。当然，这本书包罗万象，着力处绝不仅限于情感。在这本书的《前言》中，有这样的话：

“作者详细地叙述了自己一九〇九年从军，奉赵尔丰命随川军钟颖部进藏，升任管带（营长），参加工布、波密等战役，在驻藏期间同当地藏族姑娘西原结婚，在一九一一年十月武昌起义爆发、南北响应的消息传到西藏后，出于对波密起义士兵的一些行动不理解，而又顾念个人安危，于是组织湖南同乡士兵和亲信一百五十人取道东归而误入大沙漠，断粮七月余，忍饥挨饿、茹毛饮血，仅七人生还于西安，西原病卒等经历；描绘了沿途所见的山川景色、人情风俗和社会生活；同时记录了英、俄帝国主义觊觎和争夺我国神圣领土西藏的罪恶和阴谋活动，清政府的日益腐败，清封疆大吏之间和军队内部争权夺权、勾心斗角的斗争；记载了辛亥革命对西藏和川军的重大影响和军中的同盟会员、哥老会成员在波密乘机发动兵变、杀死协统（旅）罗长琦的实况。从文学的角度看，它不失为一部写得优美的游记；从史学的角度来看，它又不失为记录清末民初川边、西藏情况的重要资料。”[5]

全书写到西原病卒长安，戛然而止。像一支乐曲，在最用力的一根弦上突然绷断。许多年过去，我们仍能体会到作者肝肠寸断的心境。

一九三六年，沈从文早已在北平家中的枣树下，完成了他的主要创作，像《边城》、《八骏图》等。他娶了一个美貌的闺秀，名叫张兆和。

这一年，西原已在雁塔寺沉睡了二十四个年头。

二○○○年十一月四日至八日

注释

[1] 《这些忧郁的碎屑》，第 83 页，北京：生活·读书·新知三联书店，1998 年版。

[2] ［美］金介甫：《沈从文传》，第 61 页，北京：时事出版社，1991 年版。

[3] [4] 《从文自传·学历史的地方》，《沈从文散文选》，第 106 页，北京：人民文学出版社，1982 年版。

[5] 《前言》，见《艽野尘梦》，第 1 页，西藏：西藏人民出版社，1999 年第一版。

附录一

朱自清散文奖获奖感言

感谢评委会把第三届朱自清散文奖颁发给我。刚刚听到《人民文学》邱华栋副主编讲述了评奖的过程后，更是让我吓出一身冷汗。昨天记者问我，得知获奖的消息后，第一反应是什么？ 我当时没有反应。我现在回忆起来了，当时第一反应就是惊讶，因为我写散文二十多年，基本上和各个奖项无缘，所以没有想到会得到这个神圣的奖项。第二个反应是，我觉得这个奖非常公正——我经常以我能不能获奖来衡量一个奖项是不是公正。当然，这是玩笑。

在所有文艺形式中，写作是最寂寞的一种，也是最不具有表演性的一种。其他文艺形式都有一定表演性，比如书法和绘画，挥毫泼墨的过程就会让人感到美的享受，更不用说唱歌、舞蹈、表演这些艺术形式，创作过程更是在人们的关注下进行的。然而，一个写作者，更多是在一个小房子里面，把自己封闭起来，面对一台电脑，独自工作。所以一个写作者更多的时间不是面对大众，而是面对自己。写作者要忍受、面对很多人无法想象的孤独和寂寞，很多人的写作历程，都是一部孤独史。前几天，文学大师马尔克斯刚刚离开我们，他觉得我们这里不好玩儿，所以去参加莎士比亚的生日派对去了。他有一部非常著名的作品《百年孤独》，这部作品写的是拉丁美洲的历史，我认为这也是每个作家自身的历史——假如一个写作者活得够长，他就必须面对差不多一百年的孤独。

写作就像一场汽车拉力赛，参赛者面对着各种意想不到的挑战，以及漫长的、甚至是令人绝望的孤独。对于一个写作者来说，获奖意味着抵达了一个加油站。那辆精疲力尽的破车不仅有了加油和修理的机会，我们自己也回到了人间，甚至可能得到一个热情的拥抱、一个善意的微笑。在漫长的旅程中，它只是一个无比微小的瞬间，转瞬即逝，但是在此后很长的时间内，那些友好的交流和鼓励都会成为我回忆的内容，让我更有信心地面对剩下的旅程。

再次谢谢大家。

根据录音整理，2014 年 4 月 26 日，扬州

在场主义散文奖获奖感言

感谢评委会把这一奖项授给我。我的写作没有主义，而在场则是必须的。真正意义上的文学写作都是在场的，没有不在场的写作。这个在场，不能只理解为写作者身体意义上的在场，而更应当是精神意义上的在场。没有精神的在场，写作这事就不能成立了，就成了隔山打牛，隔靴搔痒，隔岸观火，就不是写作。

因此，关于一个人的写作是否在场，不是依靠题材来区分的。比如我的历史叙述，同样是在场的——我是站在当下的精神立场，对历史进行反刍的，因此，我把现代性，当作我写作的一个不可或缺的基点。否则，在过去的史籍中，所有的历史都被表达过了，而且表达得淋漓尽致了，我们写不过司马迁，写不过欧阳修，写不过张岱，写不过林语堂，我们当下文学，尤其是历史写作，就没有存在的必要了。如果每一代人都这么想，大家就都可以洗洗睡了，也就没有文学史了。梁启超说，一代有一代之文学，每一代人的表达都是不可或缺的。我们写作，就要写出此时对历史的认识与思考，因为所有的认识与思考，都是与我们当下的处境密切相关的。历史没有过去，它就存在于我们的现实中。因此，历史永远不只是过去时，而是正在进行时的。写历史，就是写出我们的在场。

这些年的写作，我一直朝着自己认定的方向在走，不撞南墙不回头，撞了南墙也不回头。我认为一个写作者要有自己的主见，那份顽固是藏在心里的，或许，这就是传说中的宠辱不惊吧。我认为对于一个写作者而言，宠辱不惊如同精神在场一样，是一个基本的素质。在我的写作历程中，受到的讥讽和赞美一样多。批评有中肯的，也有不客观的，甚至是没有读过文本的；赞美有诚恳的，也有过誉的。这些都不是最重要的，重要的是我几乎每天都能打开电脑，从容地写下我想写的文字。在那一刻，我觉得自己的天地是那样的开阔，没有什么事情能够阻碍我内心的驰骋。

再次感谢评委会对我作品肯定。我也知道任何奖项对获奖者来说都是一次性的，只有写作是长久的。就像一位体育冠军说的，自你走下领奖台的那一刻起，你就不再是冠军了。我将永远成为自己的评委，有一天，当我真正对自己的写作感到满意（但愿有那么一天），我会毫不客气地给自己挂上一枚勋章。

谢谢大家！

2015 年 6 月 21 日

花地文学榜 2016 年度散文奖获奖感言

说实话我不太擅长发表获奖感言，因为对获奖这事我不太熟悉。此次获奖，算是一个意外事件，比川普选上总统还意外。

我写故宫、写历史，好像跟文学没啥关系，因为许多文学朋友说我写的东西归史学会管，但史学会也不认账，因为我写的东西文学性太强，应该归作协管。我的写作，就这样成了故宫里的流浪猫。我不知道是不是这个原因，这反而让我得到了某种自由，在历史与现实间奔波，在白纸黑字间疯跑。我一直在寻找表述历史的恰当方式，其中也包含着冒险的因素。所以来自羊城晚报的这份鼓励，对我十足重要。

前天羊城晚报的年轻朋友问我，故宫闹不闹鬼，我可以明确地答复，我不知道，因为我从来没见过。但有一点我相信，那些逝去的人，他们都有话没有说完，留在他们的尸体里，被时间吹散了。其实，那些未曾说出的话，是最真实的，尽管它无法实证，却可以体会，我想，体会一个人内心的声音，不是史学家要干的事，而是文学家要干的事。假如那些说出来的话变成了史料，那么没有说出来的就留给了文学。我把我的文字，当作逝者的内心独白。我相信人心是可以体会的，经验是可以分享的——历史中积累了那么多经验，不分享白不分享。这正是文学的神奇之处。说完了，谢谢大家！

2017 年 4 月

孙犁散文奖获奖感言

感谢评委会把这个奖项授予我。这个奖项对我有不同的意义，因为它是以孙犁的名字命名的。孙犁是我热爱的作家，少年时就受到他的影响，2004年人民文学出版社出版《孙犁全集》，我就全套端回了家，时时翻读。从他的文字里，看得见五四新文学的传统，也能感受到古典文学的唯美深厚。更重要的，是他的写作与这块土地水乳交融。刚才孙犁先生外孙女儿张璇女士致辞，提到孙犁先生晚年还在土地上捡拾起被农民遗漏的玉米粒，先生的形象，如在眼前。我想起前不久参加文化部一个活动，摄影家解海龙先生的一句话让我感到很震撼，他说一个艺术家距离土地、百姓的距离是近还是远，有一个具体的标准，就是他的身上是否曾长过虱子。我已近天命之年，但我身上从来没有长过虱子。当然现在的农村条件早已改善，想找一个虱子已经不那么容易了，但我理解他的意思——一个艺术家，要与大地贴得无限近，要更加深刻地理解吾土吾民。

孙犁先生对土地的态度，就是他对文学的态度。孙犁先生作品里所呈现出的宽广与深邃，源于他对土地和人民伟大的爱、对生命价值的深切关怀与尊重，尽管这一切都通过节制和朴素的方式表达出来的。他不只用他的文学回馈世界，更以其伟大人格滋养后人。

我辈有幸，在孙犁的文字滋养下长大，他的文字，也将照亮我未来的文学之路。谢谢大家。

2017 年 9 月 16 日于孙犁故乡河北安平

《当代》文学拉力赛2017年度散文总冠军获奖感言

感谢当代杂志，感谢人民文学出版社，我心目中最神圣的文学殿堂，给我的这份殊荣。很多年中，这个殿堂都属于我崇拜的作家，而与我无关。所以，对于《当代》杂志和评委老师们的宽容与厚爱，我格外感谢。

写作是作家面对自我、同时也是面对世界的一种方式。精神世界的深入，不意味着一个写作者与世界脱离关系。我们在写作中完成自我，构建自己的精神版图，同时也以写作的方式处理着和世界的关系。因此，写作是写作者自己的事，跟别人没什么关系，但,写作，又不只是自己的事，和全世界都有关系。历朝历代的文人艺术家，其实都是在处理自己与时代的关系。他们的作品，也是他们对各自时代所做的回应。在《故宫谈艺录》这个专栏中，我谈李白、苏东坡、赵构、赵孟頫、黄公望、柳如是，不只是谈他们的艺，更谈他们的人、他们与自己所处时代的关系。在当下，我们谈论的比较多的是文学所受的冲击之强大，往往忽略写作自身的虚弱。我们应当知道，在自己所处的时代，我们该留下何样的文字。

我现在香港的大街上，一个与文学没什么关系的世界，听到获奖的消息，一种时空穿越的感觉油然而生。文学是照亮现世尘埃的那束光。让我们眼里的世界有了美感，也让我找到了此生的意义。

再次感谢这个奖项对我文字的认可，感谢石一枫兄，不仅给我当了一年责编，还要替我朗读这篇索然无味的受奖辞，实在难为他了，在此对他深表同情。给大家拜个早年！

2018年1月23日匆匆于香港

附录二

祝勇创作年表

(1993—2018)

一、著作

1. 《与梦相约》，北京：中国物资出版社，1993 年
2. 《文明的黄昏》，北京：中央编译出版社，1996 年
3. 《改写记忆》，北京：中国文联出版社，1999 年
4 《禁欲时期的爱情》，北京：中国文联出版社，1999 年
5. 《手心手背》，北京：中国文联出版社，1999 年
6. 《你有权保持沉默》，郑州：大象出版社，2001 年
7. 《凤凰：草鞋下的故乡》，北京：中国文联出版社，2002 年
8. 《遗址：废墟上的暗示》，北京：中国文联出版社，2002 年
9. 《给堕落一个理由》，昆明：云南人民出版社，2002 年
10. 《天堂驿站》，北京：光明日报出版社，2002 年
11. 《蓝印花布》，北京：作家出版社，2003 年
12. 《旧宫殿》，北京：中国旅游出版社，2004 年
13. 《江南：不沉之舟》，北京：中国旅游出版社，2004 年
14. 《北方：奔跑的大陆》，北京：中国旅游出版社，2004 年

15. 《凤凰：草鞋下的故乡》，北京：中国旅游出版社，2004年

16. 《最后的罂粟》，北京：生活·读书·新知三联书店，2004年

17. 《祝勇序跋》，苏州：古吴轩出版社，2004年

18. 《旧宫殿》，沈阳：春风文艺出版社，2005年

19. 《1405，郑和下西洋600年祭》，石家庄：花山文艺出版社，2005年

20. 《江山美人》，北京：中国国际广播出版社，2006年

21. 《出走者》，哈尔滨：北方文艺出版社，2007年

22. 《反阅读：革命时期的身体史》，台北：联合文学出版社，2008年

23. 《稻城：香格里拉精神史》（合著），北京：人民出版社，2009年

24. 《旧宫殿》（修订版），北京：中国文联出版社，2009年

25. 《帝国创伤》，北京：中国文联出版社，2009年

26. 《江南：不沉之舟》（修订版），北京：中国文联出版社，2009年

27. 《北方：奔跑的大陆》（修订版），北京：中国文联出版社，2009年

28. 《双城记·紫禁城记》，北京：紫禁城出版社，2009年

29. 《双城记·长城记》，北京：紫禁城出版社，2009年

30. 《西藏：远方的上方》，南昌：百花洲文艺出版社，2010年

31. 《再见，老房子》，南昌：百花洲文艺出版社，2010年

32. 《非典型面孔》，北京：生活·读书·新知三联书店，2010年

33. 《纸天堂：西方人与中国的历史纠缠》，北京：生活·读书·新知三联书店，2011年

34. 《血朝廷》，上海：上海文艺出版社，2011年

35. 《血朝廷》，台北：联合文学出版社，2011年

36. 《旧宫殿》（十周年纪念版），上海：上海文艺出版社，2012年

37. 《旧宫殿》（十周年纪念版），台北：联合文学出版社，2012年

38. 《祝勇散文精品集》，海口：南海出版公司，2012年

39. 《大师的伤口》，北京：海豚出版社，2012年

40. 《禁欲时期的爱情》，北京：海豚出版社，2012年

41. 《他乡笔记》，北京：海豚出版社，2013年

42. 《1894，悲情李鸿章》，南京：江苏文艺出版社，2013年

43. 《盛世的疼痛》，北京：东方出版社，2013年

44. 《民国的忧伤》，北京：东方出版社，2013年

45. 《辽宁大历史》，北京：东方出版社，2013年

46. 《十城记》，北京：东方出版社，2013年

47. 《故宫的风花雪月》，香港：牛津大学出版社，2013年

48. 《故宫的风花雪月》，北京：东方出版社，2013年

49. 《散文叛徒》，北京：东方出版社，2013年

50. 《皇城北京》，北京：海豚出版社，2013年

51. 《血朝廷》，北京：东方出版社，2014年

52. 《纸上的叛乱》，北京：东方出版社，2014年

53. 《民国的忧伤》，香港：中和出版有限公司，2014年

54. 《旧宫殿》，北京：东方出版社，2015年

55. 《西藏书》，北京：东方出版社，2015年

56. 《国学与五四》，北京：东方出版社，2016年

57. 《故宫的隐秘角落》，北京：中信出版集团，2016年

58. 《故宫的隐秘角落》，香港：牛津大学出版社，2016年

59. 《故宫答客问》，北京：故宫出版社、海豚出版社，2016年

60. 《在故宫寻找苏东坡》，长沙：湖南美术出版社，2017年

61. 《在故宫寻找苏东坡》，香港：牛津大学出版社，2017年

62.《国学笔记》，北京：故宫出版社、海豚出版社，2017年

63.《纸上的故宫——祝勇散文经典》，武汉：长江文艺出版社，2017年

64.《故宫的古物之美》，北京：人民文学出版社，2018年

65.《故宫的古物之美》，香港：茶杯出版社，2018年

66.《跟着吴昌硕去赏花》，北京：故宫出版社，2018年

67.《别人的宫殿》，北京：人民文学出版社，2018年版

68.《最后的皇朝》，北京：人民文学出版社，2018年版

69.《为什么唐朝会出李白——祝勇经典散文选》，上海：上海文艺出版社，2018年

二、主编

1.《新锐文丛》，北京：中央编译出版社，1996年

2.《声音的重量：中国新文人随笔》，北京：作家出版社，1998年

3.《重读大师》（共两卷），北京：人民文学出版社，1999年

4.《知识分子应该干什么》，北京：时事出版社，1999年

5.《三声文丛》，广州：广东人民出版社，2001年

6.《深呼吸散文丛书》，北京：中国文联出版社，2002年

7.《新文人随笔丛书》，昆明：云南人民出版社，2002年

8.《我们对于饥饿的态度》，北京：中国文联出版社，2003年

9.《新散文九人集》，北京：中国广播电视出版社，2003年

10.《一个人的排行榜》，沈阳：春风文艺出版社，2003年

11.《阅读》（第1，2辑），北京：中国社会科学出版社，2004年

12.《大家文丛》，苏州：古吴轩出版社，2004年

13. 《中国散文双年展》，昆明：云南人民出版社，2004年

14. 《永玉六记》，南京：江苏人民出版社，2005年

15. 《外国散文精品文库》，北京：中国国际广播出版社，2007年

16. 《台湾百年散文大系》，哈尔滨：北方文艺出版社，2008年

17. 《巴金译丛》，哈尔滨：北方文艺出版社，2008年

18. 《老橡树文丛》，哈尔滨：北方文艺出版社，2008年

19. 《〈收获〉50年精选系列》，北京：中国文联出版社，2009年

20. 《布老虎散文》，沈阳：春风文艺出版社，2003年出版至今

21. 《21世纪中国文学大系》（2003、2004、2005、2006、2007、2008、2009年散文），沈阳：春风文艺出版社，2004、2005、2006、2007、2008、2009、2010年

22. 《巴金经典作品系列》，南昌：百花洲文艺出版社，2010年

23. 《独立文丛》，北京：海豚出版社，2012年始

三、影视

1. 《1405，郑和下西洋》，大型历史纪录片，总撰稿，中央电视台，2005年播出

获香港无线电视台庆（TVB）典礼最具欣赏价值大奖等多种奖项

2. 《我爱你，中国》，大型历史纪录片，总撰稿，北京电视台，2009年播出

获政府最高奖第21届中国电视星光奖、第25届大众电视金鹰奖优秀纪录片奖、2009年中国十佳纪录片奖、第二届全国优秀电视文化（文艺）节目优秀大型纪录片奖

3. 《辛亥》，大型历史纪录片，总撰稿，北京电视台，2011年播出

获第26届大众电视金鹰奖优秀纪录片奖、第18届中国纪录片年度特别作品奖（与《舌尖上的中国》并列）、中国纪录片学院奖、中国十佳纪录片奖

4. 《岩中花树》，大型历史纪录片，总撰稿，中央电视台，2011年播出

获中国十佳纪录片奖

5. 《我们的故事》，大型纪录片，总撰稿，北京电视台，2012年播出

6. 《房山》，大型历史纪录片，联合导演，中央电视台，2012年播出

7. 《案藏玄机》，大型历史纪录片，总撰稿，中央电视台，2014年播出

获2014年最佳纪录长片奖

8. 《历史的拐点》，大型历史纪录片，总撰稿，中央电视台，2016年播出

9. 《苏东坡》，大型历史纪录片，总撰稿，中央电视台，2017年播出

获2017年优秀纪录片及最佳撰稿人奖

10. 《天山脚下》，大型纪录片，总导演，中央电视台，2018年播出

图书在版编目（CIP）数据

为什么唐朝会出李白/ 祝勇著. -- 上海 : 上海文艺出版社, 2018(2022.11重印)

ISBN 978-7-5321-6750-0

Ⅰ.①为… Ⅱ.①祝… Ⅲ.①随笔－作品集－中国－当代

Ⅳ.①I267.1

中国版本图书馆CIP数据核字(2018)第169524号

发 行 人：毕　胜

策　　划：谢　锦

责任编辑：乔　亮

封面设计：韦　枫

书　　名：为什么唐朝会出李白

作　　者：祝　勇

出　　版：上海世纪出版集团　　上海文艺出版社

地　　址：上海市闵行区号景路159弄A座2楼　201101

发　　行：上海文艺出版社发行中心发行

上海市闵行区号景路159弄A座2楼206室　201101　www.ewen.co

印　　刷：山东龙岳文化传媒有限公司

开　　本：890×1240　1/32

印　　张：12

插　　页：5

字　　数：267,000

印　　次：2018年10月第1版　2022年11月第3次印刷

I S B N：978-7-5321-6750-0/I.5389

定　　价：69.00元

告 读 者：如发现本书有质量问题请与印刷厂质量科联系　T：18562389988